GECLAIMD

GEVANGEN: BOEK 3

ANNA ZAIRES

♠ MOZAIKA PUBLICATIONS ♠

Copyright © 2019 Anna Zaires
www.annazaires.com/book-series/nederlands/

Uitgegeven door Mozaika Publications, onderdeel van Mozaika LLC.
www.mozaikallc.com

Ontwerp cover: Najla Qamber Designs
www.najlaqamberdesigns.com

Vertaling: TextStress

ISBN: 978-1-63142-521-9
Print ISBN: 978-1-63142-522-6

I

DE ONTSNAPPING

ucas

'WAT ZEI JE DAAR?' MIJN GREEP OP DE TELEFOON verstevigt tot ik hem bijna fijnknijp als mijn ongeloof omslaat in blinde woede. 'Wat bedoel je verdomme met dat ze ontsnapt is?'

'Ik heb geen idee hoe het haar gelukt is.' Eduardo's stem klinkt gespannen. 'Toen we een half uur geleden naar je huis gingen, ontdekten we dat ze verdwenen was. De handboeien lagen in je bibliotheek op de grond en de touwen waren met iets kleins en scherps doorgezaagd. We hebben bewakers iedere vierkante centimeter van de jungle laten doorzoeken. Bij de noordelijke grens vonden ze Sanchez, buiten westen. Hij heeft een flinke hersenschudding, maar een paar minuten geleden kwam hij bij. Hij zegt dat hij haar tegenkwam in het bos en dat ze hem wist te verrassen en hem toen neer heeft geslagen. Dat moet meer dan drie uur geleden zijn. We zijn nu de beelden van de drones aan het bekijken, maar het ziet er niet goed uit.'

Iedere zin wakkert mijn woede nog verder aan. 'Hoe heeft ze aan "iets kleins en scherps" kunnen komen? Of die handboeien open weten te maken? Diego en jij zouden haar te allen tijde in de gaten houden...'

'Dat hebben we ook gedaan.' Eduardo klinkt oprecht verbijsterd. 'Na elke maaltijd hebben we haar gefouilleerd, precies zoals je opgedragen had, en we hebben meermaals de hele badkamer gecontroleerd, de enige plek waar ze in haar eentje naartoe ging. Daar lag niets dat ze had kunnen benutten. Op de een of andere manier moet ze die spullen hebben verborgen, maar ik weet niet hoe of wanneer. Misschien heeft ze ze al een tijd, of...'

'Goed, laten we ervan uitgaan dat jullie het niet helemaal verkloot hebben.' Ik moet even diep ademhalen om de explosieve woede in me te beheersen. Het belangrijkste nu is uitzoeken wat er gebeurd is en waar de gaten in onze beveiliging zitten. Op kalmere toon ga ik verder: 'Hoe heeft ze weg kunnen komen zonder een alarm af te laten gaan of door een van de wachttorens gezien te worden? We houden elke grens van het landgoed in de gaten.'

Het blijft een tijdje stil. Dan zegt Eduardo zacht: 'Ik weet niet waarom de alarmen niet af zijn gegaan, maar het zou kunnen dat er een paar uur was waarin we niet overal een oogje op elke grens hielden.'

'Wat?' Dit keer laat mijn woede zich niet bedwingen. 'Wat bedoel je daar verdomme mee?'

'We hebben het verkloot, Kent. Maar ik zweer je dat we geen idee hadden dat iets langs de beveiligingssoftware zou kunnen komen.' De jonge bewaker ratelt alsof hij de woorden niet langer kan bedwingen. 'Het was gewoon een gezellig potje poker. Wij wisten niet dat de computer niet...'

'Een potje poker?' Mijn stem is nu ijzig zacht. 'Jullie speelden poker terwijl jullie dienst hadden?'

'Ik weet het.' Eduardo klinkt oprecht berouwvol. 'Het was dom en onverantwoordelijk. Esguerra vilt ons waarschijnlijk levend. We dachten alleen dat het dankzij alle technologie niet uit zou maken. Het is fijn om een paar uur uit de brandende middagzon weg te kunnen, weet je?'

Als ik door de telefoon heen Eduardo's strot had kunnen dichtknijpen, had ik het gedaan. 'Nee, dat weet ik niet.' De woorden klinken bijzonder afgemeten. 'Leg het me eens langzaam en rustig uit. Of geef me Diego zodat hij het uit kan leggen, nog beter.'

Wederom blijft het een tijdje stil. Dan hoor ik Diego zeggen: 'Lucas, luister man... Ik weet niet wat ik moet zeggen.' De normaal zo opgewekte bewaker klinkt heel schuldig. 'Ik heb geen idee waarom ze specifiek die wachttoren heeft uitgezocht, maar ik zit nu naar de beelden van de drones te kijken en dat is wel precies wat ze heeft gedaan. Ze liep richting het westen, zo langs ons en toen de brug over. Het ziet eruit alsof ze precies wist wanneer ze waar moest zijn.' Zijn stem klinkt nu een tikje ongelovig. 'Alsof ze wist dat we afgeleid zouden zijn.'

Ik knijp met twee vingers in mijn neusbrug. *Verdomme.* Als dat waar is, berust Yulia's ontsnapping op meer dan stom geluk.

Iemand heeft mijn gevangene informatie toegespeeld over de beveiliging. Iemand die weet hoe de schema's van de bewaking zijn.

'Heeft ze contact gehad met iemand?' Eduardo of Diego als verrader zou het meest logisch zijn, maar ik ken de jonge bewakers goed en ze zijn allebei te loyaal en te slim voor een stunt als deze. 'Heeft iemand buiten jullie twee haar gesproken?'

'Nee. Nou ja, wij hebben niemand gezien.' Diego's stem klinkt gespannen nu hij beseft waar ik aan denk. 'Ze was wel een groot deel van de dag alleen. Er had iemand naar het huis kunnen komen op de momenten dat wij er niet waren.'

'Precies.' Verdomme, de verrader zou zelfs al met Yulia overlegd kunnen hebben voor ik naar Chicago vertrokken was. 'Ik wil dat je alle dronebeelden van rond mijn huis van de afgelopen twee weken bekijkt. Al heeft er maar iemand tegen mijn hek gepist, dan wil ik het nog weten.'

'Begrepen.'

'Mooi. En ga Yulia zoeken. Ze kan nog niet ver zijn.'

Diego hangt op. Hij wil duidelijk graag zijn en

Eduardo's blunder goedmaken. Ik steek de telefoon met moeite weer in mijn zak.

Ze zullen haar vinden en terugbrengen.

Dat moet ik geloven, anders kan ik me vanavond nergens anders meer op concentreren.

Terwijl ik op een update van Diego wacht, doe ik een ronde met de bewakers om te zorgen dat ze allemaal de juiste posities innemen in Esguerra's nieuwe vakantiewoning in Chicago. De villa ligt in de rijke wijk Palos Park en is goed te beveiligen, maar toch controleer ik de camera's op blinde vlekken en neem de controleschema's door met de bewakers. Ik doe het niet alleen omdat het mijn werk is, maar omdat ik iets nodig heb om me af te leiden van Yulia en de verstikkende woede die ik voel branden.

Ze is gevlucht. Zodra ik weg was, vluchtte ze naar haar geliefde, die Misha, om wiens leven ze smeekte.

Hoewel ze me twee dagen geleden nog zei dat ze van me hield, is ze gevlucht.

De woede die ik bij die gedachte ervaar, is zowel heftig als irrationeel. Ik wist niet eens of Yulia's woorden wel voor mij waren. Ze mompelde ze terwijl ze nog half sliep en ik heb het er niet meer met haar over kunnen hebben. Maar alleen de gedachte al dat ze verliefd op me zou kunnen zijn heeft me de avond voor mijn vertrek uit mijn slaap gehouden.

Voor het eerst voelde ik me verbonden met iets... met iemand.

Ik houd van je. Ik ben de jouwe.

Wat een smerige leugens. Mijn borst trekt samen als ik terugdenk aan Yulia's pogingen om me te manipuleren, me zo te bespelen dat ik het leven van haar geliefde zou redden. Al vanaf het eerste moment ben ik niets meer dan een werktuig voor haar geweest. In Moskou ging ze met me naar bed om informatie te vergaren en nu speelde ze de gehoorzame gevangene om haar ontsnapping te vergemakkelijken.

De tijd die we samen hebben doorgebracht, betekent niets voor Yulia – en ik ook niet.

Het trillen van mijn telefoon verstoort mijn bittere gedachten. Als ik hem pak, zie ik aan het beveiligde nummer dat de oproep van het landgoed komt.

'Ja?'

'Er is een probleem.' Diego klinkt kortaf. 'Het lijkt erop dat je meisje op meerdere manieren haar ontsnapping perfect getimed heeft. Er zijn vanmiddag voorraden bezorgd bij het landgoed en de politie van Miraflores heeft de chauffeur van die wagen op een kilometer buiten de stad gevonden, te voet en zonder wagen. Blijkbaar heeft hij ten noorden van ons landgoed een knappe Amerikaanse wandelaarster opgepikt. Hij had er geen idee van dat ze iets anders was dan een verdwaalde toerist – tot ze een mes trok en hem dwong uit te stappen. Dat was iets meer dan een uur geleden.'

'Verdomme.' Als Yulia een auto heeft, wordt de kans

dat ze echt aan ons ontsnapt een stuk groter. 'Doorzoek heel Miraflores tot je die wagen gevonden hebt. Zorg dat de plaatselijke politie helpt.'

'Daar zijn we al mee bezig. Ik houd je op de hoogte.'

Ik hang op en loop terug naar het huis. Esguerra's schoonouders zijn onderweg voor hun etentje met mijn baas en zijn vrouw. Ik denk niet dat dit een goed moment is om Esguerra te storen. Maar hij moet wel weten wat er aan de hand is. Daarom open ik een e-mailbericht en stuur hem één enkele zin:

Yulia Tzakova is ontsnapt.

2

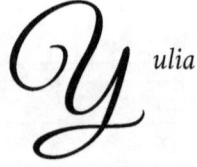 *ulia*

ZODRA IK IN MIRAFLORES BEN, STOP IK BIJ EEN tankstation en vraag de pompbediende in het piepkleine winkeltje of ik de telefoon mag gebruiken. Hij begrijpt genoeg Engels om te weten wat ik wil en als ik de telefoon heb, toets ik het noodnummer in dat alle UUR-agenten in hun hoofd hebben gestampt. Met zweterige handen en een constante blik op de deur wacht ik tot de verbinding tot stand komt.

Nu moeten Diego en Eduardo mijn ontsnapping wel hebben ontdekt, dus kan het niet anders dan dat Esguerra's bewakers naar me op zoek zijn. Ik vond het heel vervelend de chauffeur van het busje te moeten bedreigen, maar ik had die wagen nodig. Het zal vast niet lang meer duren voor Esguerra's mannen weten dat ik hier ben – als ze dat niet al weten.

'Hallo.' Een zachte vrouwenstem begroet me in het Russisch en trekt mijn aandacht terug naar de telefoon.

'Met Yulia Tzakova,' zeg ik. Mijn huidige identiteit. Net als de telefoonbeambte spreek ik Russisch. 'Ik ben in Miraflores, Colombia, en ik moet meteen Vasiliy Obenko spreken.'

'Code?'

Ik ratel een reeks getallen af en beantwoord de vragen die de beambte stelt om mijn identiteit te verifiëren.

'Ogenblikje,' zegt ze. Het is even stil, dan hoor ik een klik die aangeeft dat er een nieuwe verbinding is gemaakt.

'Yulia?' Obenko's stem klinkt ongelovig. 'Leef je nog? Het verslag van de Russen meldde dat je in de gevangenis omgekomen was. Hoe ben je...'

'Dat verslag was gefalsificeerd. Esguerra's mannen kwamen me ontvoeren.' Ik spreek zacht, want de pompbediende begint me steeds argwanender te bekijken. Mijn Russisch moet hem behoorlijk verbazen: ik zei dat ik een Amerikaanse toerist was. 'Luister, je bent in gevaar. Iedereen die iets met UUR te maken heeft, is in gevaar. Je moet verdwijnen en zorgen dat Misha verdwijnt...'

'Heeft Esguerra je gevangen genomen?' vraagt Obenko vol afschuw. 'Hoe kun je dan...'

'Geen tijd voor. Ik ben zijn landgoed ontvlucht, maar ze zijn naar me op zoek. Je moet verdwijnen, jij en je hele familie. Misha ook. Ze zullen achter jullie aangaan.'

'Hebben ze je gebroken?'

'Ja.' Hoewel pure zelfhaat mijn keel dicht dreigt te knijpen, houd ik mijn stem vlak. 'Ze weten niet waar jullie je bevinden, maar ze hebben de initialen van de organisatie en de echte naam van een van jullie voormalig agenten. Het is slechts een kwestie van tijd voor ze jullie vinden.'

'Verdomme.' Obenko is even stil en zegt dan: 'Je moet daar weg voor ze je opnieuw grijpen.' Voor ze meer informatie uit me weten te krijgen, bedoelt hij.

'Ja.' De pompbediende staat nog steeds mijn richting op te kijken en is inmiddels druk bezig een bericht op zijn telefoon in te typen. Ik moet opschieten. 'Ik heb een auto, maar ik heb hulp nodig om het land uit te komen.'

'Goed. Kun je richting Bogotá gaan? We hebben nog wat gunsten uitstaan bij de Venezolaanse overheid en zij kunnen je de grens over helpen.'

'Dat moet wel lukken.' De pompbediende heeft nu zijn telefoon neergelegd en begint in mijn richting te lopen, dus ik zeg snel: 'Ik ga nu die kant op,' en hang op.

Hij is bijna bij me en de frons op zijn voorhoofd voorspelt weinig goeds, maar ik snel de winkel uit voor hij me kan grijpen. Met een sprong zit ik achter het stuur van het busje, sla het portier dicht en start de motor. De pompbediende rent naar buiten, maar ik ben al bezig met gierende banden weg te rijden.

Eenmaal op de weg neem ik mijn situatie eens in ogenschouw. De tank is nog maar voor een kwart vol en ik heb een sterk vermoeden dat de pompbediende de autoriteiten heeft ingelicht – ze hebben de auto sneller gelokaliseerd dan ik dacht.

Als ik Miraflores heelhuids uit wil komen, heb ik een andere wagen nodig.

Met bonzend hart trap ik het gaspedaal in om het oude busje op zijn staart te trappen, terwijl ik mijn blik vast op de weg houd. Eén kilometer, anderhalve kilometer, twee kilometer... Bij iedere meter neemt mijn onrust toe. Hoelang voor Esguerra's mannen te weten komen dat er een vreemde blondine bij het benzinestation was? Hoelang voor ze via satellietbeelden op zoek gaan naar het busje? Ik heb niet langer dan een halfuur.

Na nog een kilometer zie ik het eindelijk: een klein weggetje dat naar een boerderij leidt. Met de stille hoop dat mijn voorgevoel klopt, sla ik het in en laat de grote weg achter me.

Een paar honderd meter verderop zie ik een opslagschuur. Hij bevindt zich een meter of tien rechts van me. Erachter ligt een dicht bos. Ik rijd erheen en zet de bus achter de opslag, onder de schaduw van de bomen. Met een beetje geluk wordt hij pas over een tijdje gevonden.

Nu moet ik een nieuwe vluchtauto zien te vinden.

Ik loop weg van de schuur, richting een stal met een oude, gebutste tractor ervoor. Omdat er verder niemand te zien is, spiek ik voorzichtig naar binnen.

Hebbes!

In de oude stal staat een kleine pick-up truck. Hij lijkt oud en roestig, maar de ramen zijn schoon. Hij wordt dus frequent gebruikt.

Met ingehouden adem glip ik naar binnen en sluip naar de pick-up. Het eerste wat ik doe, is op de planken aan de muur controleren of daar de sleutels liggen; sommige mensen zijn dom genoeg om hun sleutel direct naast hun auto te bewaren.

Helaas lijkt deze boer niet bijzonder dom. Nergens zijn er autosleutels te bekennen. Ach ja. Een blik in de rondte levert me een stuk steen op, dat op een opgevouwen stuk zeildoek lag. Dat gebruik ik om het raam van de wagen in de slaan. Het is een grove oplossing, maar sneller dan het slot kraken.

Tijd voor het moeilijke gedeelte.

Ik open het portier aan de chauffeurskant, klim erin en verwijder de dekplaat van de startmotor. Een blik op de wirwar aan draden doet mij me afvragen of ik me hier nog genoeg van herinner om mezelf niet te elektrocuteren of het voertuig definitief te verzieken. Tijdens mijn training is wel behandeld hoe je een auto zonder contactsleutel aan de praat krijgt, maar ik heb het nog nooit hoeven doen tijdens een missie en ik heb dan ook geen idee of het gaat lukken. Iedere auto is anders; er is geen universeel kleursysteem voor de draden en oudere auto's zoals deze pick-up zijn helemaal lastig. Als er een andere optie was, had ik het er niet op gewaagd, maar nu kan ik niet anders.

Daar gaan we dan. Na een keer adem te hebben

gehaald begin ik verschillende combinaties draden te proberen. Bij de derde poging komt de motor sputterend tot leven.

Opgelucht laat ik mijn adem ontsnappen, sluit het portier en rijd de oude schuur uit richting de autoweg.

Met een beetje geluk duurt het nog een tijdje voor de eigenaar ontdekt dat hij weg is en hoef ik pas in een volgend stadje een nieuwe auto te zoeken.

Tijdens het rijden moet ik aan Lucas denken. Hebben de bewakers hem al over mijn ontsnapping verteld? Is hij boos? Voelt hij zich verraden door mijn vertrek?

Ik houd van je. Ik ben de jouwe. Zelfs nu nog beginnen mijn wangen te gloeien bij de gedachte aan die woorden, gemompeld in een droom die misschien geen droom was. Pas die nacht realiseerde ik me mijn gevoelens, besefte ik in welke mate ik me aan mijn cipier had gehecht. Er was zoveel mis tussen ons, zoveel angst en wantrouwen, dat ik dit vreemde verlangen naar hem een hele tijd niet kon begrijpen.

Het was moeilijk om betekenis te geven aan iets dat zo irrationeel en zinloos was.

Ik zal je missen. Dat zei Lucas tegen me toen hij me de volgende ochtend op zijn schoot trok. Het had me de grootste moeite gekost niet in tranen uit te barsten. Had hij geweten wat hij me aandeed met die verwarrende, lieve woorden? Behoorde die ongebruikelijke uiting van tederheid tot zijn duivelse wraak? Was het niet meer dan een nog sadistischere manier om me te vernietigen zonder me fysiek maar een blauwe plek te bezorgen?

Als de weg voor me wazig wordt, besef ik dat de tranen die ik die dag inhield nu over mijn gezicht rollen, de pijn aangescherpt door de adrenaline na mijn ontsnapping. Ik wil niet terugdenken aan hoe Lucas me brak, hoe hij beloofde me te beschermen en in plaats daarvan mijn hart vertrapte, maar ik kan er niets aan doen. De herinneringen spelen zich als een film voor mijn ogen af en ik kan hem niet stilzetten. Iets aan Lucas' gedrag die laatste dag zit me dwars. Er klopt iets niet, iets dat ik wel merkte maar niet helemaal verwerkt heb.

'Smeek verdomme niet voor hem,' snauwde Lucas toen ik hem smeekte mijn broertje te sparen. 'Ik beslis wie blijft leven, niet jij.'

En hij zei nog meer. Kwetsende dingen. Maar toen hij me die nacht nam, was er geen woede in zijn aanrakingen te bekennen. Lust wel. Waanzinnige bezitsdrang, zeker. Maar geen woede – in elk geval niet het soort woede dat ik zou verwachten van een man die me zozeer haat dat hij mijn enige familielid laat ombrengen. En dan was er de volgende ochtend nog zijn uitspraak dat hij me zou missen. Het klopte gewoon niet.

Het klopte allemaal van geen kanten – maar misschien is dat precies wat Lucas wil.

Misschien was hij nog niet klaar met zijn psychologische spelletjes.

De verwarring brengt mijn hoofd aan het bonzen en ik veeg de tranen van mijn gezicht, waarna ik mijn handen steviger om het stuurwiel sluit. Het doet er niet langer toe wat Lucas met me van plan was. Ik ben ontsnapt en ik kan niet steeds terugkijken.

Ik moet doorgaan.

ucas

D<small>E BONZENDE HOOFDPIJN WAAR IK VRIJDAGOCHTEND MEE</small> W<small>AKKER WORDT</small>, maakt me alleen nog maar kwader. Ik heb nauwelijks een oog dichtgedaan vanwege Diego en Eduardo's uurlijkse updates over de zoektocht naar Yulia. Pas na twee koppen koffie begin ik me weer een beetje mens te voelen.

Als ik de keuken uit wil lopen, komt Rosa net binnen, gekleed in een spijkerbroek in plaats van haar gebruikelijke conservatieve dienstmeisjesuniform.

'O, hoi, Lucas,' zegt ze. 'Ik was net naar je op zoek.'

'O?' Ik probeer het meisje niet al te kwaad aan te kijken. Nog steeds voel ik me lullig dat ik haar kalverliefde de kop in heb gedrukt. Het is niet Rosa's schuld dat mijn gevangene ontsnapt is en ik wil mijn rothumeur dan ook niet op haar botvieren.

'Señor Esguerra zei dat ik vandaag de stad mocht verkennen als ik een bewaker mee zou nemen,' zeg Rosa. Haar blik is voorzichtig. Waarschijnlijk heeft ze mijn woede aangevoeld, hoewel ik probeer relaxed over te komen. 'Kun je iemand missen?'

Ik denk er even over na. Eigenlijk is het antwoord nee. Ik wil geen bewakers weghalen rond het huis van Nora's ouders en Esguerra liet me een kwartier geleden weten dat hij met Nora naar een park gaat, waardoor hij minstens tien man daar in positie wil hebben.

'Ik ga vandaag zelf naar Chicago,' zeg ik dan. 'Ik heb een afspraak. Je kunt met mij mee, als je het niet erg vindt om even te wachten? Daarna breng ik je naar waar je maar wilt en tegen de lunch heb ik wel iemand vrij om mij te vervangen, mits je zo lang in de stad wilt blijven.'

'O, ik...' Rosa's gebruinde huid kleurt, hoewel haar ogen beginnen te stralen. 'Vind je dat echt niet erg? Het hoeft niet vandaag als...'

'Het is prima.' Ik weet nog dat ze woensdag zei dat ze nog nooit eerder in de VS geweest was. 'Je wilt vast de stad graag zien en ik vind het niet erg.'

Misschien kan haar gezelschap me afleiden van Yulia en het feit dat mijn gevangene nog altijd op de vlucht is.

~

Rosa kletst aan een stuk door terwijl we door Chicago rijden en vertelt me alle weetjes over de stad die ze online heeft opgedaan.

'Wist je ook dat het de Winderige Stad heet omdat de politici echte windbuilen waren?' vraagt ze als ik op West Adams Street in de binnenstad de ondergrondse parkeergarage van een groot gebouw vol glas en metaal binnenrijd. 'Die bijnaam heeft niets te maken met de wind vanaf het meer. Bizar, toch?'

'Ja, gaaf zeg,' zeg ik halfhartig, intussen op mijn telefoon kijkend als ik uit de auto stap. Tot mijn teleurstelling is er geen nieuws van Diego. Ik stop de telefoon weg, loop rond de wagen en open het portier voor Rosa.

'Kom,' zeg ik. 'Ik ben al vijf minuten te laat.'

Rosa snelt achter me aan als ik op weg ga naar de lift. Ze moet twee stappen zetten voor elke pas die ik neem en ik kan niet anders dan haar energieke tempo vergelijken met Yulia's lange benen en elegante tred. Deze meid is niet zo klein en slank als Esguerra's vrouw, maar toch vind ik haar klein, vooral omdat ik nu gewend ben aan Yulia's modellenlengte.

Denk verdomme niet steeds aan haar. Mijn handen ballen zich in mijn zakken tot vuisten als ik op de lift sta te wachten, slechts met een half oor naar Rosa luisterend, die over de Magnificent Mile staat te kletsen. Die spionne is als een splinter onder mijn huid. Wat ik ook doe, ik kan haar niet uit mijn gedachten zetten. Dwangmatig kijk ik nog een keer op mijn telefoon.

Nog steeds niets.

'Wat heb je voor afspraak?' Rosa staat me verwachtingsvol aan te kijken. 'Iets voor Señor Esguerra?'

'Nee,' zeg ik terwijl ik de telefoon weer in mijn zak laat glijden. 'Voor mezelf.'

'O.' Mijn korte antwoord lijkt haar te ontmoedigen en met een zucht herinner ik mezelf eraan dat ik mijn frustraties niet op haar moet botvieren. Zij heeft niets te maken met Yulia of deze klotesituatie.

'Ik heb een afspraak met mijn portfoliomanager,' zeg ik als de liftdeuren opengaan. 'Ik wil even bijpraten over mijn investeringen.'

'O, ik begrijp het.' Rosa grijnst als we de lift in stappen. 'Net zoals Señor Esguerra heb je investeringen.'

'Ja.' Ik druk op de knop die ons naar de bovenste verdieping moet brengen. 'Zijn portfoliomanager is ook de mijne.'

De lift, een en al strak staal en gepolijste oppervlakken, zoeft omhoog en in minder dan een minuut stappen we een al even strakke en moderne receptie binnen.

Voor een zesentwintigjarige uit een achterbuurt heeft Jared Winters een goed leven voor zichzelf opgebouwd.

Zijn receptioniste, een slanke Japanse vrouw wier leeftijd ik niet kan inschatten, staat op als we binnenlopen.

'Mr. Kent,' zegt ze met een beleefde glimlach. 'Gaat

u alstublieft zitten. Mr. Winters komt zo bij u. Mag ik u en uw vriendin iets te drinken aanbieden?'

'Ik hoef niets, bedankt.' Ik werp een blik op Rosa. 'Wil jij iets?'

'Eh... nee, bedankt.' Ze staat naar het raam te staren, dat van plafond tot vloer uitzicht op de stad biedt. 'Ik hoef ook niets.'

Voor ik in een van de luxueuze stoelen bij het raam kan gaan zitten, komt een donkerharige man het kantoor uit en loopt op me af.

'Sorry dat ik je liet wachten,' zegt Winters, terwijl hij zijn hand uitsteekt om de mijne te schudden. Zijn groene ogen glinsteren koeltjes achter zijn montuurloze brillenglazen. 'Ik moest nog even een telefoontje afronden.'

'Geen zorgen. We zijn zelf ook een beetje laat.'

Als hij glimlacht, zie ik zijn blik naar Rosa glijden, die nog altijd als betoverd door het raam staat te staren.

'Je vriendin, neem ik aan?' zegt Winters zacht en ik knipper verrast door de persoonlijke natuur van de vraag.

'Nee,' zeg ik terwijl ik achter hem aan naar het kantoor loop. 'Mijn opdracht voor de komende paar uur, zou ik zeggen.'

'Juist.' Meer zegt Winters niet, maar als we zijn kantoor binnenstappen, zie ik hem nog een keer naar Rosa kijken alsof hij zijn blik maar met moeite van haar af kan houden.

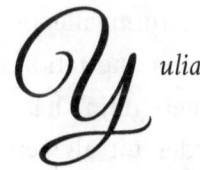 *ulia*

'YULIA TZAKOVA?'

Met bonzend hart draai ik me om, terwijl mijn hand al in een automatisch gebaar richting het mes gaat dat ik tussen mijn broekband heb gestoken.

Voor me staat een donkerharige man. Hij ziet er heel gewoontjes uit; zelfs zijn zonnebril en pet zijn onopvallend. Alles aan hem doet vermoeden dat hij gewoon een bezoeker is van de drukke markt in Villavivencio, maar dat is hij niet.

Hij is Obenko's Venezolaanse contact.

'Ja,' zeg ik, mijn hand nog steeds op het mes. 'Ben jij Contreras?'

Hij knikt. 'Volg mij,' zegt hij in Russisch met een Spaans accent.

Ik haal mijn hand van het mes en volg de man door de menigte heen. Net als hij draag ik een pet en een zonnebril – die ik heb gestolen in een ander benzinestation op weg hierheen – en toch heb ik het gevoel dat iemand ieder moment naar me kan wijzen en roepen: 'Dat is ze. Dat is de spion waar Esguerra's mensen naar op zoek zijn.'

Maar tot mijn opluchting besteedt niemand aandacht aan me. Naast de pet en zonnebril heb ik ook een wijdvallend T-shirt en een ruimvallende spijkerbroek meegenomen bij dat benzinestation. Dankzij de vormeloze kleren en met mijn haar weggestopt onder de pet zie ik er eerder uit als een tienerjongen dan een jonge vrouw.

Contreras gaat me voor naar een onopvallend blauw busje, dat op de hoek van de straat geparkeerd staat. 'Waar is de auto waarmee je hier bent gekomen?' vraagt hij terwijl ik achterin klim.

'Ik heb hem zo'n tien straten verderop laten staan, zoals Obenko me opdroeg,' antwoord ik. Sinds ons eerste contact in Miraflores heb ik mijn baas nog twee keer gesproken. Hij gaf me de locatie door van deze afspraak en heeft me ook verteld hoe het verder gaat. 'Volgens mij ben ik niet gevolgd.'

'Misschien niet, maar we hebben nog maar een paar uur om je het land uit te krijgen,' legt Contreras uit terwijl hij de motor start. 'Esguerra breidt zijn zoektocht uit. Ze hebben je foto doorgestuurd naar alle grensposten.'

'Hoe wil je me dan de grens over smokkelen?'

'Achterin staat een krat,' zegt Contreras terwijl hij rustig invoegt. 'Een van de douanebeambten is me nog een gunst schuldig. Met een beetje geluk is dat voldoende.'

Ik knik. De koele lucht uit de airconditioning streelt mijn bezwete gezicht. De hele nacht heb ik doorgereden, met alleen een stop om een andere auto en de kleren te stelen. Ik ben uitgeput. Al vanaf het moment dat ik onderweg was, ben ik constant alert geweest op het geluid van rotorbladen en het geloei van sirenes. Het feit dat ik zo ver ben gekomen zonder dat er iets is voorgevallen, mag een wonder heten. Ieder moment kan mijn geluk op zijn.

Maar zelfs die angst houdt de uitputting niet langer op afstand. Terwijl Contreras' busje over de snelweg zoeft richting het noordoosten, voel ik mijn ogen dichtzakken en besluit ik de slaap niet opzij te duwen.

Als ik nu even mijn ogen sluit, ben ik straks klaar voor wat me nog te wachten staat.

'WAKKER WORDEN, YULIA.'

Contreras' stem is zacht maar urgent en wekt me uit een droom waarin ik met Lucas een film zit te kijken. Mijn ogen vliegen open. Snel neem ik de situatie in me op.

De avond valt en we staan in de file.

'Waar zijn we? Wat is er aan de hand?'

'Wegversperring,' zegt Contreras geërgerd. 'Ze controleren alle auto's. Je moet nu die krat in.'

'Je douanebeambte is niet...'

'Nee, het is nog 35 kilometer tot de Venezolaanse grens. Ik heb geen idee waarom er een wegversperring is, maar het is geen goed teken.'

O, nee. Ik maak mijn gordel los en kruip via het kleine raampje in de achterbak van het busje. Zoals Contreras al zei, staat er inderdaad een krat op me te wachten. Maar daar past maximaal een kind in, geen vrouw van mijn lengte.

Aan de andere kant laten ze in goochelshows ook mensen in ogenschijnlijk veel te kleine kisten passen. Zo doen ze ook vaak die truc waarbij iemand in tweeën wordt gezaagd: het ene flexibele meisje is het bovenlichaam en het tweede is de benen.

Ik ben niet zo flexibel als de gemiddelde goochelaarsassistente, maar wel een stuk gedrevener.

Daarom open ik de krat, ga op mijn rug liggen en probeer mijn benen zo te vouwen dat ik het deksel kan sluiten. Na een aantal frustrerende minuten moet ik toegeven dat het onmogelijk lijkt: mijn knieën komen minstens vijf centimeter boven de rand uit. Waarom heeft Contreras zo'n kleine krat meegenomen? Een paar centimeter hoger en ik had er zo ingepast.

Het busje begint te rijden. We komen steeds dichter bij de controle. Ieder moment kunnen de deuren van het busje opengaan en dan word ik ontdekt.

Ik moet verdomme die krat in.

Met opeengeklemde kaken draai ik me half om en probeer mijn knieën in de beperkte ruimte tussen mijn borst en de zijkant van de krat te passen. Dat lukt niet, dus haal ik diep adem en probeer het nogmaals. Ik negeer de pijn in mijn knieschijf als ik met mijn ene knie hard tegen de metalen rand sla. Al worstelend hoor ik stemmen die in het Spaans iets roepen. Het busje stopt opnieuw.

We zijn bij de controle.

Paniekerig grijp ik het deksel van de krat en trek hem met bevende handen over me heen.

Voetstappen, gevolgd door stemmen bij de achterkant van het busje.

Ze gaan de deuren openen.

Met bonzend hart pers ik mezelf samen tot een onmogelijk klein balletje. Mijn knieën pletten mijn borsten. Ondanks de adrenaline doet mijn lichaam overal pijn in deze onnatuurlijke houding.

Op het moment dat het deksel de krat raakt, hoor ik de deuren van het busje opengaan.

 *ucas*

MIJN AFSPRAAK MET WINTERS NEEMT SLECHTS EEN UURTJE IN BESLAG. We nemen de huidige status van mijn investeringen door en bespreken hoe het verder gaat nu de markt momenteel zo opgeblazen is. In de tijd dat Jared Winters mijn portfolio in beheer heeft gehad, is hij erin geslaagd het bedrag te verdriedubbelen tot twaalf miljoen. Ik maak me dus niet bepaald zorgen als hij aangeeft het grootste deel van mijn aandelen om te zetten in liquide en daarbij mijn aandelen in een populair techbedrijf à la baisse wil verkopen.

'De CEO staat op het punt een serieuze aanklacht aan zijn broek te krijgen,' legt Winters uit. Ik neem niet de moeite me af te vragen hoe hij dat weet. Handelen met voorkennis mag dan als een misdaad beschouwd worden, onze contacten bij de SER zorgen er wel voor dat Winters' fonds niet onder de aandacht komt.

'Hoeveel ga je eruit halen?' vraag ik.

'Zeven miljoen,' antwoordt Winters. 'Het wordt een nare aangelegenheid.'

'Goed,' zeg ik. 'Ga je gang.'

Zeven miljoen is een aanzienlijk bedrag, maar als de aandelen echt zo gaan kelderen als Winters denkt, kan hij het bedrag over een tijd wederom verdrievoudigen.

We bespreken nog een paar aankomende verkopen en aankopen en dan brengt Winters me terug naar de receptie, waar Rosa een tijdschrift zit te lezen.

'Klaar om te gaan?' Ze knikt.

Ze staat op, legt het tijdschrift op de koffietafel en kijkt Winters en mij stralend aan. 'Absoluut.'

'Nogmaals bedankt,' zeg ik tegen Winters. Ik draai me om zodat ik hem de hand kan schudden, maar hij kijkt me niet aan.

Zijn groene ogen zijn op Rosa gericht en nemen het meisje zeer aandachtig op.

'Winters?' dring ik geamuseerd aan.

Hij maakt met moeite zijn blik van haar los. 'O, ja. Het was me een genoegen,' mompelt hij terwijl hij me de hand schudt. Voor ik nog iets kan zeggen, loopt hij terug naar zijn kantoor en laat de deur achter zich dichtvallen.

ZOALS BELOOFD NEEM IK ROSA MEE NAAR MAGNIFICENT MILE – ook wel bekend als Michigan Avenue – om te gaan winkelen. Terwijl zij in een winkel een aantal jurken staat te passen, ga ik op een fauteuil in de wachtkamer zitten en open mijn e-mailprogramma. Dit keer is er een korte e-mail van Diego:

Gestolen pick-up gevonden bij een benzinestation in de buurt van Granada. Geen andere gestolen auto's gevonden. Zoals geïnstrueerd zijn er wegblokkades opgericht op alle grote wegen.

Ik leg de telefoon weg. Frustratie en woede knijpen mijn maag samen. Ze hebben Yulia nog steeds niet gevonden en inmiddels zou ze allang de grens over kunnen zijn. Ongetwijfeld heeft ze contact opgenomen met haar organisatie en die zouden haar, afhankelijk van hun mogelijkheden, zeker al het land uitgesmokkeld kunnen hebben.

Ze zou zelfs al in het vliegtuig kunnen zitten, op weg naar haar geliefde!

'Wat vind je hiervan?' Ik kijk op en zie dat Rosa, gekleed in een korte, nauwsluitende gele jurk de paskamer uit is gekomen.

'Leuk,' zeg ik automatisch. 'Die moet je nemen.' Objectief weet ik dat het donkerharige meisje er goed uitziet in die jurk, maar ik kan alleen maar denken aan het feit dat Yulia nu op weg is naar die Misha... naar de man van wie ze echt houdt.

'Oké.' Rosa lacht breed. 'Dat zal ik doen.'

Ze snelt de paskamer weer in en ik pak mijn

telefoon om de hackers die bezig zijn met UUR een e-mail te sturen.

Zelfs als Yulia het land uit heeft weten te komen, zal ze niet lang op vrije voeten blijven.

Hoe dan ook zal ik haar vinden, en dan zal ze nooit meer ontsnappen.

 *ulia*

'SORRY DAARVOOR,' ZEGT CONTRERAS ALS HIJ HET DEKSEL van mijn krat trekt. 'Ik verwachtte niet dat je zo lang zou zijn. Gelukkig wist je jezelf erin te passen.'

Kreunend laat ik mezelf eruit trekken. Mijn spieren zijn totaal verkrampt na een uur in die kleine krat. Mijn knieën voelen bont en blauw aan en mijn ruggengraat bonst na al die tijd tegen een kant van de krat geperst te zijn. Maar ik leef nog en ik ben in Venezuela, dus het was het allemaal waard.

'Dat geeft niet,' zeg ik, voorzichtig mijn hoofd ronddraaiend. Mijn nek is pijnlijk stijf, maar dat verhelpt een goede massage wel. 'We hebben de politie en de douane gefopt. Ze wilden er niet eens in kijken.'

Contreras knikt. 'Daarom had ik die ook gekocht. Hij lijkt te klein om een persoon te kunnen bevatten, maar als je maar graag genoeg wilt...' Hij haalt zijn schouders op.

'Ja.' Opnieuw draai ik met mijn hoofd, waarna ik me uitrek om mijn spieren weer aan de gang te krijgen. 'Wat nu?'

'Nu gaan we naar het vliegtuig. Obenko heeft alles geregeld. Morgen om deze tijd ben je als het goed is veilig en wel in Kiev.'

DE KORTE RIT NAAR HET MINIEME VLIEGVELDJE DUURT MINDER DAN EEN UUR; dan stoppen we voor een ouderwets-uitziende jet.

'Daar zijn we dan,' zegt Contreras. 'Jouw mensen nemen het vanaf nu over.'

'Bedankt,' zeg ik. Hij geeft me een knikje als ik het portier open.

'Succes,' zegt hij in zijn Spaans-klinkende Russisch. Ik werp hem een glimlach toe voor uit de bus spring en naar het vliegtuig hol.

Als ik het trapje beklim, stapt een man van middelbare leeftijd uit de deuropening en blokkeert me de weg. 'Code?' vraagt hij met zijn ene hand op het wapen op zijn heup.

Met een nauwlettende blik op het wapen geef ik hem mijn identificatienummer. Technisch gezien zou mij elimineren hetzelfde opleveren als me nu naar

Rusland brengen, weg van Esguerra: Ik zou geen UUR-geheimen meer kunnen prijsgeven. Eigenlijk zou dat zelfs de betere oplossing zijn...

Maar voor ik daar te diep over na kan denken, laat de man zijn wapen los en stapt opzij om me het vliegtuig in te laten.

'Welkom, Yulia Borisovna,' zegt hij, mijn echte achternaam gebruikend. 'We zijn blij dat je het gered hebt.'

ucas

Tegen zaterdagochtend ben ik ervan overtuigd dat Yulia terug is in Oekraïne. Diego en Eduardo hebben haar spoor gevolgd tot in Venezuela, maar daar hield het op.

'Volgens mij is ze het land uit,' zegt Diego als ik hem bel voor meer informatie. 'Een privévliegtuig onder een lege vennootschap heeft een vluchtplan ingediend voor Mexico, maar het is nergens in dat land geland. Dat moeten haar mensen zijn geweest en als dat inderdaad zo is, is ze weg.'

'Dat weet je niet zeker. Blijf zoeken,' zeg ik, hoewel ik weet dat hij waarschijnlijk gelijk heeft.

Yulia heeft weten te ontsnappen en als ik haar

opnieuw wil vinden, zal ik het net wijder moeten uitgooien en beroep doen op onze internationale contacten.

Even overweeg ik Esguerra alles te vertellen, maar dan besluit ik dat uit te stellen tot zondag. Vandaag is de twintigste verjaardag van zijn vrouw en hij wil niet lastiggevallen worden. Het enige waar mijn baas iets om geeft, is Nora geven wat ze wil – waaronder een avondje in een populaire nachtclub in de binnenstad van Chicago.

'Je weet dat het een nachtmerrie wordt om die tent goed te bewaken, hè?' vertel ik hem als hij er tijdens de lunch over begint. 'Er zijn te veel mensen. En op zaterdagavond...'

'Ja, dat weet ik,' zegt Esguerra. 'Maar dit is wat Nora wil, dus laten we iets bedenken om het mogelijk te maken.'

In de twee uur die volgen, nemen we de lay-out van de nachtclub door en beslissen we waar we alle bewakers zullen plaatsen. Het is onwaarschijnlijk dat Esguerra's vijanden hiervan zullen horen, omdat het zo'n impulsief besluit is, maar toch besluiten we sluipschutters in de gebouwen in de buurt te plaatsen en de andere bewakers zich binnen een straat van de nachtclub te laten ophouden. Mijn rol is in de auto blijven en de ingang van de nachtclub in de gaten houden voor het geval de mogelijke dreiging van die kant komt. Daarnaast bedenken we een plan om het restaurant te beveiligen waar Esguerra zijn vrouw voor het avondje uit mee naartoe neemt.

'O, ja, bijna vergeten,' zegt Esguerra als we bijna klaar zijn. 'Nora wil graag dat Rosa mee gaat stappen. Wil je haar door een van de bewakers laten brengen?'

'Ja, dat is goed,' zeg ik na er even over nagedacht te hebben. 'Thomas brengt het meisje wel naar de club voor hij zijn positie aan het einde van de straat inneemt.'

'Dat is prima.' Esguerra staat op. 'Ik zie je vanavond.'

Hij loopt de kamer uit en ik ga naar buiten om de bewakers hun taak voor die avond uit te leggen.

Esguerra's etentje verloopt zonder problemen en daarna breng ik Nora en hem naar de nachtclub. Rosa staat al op ons te wachten, gekleed in de gele jurk die ze tijdens ons rondje winkelen gekocht heeft. Zodra Nora uit de auto stapt, holt Rosa naar haar toe. De twee vrouwen lopen druk kletsend de nachtclub in. Esguerra volgt hen met een licht geamuseerde uitdrukking op zijn gezicht en ik blijf in de auto zitten. Tijd om me voor te bereiden op een lange, saaie avond.

Na ongeveer een uur eet ik een broodje en kijk mijn e-mail door. Tot mijn opluchting hebben de hackers me een update gestuurd.

Eindelijk de firewalls van de Oekraïense overheid doorbroken en wat bestanden ontcijferd. UUR staat voor Ukrainskoye Upravleniye Razvedki, wat ruwweg 'Oekraïens Inlichtingenbureau' betekent. Het is een onofficiële spionageorganisatie die is opgericht als tegenhanger van de officiële Oekraïense veiligheidsdienst, die corrupt is en hechte banden met Rusland heeft. We zijn bezig met het ontcijferen van een bericht dat de identiteit van twee UUR-leden zou kunnen prijsgeven, evenals een locatie in Kiev.

Met een grimmige glimlach schrijf ik een antwoord en leg de telefoon weg. Het is slechts een kwestie van tijd voor we Yulia's organisatie met de grond gelijk maken. En zodra we dat gedaan hebben, zal ze nergens meer heen kunnen. Dan is er niemand meer om haar te helpen.

Geen geliefde om naar te vluchten.

Mijn kaken verstrakken als een heftige jaloezie door me heen raast. Nu al zou Yulia bij die Misha van haar kunnen zijn. Hij zou haar op dit moment in zijn armen kunnen houden.

Hij zou haar zelfs in zijn bed kunnen hebben.

Bij die gedachte welt een razende woede in me op. Als ik die man nu hier had, zou ik hem met mijn blote handen voor Yulia's ogen vermoorden. Dat zou haar straf zijn voor dit laatste verraad.

Een zoemend getril onderbreekt mijn wraakzuchtige gedachten. Als ik Esguerra's bericht lees, verandert mijn bloed in ijs.

Nora en Rosa aangevallen, staat er. *Rosa meegenomen. Ik ga achter haar aan. Roep de anderen.*

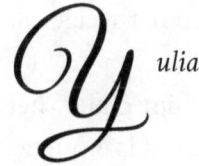ulia

De bekende geuren van uitlaatgassen en seringen vullen mijn neusgaten als de wagen zich door de drukke straten van Kiev weeft. De man die door Obenko gestuurd is om me op het vliegveld op te halen ken ik niet. Hij zegt weinig, waardoor ik de tijd krijg de stad in me op te nemen waar ik vijf jaar lang gewoond en getraind heb.

'Gaan we niet naar het Instituut?' vraag ik als de chauffeur een onbekende weg inslaat.

'Nee,' antwoordt de man. 'Ik breng je naar een veilige locatie.'

'Is Obenko daar?'

De chauffeur knikt. 'Hij wacht daar op je.'

'Mooi.' Ik haal diep adem. Ik zou opgelucht moeten zijn, maar in plaats daarvan ben ik gespannen en onrustig. En dat komt alleen doordat ik een blunder heb begaan en de organisatie heb verraden. Obenko is niet vriendelijk voor agenten die fouten maken, maar het feit dat hij me uit Colombia heeft laten halen in plaats van me meteen te laten ombrengen, stelt me wel wat gerust.

De voornaamste bron van mijn onrust is het lege gevoel in me, een pijn die ieder uur zonder Lucas toe lijkt te nemen. Het voelt alsof ik aan het afkicken ben. Maar dat zou Lucas mijn drug maken en dat weiger ik te accepteren.

Wat ik ook begon te voelen voor mijn cipier, het verdwijnt wel. Dat moet wel. Een alternatief is er niet.

Het is voorbij tussen Lucas en mij.

'We zijn er,' zegt de chauffeur. Hij is gestopt voor een nietszeggend appartementengebouw van vier verdiepingen. Het ziet eruit als ieder ander gebouw in deze buurt: oud en aftands, bedekt met gelige pleister uit het Sovjettijdperk. De geur van seringen is hier sterker en komt uit het park aan de overkant van de straat. Normaal gesproken zou ik genieten van deze geur, die ik met de lente associeer, maar vandaag doet hij me alleen maar denken aan de jungle die ik achter me heb gelaten... en aan de man die me daar gevangen hield.

De chauffeur laat de auto langs de stoeprand staan en leidt me naar binnen. Er is geen lift en de trap is even aftands als de buitenkant van het gebouw. Als we langs een deur op de eerste verdieping komen, hoor ik luide stemmen en ruik ik een vleugje urine en braaksel.

'Wie wonen er op de eerste verdieping?' vraag ik als we voor een appartement op de tweede verdieping blijven staan. 'Burgers?'

'Ja.' De chauffeur klopt op de deur. 'Ze hebben het te druk met zuipen om op ons te letten.'

Ik krijg de kans niet om meer vragen te stellen. De deur zwaait open en onthult een donkerharige man. Een frons siert zijn brede voorhoofd en lijntjes geven spanning weer rond zijn smalle mond.

'Kom binnen, Yulia,' zegt Vasiliy Obenko, en hij stapt opzij om me de ruimte te geven. 'We hebben veel te bespreken.'

IN DE TWEE UUR DIE VOLGEN, ONDERGA IK EEN ondervraging die even zwaar en grondig is als die in de Russische gevangenis. Naast Obenko zijn er nog twee hooggeplaatste UUR-agenten, Sokov en Mateyenko. Net als mijn baas zijn ze in de veertig. Hun afgetrainde lichamen zijn door tientallen jaren training tot dodelijke wapens omgevormd. Gedrieën zitten ze tegenover me aan de keukentafel en stellen me om de beurt vragen. Ze willen alles weten, van de details van mijn ontsnapping tot welke informatie ik precies aan Lucas heb vrijgegeven.

'Ik begrijp nog steeds niet hoe hij je heeft kunnen

breken,' zegt Obenko als ik het hele verhaal verteld heb. 'Hoe wist hij van dat incident met Kirill?'

Mijn gezicht begint te gloeien van schaamte. 'Dat kwam hij te weten toen ik een nachtmerrie had.' En omdat ik hem daarna in vertrouwen nam, maar dat zeg ik er niet bij. Ik wil niet dat mijn baas weet dat hij gelijk had wat mij betreft. Toen het er echt op aankwam, had ik mijn emoties niet onder controle.

'En in deze nachtmerrie... had je het over je trainer?' Sokovs strenge uitdrukking maakt me duidelijk dat hij aan mijn verhaal twijfelt. 'Praat je altijd in je slaap, Yulia Borisovna?'

'Nee, maar dit waren dan ook geen gewone omstandigheden.' Ik probeer niet verdedigend te klinken. 'Ik werd gevangen gehouden en kwam in situaties terecht die triggers vormden. Niet alleen voor mij, maar voor iedere vrouw die zoiets ondergaan had.'

'Wat voor situaties precies?' Mateyenko onderbreekt me. 'Je ziet er niet bepaald mishandeld uit.'

Ik verbijt een boos antwoord. 'Ik ben niet fysiek gemarteld of uitgehongerd, dat zei ik al,' is mijn kalme reactie. 'Kents ondervragingsmethoden zijn psychologisch van aard. En ja, dat kwam voornamelijk doordat hij me aantrekkelijk vond. Vandaar ook de triggers.'

De twee agenten wisselen een blik uit en Obenko fronst. 'Dus hij verkrachtte je en dat lokte je nachtmerries uit?'

'Hij...' Mijn keel knijpt dicht als ik aan mijn lichaams

hulpeloze reactie op Lucas denk. 'Die hele situatie. Ik kon er niet goed mee omgaan.'

De agenten wisselen weer een blik uit, dan zegt Mateyenko: 'Vertel ons meer over de vrouw die je hielp ontsnappen. Hoe heette ze ook alweer?'

Met ieder beetje geduld dat ik bezit verhaal ik mijn ontmoetingen met Rosa voor de derde keer. Daarna vraagt Sokov me nog een keer om minuut voor minuut mijn ontsnapping te vertellen. Mateyenko ondervraagt me vervolgens over de beveiliging van Esguerra's landgoed.

'Kijk,' zeg ik na nog een uur eindeloos doorvragen, 'ik heb jullie alles verteld wat ik weet. Wat jullie ook van me mogen denken, de organisatie wordt echt bedreigd. Esguerra heeft hele terroristennetwerken weggevaagd en nu zit hij achter ons aan. Als jullie op onverwachte gebeurtenissen voorbereid zijn, is dit het moment om daar iets mee te doen. Breng jullie zelf en jullie families in veiligheid.'

Obenko neemt me even indringend op en knikt dan. 'We zijn klaar voor vandaag,' zegt hij als hij zich tot de twee agenten wendt. 'Yulia is uitgeput van haar lange reis. Morgen gaan we verder.'

De twee mannen gaan weg en ik laat me onderuit in mijn stoel zakken. Vanbinnen voel ik me nog leger dan eerst.

*ucas*

ZODRA IK ESGUERRA'S BERICHT GELEZEN HEB, ROEP IK DE bewakers op en stuur de helft naar de club. Geen van hen had ook maar iets van verdachte activiteiten opgemerkt, wat inhoudt dat de dreiging, welke vorm die ook aangenomen heeft, van binnenuit is gekomen – niet van buitenaf, zoals we verwachtten. Ik sta op het punt zelf ook naar binnen te gaan als ik een tweede berichtje van Esguerra ontvang:

Rosa gevonden. Volg de witte SUV.

Meteen geef ik aan de bewakers door de witte SUV te volgen. Nog een bericht:

Rijd de wagen voor in de steeg achter.

Ik start de motor van de wagen en race de hoek om,

bijna een paar voetgangers scheppend. De steeg achter de club is donker en stinkt naar een combinatie van vuilnis en urine, maar dat dringt nauwelijks tot me door. Ik stap de auto uit en wacht, mijn hand op het wapen aan mijn broekband. Een paar seconden later laten mijn mannen me weten dat ze de witte SUV gevonden hebben en hem nu volgen. Ik sta op het punt om verdere instructies te geven als de achterdeur van de nachtclub openzwaait en Nora naar buiten komt, met haar armen om Rosa heen. Esguerra volgt hen. Zijn gezicht is vertrokken van woede. En als het licht uit de auto het groepje belicht, besef ik de reden daarvoor.

Beide vrouwen beven en tranen rollen over hun bleke gezichten. Maar als ik Rosa goed in me opneem, stijgt mijn bloeddruk helemaal. Haar knalgele jurk is gescheurd en bevlekt met bloed. Eén kant van haar gezicht is helemaal opgezwollen.

Het meisje is duidelijk gewelddadig aangerand, net als Yulia, zeven jaar geleden.

Ik krijg een rode waas voor ogen. Hoewel ik me er bewust van ben dat mijn reactie overdreven is – ik ken Rosa nauwelijks – kan ik er niets tegen beginnen. Wat ik voor me zie, is een slanke vijftienjarige, haar lichaam beschadigd en bloedend. De schaamte en misère op Rosa's gezicht doen me denken aan Yulia en dat zij hetzelfde heeft doorstaan. Mijn maag knijpt samen.

'Wat een klootzakken.' Mijn stem klinkt laag en woedend als ik het portier open. 'Wat een verdomde klootzakken. Ze gaan eraan, verdomme.'

'Dat klopt,' gromt Esguerra, maar ik luister niet. Ik steek een hand uit naar Rosa en maak haar voorzichtig uit Nora's omarming los. Hoewel Esguerra's vrouw zo te zien niet aangerand is, is ze wel degelijk overstuur. Rosa snikt terwijl ik haar de auto in help en ik doe mijn best om voorzichtig met haar te zijn. Ik wil haar troosten zoals ik Yulia al die jaren geleden niet kon troosten.

Terwijl ik Rosa in de gordel zet, hoor ik Nora Esguerra's naam kreunen. Meteen draai ik me om. Ze staat voorovergebogen naast de auto.

De baby, besef ik. Ze was zwanger! Maar Esguerra heeft haar al in de auto geduwd en brult me toe ons nu meteen naar een ziekenhuis te brengen.

We zijn in recordtijd in het ziekenhuis, maar nog voor dat Esguerra naar me toekomt, weet ik al dat de baby het niet gered heeft. Er was te veel bloed in de auto.

'Ik vind het heel erg voor jullie,' zeg ik als ik mijn baas' intens geraakte uitdrukking zie. 'Hoe is het met Nora?'

'Ze hebben de bloeding kunnen stoppen.' Esguerra's stem klinkt hees. 'Ze wil naar huis, dus dat gaan we doen. Rosa komt ook mee.'

Ik knik. Omdat ik het ziekenhuis heb gezegd dat ik Rosa's vriend ben, hebben ze me op de hoogte gehouden van haar toestand. Zoals verwacht heeft het meisje geweigerd met de politie te praten. Aangezien haar verwondingen niet levensbedreigend zijn, hoeft ze geen nacht te blijven.

'Goed,' zeg ik. 'Regel jij het voor je vrouw, dan haal ik Rosa.'

Esguerra gaat terug naar Nora en ik neem contact op met de schoonmaakploeg om ze te laten weten wat ze met die bewusteloze jongen uit de club moeten doen. Van wat ik uit Rosa's hysterische uitleg heb begrepen, werd het dienstmeisje in een achterkamer van de club aangevallen door de twee jongens met wie ze eerder had staan dansen. Nora schoot haar te hulp en schakelde daarbij een derde jongen uit, die voor de ruimte op wacht had gestaan. Net op tijd wist Esguerra hen te vinden en slaagde erin één van de verkrachters uit te schakelen, maar de ander had Rosa al naar buiten gesleept en zou in het bestelbusje zijn gang met haar zijn gegaan als Esguerra haar niet had gered. Vervolgens wist hij te ontkomen in een witte SUV, de SUV die nu door ons gevolgd wordt.

Als we eenmaal weten wie hij is, heeft de chauffeur niet lang meer te leven.

Ik stop de telefoon weg en ga naar Rosa. Als ik haar kamer binnenloop, zit ze op het bed, gekleed in een verpleegsterblouse en -jas. Die moet ze van de verpleging hebben gekregen om haar gescheurde jurk te vervangen. Ze heeft haar knieën opgetrokken en leunt er met haar haar bleke, gekneusde gezicht op. Opnieuw zie ik Yulia voor me, en ik moet diep inademen om een nieuwe golf aan woede te onderdrukken.

Met kalme, langzame bewegingen loop ik naar het bed. 'Ik vind het heel erg voor je,' zeg ik zacht. Met een hand om haar elleboog help ik Rosa opstaan. 'Dat meen ik echt. Kun je zelf lopen of wil je dat ik je draag?'

'Ik kan wel lopen.' Haar stem klinkt dunnetjes en hoog van de spanning. Als tot me doordringt dat mijn aanraking het alleen maar erger maakt, laat ik haar gauw los. 'Het gaat prima met me.'

De leugen is overduidelijk, maar ik zeg er niets van. In plaats daarvan pas ik mijn tred aan haar tempo aan als ze wegschuifelt en breng haar naar de auto.

Een uur nadat we terug zijn in Esguerra's villa komen mijn baas en ik in de woonkamer bijeen zodat ik hem bij kan praten over de laatste ontwikkelingen.

'Waar is Rosa?' vraagt hij. Zijn stem is kalm en laat niets blijken van de pijn die ik in zijn ogen zie. Het is duidelijk dat hij zich heeft afgesloten van wat hij nu niet kan verwerken of herstellen en zich in plaats daarvan richt op wat er moet gebeuren.

'Ze slaapt,' zeg ik terwijl ik opsta. 'Ik heb haar een slaappil gegeven en gezorgd dat ze gedoucht heeft.'

'Mooi. Bedankt.' Esguerra komt naast me staan. 'Vertel me alles.'

'De opruimploeg heeft het lichaam uit de weg geruimd en het joch dat Nora in de gang bewusteloos heeft geslagen, gevangen genomen,' zeg ik. 'Ze houden hem vast in een door mij gehuurd pakhuis in South Side.'

'Mooi. En de witte auto?'

'De mannen hebben hem naar een luxe appartementengebouw in de binnenstad gevolgd. Daar is hij de garage ingereden. Ze hebben hem niet verder gevolgd. Ik heb het nummerbord wel al natrokken.'

'En?'

'Het lijkt erop dat we een probleem hebben,' zeg ik. 'Zegt de naam Patrick Sullivan je iets?'

Esguerra fronst. 'Hij komt me bekend voor, maar ik weet niet waarom.'

'De Sullivans bezitten de halve stad,' zeg ik als ik terugdenk aan wat ik net over onze nieuwste vijand te weten ben gekomen. 'Prostitutie, drugs, wapens, noem maar op. Ze zijn overal bij betrokken. Patrick Sullivan staat aan het hoofd van de familie en hij heeft elke lokale politicus en commissaris in zijn zak.'

'Juist.' In Esguerra's blik zie ik een vlaag van herkenning. 'Wat heeft dit allemaal te maken met Patrick Sullivan?'

'Hij heeft twee zoons,' leg ik uit. 'Of beter gezegd, hij hád twee zoons. Brian en Sean. Brian ligt momenteel te marineren in ons gehuurde pakhuis en Sean is de eigenaar van de witte SUV.'

'Juist,' zegt Esguerra. Ik weet we hetzelfde denken.

De connecties van de verkrachters maken de zaak een stuk ingewikkelder, maar dit maakt ook meteen duidelijk waarom ze Rosa op zo'n openbare locatie aangerand en verkracht hebben. Hun criminele pa strijkt waarschijnlijk altijd de plooien glad. Ze hebben nooit bedacht dat ze iemand die even gevaarlijk is als hij tegen zich in het harnas zouden jagen.

'En,' ga ik verder, 'dat joch dat we in het pakhuis hebben zitten, is hun zeventienjarige neefje, dus ook dat van Sullivan. Hij heet Jimmy. Blijkbaar is hij nogal dik met de broers. Of was, eigenlijk.'

Esguerra knijpt zijn blauwe ogen samen. 'Weten ze wie wij zijn? Kunnen ze Rosa eruit hebben gepikt om mij te pakken?'

'Ik denk het niet.' Ik klem mijn kaken opeen als een nieuwe vlaag van woede door me heen raast. 'De Sullivan-broers hebben nogal een geschiedenis als het om vrouwen gaat. Date-rape, drugs, aanranding, verkrachting, gang bangs met studenten, de lijst gaat maar door. Zonder hun vader zaten ze allang in de cel.'

'Ik begrijp het.' Esguerra's mond vertrekt in een kille grimas. 'Tegen de tijd dat wij klaar met ze zijn, zouden ze willen dat ze daar zaten.'

Ik knik. Zodra ik begrepen had dat het om Patrick Sullivan ging, wist ik dat we een oorlog op handen hadden. 'Zal ik een aanvalsteam samenstellen?' Een bekende verwachting welt in me op. Het is al een tijd geleden dat ik in een echt gevecht was.

'Nee, nog niet,' zegt Esguerra. Hij loopt naar het raam en staart naar de donkere, door bomen omringde tuin. Ik weet niet precies waar hij naar staat te kijken, maar hij is een tijd stil. Dan keert hij zich weer naar mij.

'Ik wil dat Nora en haar ouders op het landgoed zijn voor we iets doen,' zegt hij. Zijn gezicht straalt keiharde vastberadenheid uit. 'Sean Sullivan zal moeten wachten. Voorlopig richten we ons op het neefje.'

'Oké.' Ik knik. 'Ik zal voorbereidingen treffen.'

 *ulia*

DE EERSTE NACHT IN HET SAFEHOUSE SLAAP IK SLECHT.
Elke paar uur schrik ik wakker uit een nachtmerrie. De
precieze details herinner ik me niet, maar ik weet dat
Lucas en mijn broertje er in voor kwamen. De scènes
vormen een wazige film in mijn gedachten, met flarden
van treinen, hagedissen, schoten en de geur van
seringen erin.

Tegen 05.00 uur geef ik het op. Ik sta op, trek een
ochtendjas aan en loop naar de keuken om thee te
zetten. Obenko zit aan de tafel een krant te lezen. Hij
kijkt op als ik binnenkom; zijn groenbruine ogen staan
helder en scherp, ondanks het vroege uur.

'Jetlag?' vraagt hij, en ik knik. Dat lijkt me een prima verklaring voor hoe ik me voel.

'Wil je thee?' vraag ik terwijl ik water in een ketel doe en hem op het fornuis zet.

'Nee, bedankt.' Als hij me aandachtig opneemt, vraag ik me af wat hij ziet. Een verrader? Een miskleun? Iemand die een gevaar vormt in plaats van een waardevol lid? Vroeger gaf ik om wat mijn baas van me dacht en snakte ik evenzeer naar zijn goedkeuring als daarvoor naar die van mijn ouders, maar op dit moment kan ik me niet echt druk maken om wat hij vindt.

Ik geef vanochtend maar om één ding.

'Mijn broertje,' zeg ik als ik met een kop Earl Grey aan tafel ga zitten. 'Hoe is het met hem? Waar zijn je zus en haar gezin nu?'

'Ze zijn veilig.' Obenko vouwt zijn krant dicht. 'We hebben ze naar een plek verhuisd.'

'Heb je nog nieuwe foto's voor me?' Ik probeer niet te gretig te klinken.

'Nee.' Obenko zucht. 'We dachten dat je dood was. Toen je contact met ons opnam, had foto's maken niet bepaald prioriteit.'

Ik neem een slok gloeiendhete thee om mijn teleurstelling te verbergen. 'Ik begrijp het.'

Obenko zucht opnieuw. 'Yulia, we zijn nu 11 jaar verder. Je moet Misha loslaten. Je broertje heeft nu een heel leven waar jij niets mee te maken hebt.'

'Dat weet ik, maar zijn een paar foto's zo nu en dan

te veel gevraagd? Ik vind van niet.' Het klinkt harder dan ik wilde. 'Ik vraag niet om hem te zien...' Ik zwijg als een idee in me opkomt. 'Maar nu je geen foto's hebt, zou ik hem misschien van een afstandje kunnen zien?' Mijn hart begint te bonzen. 'Met een verrekijker of een telescoop. Hij zou er niets van weten.'

Obenko's blik vernauwt zich. 'We hebben dit al eerder besproken, Yulia. Je weet waarom je hem niet mag zien.'

'Omdat het mijn irrationele liefde voor hem zou versterken,' echo ik zijn woorden. 'Ja, dat zeg je, maar daar ben ik het niet mee eens. Ik had in die Russische gevangenis kunnen sterven of door Esguerra doodgemarteld kunnen zijn. Het feit dat ik hier nu zit...'

'Heeft niets te maken met Misha of onze overeenkomst van elf jaar geleden,' zegt Obenko. 'Je hebt deze opdracht verprutst. Vanwege jou heeft je broertje moeten verhuizen, is hij van school gewisseld en heeft hij zijn vrienden achter moeten laten. Jij hebt niets te eisen.'

Mijn vingers verstrakken om de mok thee. 'Ik eis niets,' zeg ik kalm. 'Ik vraag je iets. Ik weet dat mijn fouten dit veroorzaakt hebben en daar heb ik spijt van. Maar dat doet er wat mij betreft nu niet toe. Ik heb zes jaar in Moskou doorgebracht en precies gedaan wat je van me wilde. Ik heb je een boel waardevolle informatie bezorgd. Het enige wat ik daarvoor vraag, is mijn broertje vanaf een afstandje een keer zien. Ik wil hem niet benaderen, niet spreken... alleen zien. Waarom is dat zo erg?'

Obenko staat op. 'Drink je thee op, Yulia,' zegt hij zonder op mijn vraag in te gaan. 'Om 11.00 uur is de volgende debriefing.'

*ucas*

DE REST VAN DE NACHT BEN IK BEZIG DE
SCHOONMAAKPLOEG TE COÖRDINEREN EN ONS VERTREK
VOOR TE BEREIDEN. Het enige voordeel aan deze
toestand – als dat er is – is dat we eerder naar huis
gaan en ik me binnenkort zonder afleiding op de
zoektocht naar Yulia kan storten.

Maar eerst moet ik de situatie hier afhandelen.

Ik begin met het maken van een ontbijtje voor Rosa,
die in haar kamer is gebleven. Even kom ik de
verleiding gewoon een boterham te beleggen voor
haar, maar dan denk ik aan de omeletten die ik Yulia
heb zien maken en besluit dat te proberen. Het kost me
twee pogingen, maar dan ben ik er in geslaagd een van

Yulia's verrukkelijke maaltijden ruwweg te reproduceren. Hij smaakt ook niet slecht, blijkt uit een hap die ik neem voor ik de helft van de omelet op een bord voor Rosa schuif.

Met het bord in de hand klop ik op Rosa's deur. Na een tijdje hoor ik voetstappen en dan doet ze de deur open. Ze is gehuld in een lang, vormeloos T-shirt. Tot mijn opluchting zijn haar ogen droog, al zien de blauwe plekken op haar gezicht er nog erger uit dan gisteren.

'Hoi,' zeg ik met een geforceerde glimlach. 'Ik heb een omelet gebakken. Wil je de helft?'

Het dienstmeisje knippert verrast met haar ogen. 'O, goed... Bedankt.' Ze neemt het bord aan en kijkt ernaar. 'Dat ziet er heerlijk uit, Lucas. Bedankt.'

'Graag gedaan.' Mijn maag trekt samen als ik haar verwondingen in me opneem. 'Hoe voel je je?'

Blozend wendt ze haar blik af. 'Het gaat prima met me.'

'Oké.' Het is duidelijk dat ze geen gezelschap wil, dus zeg ik: 'Laat het me maar weten als je verder nog iets nodig hebt.' Dan draai ik me om en ga terug naar de keuken.

Tijd voor mijn eigen ontbijt voor ik me op de volgende taak stort.

~

Tegen de tijd dat Esguerra naar buiten komt, is alles voorbereid.

'Ik heb de neef hierheen laten brengen,' zeg ik zodra mijn baas voet op de oprijlaan zet. 'Ik had zo'n idee dat je vandaag niet helemaal naar Chicago wilde gaan.'

'Uitstekend.' Er schuilt een duistere glans in Esguerra's blik. 'Waar is hij nu?'

'In dat busje daar.' Ik wijs naar een zwart busje, dat op strategische wijze achter de bomen die het verst bij de buren vandaan zijn, geparkeerd staat.

Samen lopen we erheen. 'Heeft hij ons al iets van informatie gegeven?' vraagt Esguerra.

'Hij had de toegangscodes van de parkeergarage en lift van het gebouw van zijn neef voor me,' zeg ik. 'Het was niet moeilijk hem aan het praten te krijgen. Ik besloot de rest van de ondervraging aan jou over te laten, voor het geval je hem persoonlijk wilde spreken.'

'Goed. Dat wil ik zeker.' Eenmaal bij het busje opent Esguerra de achterdeur van het busje en kijkt naar het schemerige interieur.

Ik weet wat hij ziet: een magere tiener, gekneveld en met zijn handen en enkels achter zijn rug aan elkaar gebonden. Dit is de knul die Nora gisteren buiten westen heeft geslagen, het derde lid van het groepje. Ik heb een paar bewakers zich vast op hem uit laten leven, dus hij is helemaal klaar voor Esguerra.

Mijn baas verspilt geen moment. Hij klimt het busje in en vraagt: 'Zijn de wanden geluiddicht?'

Ik knik. 'Voor 90 procent in elk geval.' De geuren van urine en zweet stijgen uit het busje op, maar het zal niet lang meer duren voor de koperachtige geur van bloed ze overstemt.

'Mooi,' zegt Esguerra. 'Dat is voldoende.'

Hij sluit de deuren achter zich en het duurt nog geen minuut voor de smeekbedes en schreeuwen van zijn slachtoffer uit het busje opklinken. Ik negeer de geluiden en verdiep me in de laatste update van Diego en Eduardo. Laat Esguerra zijn lolletje hebben. Mijn mannen hebben bewijs gevonden van de landing van het privévliegtuig in Kiev. Yulia is dus zeker niet meer in Colombia.

Ik stuur Diego's vondst door naar de hackers. Als Esguerra klaar is, verpak ik het lichaam van de jongen in plastic en geef de schoonmaakploeg opdracht zich ervan te ontdoen.

EEN HALF UUR LATER BEN IK OP WEG TERUG NAAR HET huis als mijn telefoon gaat en ik opnieuw een berichtje van Esguerra ontvang.

Nieuwe ontwikkeling. Moeten ons vertrek bespoedigen.

Adrenaline raast door me heen. In de hal van het huis kom ik Esguerra in persoon tegen. 'Wat is er gebeurd?'

'Ons contact bij de CIA, Frank, heeft me een e-mail gestuurd,' zegt Esguerra, terwijl hij zijn natte haren uit zijn gezicht duwt. Hij moet gedoucht hebben om de jongen z'n bloed van zich af te spoelen. 'Een compositietekening van Rosa, Nora en mij circuleert bij de lokale FBI-afdeling. Hij komt ongetwijfeld van de Sullivan-broer in de witte SUV. Het zal vast niet lang duren voor de Sullivans erachter zijn wie we zijn en na wat ik de andere Sullivan-broer heb aangedaan in de club en het neefje hier...' Hij maakt zijn zin niet af, maar dat hoeft ook niet.

Esguerra en ik weten allebei dat Patrick Sullivan onze koppen zal willen zien rollen.

'Ik zal Thomas het vliegtuig laten voorbereiden,' zeg ik. 'Denk je dat Nora's ouders over een uur klaar kunnen staan?'

'Ze zullen wel moeten,' zegt Esguerra. 'Ik wil hen en de meiden het land uit hebben voor we tot actie overgaan.'

'Hoeveel bewakers zullen we meesturen met het vliegtuig?'

'Vier, voor het geval dat,' zegt Esguerra na even nagedacht te hebben. 'De rest blijft hier om deel uit te maken van het aanvalsteam.'

'Goed. Ik zal het de anderen mededelen en Rosa voorbereiden op ons vertrek.'

Tot de tanden gewapend arriveren we bij het huis van Esguerra's schoonouders. Onze limo wordt gevolgd door zeven SUV's, met in totaal drieëntwintig bewakers. De buren staren ons aan en even voel ik een vlaag humor bij de gedachte aan hoe Nora's ouders dit aan hun burgerlijke buren gaan uitleggen. De beste mensen van Oak Lawn hebben vast de geruchten gehoord over Nora's echtnoot de wapenhandelaar, maar horen en zien zijn twee heel verschillende dingen.

Zoals verwacht zijn ze nog niet klaar met inpakken, dus helpen Esguerra en zijn vrouw hen de zaken af te ronden. Rosa blijft in de auto zitten. Ze wil hen niet in de weg lopen, zegt ze tegen Nora.

Als we alleen zijn, draai ik me naar Rosa om en kijk haar aan door het glas dat de chauffeur van de rest van de limousine scheidt.

'Zal ik een muziekje opzetten?' Ze schudt haar hoofd. Ze zegt niets en kijkt uit het raam. Ik vermoed dat ze aan de gebeurtenissen van gisteren denkt.

Ik laat het glas weer omhoog komen, want ik wil haar niet in verlegenheid brengen. Dan informeer ik naar de toestand van het vliegtuig. Thomas verzekert me ervan dat het klaar is om op te stijgen, dus controleer ik mijn wapens: een M16 die ik om heb hangen en een Glock 26 die ik in een holster aan mijn been bevestigd heb. Het liefst zou ik mezelf nog beter bewapenen, maar ik rijd. Gelukkig heeft Esguerra nog een heel arsenaal onder een van de zittingen achterin liggen. Hopelijk hebben we ze niet nodig... maar als dat wel zo mocht zijn, zijn we in elk geval voorbereid.

Veertig minuten later komt Esguerra met een grote koffer het huis uit. Hij wordt gevolgd door Nora's vader, ook met een koffer, en Nora en haar moeder.

Hoewel er meer dan genoeg ruimte achterin is, komt Rosa voorin naast me zitten om hen meer ruimte te geven.

'Dat vind je toch niet erg?' vraagt ze terwijl ze me een blik toewerpt. Ik glimlach geruststellend.

'Nee hoor, ga je gang.' Ik rol het glas weer omhoog om ons van de cabine achterin te scheiden en start de wagen. 'Hoe gaat het met je?'

'Prima.' Haar stem klinkt zacht, maar trilt niet. Ik dring niet aan en een tijdlang valt er een gemakkelijke stilte. Pas als we de snelweg oprijden, doet Rosa haar mond weer open. 'Lucas,' zegt ze zacht. 'Ik wil je om een gunst vragen.'

Verrast kijk ik haar even aan voor ik mijn blik weer op de weg richt. 'Wat kan ik voor je doen?'

'Als er een kans komt...' Haar stem breekt. 'Als jullie ze te pakken krijgen, wil ik erbij zijn. Oké? Ik wil er gewoon bij zijn.'

Meer zegt ze niet, maar ik begrijp wat ze bedoelt. 'Reken maar,' beloof ik haar. 'Ik zal ervoor zorgen dat je ziet dat het recht zijn beloop krijgt.'

'Bedankt...' begint ze, maar dan zie ik een beweging in een van de zijraampjes en begint mijn hart te bonzen.

Op de smalle snelweg achter onze SUV's is een hele stoet auto's verschenen, die snel dichterbij komt.

Terwijl de adrenaline door me heen raast, trap ik het gaspedaal diep in. De limo schiet vooruit in een razend tempo, en ik laat het glazen tussenraam zakken om via de achteruitkijkspiegel Esguerra's blik te kunnen ontmoeten.

'We worden achtervolgd,' zeg ik kortaf. 'Ze hebben ons door en brengen alles mee wat ze hebben.'

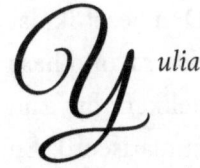ulia

'BAYU-BAYUSHKI-BAYU, NE LOZHISYA NA KRAYU...' MIJN moeder zingt een Russisch slaapliedje voor me. Haar stem klinkt zacht en lief en ik kruip lekker onder de dekens. 'Pridyot seren'kiy volchok, i ukusit za bochok...'

Hoewel ze vals zingt en de tekst over een grijze wolf gaat die me in mijn zij zal bijten als ik te dicht bij de rand van het bed ga liggen, is de melodie warm en geruststellend, net als mijn moeders glimlach. Ik wentel me er zolang als ik kan in, maar bij ieder woord sterft mijn moeders stem verder weg tot er alleen nog stilte heerst.

Stilte en een koude, lege duisternis.

'Ga niet weg, mama,' fluister ik. 'Blijf thuis. Ga vanavond niet naar opa. Alsjeblieft, blijf thuis.'

Maar er komt geen antwoord. Dat komt er nooit. Er is niets dan duisternis en Misha's gehuil. Hij heeft koorts en wil naar mama. Ik pak hem op en wieg hem zacht. Het solide gewicht van zijn peuterlichaam is mijn anker in de duisternis. 'Niets aan de hand, Mishen'ka. Het is goed. Het komt goed met ons. Ik zal voor je zorgen. Het komt goed met ons, dat beloof ik.'

Maar hij blijft huilen. Hij huilt de hele nacht. Als de directrice van de school hem de volgende ochtend komt halen, wordt hij zelfs hysterisch. Dan besef ik dat ze hem iets heeft aangedaan. Toen hij gisteravond haar kantoor uitkwam, had hij blauwe plekken op zijn benen. Ze heeft hem pijn gedaan, getraumatiseerd. En sindsdien kan hij niet meer stoppen met huilen.

'Nee, neem hem niet mee.' Ik vecht om mijn greep op Misha te behouden, maar ze duwt me weg en neemt mijn broertje mee. Ik ren haar achterna, maar twee oudere jongens vormen een muur tussen ons in.

'Niet doen,' zegt een van hen. 'Het helpt toch niet.'

Zijn ogen zijn even zwart als de duisternis om me heen en alles begint te draaien. Ik ben zo verloren in die duisternis.

'Ik heb een voorstel voor je, Yulia.' Een man in pak glimlacht naar me, maar zijn bruine ogen staan koel en berekenend. 'Een overeenkomst, zelfs. Daar ben je toch niet te jong voor, om een overeenkomst aan te gaan?'

Ik hef mijn kin en kijk hem recht in de ogen. 'Ik ben elf. Ik kan doen wat ik wil.'

'Bayu-bayushki-bayu, ne lozhisya na krayu...'

'Het is jouw schuld, trut.' Harde handen grijpen me vast en sleuren me verder de duisternis in. 'Het is allemaal jouw schuld.'

'Pridyot seren'kiy volchok, i ukusit za bochok...'

Opnieuw sterft de melodie weg en huilend en vechtend zak ik verder weg in de duisternis.

'Vertel me over het programma.' Sterke armen vangen me op en zetten me tegen een gespierd mannenlichaam vast. Ik zou doodsbang moeten zijn, maar als ik opkijk en de lichtblauwe ogen van de man ontmoet, voel ik in plaats daarvan hitte door me heen razen. Zijn gezicht staat hard en zijn hele lichaam lijkt uit steen gehouwen te zijn, maar zijn blauwgrijze ogen bevatten een warmte die ik in jaren niet meer heb gevoeld. Ik zie de belofte van veiligheid en nog iets anders.

Iets waar ik met mijn hele ziel naar snel.

'Lucas...' Wanhopig reik ik naar hem. 'Alsjeblieft, neem me. Alsjeblieft.'

Hij stoot diep in me. Zijn grote penis rekt me uit, doorboort me. Zijn hitte verjaagt de kou. Ik sta in vuur en vlam, maar dat is niet genoeg. Ik wil meer. 'Ik houd van je,' fluister ik terwijl mijn nagels zich in zijn gespierde rug boren. 'Ik houd van je, Lucas.'

'Yulia.' Zijn stem klinkt kil en afstandelijk. 'Yulia, het is tijd.'

'Alsjeblieft,' smeek ik. Ik reik naar Lucas, maar hij vervaagt. 'Ga alsjeblieft niet weg. Blijf bij me.'

'Yulia.' Een hand op mijn schouder. 'Wakker worden.'

Ik snak naar adem en schiet overeind in bed. Obenko staart me koel aan. Mijn hart bonst en ik voel het koude zweet op mijn hele lichaam. Als ik langzaam rondkijk, neem ik het afbladderende behang en het grijzige licht dat door een vuil raam naar binnen valt in me op. Lucas is er niet; er is niemand om de duisternis te verjagen.

Ik ben in mijn slaapkamer in het safehouse, waar ik in slaap gevallen moet zijn. Straks is de debriefing.

'Was ik... heb ik iets gezegd?' Ik probeer het beven in mijn stem onder controle te houden. De droom is al aan het vervagen, maar de stukjes die ik me nog herinner laten mijn maag samenknijpen.

'Nee.' Obenko's gezicht is uitdrukkingsloos. 'Moet dat dan?'

'Nee, natuurlijk niet.' Mijn bonzend hart begint eindelijk tot bedaren te komen. 'Geef me een momentje om me op te frissen, dan kom ik er zo aan.'

'Oké.' Obenko loopt mijn kamer uit en ik trek de deken nog wat dichter om me heen, wanhopig op zoek naar elk beetje troost dat ik kan vinden.

ucas

ALS IK EEN HEEL SALVO GEWEERVUUR HOOR, KIJK IK IN DE zijspiegel en zie onze bewakers vanuit de SUV's op de achtervolgende auto's schieten. Een kogel slaat tegen de zijkant van de limo en ik begin te zwenken om ons een minder makkelijk doelwit te maken. Ik hoor Nora's ouders achterin paniekerig schreeuwen en als ik in de achteruitkijkspiegel kijk, zie ik Esguerra naar zijn geheime wapenvoorraad tasten.

Godverdomme. Mijn handen klemmen zich strakker om het stuurwiel. Dit zou niet mogen gebeuren. Niet nu we burgers bij ons hebben. Esguerra en ik kunnen dit wel aan, maar Rosa en Nora niet... om nog maar niet te spreken van Nora's ouders. Als hen iets overkomt... Ik trap het gaspedaal nog harder in, tot de snelheidsmeter meer dan 160 kilometer per uur aangeeft.

Nog meer schoten. In de zijspiegel zie ik dat onze mannen terugschieten. Helemaal achter in de colonne botst een van de wagens van Sullivan op een van de onze om hem van de weg te duwen. Er wordt nog meer geschoten en dan raakt de wagen van de achtervolgers van de weg en rolt om.

Een andere auto ramt een van onze SUV's. Daarachter zie ik nog een stuk of tien wagens, een mengeling van SUV's, busjes en Hummers met granaatwerpers op het dak.

Nee, geen tien.

Het zijn er vijftien of zestien, tegen acht van ons.

Godskolere. Nog meer gas en de snelheidsmeter stijgt naar 180 kilometer per uur. We zouden sneller moeten, maar de gewapende limo is te zwaar. Hij is gebouwd op veiligheid en niet op snelheid.

Een van onze achterste SUV's vliegt omhoog en ontploft midden in de lucht. De klap is oorverdovend, maar ik houd mijn aandacht op de weg gericht. Ik kan het me niet veroorloven aan de mannen te denken die we net verloren zijn, of hun gezinnen.

Ik mag me niet laten afleiden als we dit willen overleven.

'Lucas.' Rosa klinkt paniekerig. 'Lucas, dat is...'

'Een wegversperring, klopt.' Ik moet mijn stem verheffen om boven het lawaai van geweervuur en explosies uit te komen. Vier politiewagens blokkeren de snelweg, met meerdere SWAT-teams eromheen. Ze zijn hier overduidelijk voor ons, wat inhoudt dat Sullivan hen in zijn zak heeft.

Achterin roept Julian iets naar Nora en als ik in de achteruitkijkspiegel kijk, zie ik dat hij kogelvrije vesten uitdeelt en een granaatwerper pakt.

'We moeten erdoorheen,' schreeuw ik terwijl ik het gaspedaal nog dieper intrap. Het duurt nog maar een paar seconden voor we in volle vaart de blokkade rammen. Ik mik precies op de ruimte tussen twee politiewagens. In dit geval is het gewicht van de gepantserde limousine een voordeel.

'Houd je vast!' roep ik naar Rosa. Dan rammen we de auto. De impact van de klap perst me naar voren. Mijn gordel snijdt in mijn huid en kogels van het SWAT-team ketsen af tegen de zijkant en ramen van de wagen... Maar dan zijn we erdoor. De limo schiet voorwaarts terwijl achter ons twee auto's ook op de blokkade inrijden en ontploffen.

Auto's van Sullivan, stel ik een ogenblik later opgelucht vast. Vanuit de achteruitkijkspiegel zie ik dat onze SUV's nog intact zijn. Naast me ziet Rosa lijkbleek, maar ze lijkt wel ongedeerd.

Voor ik echter op adem heb kunnen komen, klinkt er een oorverdovende klap en vliegt de politiewagen achter ons de lucht in. Hij landt op zijn zij en vliegt in brand. Een van de Hummers van Sullivan rijdt er vol tegenaan. Nog een explosie en een busje van de Sullivans raakt van de weg. Een woeste grijns breekt door op mijn gezicht als ik Esguerra in het midden van de limo zie staan. Zijn hoofd en schouders steken door een opening in het dak naar buiten.

Mijn baas moet de granaatwerper in gebruik hebben genomen.

Opnieuw een enorme knal als hij het volgende schot afvuurt, maar helaas raakt hij ditmaal niets. In plaats daarvan ramt een van de Hummers een van onze SUV's en ik zie hoe de wagen omrolt en van de weg raakt.

O, nee. Mijn opluchting verdwijnt. Esguerra zal beter moeten mikken of we gaan eraan.

Alsof hij mijn gedachten kon lezen, klinkt er weer een knal en zie ik achter ons een Sullivan-busje de lucht in gaan. Hij neemt twee van de Sullivan SUV's met zich mee, maar mijn voldoening is van korte duur als ik kogels tegen de zijkant van de limo hoor slaan. Meteen begin ik weer over de weg te zigzaggen.

In tegenstelling tot de limo is Esguerra's hoofd niet gepantserd.

'Kom op, Esguerra,' mompel ik, mijn handen stevig om het stuurwiel geklemd. 'Schiet ze verdomme allemaal neer.'

Boem! Nog een SUV van de Sullivans ontploft, de wagen erachter meenemend.

'Het lukt hem,' zegt Rosa met trillende stem. 'Ze hebben nog maar zes wagens over.'

Ik werp opnieuw een blik in de achteruitkijkspiegel om me ervan te vergewissen dat ze gelijk heeft. Zes vijandelijke auto's tegen vijf van de onze.

Misschien redden we het toch.

Ineens zie ik vuur in de spiegel. Twee van onze SUV's vliegen de lucht in, uitgeschakeld door hun Hummers. *Verdomme. Godverdomme.*

'Kom op, Esguerra.' De knokkels van mijn handen zijn inmiddels wit uitgeslagen, zo hard knijp ik in het stuur. 'Doe het gewoon.'

Boem! Een van de Hummers raakt van de weg, rokend en met een kapotte motorkap.

'Het is Señor Esguerra gelukt!' Rosa klinkt zowat hysterisch van opwinding. 'Lucas, het is hem gelukt!'

Maar ik krijg niet eens de kans om iets te zeggen voor een van de vijandelijke auto's begint te slingeren en een andere Sullivan-auto raakt. Onze mannen moeten de chauffeur hebben geraakt.

'Nog maar drie over, Lucas. Nog maar drie!' Rosa zit te stuiteren op de stoel. Zo te zien is ze high van de adrenaline. Op een zeker punt verdwijnt de angst en wordt het allemaal een spelletje, opwindender dan wat ook. Dat is ook wat gevaar zo verslavend maakt – tenminste, voor mij.

Ik voel me pas echt levend als ik dicht bij de dood ben.

Maar ineens besef ik dat dat eigenlijk niet waar is. Vandaag voelt alles gedempt, gesmoord in mijn zorgen om de burgers die we bij ons hebben en mijn woede over de dood van onze mannen. In plaats van opwinding voel ik alleen een grimmige vastberadenheid dit hoe dan ook te overleven.

Ik wil blijven leven zodat ik Yulia kan gaan zoeken en me op een heel andere manier levend kan voelen.

'Lucas.' Rosa klinkt nu gespannen. 'Lucas, zie je dat?'

'Wat?' Maar dan hoor ik het.

Het geluid van rotorbladen, ver weg maar toch onmiskenbaar.

'Een politiehelikopter.' Rosa stem beeft weer. 'Lucas, waarom hebben ze een helikopter?'

In plaats van antwoord te geven, geef ik opnieuw vol gas. Er zijn twee mogelijkheden: of de autoriteiten hebben gehoord wat er gaande is, of het zijn meer corrupte agenten. Ik gok dat het het laatste is, wat betekent dat onze kansen nu echt miniem zijn. Als ik het goed berekend heb, heeft Esguerra nog één granaat over. Maar daar kan hij echt die heli niet mee neerhalen.

'Wat moeten we doen?' Het is overduidelijk dat Rosa nu in paniek aan het raken is. 'Lucas, wat moeten we...'

'Stil.' Ik houd mijn blik op het gebouw voor ons gericht. We zijn bijna bij het privévliegveld en als we de hangar kunnen bereiken, maken we nog een kansje.

'Ik probeer de hangar te bereiken!' brul ik naar Esguerra, waarna ik een scherpe bocht naar rechts inzet. Nog meer gas. De limo kan gewoon niet harder dan dit. We scheuren richting de hangar, maar de helikopter komt hoorbaar dichterbij.

Boem! Mijn oren suizen van de inslag en instinctief wijk ik uit, voor ik opnieuw het gas intrap. Achter ons raken twee van onze SUV's elkaar en raken van de weg.

'Ze hebben ze neergeschoten.' Rosa klinkt

verdwaasd. 'O, mijn God, Lucas... De helikopter heeft ze neergeschoten.'

Ik schud mijn hoofd om het suizen in mijn oren weg te krijgen, maar voor dat gebeurt, klinkt er opnieuw een oorverdovende explosie.

De Hummer achter ons gaat in vlammen op. Alleen twee vijandelijke SUV's en de helikopter zijn nog over.

Esguerra's laatste schot was een voltreffer.

Maar voor ik goed en wel op adem ben gekomen, wordt de limo opzij geblazen door een explosie. Mijn zicht wordt duister en mijn hoofd begint te tollen. Het suizen in mijn oren klinkt hoog en schril. Alleen mijn tientallen jaren training zorgen ervoor dat ik mijn handen aan het stuur houd. Als mijn blik weer helder word, dringt tot me door wat Rosa gilt.

'We zijn geraakt, Lucas! We zijn geraakt!'

Verdomme, ze heeft gelijk. Uit de kofferbak van auto stijgt rook op en het achterraam is versplinterd.

'Zijn Esguerra en zijn familie...' begin ik, maar dan zie ik Esguerra in mijn achteruitkijkspiegel verschijnen. Er zit overal bloed, maar hij is duidelijk nog springlevend. Hij trekt Nora omhoog van haar positie op de vloer en geeft haar een AK-47. Achter haar zijn ook haar ouders bebloed. Ze zien er versuft uit, maar ze zijn wel nog bij bewustzijn.

Omdat we bijna bij de hangar zijn, haal ik mijn voet van het gaspedaal. Ik hoor Esguerra zijn vrouw instructies geven. Hij wil dat ze zodra we stoppen haar ouders meeneemt en zorgt dat ze zo snel mogelijk bij het vliegtuig komen.

'Jij gaat met hen mee, Rosa. Begrepen?' zeg ik, mijn blik nog altijd op de weg gevestigd. 'Je stapt uit en zet het op een lopen.'

'Oké.' Ze klinkt alsof het haar moeite kost niet te gaan hyperventileren.

We rammen door de deuren van de hangar heen en ik trap de rem zo hard in dat de limo piepend tot stilstand komt.

'Rennen, Rosa!' Ik maak mijn gordel los en spring eruit, mijn hand op mijn M16, terwijl zij de auto uit klautert.

'Nu, Nora!' roept Esguerra als hij het portier aan de passagierszijde opengooit. 'Nu, rennen!'

Vanuit mijn ooghoek zie ik Rosa achter Nora en haar ouders aanrennen. Voor ik echter kan zien of ze veilig het vliegtuig bereiken, scheurt een SUV van de Sullivans het gebouw binnen.

Ik open het vuur, net als Esguerra.

De voorruit van de SUV versplintert en de wagen komt piepend tot stilstand, waarna meerdere gewapende mannen uitstappen.

'Achteruit! Gebruik de limo als dekking!' Ik dek Esguerra terwijl we ons terugtrekken. Daarna dekt hij mij als ik zelf ook achter de limo duik.

'Klaar?' Hij knikt. In gesynchroniseerde bewegingen duiken we elk aan een kant van de limo op en openen het vuur, voor we weer dekking zoeken.

'Er zijn er vier neer,' zegt Esguerra, die zijn eigen M16 herlaadt. 'Volgens mij is er nog één over.'

'Dek me,' zeg ik. Dan begin ik om de limo heen te

tijgeren. Ik voel het zweet in mijn ogen druipen terwijl me op mijn buik voortbeweeg. Esguerra blijft op de SUV schieten om de vijand af te leiden. Het duurt bijna een minuut, maar dan zie ik een opening en kan ik op de schutter schieten.

Mijn kogels raken hem in de hals. Wat volgt, is een geiser aan bloed.

Hijgend sta ik op. Na het kabaal van het gevecht heb ik het gevoel dat ik nu doof ben.

'Goed gedaan,' zegt Esguerra, die opstaat van achter de limo. 'Als onze overgebleven mannen de...'

'Julian!' Aan de andere kant van de hangar staat Nora met haar AK-47 boven haar hoofd te zwaaien. Ze ziet er enorm opgelucht uit. 'Hier! Kom, we gaan!'

Esguerra's gezicht licht op in een grijns als ze op hem af begint te rennen... En dan word ik door een vlaag gloeiend hete lucht weggeslingerd.

14

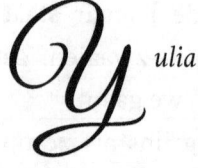ulia

DE TWEEDE 'DEBRIEFING' IS NOG VRESELIJKER DAN DE
eerste. Obenko en de twee agenten willen dat ik ieder
gesprek met Lucas navertel en alles wat tussen ons is
voorgevallen tot in detail onthul. Ze willen weten hoe
hij me vastbond, wanneer hij me kleding gaf, wat voor
maaltijden ik voor hem bereidde en wat zijn seksuele
voorkeuren zijn. In eerste instantie werk ik mee, maar
na een tijdje begin ik de vragen af te ketsen. Ik kan het
niet aan mijn relatie met mijn voormalige cipier op
deze manier, door deze mannen, ontleed te zien. Ze
mogen mijn gevoelens voor Lucas, of mijn fantasieën
over hem, niet te weten komen. Die mildere momenten

tussen ons, de dingen die hij me beloofd heeft: die zijn van mij. Alleen van mij.

Wat tijdens mijn gevangenschap gebeurd is, is fout en verwrongen, maar het betekende wel iets – voor mij, in elk geval.

'Yulia,' zegt Obenko als ik weer een van zijn vragen ontwijk. 'Dit is belangrijk. De man met wie je twee weken hebt doorgebracht is Esguerra's rechterhand. Zo te horen is hij, en niet Esguerra, degene die echt achter ons aanzit. Het is van levensbelang dat we precies weten wat hij wil en hoe hij denkt.'

'Ik heb jullie alles al verteld wat ik weet.' Ik probeer de frustratie uit mijn stem te weren. 'Wat willen jullie nog meer van me?'

'Wat dacht je van de waarheid, Yulia Borisovna?' Mateyenko kijkt me doordringend aan. 'Heeft Kent je hierheen gestuurd? Werk je nu voor hem?'

'Wat?' Mijn mond valt open. 'Meen je dat nou? Ik ben degene die jullie gewaarschuwd heeft. Denk je echt dat ik het adoptiegezin van mijn broertje zou verraden?'

'Ik heb geen idee, Yulia Borisovna.' Mateyenko's uitdrukking blijft gelijk. 'Zou je dat?'

Ik spring op. 'Als ik voor hem werkte, zou ik jullie dan vertellen dat hij al die informatie uit me kreeg? Een dubbelagent zou niet zeggen dat ze gebroken is – ze zou als een held terugkeren, niet als een mislukkeling.'

Sokov zit naast Mateyenko en slaat zijn armen over elkaar. 'Dat ligt er maar net aan hoe slim de dubbelagent is, Yulia Borisovna. De besten hebben altijd een goed verhaal.'

Ik wend me tot Obenko. 'Denk jij dat ook? Dat ik jullie verraden heb?'

'Nee, Yulia.' Mijn baas knippert niet. 'Als dat zo was, was je al dood geweest. Maar ik denk wel dat je iets verbergt. Klopt dat?'

'Nee.' Ik blijf hem recht aankijken. 'Ik heb jullie alles verteld. Ik zou niet weten wat ons nog meer zou kunnen helpen.'

Obenko's mond verstrakt, maar hij knikt. 'Goed. Dan zijn we klaar voor vandaag.'

ALS MATEYENKO EN SOKOV WEG ZIJN, GA IK TERUG NAAR mijn kamer, vergezeld van een bonzende hoofdpijn als gevolg van de spanning. Ongetwijfeld meende Obenko wat hij zei: als hij dacht dat ik een dubbelagent was, zou hij me al gedood hebben.

Nadat ik de Russische gevangenis en Esguerra's landgoed overleefd heb, zou ik alsnog kunnen sterven door toedoen van mijn eigen collega's.

Vreemd genoeg brengt die gedachte me niet heel erg van mijn stuk. Die kilte in mijn borst verdooft alles, ook mijn angst. Nu ik hier ben en alles heb gedaan om de veiligheid van mijn broertje te waarborgen, voel ik slechts een vage bezorgdheid om mijn eigen welzijn. Zelfs de herinnering aan Lucas' wrede behandeling voelt ver weg en vaag, alsof het jaren in plaats van dagen geleden is.

Ik ga op mijn bed liggen en trek de deken over me heen, maar echt warm krijg ik het niet.

Slechts één persoon kan deze kou verdrijven – en hij bevindt zich duizenden kilometers verderop.

ucas

TAK-TAK-TAK!

Het scherpe geluid van schoten dringt door de duisternis heen en haalt me terug naar de werkelijkheid. In mijn hoofd bevindt zich een dikke mist.

Met een kreun rol ik me op mijn buik. De pijn in mijn hoofd is zo hevig dat ik er bijna van over mijn nek ga. Waar is Jackson? Wat is er gebeurd? We waren op patrouille en... Verdomme!

Ik negeer de bonzende pijn in mijn hoofd en begin door het zand te tijgeren, weg van de schoten. Mijn hele lichaam doet pijn. Zand prikt in mijn ogen en snijdt bij elke ademhaling in mijn longen. Het voelt alsof ik alleen nog uit zand besta en mijn huid ieder moment weggeblazen kan worden door de harde, gemene wind.

Nog meer schoten en dan een gesmoorde kreet.

Mijn borst trekt samen van angst. 'Jackson?'

'Ik ben geraakt.' Jacksons stem klinkt geschokt. 'Verdomme, Kent, ze hebben me geraakt.'

'Houd vol.' Met mijn nutteloze wapen in de hand tijger ik terug richting de schoten. Binnen vijf minuten nadat we in de hinderlaag terechtkwamen was ik door mijn munitie heen, maar ik wil het wapen uit handen van de vijand houden. 'Ik heb een oproep gedaan. Ze komen ons redden.'

Als Jackson hoest, gaat het geluid al snel over in gerochel. 'Te laat, Kent. Het is verdomme te laat. Maak dat je wegkomt.'

'Bek dicht.' Ik verhoog mijn snelheid. Het gedempte licht van de maan verlicht een onduidelijke vorm naast de omgeslagen Humvee. Omdat Jacksons stem uit die richting komt, moet hij het zijn. 'Houd vol.'

'Ze komen niet, Kent.' Jackson ademhaling piept. De kogel moet zijn longen geraakt hebben. 'Roberts... Hij wilde dit. Hij heeft dit veroorzaakt.'

'Waar heb je het over?' Eindelijk heb ik hem bereikt, maar als ik hem aanraak, voel ik alleen vochtig vlees en gebroken botten. Met een ruk trek ik mijn hand terug. 'Verdomme, Jackson, je been...'

'Je moet...' Jackson haalt opnieuw rochelend adem. '...gaan. Ze blazen ons op als ze hier eenmaal zijn. Roberts... Ik betrapte hem. Ik wilde hem aangeven. Dit zijn de Taliban niet. Roberts wist...' Hij hoest gorgelend. '...dat we hier zouden zijn. Dit heeft hij zo georganiseerd.'

'Stop. We redden het wel.' Ik kan nu niet nadenken over wat Jackson bedoelt, wat zijn woorden suggereren. Onze bevelhebber zou ons niet zo verraden. Dat is onmogelijk. 'Houd vol, maat.'

'Te laat.' Jackson rochelt opnieuw als ik mijn hand naar hem uitsteek. 'Roberts...' Zijn adem stokt en als ik mijn handen op zijn buik duw, voel ik een warme vloeistof eroverheen stromen.

'Jackson, blijf bij me.' Mijn hart bonst misselijkmakend snel. Niet Jackson. Dit mag Jackson niet gebeuren. Ik verhoog de druk op de wond in de hoop het bloeden te stelpen. 'Kom op, maat, houd vol. Hulp is onderweg.'

'Vlucht,' mompelt Jackson haast onhoorbaar. 'Hij zal je doden...' Er trekt een rilling door hem heen en ik voel het gebeuren. Zijn lichaam verslapt en de geur van urine en ontlasting vult de lucht.

'Jackson!' Met één hand nog altijd op zijn buik probeer ik in zijn hals naar een polsslag te voelen, maar die vind ik niet.

Het is voorbij. Mijn beste vriend is dood.

Tak-tak-tak!

Opnieuw geweervuur en opnieuw die dikke mist in mijn hoofd. Het is heet... Heter dan het 's nachts in de woestijn hoort te zijn. De hitte vreet aan me, brandt alsof...

Godverdomme, ik sta in brand!

Ik werp mezelf opzij en blijf rollen tot ik de brandende hitte voel verdwijnen. Mijn ribben doen ontzettend zeer en mijn hoofd tolt, maar de vlammen die aan mij likten zijn weg.

Hijgend open ik mijn ogen en staar naar het plafond, hoog boven me.

Een plafond, niet de nachtlucht.

Eindelijk slaagt mijn brein erin de zaken weer te verbinden.

Afghanistan was acht jaar geleden.

Ik ben in Chicago, niet in Afghanistan, en wat me nu ook overkomen is, met mijn oude bevelhebber heeft het niets te maken.

Tak-tak-tak!

Als ik omkijk, zie ik een klein figuurtje aan de andere kant van de hangar rondrennen. Vier mannen in SWAT-uitrusting zitten achter haar aan. Ongelovig kijk ik toe als Esguerra's vrouw zich omdraait en met de AK-47 een paar schoten lost richting haar achtervolgers, voor ze zich weer achter een van de vliegtuigen verbergt.

O, nee. Ik moet Nora helpen. Met een kreun rol ik op mijn zij. Overal om me heen ligt brandend puin en de limo staat in brand. In de hangarmuur erachter bevindt zich een gapend gat, waardoor ik de politiehelikopter buiten kan zien. Hij staat op het gras. De rotorbladen zijn niet meer in beweging.

Sullivans mannetjes moeten de laatste bewakers in de laatste SUV hebben uitgeschakeld.

Als ik overeind krabbel, zie ik Esguerra naar de

brandende limo schieten. Hij leeft nog, besef ik opgelucht. Ik zet ook een stap in de richting van de wagen, vechtend tegen de duizeligheid en de brandende pijn in mijn ribben.

Voor ik er ben, springt Esguerra eruit met twee machinegeweren. Meteen holt hij de kant van Nora's achtervolgers op. Ik wil hem gaan helpen, maar dan zie ik beweging bij de helikopter.

Er stappen twee mannen uit, die overduidelijk op het punt staan te vluchten.

Voor goed en wel tot me doorgedrongen is wie het zijn, heb ik al gereageerd. Ik hef mijn wapen en pomp ze vol kogels, zorgvuldig mikkend om geen vitale organen te raken. Als ik klaar ben met schieten, valt er een stilte in de hangar. Ik kijk om en zie Esguerra Nora omhelzen. Ze lijken allebei ongedeerd.

Een gemene grijns vormt zich om mijn mond als ik richting de twee mannen loop die ik heb neergeschoten.

Tijd dat de Sullivans boeten voor hun daden.

'Is dat wie ik denk?' Esguerra knikt naar de oudere man. Ik glimlach wreed.

'Ja. Patrick Sullivan zelf, samen met zijn favoriete – en enig overgebleven – zoon Sean.'

Ik heb Patrick in zijn been en zijn zoon in zijn arm geschoten. Beide mannen rollen huilend van de pijn over de grond. Die aanblik koelt iets van de razende woede in mijn binnenste. Ze zullen boeten voor wat ze Rosa, Nora en de bewakers die vandaag gestorven zijn hebben aangedaan.

'Ik vermoed dat ze met de helikopter kwamen om de boel in de gaten te houden en op het juiste moment in te grijpen,' zeg ik. Mijn gezicht vertrekt en ik houd met een arm mijn ribben zoveel mogelijk op hun plek. 'Maar dat juiste moment kwam niet. Ze zijn erachter gekomen wie je was en hebben alle agenten opgetrommeld die hen iets schuldig waren.'

'De mannen die we gedood hebben, waren agenten?' Nora staat te beven. Haar roes van de adrenaline begint duidelijk uit te werken. 'Die mannen in de Hummers en SUV's ook?'

'Veel wel, aan hun kleding te zien,' zegt Esguerra. Hij slaat een arm om haar middel. 'Een aantal was waarschijnlijk corrupt, maar de rest volgde alleen bevelen van hoger hand. Ze dachten ongetwijfeld dat we zeer gevaarlijke criminelen waren. Misschien zelfs terroristen.'

'O.' Met een lijkbleek gezicht zakt Nora tegen haar echtgenoot aan.

'Verdomme,' mompelt Esguerra voor hij haar in zijn armen optilt. Hij houdt haar stevig tegen zich aan en zegt: 'Ik breng haar naar het vliegtuig.'

Tot mijn verbazing schudt Nora haar hoofd. 'Nee, het gaat prima. Laat me alsjeblieft zakken.' Ze duwt zo vastbesloten tegen hem aan dat Esguerra haar weer voorzichtig neerzet.

Met een arm om haar schouders kijkt hij haar bezorgd aan. 'Wat is er, schatje?'

Nora gebaart naar de gevangenen. 'Wat ga je met ze doen? Ga je ze doden?'

'Ja,' zegt Esguerra zonder aarzelen. 'Dat ga ik zeker doen.'

Nora zegt niets en ineens herinner ik me wat ik haar vriendin heb beloofd. 'Ik vind dat Rosa hier ook bij moet zijn,' zeg ik. 'Ze wil gerechtigheid zien.'

Esguerra kijkt weer naar zijn vrouw, die knikt.

'Haal haar maar hierheen,' zegt Esguerra. Ondanks de ernst van de situatie voel ik een vlaag humor als ik naar het vliegtuig loop.

Esguerra's tere kleine vrouwtje heeft zich goed aangepast aan onze wereld.

Als ik bij het vliegtuig ben, komt Rosa met een bleek gezicht naar buiten. 'Lucas, zijn ze...'

'Ja, kom maar mee.' Ik pak haar zacht bij de arm en neem haar mee. Eenmaal buiten de hangar zie ik dat Patrick Sullivan buiten westen is geraakt. Zijn zoon is echter nog steeds bij kennis en smeekt om zijn leven.

Ik werp een blik op Rosa en zie tot mijn voldoening dat ze weer wat kleur op haar wangen heeft. Ze loopt op Sean Sullivan af, kijkt even naar hem en richt haar blik dan op ons.

'Mag ik?' vraagt ze. Ze steekt haar hand uit en ik geef haar met een kille glimlach mijn wapen. Rosa's handen trillen niet als ze het wapen op haar belager richt.

'Ga je gang', zegt Esguerra. Ze haalt de trekker over.

Sean Sullivans gezicht barst uiteen in een wolk van bloed en hersenmassa, maar Rosa krimpt niet ineen en wendt haar blik niet af.

Voor de echo van haar schot is weggestorven, stapt Esguerra op de bewusteloze Patrick Sullivan af en schiet een reeks kogels in zijn borst.

"We zijn klaar hier," zegt hij. Hij draait zich om en met zijn vieren lopen we terug naar het vliegtuig.

II

DE ACHTERVOLGING

 *ucas*

DE WEEK NA ONZE TERUGKEER UIT CHICAGO BEN IK vooral bezig met de nasleep van de reis en herstellen van mijn verwondingen. Volgens Goldberg, onze vaste arts op het landgoed, heb ik wat ribben gebroken en een paar eerstegraads brandwonden op mijn rug en armen – wonden die onbelangrijk zijn gezien het gevecht dat we hebben overleefd.

'Je bent een verdomde geluksvogel,' zegt Diego wanneer ik eindelijk met Eduardo en hem om de tafel ga zitten om bijgepraat te worden over de Yulia-situatie. 'Al die mannen...'

'Ja.' Mijn tanden doen pijn door alle spanning in mijn kaak. De gezichten van onze dode manschappen achtervolgen me, net als die van de bewakers die omkwamen in de vliegtuigexplosie. In de afgelopen paar maanden hebben we meer dan zeventig mannen verloren en de stemming op het landgoed is op zijn zachtst gezegd gespannen.

Tussen het organiseren van begrafenissen, het vinden van nieuwe rekruten en het opruimen van de rotzooi in Chicago door blijf ik me alleen maar staande houden door vlagen adrenaline.

'Ik hoop dat je de klootzakken te grazen hebt genomen,' zegt Eduardo, zijn stem trillend van woede. 'Als ik erbij was geweest...'

'Dan zou je net als de anderen gedood zijn,' zeg ik vermoeid. Ik ben niet in de stemming om de stoere praat van de jonge bewaker aan te horen; mijn brandwonden zijn al grotendeels genezen, maar mijn ribben doen bij elke beweging nog pijn. 'Vertel eens wat je tot nu toe te weten bent gekomen. Ben je erachter gekomen of iemand voor de ontsnapping contact had met mijn gevangene?'

Diego en Eduardo wisselen een vreemde blik uit. Dan zegt Diego: 'Ja, maar ik denk niet dat zij het is.'

Ik frons. 'Zij?'

'Rosa Martinez, dat dienstmeisje uit het grote huis,' zegt Eduardo aarzelend. 'Ze... Nou, de beelden van de drone lieten zien dat ze in die twee weken een paar keer bij je huis geweest is.'

'O, ja.' Ik grinnik humorloos. 'Ze was nogal nieuwsgierig naar Yulia.' Ik ga de bewakers niet vertellen over Rosa's mogelijke kalverliefde. Het meisje lijkt eroverheen te zijn en ik denk niet dat ze het prettig zou vinden als anderen dat wisten.

Ze heeft genoeg meegemaakt.

'O, gelukkig. Ik ben blij dat je dat wist,' zucht Diego opgelucht. 'Het leek ons al onwaarschijnlijk dat zij het zou zijn, maar ik wilde het je laten weten voor het geval dat. Zij is de enige die dinsdag bij je langs is geweest, dus...' Hij haalt zijn schouders op.

'Wacht, dinsdag? De dag voordat we vertrokken?' Ik had Rosa al lang daarvoor gewaarschuwd en ik dacht dat ze gehoorzaamd had. 'Ze kwam dinsdag naar mijn huis?'

'Dat is wat de beelden laten zien,' zegt Eduardo voorzichtig. 'Maar zij kan het niet zijn. Ik ken Rosa – we hebben een tijdje gedatet. Ze is niet... ze zou nooit...'

Ik steek mijn hand op om hem te stoppen. 'Ik weet zeker dat zij niet de schuldige is,' zeg ik, terwijl een harde knoop zich in mijn borst vormt. Als Rosa naar mijn huis is gekomen nadat ik haar gewaarschuwd had, verandert dat de zaak.

Ik heb het meisje duidelijk verkeerd ingeschat.

'Het is goed dat jullie me dit vertelden,' zeg ik tegen de twee bewakers. 'Maar ik zou het op prijs stellen als jullie het voorlopig voor jezelf houden. We willen niet dat iemand het verkeerde idee krijgt – ook Rosa zelf niet.'

Als er iets meer achter haar acties zit dan een misplaatste verliefdheid wil ik niet dat iemand haar laat weten wat wij nu weten.

Diego en Eduardo knikken allebei en zien er opgelucht uit als ik ze wegstuur. Als ze weg zijn, pak ik de telefoon en bel de mannen die we naar Chicago hebben gestuurd.

De CIA-contacten van Esguerra hebben hun best gedaan om de sporen van onze snelle strijd te verbergen, maar het was onmogelijk om alles uit te wissen. Nu gaan alle nieuwsberichten in Chicago over de clandestiene operatie om een gevaarlijke wapenhandelaar te arresteren. Het verhaal van de 'wapenhandelaar' was afkomstig van de politiechef, die met Sullivan onder één hoedje speelde. De man gebruikte de informatie die Sullivan over ons had om met het verhaal te komen van een wapenhandelaar die explosieven naar Chicago smokkelde. Onder dat voorwendsel verzamelde hij het SWAT-team dat Sullivan hielp en vertelde iedereen dat de mannen van Sullivan versterkingen waren van een andere divisie. De operatie werd voor andere handhavingsinstanties geheim gehouden. Daarom hadden we vooraf geen waarschuwing over de aanval.

Nu is er dus een hoop werk aan de winkel. De politiechef en eventuele overgebleven Sullivan-mollen moeten worden afgehandeld en de rest van de Sullivan-organisatie moet worden weggevaagd, dan pas kunnen de ouders van Nora terug naar huis.

Hoe graag ik Rosa's verraad ook wil aanpakken, ik heb dringendere zaken om eerst af te handelen.

~

Pas als ik laat die avond in bed lig, heb ik de kans om weer aan Rosa te denken. Zou zij het geweest kunnen zijn? Kon ze Yulia helpen ontsnappen? Zo ja, waarom dan? Uit jaloezie of heeft iemand het dienstmeisje ertoe aangezet?

Zou Yulia's organisatie Rosa hebben omgekocht of bedreigd?

Ik denk een paar minuten over die mogelijkheid na voordat ik besluit dat dat onwaarschijnlijk is. Het landgoed ligt afgelegen en alle e-mails en telefoontjes met de buitenwereld worden gecontroleerd. Esguerra is de enige wiens communicatie privé is, wat betekent dat het onmogelijk is dat UUR contact met Rosa heeft opgenomen zonder dat het systeem ons daarop zou hebben gewezen.

Wat Rosa ook deed, ze deed het op eigen initiatief.

De knoop in mijn borst verstrakt; de bitterheid van verraad vermengt zich met de altijd aanwezige woede. Razernij woedt in me sinds ik van Yulia's ontsnapping heb gehoord en nu heb ik een nieuw doelwit voor mijn woede. Als het dienstmeisje niet net een beproeving had doorgemaakt, had ik haar morgen voor ondervraging weggesleept. Maar zoals de zaken er nu voor staan krijgt Rosa nog een week de tijd om te helen en ga ik de tijd gebruiken om haar nauwlettend in de gaten te houden, voor het geval dat ik het mis heb over haar beweegredenen.

Als ze *wel* door iemand betaald wordt, zal ik dat uitzoeken. Ondertussen moet ik de boel in Chicago afhandelen en Yulia zoeken – en ik moet het snel doen ook. Dat Yulia niet bij me is, brengt me van slag. Hoewel ik uitgeput ben, kan ik 's nachts niet slapen. Er zijn tientallen dringende zaken die mijn gedachten zouden moeten bezighouden, maar mijn slapeloosheid wordt niet veroorzaakt door de zorgen over het rekruteren van nieuwe bewakers of het beperken van informatielekken. Nee, eenmaal in bed denk ik aan haar.

Yulia.

Mijn mooie, verraderlijke obsessie.

Op het moment dat ik mijn ogen sluit, zie ik haar – haar ogen, haar glimlach, haar elegante manier van lopen. Ik herinner me haar lach en haar tranen en ik verlang naar haar op een manier die verder gaat dan het verlangen van mijn penis naar haar zijdezachte vlees. Hoe graag ik haar ook neuk, ik wil haar ook vasthouden, haar naast mij horen ademen en de warme perziklucht van haar huid indrinken.

Ik mis haar verdomme en ik haat haar daarom.

Denkt ze überhaupt aan mij of heeft ze het te druk met de man van wie ze houdt? Ik stel me voor hoe ze in zijn armen ligt, slaperig en voldaan na de seks, en mijn woede verandert in een kwelling en drukt op mijn borstkas zodat ik niet kan ademen. Ik zou een dozijn gebroken ribben en honderd brandwonden ondergaan om dit gevoel te vermijden.

Ik zou alles doen om haar terug te krijgen.

Ik houd van je. Ik ben van jou.

Verdomme.

Ik doe het bedlampje aan en ga rechtop zitten,

ineenkrimpend door de pijn in mijn ribben. Ik stap uit bed, loop naar mijn bibliotheek en pak een willekeurig boek.

Pas als ik terug in bed ben, realiseer ik me dat het boek dat ik gepakt heb hetgeen is dat ik Yulia als laatste zag lezen.

Het drukkende gevoel in mijn borst keert terug.

Ik moet haar terugkrijgen.

Dat moet gewoon.

 *ulia*

'Ik heb een nieuwe opdracht voor je,' zegt Obenko terwijl hij de keuken van de onderduikflat binnenloopt.

Geschrokken kijk ik op van mijn bord griesmeel-*kasha*. 'Een opdracht?'

De afgelopen week is mijn baas bezig geweest om alle sporen van UUR's bestaan uit te wissen en zoveel mogelijk essentiële agenten naar minder belangrijkere operaties te verplaatsen. Mij heeft hij zorgvuldig genegeerd – daarom ben ik verrast hem vanmorgen hier te zien.

Obenko gaat tegenover me aan tafel zitten. 'Het is in Istanbul,' zegt hij. 'Zoals je weet, begint de situatie omtrent Turkije en Rusland gespannener te worden, dus hebben we iemand ter plaatse nodig.'

Ik neem nog een lepel *kasha* om tijd te winnen zodat ik kan nadenken. 'Wat wil je dat ik in Istanbul doe?' vraag ik nadat ik mijn pap doorgeslikt heb. Ik heb geen eetlust – de hele week al niet – maar ik dwing mezelf om te eten om de schijn op te houden.

Ik wil niet dat Obenko weet hoe lusteloos ik me voel en zich gaat afvragen wat de oorzaak van mijn malaise is.

'Jouw opdracht is om het vertrouwen te winnen van een belangrijke Turkse functionaris. Om dat te doen, ga je aan de Universiteit van Istanbul studeren als onderdeel van een uitwisselingsprogramma voor masterstudenten uit de Verenigde Staten. We hebben je documenten al voorbereid.' Obenko schuift een dikke map naar me toe. 'Je naam is Mary Becker en je komt uit Washington DC. Je werkt aan je master in politieke wetenschappen aan de Universiteit van Maryland en hoewel je een bachelorsdiploma in economie hebt, heb je een minor in Midden-Oosten Studies gevolgd – vandaar je interesse in een studieprogramma in Turkije.'

De *kasha* die ik heb gegeten ligt me als een steen op de maag. 'Dus het is weer een langdurige klus.'

'Ja.' Obenko schenkt me een harde blik. 'Is dat een probleem?'

'Nee, natuurlijk niet.' Ik doe mijn best om nonchalant te klinken. 'Maar hoe zit het met mijn broertje? Je zei dat je foto's voor me zou hebben.'

Obenko's mond versmalt. 'Die zitten ook in die map. Neem een kijkje en laat me weten of je nog vragen hebt.'

Hij staat op en loopt de keuken uit om te bellen en ik sla met trillende handen de map open. Ik probeer niet te denken aan wat deze opdracht inhoudt, maar ik kan er niets aan doen. Mijn keel zit dichtgeklemd en mijn ingewanden draaien van misselijkheid.

Niet nu, Yulia. Concentreer je gewoon op Misha.

Ik negeer de papieren en vind de foto's achter in de map. Ze zijn van mijn broertje – ik herken de kleur van zijn haar en de manier waarop hij zijn hoofd schuin houdt. De foto's zijn duidelijk haastig genomen; de fotograaf kiekte hem meestal van de zijkant en de achterkant, slechts één foto toont zijn gezicht. Op die foto fronst Misha; zijn jeugdige gezicht ziet er ongewoon volwassen uit. Is hij boos omdat zijn familie moest verhuizen of zit er iets anders achter zijn gespannen uitdrukking?

Met een pijnlijk gevoel in mijn borst bestudeer ik de foto's enkele minuten en dan dwing ik mezelf om ze opzij te leggen, zodat ik naar mijn opdracht kan kijken.

Ahmet Demir, een lid van het Turkse parlement, is zevenenveertig jaar oud en staat bekend om zijn zwak voor blonde Amerikaanse vrouwen. Objectief gezien is hij geen lelijke man, een beetje kalend en een beetje mollig, maar met symmetrische trekken en een charismatische glimlach. Naar zijn foto kijken zou me niet kotsmisselijk moeten maken, maar zo voel ik me bij het vooruitzicht in zijn nabijheid te moeten komen.

Ik kan me niet voorstellen dat ik met deze man naar bed moet – of met wie dan ook die niet Lucas is.

Ik voel me misselijker worden, duw de papieren weg en haal diep adem. De laatste keer dat ik een dergelijke sterke angst voelde, was vóór mijn eerste opdracht, toen ik na Kirills aanval de aanraking van een man vreesde. Het was een fobie waar ik tegen vocht om mijn werk te kunnen doen en ik ben vastbesloten om wat ik nu voel ook te overwinnen.

Voor Misha, zeg ik tegen mezelf, terwijl ik zijn foto's weer oppak. *Ik doe het voor Misha.* Maar deze keer klinken de woorden hol. Mijn broertje is geen kind meer, niet langer de hulpeloze peuter die in een weeshuis wordt misbruikt. Het gezicht op de foto is dat van een jonge man, geen jongen. Vanwege mijn fout is zijn leven al verstoord. Ik weet niet welke reden zijn adoptieouders hem hebben gegeven om hun identiteit te veranderen, maar ik twijfel er niet aan dat hij gestrest en van streek is. Het zorgeloze, stabiele leven dat ik voor hem wilde, is niet langer een mogelijkheid en ondanks het zware schuldgevoel in mijn borst ben ik ook een beetje opgelucht.

Wat ik vreesde is gebeurd en ik kan het niet ongedaan maken.

Voor de eerste keer bedenk ik wat er zou gebeuren als ik UUR zou verlaten – als ik er gewoon uitstapte. Zouden ze me laten gaan of zouden ze me vermoorden? Als ik zou verdwijnen, zouden Obenko's zus en zwager mijn broertje dan goed blijven behandelen? Ik kan me niet voorstellen dat ze dat niet zouden doen: hij is al elf jaar hun geadopteerde zoon. Alleen monsters zouden hem er nu nog uitgooien en alles duidt erop dat Misha's adoptieouders fatsoenlijke mensen zijn.

Ze houden van Misha en ze zouden hem geen kwaad doen.

Ik pak de map met documenten op en bestudeer ze. Ze zien er authentiek uit: een paspoort, een rijbewijs, een geboortecertificaat en een verzekeringspas. Als ik deze opdracht accepteer, zal ik opnieuw beginnen als Mary Becker, een Amerikaanse masterstudent. Ik zal in Istanbul wonen, lessen volgen en uiteindelijk de vriendin van Ahmet Demir worden. Mijn intermezzo met Lucas Kent verdwijnt in het verleden en ik ga verder.

Ik zal overleven, zoals ik altijd heb gedaan.

'Heb je nog vragen?' vraagt Obenko en hij komt de keuken weer in. 'Heb je de map doorgenomen?'

'Ja.' Mijn stem klinkt hees en ik moet mijn keel schrapen voordat ik verder kan. 'Ik moet een aantal onderwerpen bestuderen voordat ik naar Istanbul ga.'

'Natuurlijk,' zegt Obenko. 'Je hebt een week voordat het zomersemester begint, dus je kunt aan de slag.'

Hij verlaat de keuken en ik pak mijn halfvolle bord met bevende handen op. Ik loop naar de afvalbak, gooi de resten van mijn ontbijt weg, was het bord af en loop naar mijn kamer, terwijl zich in mijn hoofd een plan begint te vormen.

Voor de eerste keer in mijn leven kan ik misschien

mijn eigen toekomst bepalen en ik ben van plan die kans met beide handen aan te grijpen.

IN DE WEEK DIE VOLGT LEER IK DE BASIS VAN DE TURKSE TAAL EN CULTUUR. Ik hoef niet veel te weten, gewoon net genoeg om door te gaan voor een Amerikaanse masterstudent die geïnteresseerd is in het onderwerp. Ik leer ook Mary Beckers achtergrond uit mijn hoofd en onderzoek het Amerikaanse studentenleven. Ik verzin verhalen over mijn kamergenoten en studentenfeesten, lees boeken over economische wetenschappen en bedenk de interesses en hobby's van Mary. Obenko en Mateyenko ondervragen me dagelijks en als ze tevreden zijn dat ik een overtuigende Mary Becker ben, kopen ze een vliegticket naar Berlijn voor me.

'Je reist naar Berlijn als Elena Depeshkova,' legt Obenko uit. 'En als Claudia Schreider van Berlijn naar New York. Als je eenmaal in de Verenigde Staten bent, gaat je identiteit als Mary Becker van kracht en vlieg je van daaruit naar Istanbul. Op deze manier zal niemand je in verband brengen met Oekraïne. Yulia Tzakova zal voorgoed verdwijnen.'

'Ik snap het,' zeg ik, terwijl ik voor een spiegel zit en felrode lippenstift aanbreng. Ik zal een donkere pruik dragen voor de rol van Elena, dus daar heb ik een krachtigere make-up voor nodig. 'Elena, Claudia, daarna Mary.'

Obenko knikt en laat me de namen van alle familieleden van Mary opdreunen, te beginnen met verre neven en nichten en eindigend met haar ouders. Ik maak geen enkele fout en wanneer hij die dag vertrekt, weet ik dat mijn harde werk vruchten heeft afgeworpen.

Mijn baas denkt dat ik een uitstekende Mary Becker zal zijn.

De volgende ochtend brengt Obenko me naar het vliegveld en zet me af bij de vertrekhal. Ik ben nu Elena, dus ik draag een donkere pruik en laarzen met hoge hakken die goed passen bij mijn donkere spijkerbroek en stijlvolle jas. Obenko helpt me mijn koffers op een wagentje te laden voordat hij wegrijdt en ik zwaai hem gedag terwijl hij tussen het luchthavenverkeer verdwijnt.

Zo gauw zijn auto uit het zicht is, onderneem ik actie. Ik laat mijn koffers achter op het wagentje, ren naar de aankomsthal en zoek een taxi.

'Ga naar de stad,' instrueer ik de chauffeur. 'Ik moet het exacte adres nog even opzoeken.'

Hij begint te rijden en ik pak mijn telefoon. Als ik de tracking-app open die ik een paar dagen geleden geïnstalleerd heb, zie ik een kleine rode stip een kilometer of twee voor ons richting de stad bewegen. Het is de piepkleine GPS-chip die ik in het onderduikadres stiekem in de telefoon van Obenko heb geplaatst.

Ik ben misschien niet van plan de missie in Istanbul

uit te voeren, maar de bewakingsapparatuur die UUR mij gaf, komt wel goed van pas.

'Ga hier linksaf,' instrueer ik de chauffeur als ik de rode stip van de snelweg af zie slaan. 'Blijf dan rechtdoor gaan.'

Ik geef hem op deze manier aanwijzingen tot ik Obenko's stip in het centrum van Kiev tot stilstand zie komen. Ik vertel de chauffeur dat hij een blok verderop moet stoppen, pak mijn portemonnee en betaal hem, dan spring ik uit de taxi en loop de rest van de weg, terwijl ik de app nauwlettend in de gaten houd voor het geval dat Obenko nog ergens heen gaat.

Ik vind Obenko's auto voor een groot gebouw. Het ziet eruit als een soort kantoorruimte, met het logo van een internationale onderneming bovenop en op de begane grond allerlei bedrijven, variërend van een trendy coffeeshop tot een high-end kledingboetiek.

Langzaam nader ik het gebouw. Elke paar seconden scan ik mijn omgeving om er zeker van te zijn dat ik niet in de gaten word gehouden.

Dit is weinig meer dan een gok: er is geen garantie dat Obenko binnenkort zijn zus zal bezoeken. Dit is echter de enige manier die ik kan bedenken om Misha te vinden. Gezien hun recente verhuizing zijn de adoptieouders van mijn broertje hun nieuwe leven nog aan het inrichten en is er een kans dat ze iets van Obenko nodig hebben waardoor hij hen persoonlijk moet bezoeken.

Als ik mijn baas lang genoeg volg, leidt hij me misschien naar mijn broertje.

Ik weet dat mijn plan zowel wanhopig als krankzinnig is. Aangezien ik mijn tijd bij UUR achter me wil laten, maak ik de meeste kans als ik ergens in Berlijn verdwijn, of beter nog, helemaal in New York. En ik ben zeker van plan om dat ook te doen – *nadat* ik mijn broertje met eigen ogen heb gezien.

Ik kan Oekraïne niet verlaten zonder te kijken of Misha in orde is.

Twee dagen, zeg ik tegen mezelf. *Ik ga dit maximaal twee dagen doen.* Als ik dan mijn broertje nog steeds niet heb gevonden, ga ik weg. Ze zullen pas beseffen dat ik niet op het vliegtuig ben gestapt als ik over drie dagen de afspraak met mijn contactpersoon in Istanbul mis – waardoor ik iets meer dan achtenveertig uur heb om Obenko te volgen, voordat ik het land moet verlaten.

De stip op mijn telefoon geeft aan dat Obenko zich op de tweede verdieping van het gebouw bevindt. Ik ben benieuwd wat hij daar doet, maar ik wil geen onnodige risico's lopen door hem te volgen. Ik betwijfel of de familie van mijn broertje hier is; Obenko zou hen naar ergens buiten de stad hebben verhuisd – ervan uitgaand dat ze eerder in de stad woonden. Mijn baas heeft om veiligheidsredenen mij nooit laten weten waar ze woonden, maar uit de achtergronden op de foto's van mijn broertje ben ik tot de conclusie gekomen dat ze in een stedelijke omgeving woonden, mogelijk in Kiev.

Ik stap naar binnen bij een koffiezaak, bestel een gebakje en een kop earl grey en wacht tot Obenko's stip weer in beweging komt. Als dat gebeurt, neem ik een andere taxi en volg hem naar zijn volgende bestemming: ons schuiladres.

Hij blijft enkele uren in het appartement voordat de stip weer begint te bewegen. Tegen die tijd heb ik in een nabijgelegen restaurant geluncht en mijn donkere pruik ingeruild voor een rode die ik speciaal voor dit doel meegebracht heb. Ik heb ook mijn spijkerbroek verwisseld voor een grijze jurk met lange mouwen en de hooggehakte laarzen voor platte laarsjes – de meest comfortabele optie die 'Elena' in haar handbagage had.

De volgende bestemming van Obenko lijkt een ander kantoorgebouw in de binnenstad te zijn. Hij blijft daar een paar uur voordat hij terugkeert naar het schuiladres. Ik volg hem opnieuw, hoewel ik steeds verder ontmoedigd raak.

Dit is duidelijk niet de manier om mijn broertje te vinden.

Mijn telefoon begint leeg te raken, dus ga ik naar een andere koffiezaak om hem op te laden terwijl Obenko in het schuiladres is. Ik ga ook online en koop een vliegticket naar Berlijn voor de volgende ochtend om het vliegticket dat ik vandaag niet gebruikt heb te vervangen.

Het is tijd om het op te geven en voorgoed te verdwijnen.

Zuchtend bestel ik nog een thee en drink die op, terwijl ik intussen het nieuws lees op mijn telefoon. Obenko lijkt hier de nacht door te gaan brengen: zijn stip staat elke keer als ik de app controleer vast op het schuiladres. Ik drink mijn thee op en sta op. Tijd om naar een hotel te gaan en wat te rusten voor de lange reis van morgen. Net als ik naar buiten stap, piept mijn telefoon, wat een beweging op de app betekent.

Mijn hart slaat over. Ik vis de telefoon uit de tas, kijk naar het scherm en zie dat de stip van Obenko naar het noorden gaat – mogelijk de stad uit.

Dit zou het kunnen zijn.

Meteen weer vol energie spring ik in een taxi en volg Obenko. Ik weet dat er 99,9 procent kans bestaat dat dit niets met mijn broertje te maken heeft, maar ik kan de irrationele hoop die in me opvlamt als ik Obenko's stip naar het noorden zie bewegen niet onderdrukken.

'Weet je zeker dat je weet waar je naartoe gaat, jongedame?' zegt de taxichauffeur als we de stad uit zijn. 'Je zei dat je een routebeschrijving van je vriend zou krijgen.'

'Ja, hij is me nu aan het sms'en,' verzeker ik hem. 'Het is niet veel verder.'

Ik lieg dat ik barst – ik heb geen idee hoe ver het nog is – maar ik hoop dat het niet al te ver is. Met al die taxiritjes kom ik in geldnood en ik zal morgenochtend alles wat ik over heb nodig hebben om op het vliegveld te komen.

'Goed,' mompelt de chauffeur. 'Maar je kunt het me maar beter snel vertellen, anders zet ik je bij de dichtstbijzijnde bushalte af.'

'Nog een kwartier,' zeg ik als ik de stip linksaf zie slaan en een halve kilometer verderop zie stoppen. 'Linksaf bij het volgende kruispunt.'

De chauffeur werpt me via de achteruitkijkspiegel een vuile blik toe, maar doet wat ik vraag. De weg waar we op uitkomen is donker en vol kuilen en ik hoor hem vloeken als hij uitwijkt om een gat zo groot als de auto te vermijden.

'Stop hier,' zeg ik hem wanneer de app van de tracker aangeeft dat we tweehonderd meter van de stip verwijderd zijn. Na het uitstappen loop ik naar het raam van de bestuurder, geef hem een stapel biljetten en zeg: 'Hier is de helft van wat ik je schuldig ben. Wacht alsjeblieft op me, dan geef ik je de rest als je me naar de stad terugbrengt.'

'Wat?' Hij staart me aan. 'Verdomme, nee! Geef me het volledige bedrag, trut.'

Ik negeer hem, draai me om en loop weg, maar hij springt uit de auto en grijpt mijn arm. Instinctief draai ik me om; mijn vuist raakt de onderkant van zijn kin terwijl mijn knie hem in de ballen raakt. Hij zakt kreunend op de grond in elkaar en grijpt naar zijn kruis en ik laat mijn voet op zijn slaap neerkomen om hem knock-out te slaan.

Ik voel me vreselijk dat ik deze burger iets moet doen, maar ik kan hem niet met de taxi laten vertrekken. Als hij vertrekt, heb ik geen mogelijkheid om terug naar de stad te komen en zal ik mijn vlucht van morgenochtend missen.

Daarom zet ik mijn schuldgevoel opzij, controleer ik de polsslag van de bestuurder om te verifiëren dat hij nog leeft, pak de sleutels van de auto voor het geval hij wakker wordt en loop dan in de richting van de knipperende rode stip op mijn telefoon.

Een paar minuten later kom ik iets tegen wat lijkt op een verlaten pakhuis. Teleurgesteld kijk ik ernaar. Zal ik dit van dichtbij gaan bekijken?. Wat Obenko hier ook doet, het is onwaarschijnlijk dat de adoptieouders van mijn broertje hierbij betrokken zijn; mijn baas zou zijn zus niet vragen hem op zo'n afgelegen plek te ontmoeten om haar wat documenten te geven. Het is veel waarschijnlijker dat hij midden in een operatie zit en ik wil hem daarbij absoluut niet in de weg lopen.

Desondanks zet ik een stap dichterbij, dan nog een en nog een. Mijn benen lijken me uit eigen beweging voorwaarts te brengen. Ik ben zo ver gekomen, redeneer ik om mijn aandrang te rechtvaardigen. Het kan toch geen kwaad nog een paar minuten hieraan te besteden om te bevestigen dat ik mijn tijd verspild heb?

Er is een vage lichtgloed zichtbaar aan één kant van het magazijn, dus sluip ik erheen en hurk voor een klein, vies raam. Binnen hoor ik stemmen. Met ingehouden adem probeer ik te verstaan wat ze zeggen.

'…goed aan het worden', zegt een man in het Russisch. Zijn stem klinkt bekend, maar ik kan hem desondanks niet plaatsen. De muur dempt het geluid. 'Echt goed. Ik denk nog een paar jaar, dan zijn ze er klaar voor.'

'Goed,' antwoordt een andere man, en deze keer herken ik de spreker: Obenko. 'We zullen alle hulp nodig hebben die we kunnen krijgen.'

'Wil je een demonstratie?' vraagt de oorspronkelijke

spreker. 'Ze laten je graag zien wat ze tot nu toe hebben geleerd.'

'Natuurlijk,' zegt Obenko, en dan hoor ik een grom, gevolgd door de *dreun* van iets dat valt. De geluiden herhalen zich keer op keer en ik realiseer me dat ik naar een gevecht luister. Twee of meer mensen zijn bezig met hand-tot-handgevechten.Gecombineerd met de stukjes die ik heb gehoord, kan dat maar één ding betekenen.

Ik ben op een UUR-trainingsfaciliteit gestuit.

Dat was het dan. Ik moet vertrekken voordat ik gepakt word.

Ik draai me om en sta op het punt weg te lopen als de oorspronkelijke spreker luid lacht en roept: 'Goed gedaan!'

Ik bevries ter plekke en voel me prompt onpasselijk worden. *Die stem.* Ik ken die stem. Die hoor ik in mijn nachtmerries, steeds opnieuw.

Koud zweet breekt me uit terwijl ik me omdraai. Wat ik ook voel, ik moet terug naar dat raam.

Want dit kan niet.

Het kan gewoon niet zo zijn.

Mijn polsslag is een heftig tromgeroffel en mijn handen trillen als ik ze naast het raam tegen de muur plaats.

Het is maar inbeelding.

Ik hallucineer.

Dat moet gewoon.

Terwijl ik op mijn onderlip bijt, buig ik naar links totdat ik door het raam kan kijken. Ik weet dat ik een vreselijk risico neem, maar ik moet de waarheid weten.

Ik moet weten of ze tegen me gelogen hebben.

De scène komt rechtstreeks uit mijn eigen trainingssessies. In een halve cirkel staan verschillende tieners van beide geslachten. Ze staan met hun rug naar mij toe en voor hen is een brede mat waarop twee mannen – of liever, een man en een jongen – aan het worstelen zijn. Obenko staat aan de zijkant en kijkt met een goedkeurende glimlach toe.

Ik merk dit alles slechts kort op, want mijn ogen zijn strak gericht op het worstelende paar. Met al het gedraai en gerol op de mat kan ik ze geen van beiden goed bekijken – althans niet tot het afgelopen is doordat de man zijn jongere tegenstander op zijn rug tegen de mat vastpint.

'Goed gedaan,' zegt de man, terwijl hij opstaat. Lachend steekt hij zijn hand uit om zijn verslagen tegenstander omhoog te helpen. 'Je vocht uitstekend vandaag, Zhenya.'

De jongen staat ook op en veegt het stof van zijn kleren, maar ik kijk niet naar hem.

Ik zie alleen de man die naast hem staat.

Hij is niet veel veranderd. Zijn bruine haar is dunner en wat grijzer, maar zijn lichaam is nog net zo sterk en breed als ik me herinner. Zijn met zweet doordrenkte T-shirt spant om zijn schouders en zijn armen zijn zo dik als scheepskabels.

Zeven jaar geleden kon niemand Kirill in een mantegen-man gevecht verslaan en het lijkt erop dat hij nog steeds onverslagen is.

Levend en onverslagen.

Obenko loog tegen me. Ze hebben allemaal tegen me gelogen.

Mijn verkrachter is niet vermoord voor wat hij mij heeft aangedaan.

Hij is zelfs niet ontslagen uit zijn rol als trainer.

Een metaalachtige smaak vult mijn mond en ik realiseer me dat ik mijn lip kapot heb gebeten.

'Het is jouw schuld, trut. Het is allemaal jouw schuld.' Kirills massieve lichaam duwt me tegen de vloer, zijn handen scheuren ruw mijn kleren kapot. 'Je zult boeten voor wat je gedaan hebt.'

Zuur komt naar boven in mijn keel, vermengd met bittere gal. Ik lijk te stikken door angst en haat... maar voordat de herinneringen me kunnen overspoelen, komt er iemand anders mijn gezichtsveld binnen.

'Nu is het mijn beurt,' zegt een blonde jongen die de mat nadert. 'Oom Vasya, ik wil dat je dit ziet.' Hij gaat in een vechtershouding tegenover Kirill staan en de tl-lampen verlichten zijn gezicht.

Het is een gezicht dat ik net zo goed ken als het mijne omdat ik urenlang naar foto's ervan heb zitten staren.

Omdat elke trek op dat gezicht een mannelijke versie is van wat ik in de spiegel zie.

Mijn broertje staat daar, klaar om met Kirill te sparren.

*ucas*

'HET IS ALLEMAAL AFGEROND,' ZEG IK ALS IK ESGUERRA'S kantoor binnenstap. 'Je schoonouders kunnen morgen naar huis als ze dat willen.'

In de afgelopen week hebben we de resten van de misdadige Sullivan-familie uitgeroeid en de CIA heeft er eindelijk mee ingestemd om Nora's ouders naar huis te laten terugkeren. Na de medianachtmerrie die we hebben veroorzaakt moesten we flink wat gunsten uitdelen, maar het is Esguerra's contacten gelukt.

'Heb je ook de politiecommandant te pakken gekregen?' vraagt Esguerra.

Ik knik en loop naar zijn bureau. 'Zijn lichaam ligt op dit moment te verteren in de loog. Hij was de laatste verrader – de politie van Chicago is nu kraakhelder en vrij van ongedierte. Behalve een paar CIA-bobo's weet niemand dat je schoonouders bij deze puinhoop betrokken waren.'

'Uitstekend.' Esguerra wrijft over zijn slapen en ik zie dat hij er ongewoon moe uitziet. Net als ik is hij sinds onze terugkeer uit Chicago non-stop aan het werk. Hij hoeft niet zoveel uren te maken – ik houd toezicht op het grootste deel van de logistiek van de grote schoonmaak – maar werken lijkt zijn manier te zijn om met de miskraam om te gaan. 'Ik zal het Nora vertellen. Voorlopig wil ik dat je nog een dozijn mannen aanstelt om haar ouders de komende maanden te bewaken. Ik verwacht geen problemen, maar het is het beste om het zekere voor het onzekere te nemen.'

'Begrepen,' zeg ik. 'Misschien wil je ze ook zeggen dat ze een tijdje niet op drukke plaatsen moeten komen, voor het geval dat.'

'Dat is een goed idee.' Esguerra geeft een goedkeurend knikje. 'Zolang ze terug kunnen keren naar hun werk en hun sociale leven kunnen hervatten, zullen de beperkingen hen niet te veel hinderen.'

'Ik weet zeker dat je ze zult missen,' zeg ik droog. Nora's ouders zijn de afgelopen twee weken onze tegenstribbelende gasten geweest en ik stel me zo voor dat Esguerra hun afkeurende aanwezigheid kan missen als kiespijn.

Tot mijn verbazing grinnikt mijn baas. 'Ze zijn niet zo vervelend. Je weet wel, familie en zo.'

'Juist.' Ik probeer hem niet aan te staren, maar faal

daar volkomen in. Esguerra is veranderd, dat is wel duidelijk. Toen ik hem voor het eerst ontmoette, nam hij het woord 'familie' nooit in de mond. En nu doet hij alles om zijn jonge vrouw gelukkig te houden en doet zelfs zijn best voor zijn schoonfamilie die hem haat.

Het is zowel grappig als verontrustend, als een jaguar die met een kitten speelt.

'Je zult het op een dag wel begrijpen,' zegt Esguerra, en ik besef dat mijn gezichtsuitdrukking voor zich sprak. 'Er is meer in het leven dan dit.' Hij gebaart naar de flatscreens achter hem en de stapel papieren op zijn bureau.

'Ga je het opgeven en een brave burger worden?' zeg ik, maar half als grap. Esguerra is zeker rijk genoeg om dat te doen. Zijn vermogen loopt in de miljarden; zelfs als hij nooit meer een wapen verkocht, zou hij de rest van zijn leven als een koning kunnen leven.

Toch ben ik niet verrast als Esguerra zijn hoofd schudt en zegt: 'Je weet dat ik dat niet zou kunnen. Eens in dit leven, altijd in dit leven. Trouwens...' hij grijnst, '...dan zou ik het missen. Jij toch ook?'

'Absoluut,' zeg ik, en we delen een moment van grimmig begrip.

De jaguar mag dan met het kitten spelen en zelfs van het kitten houden, hij zal altijd een jaguar blijven.

Als ik Esguerra's kantoor verlaat, trilt mijn

telefoon. Ik open mijn e-mail en grimas van woeste anticipatie.

Bericht gedecodeerd, luidt de e-mail van de hackers. *Een bevestigde geheime UUR-site bevindt zich vijfentwintig kilometer ten noorden van Kiev. Ze lijken bezig te zijn hun sporen te verdoezelen, maar ze zijn niet snel genoeg. We komen steeds meer te weten over twee actieve agenten. We hopen snel meer informatie te hebben.*

Bij de e-mail zit een bijlage. Het is een korrelige satellietfoto met een X op de kaart waar, naar ik aanneem, de locatie van de geheime site is.

We hebben een beginpunt.

'Hallo, Lucas,' zegt een stem met een licht accent. Ik draai me om en zie Rosa vanuit de richting van het hoofdgebouw naar me toe lopen. Ze is gekleed in haar gewone dienstmeisjesuniform, haar donkere haar vastgespeld in een nette knot. 'Hoe gaat het?'

Woede stroomt door me heen, maar ik slaag erin kalm te zeggen: 'Met mij is alles goed.' Haar nonchalante vriendelijkheid voelt als nagels op een krijtbord aan. Ik kom in de verleiding om haar in de schuur op te knopen en haar direct te ondervragen, maar het is slimmer om nog een tijdje te wachten. Ik haal diep adem om te kalmeren, dan echo ik haar vriendelijke toon en vraag: 'Hoe is alles met jou?'

Ze haalt haar schouders op en slaat haar ogen even neer. 'Ach, het gaat wel. Iedere dag is er een.'

'Ja.' Ondanks alles voel ik een zweem van medelijden. Hoewel de blauwe plekken op Rosa's gezicht vervaagd zijn, herinner ik me hoe het meisje er bij de nachtclub uitzag en een deel van mijn woede bekoelt.

Als ik in karma geloofde, zou ik geneigd zijn te denken dat ze al gestraft is.

'Hoe gaat het met je ribben?' vraagt ze en ze kijkt weer naar me op. Er lijkt oprechte bezorgdheid in haar blik te liggen. 'Doen ze nog steeds pijn?'

'Nee, niet zoveel als voorheen,' zeg ik en mijn woede trekt nog wat weg. 'Het zal nog minstens een maand duren voordat ik weer normaal kan trainen, maar ik kan tenminste weer zonder pijn ademen.'

'Oh, goed.' Rosa glimlacht en vraagt nonchalant: 'Nog nieuws over je ontsnapte gevangene?'

Mijn woede komt met volle kracht terug; ik moet mijn best doen om de nek van het meisje niet dicht te knijpen. 'Toevallig wel, ja,' zeg ik gladjes. 'Ik heb haar net gevonden.' Het is een leugen – ik heb geen idee of de locatie die de hackers hebben ontdekt me naar Yulia zal leiden – maar als Rosa met UUR samenwerkt, wil ik dat ze in paniek raakt en contact met hen opneemt. 'In feite,' voeg ik eraan toe, om het dienstmeisje echt te laten schrikken, 'ga ik achter Yulia aan zodra ik Nora's ouders afgeleverd heb.'

'O.' Rosa knippert en ik zie een schaduw over haar gezicht gaan. 'Dat is mooi.'

'Jazeker, nietwaar?' Ik geef haar mijn flauwste glimlach. 'Ik kan niet wachten. Als je me nu wilt excuseren, ik moet onze nieuwe rekruten controleren.'

En voordat ze kan reageren, draai ik me om en loop in de richting van het trainingsveld.

Als ik nog een moment langer in Rosa's aanwezigheid blijf, vermoord ik het meisje met mijn blote handen.

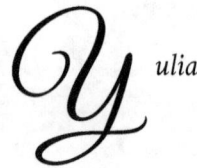ulia

MIJN BROERTJE.

Kirill traint mijn broertje.

Ik heb het gevoel dat ik me in een van mijn nachtmerries bevind. Ik moet weggaan, weggaan voordat ik gezien word, maar ik kan me niet bewegen. Mijn voeten lijken vastgegroeid en ik snak naar adem alsof er plotseling te weinig lucht is.

Misha en Kirill.

Student en leraar.

Ik kokhals en mijn zicht wordt donkerder en vervaagt aan de randen.

Rennen, Yulia. Ga voordat het te laat is.

Ik wil de stem in mijn hoofd gehoorzamen, maar ik ben verlamd, bevroren.

Obenko loog niet alleen over Kirills dood. Hij loog over alles.

Ik probeer zuurstof naar binnen te zuigen, maar mijn keel zit dicht. Het raam wiebelt als de lens van een trillende camera en ik besef dat het komt doordat ik hevig tril. Mijn vingers zijn ijzig en gevoelloos.

Rennen, Yulia. Nu!

De stem wordt indringender en ik dwing mezelf een stapje terug te doen. Maar ik kan nog steeds niet wegkijken van de gruwel voor me.

Ga, Yulia! Rennen.

Voordat ik nog een stap kan zetten, kijkt Misha naar het raam en bevriest als hij me recht aankijkt.

Ik zie zijn blauwe ogen opensperren en dan roept hij: 'Indringer!' en springt richting het raam.

Mijn verlamming is eindelijk verbroken; ik draai me om en ren weg.

Mijn benen voelen als houten stokken, stijf en onhandig en ik krijg niet genoeg lucht. Het is alsof ik door drijfzand probeer weg te komen en elke stap een wanhopige inspanning vergt. Ik weet dat het de schok is die me verzwakt, maar die wetenschap helpt niet. Mijn spieren voelen alsof ze van een ander zijn en mijn voeten zijn gevoelloos bij het raken van de grond.

De auto. Ik moet terug naar de taxi.

Ik concentreer me op dat ene doel. Gewoon één voet voor de andere zetten en niet na denken. Terwijl ik ren, voel ik de stijfheid in mijn spieren verdwijnen en ik weet dat de adrenaline eindelijk mijn schrik overmeestert.

'Yulia! Stop!'

Het is Obenko. Het maakt me zo woedend hem te horen dat alle overblijfselen van traagheid vervagen. Ik versnel met knarsende tanden en mijn benen pompen met toenemende wanhoop. Als ze me pakken, zullen ze me doden en dan zal niemand Obenko laten boeten voor zijn monsterlijke verraad.

Dan zal ik rotten in een naamloos graf, terwijl Kirill mijn broertje in een gewetenloze moordmachine verandert.

'Yulia!'

Nu roept een andere stem mijn naam. Ik herken Kirills diepere stem en zieke angst explodeert in mijn aderen. De herinneringen omcirkelen me als een giftige octopus. Ik probeer ze weg te duwen, maar stukjes en beetjes glippen erdoorheen en flitsen in een onsamenhangend schouwspel door mijn brein.

Ik ga mijn kamer binnen in het studentenhuis. Een grote hand sluit zich over mijn mond als ik van achteren word gegrepen.

Ik ren sneller; de grond vervaagt voor mijn ogen. Mijn adem komt met piepende stoten en mijn longen staan op het punt uiteen te barsten.

Worstelen. Op de grond vallen. Een man boven op mij. Onmogelijk te bewegen, hulpeloos.

Ik ben een tiental meter van de auto en grijp de sleutels in mijn zak, klaar om erin te springen.

Bam! Bam! Het autoraam verbrijzelt en ik zigzag om de volgende kogel te ontwijken.

'Dood haar niet!' brult Kirill achter me. Zijn stem klinkt dichterbij; hij is terrein aan het winnen. 'Ik herhaal, zorg dat je haar niet doodt!'

De wetenschap dat hij me levend wil hebben is angstaanjagender dan het idee om dood te gaan. Met een laatste sprint probeer ik de auto te bereiken. De taxichauffeur ligt nog steeds buiten bewustzijn op de grond en ik hoop echt dat de kogels hem niet zullen raken. Ik heb echter geen tijd om me daar zorgen over te maken; terwijl ik de sleutels in het slot ram, grijpt een hand mijn schouder vast.

Ik draai me om, grijp de sleutels als een wapen vast en stoot ze omhoog, gericht op het oog van mijn aanvaller. Hij deinst achteruit en ik laat me vallen om onder de auto te rollen, terwijl ik vaag het kleinere postuur en lichte haar van mijn tegenstander registreer.

Het was niet Kirill die me inhaalde; het was Misha.

Aan de andere kant van de auto krabbel ik op en ren verder. Zelfs door mijn angst voel ik een vlaag van trots. Mijn broertje is een snelle hardloper. Obenko heeft me dat nooit verteld.

Ik hoor hem achter me sprinten en ik vraag me af of hij weet wie ik ben, of hij zich realiseert dat hij zijn eigen zus probeert te vermoorden. Weet hij van Obenko's bedrog of logen ze ook tegen hem?

'Grijp haar!' schreeuwt Kirill en een hard lichaam raakt me vanachter en gooit me tegen de grond. Ik

ANNA ZAIRES

slaag erin me tijdens het vallen om te draaien, dus beland ik boven op Misha en voordat hij de kans krijgt wat te doen, mep ik hem tegen zijn kaak en spring omhoog om door te rennen.

Maar het is te laat. Terwijl ik me omdraai, slaat een ander lichaam tegen me aan en deze keer krijg ik geen kans om een klap uit te delen.

In een flits wordt mijn arm achter mijn rug gedraaid en mijn gezicht in het gruizige zand gedrukt. Een enorm gewicht houdt me in bedwang.

'Hallo, Yulia,' fluistert mijn voormalig trainer in mijn oor. 'Leuk je weer te zien.'

20

Lucas

ESGUERRA LAAT ME WETEN DAT NORA'S OUDERS 's morgens vroeg willen vertrekken en ik besluit om precies dat te doen wat ik tegen Rosa heb gezegd: meteen naar Oekraïne gaan nadat ik het stel thuisgebracht heb. Ik ben nog steeds niet volledig hersteld, maar het werk als gevolg van het Chicago-gedoe begint af te nemen en mijn ribben kunnen in Oekraïne net zo goed genezen als hier.

Nu moet ik Esguerra op de hoogte brengen en hem alles vertellen wat ik over UUR te weten ben gekomen.

'Dus als ik het goed begrijp...' zegt Esguerra wanneer ik in zijn kantoor uitleg geef over de geheime site '...wil je een tiental van onze beste mannen meenemen om een operatie in Oekraïne uit te voeren terwijl we nog aan het herstellen zijn van alle verliezen? Waarom heeft dit zo'n haast?'

'Ze zijn bezig hun sporen uit te wissen,' zeg ik. 'Als we langer wachten, zullen ze veel moeilijker te vinden zijn.'

Ik zwijg over het feit dat elke dag zonder Yulia een marteling is en dat ik zonder haar naast me niet kan slapen.

'Nou en?' zegt Esguerra fronsend. 'We zullen ze uiteindelijk krijgen – wanneer we sterker zijn en ons beveiligingsteam hebben herbouwd. We kunnen nu geen tientallen bewakers missen. UUR vormt geen directe bedreiging voor ons zoals Al-Quadar dat deed. We zullen de Oekraïners laten boeten voor de crash, maar we doen dat wanneer de tijd rijp is.'

Ik haal diep adem. Ik weet dat Esguerra gelijk heeft, maar ik kan niet op het landgoed blijven terwijl Yulia bij die Misha van haar is.

'Goed,' zeg ik. 'En als ik alleen ga, met slechts een paar bewakers? Ik zou Diego en Eduardo mee kunnen nemen – je kunt ons drieën zeker wel missen.'

Esguerra's blik verscherpt. 'Waarom? Vanwege het meisje dat ontsnapt is?'

Ik aarzel even en besluit dan de waarheid te vertellen. 'Ja,' zeg ik, Esguerra's reactie nauwgezet in de gaten houdend. 'Ik wil haar terug.'

'Ik dacht dat je je alleen met haar amuseerde.'

'Ja, maar ik was nog niet klaar.'

Esguerra staart me aan. 'Ik begrijp het.'

'Ze is van mij.' Ik besluit dat het tijd is om open kaart te spelen. 'Ik ga haar terughalen en haar houden.'

'Houden?' Esguerra's uitdrukking verandert niet, maar ik zie een spiertje in zijn kaak verstrakken terwijl hij naar voren leunt op zijn stoel. 'Wat bedoel je daar precies mee?'

Ik kijk hem vastbesloten aan. 'Dat ik zenders bij haar ga plaatsen en haar zo lang houd als het mij uitkomt. Ik weet zeker dat je daar geen bezwaar tegen hebt.'

De strakke spier in Esguerra's kaak wordt intenser als we elkaar aanstaren en geen van beiden wegkijkt. De lucht voelt zwaar van de spanning en ik weet dat dit het is: dit is het moment waarop ik erachter kom of mijn baas mijn loyaliteit echt waardeert.

Esguerra verbreekt als eerste de stilte. 'Dus dat is het? Je bent bereid om de crash te vergeten?'

'Ze volgde bevelen op,' zeg ik. 'En bovendien, wie zei dat ze niet gestraft zou worden?'

Voor dit nieuwe verraad – terugkeren naar haar geliefde – *zal* Yulia boeten.

Esguerra houdt nog een paar seconden mijn blik vast voordat hij opstaat en om zijn bureau heen loopt. Hij gaat voor me staan en zegt rustig: 'Jij en ik weten allebei dat ik bij je in het krijt sta voor Thailand en als dit is wat je wilt – als *zij* is wat je wilt – dan zal ik je niet hinderen. Maar ze is een rotte appel, Lucas. Doe wat je moet doen om haar uit je systeem te krijgen, maar vergeet niet wat ze is en wat ze heeft gedaan.'

'O, maak je geen zorgen.' Ik schenk hem een humorloze glimlach. Dat doe ik niet.

Ik heb nog niet besloten hoe ik Yulia zal straffen als ik haar terugkrijg, maar ik weet wel één ding zeker.

De dagen van haar geliefde zijn geteld.

DIE AVOND MAAK IK MET THOMAS – EEN ANDERE bewaker die ik vertrouw – de afspraak dat hij een oogje op Rosa zal houden. Ik vertel hem niet waarom; ik vraag hem gewoon om haar discreet te volgen en al haar e-mails en telefoontjes te controleren. Mijn hoogste prioriteit is nu het vinden van Yulia, maar ik ben het potentiële gevaar dat Rosa voor ons vormt niet vergeten.

Als ik terug ben uit Oekraïne zal ik met haar afrekenen, maar eerst moet ik Nora's ouders thuisbrengen en uitzoeken hoe ik onopgemerkt Oekraïne in kan komen.

Ik begin met contact opnemen met Buschekov, de Russische ambtenaar die we in Moskou hebben ontmoet. Ik noem Yulia's ontsnapping niet, maar geef hem wel de informatie die ik tot nu toe heb blootgelegd over UUR. Hoe meer druk ik op Yulia's organisatie kan uitoefenen, hoe beter.

Helaas beweert Buschekov dat hij mij niet kan helpen met discrete toegang tot Oekraïne, omdat de spanningen tussen de landen te hoog zijn opgelopen. Ik vermoed dat hij zijn agenten daar niet wil riskeren, maar ik zet hem niet te veel onder druk. Als ik zeker wist waar Yulia was, zou het anders zijn, maar deze geheime site is slechts een locatie en ik moet de Russen te vriend houden. Er blijft nog maar één optie over.

Ik neem contact op met Peter Sokolov, Esguerra's voormalige veiligheidsadviseur, en vraag hem om hulp.

Peter heeft Esguerra na de crash gered, maar daarvoor liet hij Nora door de terroristen gevangen nemen en mijn baas heeft gezworen hem te vermoorden als hij hem ooit tegenkomt. Ik bezie de situatie echter anders. Ik ben Peter zelfs dankbaar dat Esguerra nog springlevend is. Ik heb geen contact met hem gehouden, maar ik heb wel zijn e-mailadres nog, dus stuur ik hem een bericht waarin ik de situatie uitleg. De contacten van de Rus in Oost-Europa zijn ongeëvenaard; hij was degene die ons in contact bracht met Buschekov.

Hij reageert niet meteen, maar dat verwacht ik ook niet. Ik weet dat hij bezig is met zijn vendetta tegen de mensen op zijn lijst. Toch hoop ik dat hij een moment heeft om zijn e-mail te checken. Het enige dat ik nodig heb, is dat een paar luchtverkeersleiders in Oekraïne de andere kant opkijken als ik in Kiev land.

Als laatste stap informeer ik Diego en Eduardo over onze aanstaande missie.

'We zullen het met z'n drieën moeten doen,' leg ik uit, 'dus we gaan proberen niet op te vallen. We willen niet dat iemand onze aanwezigheid opmerkt voordat we weer weg zijn. Het doel is om zoveel mogelijk informatie te verzamelen en de provincie ongeschonden weer te verlaten. Is dat duidelijk?'

Ze knikken allebei en de volgende ochtend laden we het vliegtuig met wapens, kogelvrije vesten, vervalste documenten en al het andere dat we nodig hebben voor het geval dat dingen niet volgens plan verlopen.

Nu moet alleen Peter nog reageren.

TEGEN DE TIJD DAT WE IN CHICAGO LANDEN, IS ER NOG steeds geen antwoord van Sokolov. Ik draag Esguerra's schoonfamilie over aan het team in Chicago en instrueer de bewakers om hen veilig thuis af te zetten. Nora's ouders lijken allebei opgelucht terug te zijn op Amerikaans grondgebied en ik vermoed dat we hen niet snel weer in Colombia zullen zien.

'Wat is het plan?' vraagt Diego als ik terugkeer naar het vliegtuig. 'Vliegen we meteen naar Kiev?'

'Misschien blijven we een dag of twee in Londen,' zeg ik. 'Ik wacht op een aanwijzing.' Terwijl ik dat zeg, trilt mijn telefoon. Ik open mijn e-mail en lees het antwoord van Peter. Dat brengt een glimlach op mijn gezicht.

'Laat maar,' zeg ik, terwijl ik me naar de cockpit begeef. 'We gaan naar Oekraïne.'

 *ulia*

'DUS VERTEL EENS, YULIA,' ZEGT OBENKO, LEUNEND OP de tafel. 'Waarom ben je niet op dat vliegtuig gestapt?'

Ik zwijg en concentreer me op het nemen van kleine, regelmatige ademteugjes. Eén inademing, één uitademing. Dan nog een en nog een. Meer kan ik op dit moment niet. Al het andere gaat mij te boven. Ergens aan de rand van mijn bewustzijn voel ik de pijn van verraad, een monsterlijke pijn die me zal vernietigen als ik hem toelaat, dus focus ik me op het alledaagse, zoals mijn ademhaling en de flikkerende tl-lichten boven mijn hoofd.

Mijn handen zijn achter mijn rug geboeid en mijn enkels zijn met een lange ketting aan mijn polsen vastgemaakt. Ik draag nog steeds de jurk waarin ze me vingen, maar ze hebben op een bepaald moment wel mijn pruik afgedaan. Ik heb geen idee wanneer dat is gebeurd of waar ik ben, omdat ik slechts een vage herinnering heb aan de uren sinds mijn gevangenneming. Ik weet dat dit een soort ondervragingskamer is, met een grote spiegel en meubels van hard metaal, maar ik weet niet of we nog in Kiev zijn. Ik denk dat ze me uit het pakhuis hebben vervoerd, dus misschien niet. Hoe dan ook maakt het niet uit.

Ik zal hier niet levend wegkomen.

'Geef antwoord, Yulia,' zegt Obenko op een hardere toon. 'Waarom vertrok je niet zoals je had moeten doen en hoe heb je de trainingsfaciliteit gevonden? Werk je nu voor Esguerra?'

Ik reageer niet en Obenko's ogen versmallen. 'Ik begrijp het. Nou, als je niet met mij wilt praten, praat je misschien met Kirill Ivanovich.' Hij staat op en geeft een klein knikje naar de spiegel voordat hij de kamer verlaat.

Even later komt mijn vroegere trainer binnen, zijn dunne lippen in een harde glimlach gevormd. Ondanks mijn beste inspanningen om kalm te blijven, knijpt mijn keel dicht en staat koud zweet in mijn oksels als hij de tafel nadert en tegenover mij gaat zitten.

'Waarom ben je zo koppig?' Zijn knie strijkt tegen mijn blote been onder de tafel en ik moet slikken om het braaksel in mijn keel tegen te houden. 'Ben je een dubbelagent, zoals ze denken?'

Ik probeer mijn been te bewegen om zijn aanraking te ontwijken, maar de ketting verhindert dat. Op deze afstand ruik ik zijn eau de cologne en mijn ademhaling versnelt totdat ik bijna hyperventileer. Wanhopig probeer ik mezelf te beheersen; ik kijk naar de tafel en concentreer me op de vettige vlekken die het metalen oppervlak ontsieren. *Adem in. Adem uit. Adem in. Adem uit.*

'Yulia ...' Kirills hand grijpt mijn knie onder de tafel en zijn vingers boren in mijn been. 'Werk je voor Esguerra?'

Adem in. Adem uit. Adem in. Adem uit. Ik kan dit overleven. Ik kan de pijn op afstand houden. *Adem in. Adem uit.*

Zijn hand glijdt hoger op mijn dijbeen. 'Geef antwoord, Yulia.'

Adem in. Adem uit. Ik voel de duisternis naderbij komen, de leegte die me beschermde tijdens mijn gevangenneming. Ditmaal omarm ik hem en laat mijn gedachten wegvloeien van deze kamer, weg van de opdoemende pijn. Ik ben niet aan deze stoel geketend – dat is slechts mijn lichaam. Het zijn slechts botten en vlees die binnenkort niet meer leven. Er is niets dat ze kunnen doen om me pijn te doen, want ik ben er niet.

Ik besta niet op deze plek.

'...CATATONISCH,' ZEGT EEN MAN. ZIJN STEM KLINKT alsof hij zich onder water bevindt. Het kost me moeite de woorden te bevatten en ik vecht om de duisternis weg te duwen als hij zegt: 'Op deze manier krijg je geen antwoorden van haar. Maak er een eind aan. Het is duidelijk dat ze zich tegen ons gekeerd heeft.'

'We moeten uitzoeken wat ze weet,' antwoordt een andere man en ik herken de stem van Obenko. 'Trouwens, als ze geen dubbelagent is, kan dit misschien nog steeds worden opgelost.'

'Je houdt jezelf voor de gek,' antwoordt de originele stem. Deze keer herken ik Mateyenko, een van de senioragenten die me na mijn terugkeer ondervroeg. 'Ze zal je dit nooit vergeven.'

'Misschien niet, maar ik heb een idee,' zegt Obenko, en ik hoor dat hij wegloopt. Mijn hoofd begint langzaam helderder te worden en ik tuur voorzichtig door mijn wimpers.

Ik ben nog steeds in de verhoorkamer, maar zit niet meer aan de tafel vastgeketend. In plaats daarvan lig ik op mijn zij op de koude cementvloer naast de stoel, mijn handen nog steeds geboeid achter mijn rug.

Er staan twee mannen bij de deur – Kirill en Mateyenko. Ze praten zacht, kijken af en toe in mijn richting en misselijkheid verdraait mijn binnenste terwijl de duisternis opnieuw opkomt. Heeft Kirill me aangeraakt terwijl ik buiten westen was? Was hij degene die mij losmaakte en me hier heeft geplaatst?

'Ze is wakker,' roept Mateyenko terwijl hij naar me toe stapt, en ik sta de duisternis toe over me heen te stromen.

Ik ben hier niet.

Ik besta niet.

~

'YULIA.' EEN KOELE HAND STRIJKT OVER MIJN voorhoofd. 'Yulia, ben je wakker?'

De muur van water is terug, hij knoeit met mijn gehoor, maar iets in die stem trekt mijn aandacht. De duisternis verdwijnt, de muur van water verdunt en ik open mijn ogen.

Een blonde jongen hurkt over me heen, priemende blauwe ogen staan helder in zijn knappe gezicht.

We staren elkaar een ogenblik aan; dan springt mijn broertje overeind. 'Oom Vasya,' roept hij. 'Ze is wakker.'

Ik hoor voetstappen en dan slepen sterke handen me van de vloer en word ik terug op de stoel gezet. Mijn hartslag versnelt, maar voordat ik in paniek raak, besef ik dat Kirill nergens te bekennen is.

Alleen Obenko en ik bevinden ons in de verhoorkamer.

'Waar is Misha?' vraag ik hees. Mijn keel en mond voelen aan alsof ik in de woestijn heb gelopen. Ik moet een tijdje buiten westen geweest zijn.

'Hij laat ons even alleen zodat we kunnen praten,' zegt Obenko. 'Dus, Yulia, laten we praten.'

'Goed.' Ik merk dat ik bibber en dat mijn vingertoppen gevoelloos en bevroren zijn. Desondanks is mijn stem kalm als ik zeg: 'Waar wil je over praten? Het feit dat je elf jaar tegen me gelogen hebt?' Mijn stem wordt sterker naarmate de laatste mist in mijn hersenen opklaart. 'Dat je mijn broertje gestolen hebt en hem door een monster hebt laten opleiden?'

Obenko slaakt een vermoeide zucht. 'Je hoeft niet zo dramatisch te doen. Ik loog niet tegen je – niet over Misha, tenminste. Ik heb je gewoon niet alles verteld.'

'Wat bedoel je met "alles"?'

'Tot twee jaar geleden leidde Misha precies het soort leven dat we je op die foto's hebben laten zien. Hij was een normale, gelukkige jongen. Maar toen begon hij te veranderen. Hij begon te spijbelen, vechtpartijen, winkeldiefstallen…' Obenko trekt een grimas. 'Mijn zus wist niet wat ze moest doen, dus vroeg ze me of ik met hem kon praten. Maar toen ik het probeerde, kon ik zien dat het niet zou werken. Misha was te rusteloos, te verveeld met zijn leven.' Obenko kijkt me aan. 'Een beetje zoals ik me op zijn leeftijd voelde.'

'En dus?' Mijn bevroren handen verstrakken achter mijn rug. 'Dus besloten jullie dat hij maar spion moest worden?'

Obenko knippert niet. 'Hij had sturing nodig, Yulia. Hij had een doel nodig en dat konden wij hem bieden. Er zijn zoveel jongeren zoals hij in dit gedesillusioneerde land – jongens die de weg kwijtraken en hem nooit meer terugvinden. Ze weten niet wat ze doen met hun leven, geven nergens iets om, behalve kortstondige opwinding. Ik wilde niet dat je broertje zo werd.'

'Oké.' Ik heb het gevoel dat ik stik. 'Je wilde hem zoals Kirill en jij maken.'

'Yulia, luister, over Kirill...' Er trekt iets wat op schuld lijkt over Obenko's gezicht. 'Je moet begrijpen dat we een kleine, geheime organisatie zijn. We konden het ons niet veroorloven om iemand te verliezen die zo bekwaam en ervaren is als Kirill. Niet vanwege één fout.'

'Eén fout?' Mijn stem breekt. 'Is dat hoe ze een brute verkrachting tegenwoordig noemen?'

Obenko zucht weer, alsof ik onredelijk ben. 'Wat er met je gebeurde, was een eenmalig incident,' zegt hij geduldig. 'Het was de enige keer dat hij de controle op die manier verloor. Ik begrijp dat het een traumatische ervaring voor je was, maar hij is belangrijk voor ons bureau en ons land. Het beste wat we konden doen, was hem bij je weghalen en ervoor zorgen dat je eroverheen kon komen.'

'Door mij te vertellen dat hij dood was? Dat je hem liet vermoorden?'

Obenko knikt. 'Het was voor je eigen bestwil. Op die manier kon je hem vergeten en verdergaan.'

'Je bedoelt nuttig zijn voor UUR.'

Obenko reageert niet en ik weet dat dat precies is wat hij bedoelt. In zijn hoofd ben ik geen persoon. Ik ben een pion op een schaakbord – een die kan fungeren als een aanwinst of een risico.

'Weet Misha dat?' vraag ik, starend naar de man die ik ooit bewonderde. 'Weet hij dat ik zijn zus ben?'

Obenko aarzelt en zegt dan: 'Ja, Misha weet het. Hij

herinnerde je zich van het weeshuis, dus moesten we hem over jou vertellen. Hij weet ook dat je je tegen ons gekeerd hebt – dat wat je bij Esguerra is overkomen je je eigen land heeft doen verraden.'

Mijn nagels graven in mijn handpalmen. 'Dat is een leugen. Ik heb jullie niet verraden.'

'Waarom volgde je me dan? Waarom heb je dit bij me geplaatst?' Obenko legt zijn vuist op de tafel en toont me de GPS-chip die ik in zijn telefoon heb gezet.

Na een moment van reflectie besluit ik dat ik niets te verliezen heb door de waarheid te vertellen. In de ogen van Obenko ben ik toch al een risico. 'Omdat ik Misha nog een laatste keer wilde zien,' zeg ik kalm. 'Omdat ik het niet meer kon.'

'Dus je wilde eruit stappen.' Obenko neemt me aandachtig op. 'Weet je, ik vermoedde dat dat het geval zou kunnen zijn. Je bent veranderd.'

Ik haal mijn schouders op; ik ga mijn complexe relatie met Lucas en mijn onvermogen om een andere 'opdracht' aan te nemen verder niet uitleggen. Enige eventuele schuld die ik voelde bij het verlaten van UUR is weg. Dat schuldgevoel is verdampt door het verpletterende verraad en het feit dat Misha het comfortabele leven waar ik hard voor gevochten had zo gretig vaarwel heeft gezegd.

Ik heb elf jaar lang mijn broertje beschermd om er uiteindelijk achter te komen dat hij net als ik zal worden.

Ik veronderstel dat ik er kapot van zou moeten zijn, maar de pijn is nog steeds ver weg, op afstand gehouden door een koude gevoelloosheid die alles overmeestert, zelfs mijn woede.

'Ik wil met hem praten,' zeg ik tegen Obenko. 'Ik wil met Misha praten.'

Hij bestudeert me even en schudt dan langzaam zijn hoofd. 'Nee, Yulia. Jij zult de jongen alleen verwarren. Hij is waar hij mentaal en emotioneel moet zijn en wat je ook van plan bent om hem te vertellen, het zal het alleen maar moeilijker voor hem maken. Ik denk niet dat je dat wilt.'

'Dus hij weet niet wat Kirill heeft gedaan of hoe je me al die jaren hebt gemanipuleerd.'

Obenko vertrekt geen spier. 'Misha weet dat Kirill Ivanovich zijn leven heeft gewijd aan dit land, net als wij allemaal – en dat je Misha verliet toen hij een peuter was. De rest is een kwestie van interpretatie.'

'Uiteraard.' Ik zou woedend moeten zijn dat mijn broertje gelooft dat ik een verrader ben die hem in het weeshuis heeft achtergelaten, maar het is te veel om in één keer te bevatten. Het voelt alsof dit met iemand anders gebeurt, alsof ik naar een film kijk in plaats van het te beleven. 'Dus wat zal hij denken als ik verdwijn?'

Obenko zucht. 'Yulia...'

'Vertel het me maar.'

'Je zult ontsnapt zijn,' zegt Obenko. 'Gevlucht naar Zuid-Amerika om bij je geliefde te zijn.'

'O, ja. Mijn geliefde, natuurlijk.' Ik denk aan Lucas en de manier waarop we afscheid namen en scherpe pijn schiet door me heen. 'En wanneer ga ik mijn grote ontsnapping precies uitvoeren?' zeg ik. 'Vandaag? Morgen?'

'Het hoeft niet zo af te lopen, Yulia.' Er is oprechte spijt in Obenko's ogen zichtbaar. 'Het is nog niet te laat. We kunnen opnieuw beginnen en dit allemaal vergeten. Als je bewijst dat je...'

'Bewijzen?' Ik kan een bittere lach niet tegenhouden. 'Hoe dan? Door nog een paar mannen voor je te neuken?'

Obenko's hand verstrakt, maar zijn toon blijft onverstoorbaar. 'Door je opdracht uit te voeren. Je weet hoe belangrijk het is wat we doen...'

'Ja, dat weet ik.' Mijn mond vertrekt. 'Zo belangrijk dat je een verkrachter minderjarige meisjes laat trainen. Zo belangrijk dat je liegt, moordt en iedereen manipuleert – zelfs je geadopteerde neefje.'

Obenko's blik verhardt en hij staat op. 'Zoals je wilt,' zegt hij. 'Je hebt tot morgenochtend. Als je besluit de juiste keuze te maken, laat het me dan weten.'

Hij loopt de kamer uit en ik blijf achter, luisterend naar zijn wegstervende voetstappen.

NA ONGEVEER EEN UUR KOMT MATEYENKO BINNEN OM MIJN HANDBOEIEN LOS TE MAKEN. Hij brengt me naar een raamloze, celachtige kamer. Er is een smal bed met een dunne deken, een metalen toilet zonder deksel en een kleine geroeste gootsteen.

'Waar zijn we?' vraag ik, maar de agent reageert

niet. Hij stapt naar buiten en draait de deur achter zich op slot, me alleen achterlatend.

Ik wacht een paar minuten om zeker te zijn dat hij niet terugkomt, dan gebruik ik het toilet en was ik mijn handen met het roestige water dat uit de kraan in de gootsteen druppelt. Ik overweeg ook om wat van dat water te drinken om mijn dorst te lessen, maar zie daar toch vanaf.

Ik breng mijn laatste nacht liever niet kotsend door.

Ik loop naar het bed en ga liggen, mijn blik op het plafond gericht. Ik weet dat ik niet in slaap kan vallen, dus ik probeer het niet eens. Mijn gedachten draaien en wervelen, flitsen tussen bittere woede en gevoelloze wanhoop. Ik kom steeds terug op drie feiten:

Kirill leeft nog en traint mijn broertje als spion.

Mijn broertje weet alleen een hoop leugens over mij.

Ik ga morgen dood tenzij ik ermee instem om voor UUR te werken.

Aan de eerste twee problemen kan ik niets veranderen, maar op het derde heb ik invloed – als ik Obenko tenminste kan geloven. In theorie zou ik ermee in kunnen stemmen om mijn opdracht uit te voeren en als ik mezelf bewijs, zal alles worden vergeven.

Ik zou ook kunnen beloven de opdracht uit te voeren, maar me in de plaats daarvan uit de voeten maken.

Het is een verleidelijk idee, alleen zal het niet gemakkelijk zijn. Ik heb toegegeven dat ik wilde verdwijnen, dus als ze besluiten me terug in het veld te laten gaan, zal ik goed in de gaten worden gehouden. Ze zouden zelfs wat zenders bij me kunnen plaatsen, zoals Lucas van plan was.

Mijn wanhoop maakt plaats voor bittere humor. Het lijkt erop dat ik hoe dan ook een gevangene zal zijn.

Een koude rilling gaat door mijn lijf en ik besef dat ik het weer koud heb; mijn handen en voeten zijn kil en stijf. Ik rol me op tot een kleine bal, trek de deken over mijn hoofd en doe alsof ik in een cocon zit waar niets slechts me kan raken, waar ik kan slapen en dromen van een ander leven – een leven waarin Lucas naar me kijkt zoals hij de laatste ochtend naar me keek, een leven waarin ik niet hoef te vertrekken.

Een bekende pijn schiet door mijn borst. Ik sluit mijn ogen en laat de herinneringen over me komen. Onze relatie was op zoveel manieren fout, maar er was ook zoveel goed aan. En nu – nu is niets van het foute nog belangrijk.

Het enige wat ik nog overheb, zijn herinneringen en een krachtig, onmogelijk verlangen om hem nog een laatste keer te zien voordat ik sterf.

DE DEKEN WORDT VAN ME AF GETROKKEN EN STERKE handen scheuren mijn ondergoed af terwijl mijn jurk omhooggegooid wordt. Een zwaar mannenlichaam duwt me neer en mijn polsen worden boven mijn hoofd vastgehouden. Eerst denk ik dat ik van Lucas droom, maar dan ruik ik het.

Eau de cologne.

Lucas draagt nooit eau de cologne.

Mijn ogen schieten in paniek open en een hese schreeuw vormt zich in mijn keel – een schreeuw die onmiddellijk gedempt wordt door een grote hand die zich over mijn mond sluit.

'Rustig aan,' fluistert Kirill terwijl ik hysterisch worstel in een poging hem van me af te gooien. 'We willen niemand storen, toch?'

Zijn hand op mijn mond doet mijn kaak pijn en zijn andere hand omvat mijn polsen zo hard dat ik mijn botten tegen elkaar voel schuren. Met zijn benen die de mijne op het bed klemmen, kan ik me niet bewegen en hem ook niet schoppen. Een misselijkmakende angst schiet door me heen als ik zijn erectie tegen mijn blote been voel wrijven.

'We gaan een beetje lol maken,' zegt hij; zijn donkere ogen schitteren van wrede opwinding. 'Uit nostalgie.'

Hij dwingt zijn knie tussen mijn benen en laat zijn hoofd zakken.

ucas

IK STEEK MIJN VUIST OMHOOG ALS SIGNAAL VOOR DIEGO en Eduardo om te stoppen terwijl ik door mijn nachtkijker naar het gebouw voor ons kijk. Voor een geheime site is het verrassend klein – gewoon een vervallen huis met één verdieping in een bossig plattelandsgebied.

'Weet je zeker dat dit het is?' fluistert Diego, gehurkt naast me. 'Het lijkt niet bijzonder.'

'Ik vermoed dat het meeste onder de grond zit,' zeg ik en houd mijn stem zacht. 'Ik zie twee SUV's in de schuur daarachter en ik denk niet dat Oekraïense dorpsbewoners in SUV's rondrijden.'

We hebben onze auto op ongeveer 800 meter

afstand in het bos achtergelaten om de locatie te verkennen en ons actieplan uit te stippelen. We moeten hoe dan ook snel en discreet zijn, zodat we het land uit zijn voordat UUR beseft dat we hier waren. Dankzij de contacten van Peter Sokolov hebben we ongemerkt op een privé-vliegveld kunnen landen en we moeten op dezelfde manier ook weer kunnen vertrekken.

'Ga naar de achterkant en houd de plek van daaruit in de gaten,' zeg ik tegen Eduardo, die achter Diego zit. 'Ik zal vanaf hier proberen hun computers te hacken.'

Hij knikt en verdwijnt in de struiken. Ik pak het apparaat dat ik heb meegenomen. Een van de voordelen van werken voor Esguerra is de geavanceerde militaire intelligentietechnologie waar we toegang toe hebben, zoals deze externe dataskimmer.

Ik open mijn laptop en verbind hem met het apparaat. Dan zeg ik tegen Diego: 'Goed nieuws: we zijn binnen bereik. Nu kunnen we het hackprogramma zijn gang laten gaan.'

Het duurt meer dan een uur om de firewalls te doorbreken, maar geleidelijk wordt mijn scherm gevuld met allerlei gegevens, waaronder blauwdrukken van het huis en een livevideo van een slecht verlichte gang.

'Is dat van binnen uit hun gebouw?' vraagt Diego, die over mijn schouder meekijkt.

'Zeker weten,' zeg ik, terwijl twee mannen langs de camera lopen. Een van hen ziet er ongewoon jong uit, nauwelijks een tiener, wat me even verwart – totdat ik me herinner dat UUR de gewoonte heeft om kinderen te rekruteren.

Ik klik op de volgende videofeed en zie een soort ondervragingsruimte. Hij is leeg, op een metalen tafel en twee stoelen na. Vervolgens krijg ik toegang tot een camera in wat een beveiligingsruimte moet zijn. Er zit een zwaar bewapende man achter een rij computers. Ik klik op de volgende feed, die nog een gang toont en nog een aantal feeds die celachtige kamers onthullen. Tot mijn teleurstelling zijn alle kamers leeg.

Deze faciliteit wordt kennelijk niet veel gebruikt.

Ik klik nog een paar camerafeeds door, vergelijk de kamers die ik zie met de blauwdrukken op mijn scherm en maak aantekeningen over hoe alles is gepositioneerd. Tijdens dit proces kom ik nog twee mannen tegen – eentje die gebouwd is als een zwaargewicht worstelkampioen en een slankere man die in de veertig lijkt te zijn.

'Tot nu toe slechts vijf agenten en een van hen is een kind,' zegt Diego over mijn schouder. 'Als dat alles is, kunnen we ze waarschijnlijk aan.'

'Juist.' Ik klik nog een paar feeds door, maak aantekeningen over het interieur van elke kamer en pauzeer als ik terugkom bij een van de lege cellen – of in ieder geval een cel waarvan ik eerder dacht dat hij leeg was. Nu zie ik dat ik het mis had: op het bed ligt een bult onder een deken.

'Is dat...'

'Ja, het lijkt erop dat ze daar een gevangene hebben,' zeg ik met opnieuw een blik op de korrelige beelden.

Het is absoluut een bult zo groot als een persoon; ik had het meteen moeten zien. 'Wacht even, eens kijken of ik het beeld duidelijker kan krijgen.'

Met de afstandsbedieningsfunctie van het hackprogramma isoleer ik het gedeelte van het bewakingssysteem dat de camera in die kamer bestuurt. Voorzichtig richt ik de camera direct op het bed. De persoon, wie het ook is, beweegt niet. Het lijkt erop dat hij buiten westen is of slaapt.

'Oké, dus zes mensen,' zegt Diego, 'als we deze gevangene als een bedreiging beschouwen. Redelijke kansen, vooral als we ze verrassen.'

'Ja, dat denk ik ook,' zeg ik terwijl ik naar de volgende afbeelding klik. Oorspronkelijk was mijn plan om alleen gegevens te verzamelen en dan weer te vertrekken, maar ik kan deze kans niet voorbij laten gaan. Het is mogelijk dat een van deze agenten Yulia's verblijfplaats kent. Mijn ribben doen precies op dat moment pijn, maar ik negeer de doffe steek.

Zelfs nu ik gewond ben, zouden we vijf à zes tegenstanders aankunnen.

Ik zet mijn oortje aan en zeg: 'Eduardo, ik wil dat je wat explosieven plaatst aan de noordwest- en zuidwesthoeken van het huis. Gebruik genoeg om de muren neer te halen, maar niet het hele huis te vernietigen. We willen zoveel mogelijk mensen levend pakken.'

'Begrepen,' antwoordt Eduardo en ik kijk om naar Diego.

'We gaan direct na de eerste explosie naar binnen,' zeg ik. 'Maak je klaar.'

Hij knikt en haalt zijn M16 tevoorschijn. Ik richt mijn aandacht weer op de computer. Binnen een minuut neemt het hackprogramma de bewakingsfeeds over en vervangt het het beeld van Eduardo die stiekem het huis nadert door een onschuldig beeld van donkere bomen en struiken.

Nu wachten we tot Eduardo de explosieven geplaatst heeft.

Terwijl we daar op wachten, controleer ik alle interne videofeeds opnieuw. Op de videofeed uit de gang zie ik een van de mannen naar de cel met de gevangene toelopen. Het is de agent die als een worstelaar is gebouwd, dit keer alleen. Met milde belangstelling kijk ik hoe hij de cel binnengaat, zijn pistool in de gootsteen aan de andere kant van de kamer legt en naar het bedekte figuur op het bed loopt. Hij buigt zich voorover en tot mijn verbazing opent hij zijn spijkerbroek.

Wel verdomme, wat? Mijn aandacht verscherpt als hij de deken van de figuur trekt – waarvan ik nu zie dat het een vrouw is – en haar jurk omhoog schuift. Omdat hij ervoor staat, kan ik op de camera niet veel van de gevangene zien, maar toch verstrakt mijn borst door een angstig voorgevoel.

'Kent?' zegt Diego, maar ik luister niet naar hem. Met al mijn aandacht op het computerscherm gericht probeer ik verwoed de camera beter te richten.

De man gaat over de gevangene heen staan en grijpt

haar polsen – dunne, delicate polsen die er vreselijk breekbaar uitzien in zijn monsterlijke greep. De camera draait naar links en ik zie verward blond haar en een mooi, bleek gezicht.

Mijn hart stopt een fractie van een seconde; dan raast een woeste furie door me heen.

Yulia.

Ze is hier – en ze wordt aangevallen.

23

ulia

KIRILLS ADEM IS HEET EN STINKEND EN ZIJN ENORME LIJF
IS ALS EEN ROTSBLOK DAT ME VERPLETTERT. Mijn
ingewanden draaien zich om van afgrijzen en walging
en ik voel mijn geest naar de donkere plek glijden waar
ik niet besta en dit niet kan voelen.

Nee. Het is me volkomen duidelijk dat ik dan
verloren zal zijn. Uit die duisternis zal ik nooit meer
terugkeren. Ik moet bij bewustzijn blijven. Ik moet
vechten.

Hij mag me niet opnieuw vernietigen.

Ik onderdruk mijn instinctieve neiging om te
worstelen en laat mezelf slap worden; mijn polsen
verslappen in Kirills wrede greep. Ik reageer niet als hij

met zijn tong over mijn wang glijdt en ik blijf slap als hij mijn benen uit elkaar duwt en zich er stevig tussenin nestelt. Hij moet denken dat ik versuft en gewillig ben.

Dat is mijn enige kans.

Ik voel zijn pik hard tegen mijn blote dij pulseren en ik word misselijk; een maaltijd van lang geleden dreigt omhoog te komen. *Nog een paar seconden*, zeg ik tegen mezelf, terwijl ik mijn spieren ontspannen houd. *Haast je niet. Wacht op het juiste moment.*

Het juiste moment komt wanneer hij boven op me schuift en zijn gezicht direct boven het mijne hangt. Met mijn ogen tot spleetjes geopend volg ik zijn bewegingen en als hij met één hand mijn borst wil grijpen, sla ik toe.

Met al mijn kracht stoot ik omhoog en ram mijn hoofd recht tegen zijn neus.

Het bloed spuit rond als Kirill met een geschrokken kreet terugdeinst. Elke andere man zou zijn gebroken neus hebben vastgegrepen, maar hij richt zich alleen op, snauwt: 'Trut!' en haalt uit met zijn vuist, zo tegen mijn kaak.

Mijn hoofd knalt naar de zijkant, de explosie van de pijn bedwelmt me even. Ik zie sterretjes en proef de kopersmaak van bloed. Maar Kirill is nog niet klaar met me.

'Verdomde trut!' De volgende klap belandt in mijn maag, zijn vuist als een sloopkogel tegen mijn nieren. 'Je vond jezelf altijd al te goed voor me, hè?'

Ik kan niet antwoorden; ik kan alleen maar de pijn

proberen weg te puffen terwijl ik me oprol om mezelf te beschermen. Hij heeft mijn polsen losgelaten om me te kunnen slaan, besef ik duizelig en als hij zijn vuist weer opheft, draai ik mijn bovenlichaam opzij. Zijn vuist schampt over mijn jukbeen in plaats van het te verbrijzelen zoals hij waarschijnlijk had bedoeld, maar mijn oren suizen. Ik draai weer, probeer hem van me af te gooien, maar zijn onderlichaam leunt als een berg op me.

Vecht, Yulia, vecht. De woorden zijn als een mantra in mijn hoofd. Ik sla met mijn vuist omhoog en slaag erin zijn kaak te raken, maar zijn ogen schitteren helder als hij mijn polsen weer grijpt. Ik kan de woede en waanzin in hun donkere diepten zien en ik weet dat ik hier niet levend uit zal komen.

'Daar zul je voor boeten', zegt hij met een lage grom en ik voel zijn harige ballen tegen mijn dij als hij mijn benen wijder spreidt. Zijn vingers snijden alle bloedtoevoer naar mijn handen af. Zijn pik drukt tegen mijn opening en ik schreeuw het uit als ik me schrapzet tegen de onvermijdelijke, gruwelijke schending.

Boem!

Even weet ik zeker dat hij me weer slaat, dat het oorverdovende geluid het verbrijzelen van mijn gezichtsbeentjes was, maar het stof en pleisterwerk dat op me neerregent, verjaagt die indruk. Met een vloek springt Kirill van me af. Zijn penis steekt uit zijn opengeritste broek en hij wankelt een paar stappen achteruit. Een nieuwe explosie dreunt door de kamer.

Ik grijp mijn kans, rol van het bed en krabbel overeind, de bonzende pijn in mijn gezicht en zij negerend. Boven ons klinkt het scherpe geknetter van geweervuur. Kirill bevriest op zijn plaats; zijn blik slingert tussen mij en de deur heen en weer. Hij moet zich gerealiseerd hebben dat de site wordt aangevallen en ik voel dat zijn haat voor mij strijdt met zijn plichtsbesef. Hij zou daarboven moeten helpen zijn collega's te verdedigen, maar het liefste zou hij mij blijven kwellen.

Die laatste drang lijkt toch te winnen.

'Verdomde verrader,' gromt hij; de aderen in zijn voorhoofd zwellen op en dan stapt hij naar me toe, zijn vuist geheven.

Instinctief buk ik en op dat moment knalt een volgende ontploffing door de kamer, waardoor Kirill uit balans raakt en meer gips op ons neerdaalt. Een krakend, kreunend geluid lijkt uit de diepte van het gebouw zelf te komen en een hoek van de kamer stort plotseling in; bakstenen en gips storten zich als in een lawine naast me neer.

Hijgend spring ik opzij – en dan zie ik het.

Een baksteen met een geroeste metalen staaf erin.

Ik spring ernaar en glijd op mijn buik over de met brokstukken bezaaide vloer. Stukjes rots en gips schrapen mijn blote benen en buik open, maar mijn handen sluiten zich rond de metalen staaf en ik kom net op tijd overeind om de steen in Kirills gezicht te slaan, die me achterna gesneld is.

Hij strompelt achteruit, grijpt zichzelf vast aan de

gootsteen en ik hoor opnieuw het woedende staccato van automatisch geweervuur boven ons. Deze keer stopt het oorverdovende geluid echter niet. Wie de aanvallers ook zijn, ze hebben serieus materieel. Ik krijg echter geen kans om me af te vragen wie het zijn, want ik zie Kirill in de gootsteen reiken en een pistool tevoorschijn halen.

Ik reageer onmiddellijk. De zware steen ploft op de grond als ik mezelf opzij werp, over de vloer naar mijn aanvaller rollend. Ik hoor het schot, voel de brandende kogel die langs mijn arm schampt en dan raak ik op volle kracht Kirills knieën.

Hij moet nog niet volledig hersteld zijn van mijn vorige aanval, want hij strompelt opnieuw naar achter en zijn volgende schot vliegt ruim langs me heen. Ik krabbel overeind; mijn oren gieren van het schot en het geweervuur boven. Ik pak zijn rechterpols en draai hem zijwaarts in een poging het pistool los te krijgen.

Een moment later vlieg ik door de kamer. Hij heeft me met zijn andere hand verrast, begrijp ik wazig terwijl ik tegen een muur smak. Alle lucht wordt uit mijn longen geperst en ik piep van pijn als Kirill het pistool op me richt, zijn gezicht verwrongen van manische woede.

Hij gaat me doden.

Die wetenschap injecteert adrenaline rechtstreeks in mijn hersenen. Zonder erbij na te denken, lanceer ik mezelf richting Kirill, mijn armen uitgestrekt in een wanhopige greep.Mijn hand sluit zich rond het koude metaal van de loop. Ik voel het onder mijn vingers knallen, hoor het dodelijke gejank van de kogel en dan val ik.

Ik val, maar ik ben niet dood.

Ik land boven op Kirill, verbluft, mijn hand nog steeds krampachtig om de loop. Ik kan niet geloven dat ik leef. Instinctief ruk ik aan het pistool om het uit zijn greep te krijgen. Tot mijn grote verbijstering slaag ik. Met het wapen vast kruip ik achterwaarts van Kirills enorme lichaam af; pas als ik een paar meter verderop ben, begrijp ik wat er is gebeurd.

Een deel van het plafond is boven op hem gestort en heeft hem buiten westen geslagen. Er stroomt een dun straaltje bloed langs zijn slaap en overal ligt gips.

Kirill is bewusteloos, misschien zelfs dood.

Duizelig kom ik overeind en richt het wapen op hem, terwijl ik mijn heftig trillende hand stil probeer te houden. Ik zie wazig en elke gedachte lijkt een buitensporige inspanning te vergen. Ik ben me alleen maar bewust van haat. Zwart en krachtig pulseert het door mijn aderen en verdrijft alle rationele gedachten. Mijn vinger spant zich om de trekker, bijna uit eigen wil, en ik zie hoe het eerste schot een bloedig gat in de zij van mijn verkrachter scheurt.

Zijn lichaam schokt en ik schiet opnieuw, het pistool tussen zijn benen gericht. Zijn slappe lul en ballen ontploffen in een fontein van bloederig vlees. Mijn duizeligheid intensiveert, mijn hoofd draait van pijn en ik knars mijn tanden, vastbesloten om lang genoeg bij bewustzijn te blijven om hem af te maken.

Een nieuwe uitbarsting van geweerschoten boven

trekt mijn aandacht en ik realiseer me plotseling dat ik nog steeds geen idee heb wat er gebeurt of wie de aanvallers zijn. Bijna onmiddellijk herinner ik me ook iets anders.

Misha.

Mijn broertje was hier eerder.

IJzige angst snijdt door mijn versufte brein. Kan Misha er nog zijn? Zou hij *boven* kunnen zijn, in dat oorlogsgebied met de onbekende vijanden?

Voordat ik die gedachte zelfs maar kan verwerken, ben ik al de deur uit en sprint ik door de keldergang.

Ik moet naar Misha.

Als hij nog leeft, moet ik hem redden.

Terwijl ik de hoek omsla, knal ik tegen iemand aan. We botsen op elkaar en als we op de grond vallen, realiseer ik me met schrik dat het Misha is – dat mijn broertje naar *míj* toe sprintte. Hij landt boven op me en voordat ik op adem ben, is hij overeind geklommen, ook zwaar ademend.

'Misha!' Vechtend tegen de duizeligheid krabbel ik overeind. Ik heb nog steeds Kirills pistool vast, maar ik slaag erin om Misha's arm te grijpen voordat hij weg kan lopen. 'Ben je gewond? Heb je pijn? Wat gebeurt er?' Mijn vragen komen eruit in een vreemde mix van Russisch en Oekraïens, maar Misha schudt alleen zijn hoofd, zijn ogen groot en onbegrijpend. Hij lijkt in shock te zijn; onder het vuil en het bloed op zijn gezicht zien zijn wangen er ziekelijk bleek uit.

Mijn hart bonst als ik mijn vrije hand over hem heen laat glijden, op zoek naar schotwonden of gebroken botten, maar afgezien van een paar krassen lijkt hij niet gewond te zijn. Opgelucht pak ik zijn arm weer vast en trek hem mee naar een van de cellen. 'Kom op! We moeten hier weg.'

'Jij... zij...' Hij lijkt moeilijk te kunnen praten. 'Ze zijn gewoon...'

'Ja, ik weet het, kom op.' Ik trek hem mee naar een kleine cel die lijkt op degene waar ik net nog in opgesloten zat en zoek een plek om ons te verstoppen. Die is er niet en mijn maag draait zich even om als de geweerschoten boven stoppen en dan met nog meer geweld hervat worden.

'Misha.' Terwijl ik mijn pistool stevig in mijn rechterhand omvat, raak ik met mijn linkerhand zachtjes zijn wang aan. Mijn broertje is al een paar centimeter groter dan ik en als zijn slungelige postuur een indicatie is, heeft hij nog een behoorlijk groeiproces voor de boeg. Hij trilt ook hevig en ik voel dat zijn huid ijskoud is. 'Mishen'ka, weet jij hoe we hier wegkomen?'

Hij slikt. 'Nee.'

'Oké.' Ik tril zelf ook, maar ik houd mijn stem kalm om zijn angst niet te verergeren. 'Weet je wat er boven gebeurt? Wie valt er aan?'

'Ik weet het niet.' Hij trilt nog heviger. 'Ze hebben gewoon... Ze hebben oom Vasya vermoord en...'

'Obenko is dood?' Ondanks alles voel ik een lichte steek in mijn borst. Ik duw de onlogische emotie opzij, laat mijn hand zakken en vraag: 'Met hoeveel zijn ze? Hebben ze iets gezegd?'

Misha schudt opnieuw zijn hoofd, zijn ogen vol tranen. 'Ze hebben oom Vasya vermoord,' fluistert hij alsof hij het niet kan geloven. 'En agent Mateyenko.' Zijn gezicht vertrekt, net als toen hij een peuter was.

'O, Misha...' Ik stap dichterbij en slik mijn eigen tranen weg. 'Het spijt me.' Meer dan wat dan ook wil ik hem knuffelen en troosten, maar er is geen tijd, dus ik zeg: 'We moeten een uitweg vinden. Er moet ergens...'

Ik word onderbroken door het geluid van zware voetstappen die de trap af klossen. Misha verstijft en ik zie angst in zijn ogen flitsen. 'Ze komen ons zoeken. Ze zullen...'

'Sst.' Ik leg mijn vinger tegen mijn lippen terwijl ik een stap achteruit doe en een wanhopige blik de cel rond werp. Ik weet niet of het pistool van Kirill volledig geladen was toen hij mijn cel inkwam, maar zelfs als dat zo was, zullen er niet meer dan een paar kogels over zijn. Toch zou ik die kogels mogelijk als een afleiding kunnen gebruiken zodat Misha weg kan komen.

'Kom,' fluister ik, en ik grijp zijn arm. 'Zodra je een kans ziet om te rennen, vlucht je. Begrepen?'

'Maar ze zijn...'

'Stil,' fluister ik, hem door de gang meeslepend. Als we de volgende kamer bereiken, schuif ik mijn broertje erin en fluister: 'Stil zijn.'

Het pistool met twee handen omklemmend keer ik terug naar de trap, klaar om mijn lot te ontmoeten.

ucas

YULIA.

Ik moet naar Yulia.

De gedachte hamert in mijn hoofd terwijl ik de trap afren.Ik negeer het bloed dat langs mijn arm druipt. Een kogel heeft mijn schouder geschampt en mijn ribben doen pijn van alle inspanningen, maar ik ben me nauwelijks bewust van de pijn. De strijd bleek lang en bruut; ook al waren ze overrompeld en versuft door onze explosieven, die UUR-agenten bleken niet gemakkelijk uit te schakelen. Vastzitten in een vuurgevecht terwijl Yulia beneden werd aangevallen maakte me bijna gek. Zo gauw we twee van de drie agenten die de eerste verdieping verdedigden hadden uitgeschakeld ben ik naar de keldertrap gesprint; Diego en Eduardo mogen met de overgebleven schutter afrekenen. Ik hoop dat ze hem kunnen vangen in plaats van hem te doden, maar het is voor mij hoe dan ook niet de moeite waard om rond te blijven hangen.

Yulia redden zal altijd belangrijker zijn dan het verzamelen van informatie.

Als ik onder aan de trap kom, dwing ik mezelf om te vertragen. De jonge agent rende deze kant op nadat we de tweede schutter hadden gedood en Yulia's aanvaller kan hier ook op mij wachten. Hij heeft de schoten en explosies boven niet kunnen missen – tenminste, dat hoop ik. Ik heb precies om die reden voordat we optimaal gepositioneerd waren opdracht gegeven om de bommen te laten ontploffen: ik dacht dat de man waarschijnlijk niet verder zou gaan met Yulia verkrachten zodra hij zich zou realiseren dat ze aangevallen werden.

Ik pak mijn M16 stevig vast en stop bij de hoek. De gang met alle kamers is aan mijn rechterkant. Als ik het me goed herinner, zou Yulia's cel de vierde links moeten zijn.

Dit wordt lastig. Ik kan niet zomaar schieten, zoals boven – daarmee zou ik Yulia's leven riskeren.

Gebukt werp ik een snelle blik om de hoek.

De gang is leeg.

Ik riskeer een tweede blik; deze keer schat ik de afstand naar de dichtstbijzijnde cel met een open deur.

Drie meter. Dat haal ik wel.

Ik verstevig mijn greep op het geweer en duik

rollend over de vloer naar de cel. Ik verwacht half de hete pijn van kogels te voelen, maar er gebeurt niets als ik mezelf door de open deur stort, opspring en de kamer scan.

Leeg. Geen teken van leven.

Ik adem diep om mijn hartslag te kalmeren. De wetenschap dat Yulia maar een paar cellen bij mij vandaan is, brandt als lava in mijn aderen, maar ik weet dat ik geduldig moet zijn. Ergens hier beneden zijn twee potentieel gevaarlijke tegenstanders en ik zal behoedzaam moeten zijn om te overleven en haar terug te halen.

Strak tegen de muur naast de deur gedrukt observeer ik de gang, al mijn zintuigen gespitst. Ik twijfel er niet aan dat ze zich van mijn aanwezigheid bewust zijn, wat betekent dat het een kwestie van tijd is voordat iemand ongeduldig wordt en me probeert uit te schakelen. Om mijn ongeduld tegen te gaan, tel ik tot tien en dan nogmaals.

Bij mijn derde tel hoor ik een vaag geschuifel en zie ik een flits van beweging. Het is bijna niets – alleen maar een schaduw die van vorm verandert in de deuropening van een van de andere deuren – maar ik weet genoeg.

Dat is de vijand.

De veiligste zet zou zijn om die deuropening met kogels te vullen, maar ik kan niet riskeren dat ik Yulia per ongeluk neerschiet. Ik kan zien dat de bommen die we plaatsten hier flink wat schade aangericht hebben. De vloer is bedekt met gips en de plafondlampen knipperen. Het idee dat Yulia gewond geraakt is, is ondraaglijk, dus duw ik die gedachte opzij, samen met de angst en woede die in mijn borst om voorrang strijden. Ik moet daar niet aan denken, niet totdat ik Yulia veilig bij me heb.

Na nog een diepe ademhaling schat ik de afstand tot de deuropening.

Ongeveer twee meter.

Ik gun mezelf nog een kalmerende ademteug, dan spring ik ernaartoe en overbrug de afstand in drie lange stappen. Een schot klinkt, maar ik ben er al. Ik sla het pistool uit de hand van de schutter terwijl ik hem tegen de grond werk en mijn geweer tegen zijn keel zet.

Nee, realiseer ik me een fractie van een seconde later.

Tegen *haar* keel.

Yulia ligt op haar rug onder me, haar blauwe ogen groot van schrik. Haar bleke gezicht is vies en gekneusd, ontsierd door bloed en stukjes gips, maar het lijdt geen twijfel dat zij het is.

'Lucas?' zegt ze verstikt, en ik zie haar blik plotseling naar rechts schieten.

Ik reageer instinctief. Terwijl ik Yulia met de ene hand vasthoud en de M16 met de andere, gooi ik mezelf boven op haar en rol met haar opzij. Mijn ribben steken van pijn, maar de steen die op het punt stond op mijn hoofd te belanden valt in plaats daarvan op de vloer en ik spring op om de nieuwe tegenstander van me af te slaan. Het is de jonge agent die ik in de videofeed zag.

De jongen heeft duidelijk wat training gehad en hij is snel. Terwijl ik met mijn wapen naar zijn hoofd sla, bukt hij en schopt tegelijkertijd met zijn rechterbeen omhoog. Ik spring achteruit, waardoor zijn voet mijn zij mist en voordat hij zich kan herstellen, stoot ik het geweer naar voren en ram de loop in zijn middenrif.

Zijn gezicht wordt spookachtig wit en zijn knieën knikken. Hij zakt op de vloer, happend naar lucht, en ik hef het pistool op om hem buiten westen te slaan. Maar voordat ik met het handvat zijn hoofd kan raken, zie ik een flikkering van beweging aan mijn zijkant.

Het is Yulia, die met ontblote tanden op me springt.

'Ga weg! Doe hem geen pijn!' Haar schreeuw is hysterisch als ik haar midden in haar sprong opvang en haar tegen de muur wegduw. Haar vuist landt in mijn zij, waardoor een ondraaglijke pijnscheut door mijn ribben gaat en ik haar slechts met moeite in bedwang kan houden zonder mijn wapen te laten vallen. Ze grijpt naar het geweer en probeert het me af te nemen. Ik grom van pijn als haar elleboog me weer in de ribben raakt.

'Verdomme, Yulia, stop!' Ik wil haar geen pijn doen, maar ik kan haar dat wapen niet laten krijgen. Ze heeft me al eens beschoten; het is niet te zeggen wat ze zou doen met een volledig geladen M16. Terwijl ik met haar worstel, zie ik aan de rand van mijn zicht een schaduw door de gang bewegen.

ANNA ZAIRES

Als dat de andere agent is die mee komt doen aan het gevecht, ben ik de sigaar.

Ik verhard mezelf, draai me om en ram mijn elleboog in Yulia's ribbenkast. Het is een beheerste klap – ik gebruik precies genoeg kracht om de lucht uit haar te blazen – dan spring ik achteruit en draai me om naar de jongen, die nog steeds op de grond ligt maar begint te herstellen van mijn klap.

Zijn ogen worden groter als ik het pistool op hem richt en voor de eerste keer kijk ik goed naar zijn gelaatstrekken.

Gelaatstrekken die me bekend voorkomen.

'Nee.'

Voordat ik de kans krijg om te verwerken wat ik zie, knalt Yulia tegen me aan, zo hard dat ik achteruit strompel voordat ik mezelf kan herstellen. Haar gezicht is verwrongen van angstige woede terwijl ze met mij om het wapen vecht en ik begin een idee te krijgen van wat er aan de hand is.

'Misha!' roept ze zo hard ze kan, gevolgd door wat Russische woorden en mijn vermoeden verandert in zekerheid als ik zie dat de jongen opstaat en naar me toesnelt, zijn tanden ontbloot in een grimas die bijna identiek is aan degene op Yulia's gezicht.

Verdomme.

'Stop,' grom ik, terwijl ik het pistool uit Yulia's handen ruk met een harde sjor. 'Ik zal hem verdomme geen pijn doen!'

De jongen stort tegen me aan voordat ik klaar ben met spreken en ik sla hem tegen zijn keel. De kracht

164

van mijn slag is beheerst, om te voorkomen dat zijn luchtpijp breekt. Maar zelfs door mijn lichte tik stort hij stikkend en naar adem happend op de grond. Nu hoef ik alleen Yulia's aanval nog af te slaan.

Ze vliegt me aan, een wild beest met tanden en klauwen, haar ogen gek van angst. Ze gelooft duidelijk niet dat ik de jongen, wie hij ook is, geen pijn zal doen en vecht als een leeuwin die haar welp beschermt. Vloekend blokkeer ik haar poging om me een knietje te geven en ik buk om haar vuist te ontwijken. Voordat ze weer kan uithalen grijp ik haar vast en klem haar armen tegen haar zij. Ik heb de M16 nog steeds vast, maar ik gebruik hem niet. Ik houd Yulia strak tegen me aan en laat haar uitrazen.

Ze verzwakt sneller dan ik had verwacht, waarschijnlijk omdat ze gewond is. Binnen een paar minuten hangt ze slap in mijn armen, haar ademhaling snel en onregelmatig. Ik voel haar spieren trillen van uitputting terwijl ik haar vasthoud en ondanks de heftige pijn in mijn ribben verspreidt zich een vertrouwde mix van lust en tederheid door me heen, die mijn borst verwarmt en mijn penis verhardt.

Yulia.

Ik heb eindelijk mijn Yulia.

Haar borsten voelen zacht tegen me aan, haar lichaam slank en delicaat in mijn omhelzing. Ze ruikt naar angst, zweet en bloed, maar daaronder zit de vage geur van perziken – een geur die ik voor altijd met haar associeer. Ik snuif hem op, laat mezelf even gaan, maar dan herinner ik me de schaduw die ik eerder zag bewegen.

De andere agent, Yulia's aanvaller, loopt nog steeds rond.

'Heeft hij je pijn gedaan?' Mijn stem wordt ruw van woede. 'Heeft die klootzak je aangeraakt?'

Yulia's hele lichaam wordt stijf en dan begint ze weer te worstelen. 'Laat me los.' Haar woorden klinken gedempt tegen mijn shirt. 'Laat me los, Lucas!'

Ik verstrak mijn armen om haar heen en negeer de pijn die de beweging veroorzaakt. 'Geef antwoord, Yulia.'

Hijgend verslapt ze weer. Ik zie dat de jongen overeind probeert te komen en draai Yulia zodat ik mijn M16 op hem kan richten. Hij staat onmiddellijk stil en ik probeer te bedenken hoe het nu verder moet. Alles in mij verlangt ernaar om achter de agent aan te gaan die haar heeft aangevallen, maar als ik Yulia loslaat, zal ze me opnieuw aanvallen en ik wil haar geen pijn doen.

En dan hebben we nog die verdomde jongen.

Terwijl ik met het dilemma worstel, realiseer ik me dat ik geen geweerschoten meer hoor – dat het zowaar een paar minuten stil is geweest. Net als die gedachte bij me opkomt, hoor ik vlugge voetstappen op de trap en een minuut later stormt Eduardo de kamer in, klaar om de overgebleven tegenstanders neer te halen.

'Wacht,' beveel ik terwijl hij zijn wapen op de knul richt. 'Schiet hem niet neer.'

Yulia begint weer te worstelen, dus knijp ik haar

strakker tegen me aan en fluister in haar oor: 'Rustig maar. We zullen hem geen pijn doen. Als ik hem dood wilde, zou hij al dood zijn.'

Dat lijkt tot haar door te dringen. Ze stopt met vechten en ik neem de gok haar los te laten. Als ik zie dat ze niet aanvalt, laat ik haar vrij en ga een stap achteruit. Op het laatste moment verander ik van gedachten; ik grijp haar pols met mijn linkerhand om verbonden te blijven.

Ik riskeer niet dat ze ooit nog zal ontsnappen.

'Er is hier ergens nog iemand,' zeg ik kil tegen Eduardo. De gedachte dat Yulia's aanvaller nog ergens losloopt, is ondraaglijk. 'Zoek hem en breng hem bij mij.'

Eduardo knikt en verdwijnt en Yulia staart me aan. Haar hele lichaam trilt. Ze ziet eruit alsof ze op het punt staat flauw te vallen of weg te rennen. 'Zal je niet...' Haar stem breekt. 'Zal je Misha geen pijn doen?'

Ik werp een blik op de jongen, die wijselijk bewegingsloos op de vloer is blijven zitten. 'Als dat Misha is, nee.' Ik neem een kalmerende ademteug en probeer niet ineen te krimpen door de pijn in mijn ribben. 'Wat is hij van jou?'

Yulia spert haar ogen open. 'Weet je het dan niet? Maar je zei...'

'Ik denk dat ik dat waarschijnlijk verkeerd heb begrepen,' zeg ik, terwijl ik mijn stem opzettelijk kalm houd. 'Wie is hij? Je neef?'

Ze knippert. 'Mijn broertje .'

Nu is het mijn beurt om verrast te zijn. 'Je zei dat je enig kind was.'

'Ik loog,' zegt ze. Dan vertrekt haar voorhoofd in een verwarde rimpel. 'Maar je zei dat je het wist. Toen ik je vroeg hem niet te doden, zei je dat je het wist. Wat bedoelde je? Waarom deed je...'

'Ik dacht dat hij je geliefde was, oké?' Woede –deze keer tegen mezelf gericht – maakt me kortaf. 'Waarom loog je dat je enig kind bent?'

Yulia laat haar tong over haar lippen glijden. 'Omdat ik je niet vertrouwde.'

Natuurlijk – en blijkbaar met goede reden. Ik dwing mezelf om nog een keer diep in te ademen. Op een rustigere toon vraag ik: 'Ben je gewond? Heeft die klootzak je pijn gedaan?'

Ze verstijft weer. 'Hoe weet je...'

'Ik heb de videofeed van deze faciliteit gehackt,' zeg ik. Ik laat haar pols los en hef mijn hand op om met mijn vingertoppen over de zwelling aan de linkerkant van haar gezicht te strijken. 'Heeft hij dit gedaan?' vraag ik, en ik probeer mijn woede te onderdrukken. 'Heeft hij je geslagen?'

'Hij...' Yulia slikt. 'Ik vocht terug, dus sloeg hij me. Toen kwam jij...' Ze zwijgt. 'Hoe heb je deze plek gevonden?'

Ik knijp mijn ogen samen en weiger te worden afgeleid. 'Heeft hij je verkracht?'

'Hij probeerde het, maar nee.' Haar blik dwaalt af. 'Deze keer niet.'

'Deze keer?' Ik ontplof bijna ter plekke. 'Heeft hij je eerder pijn gedaan?'

Ze kijkt op, schijnbaar verbaasd. 'Ik heb je daarover verteld. Weet je dat niet meer?'

'Was dat…?'

'Kirill, ja.' Haar opgezette lippen verstrakken. 'Ze hebben over hem gelogen. Hij leefde nog. Leeft nog en traint Misha…' Ze kijkt naar de jongen die zich tijdens ons gesprek volkomen stil hield. Ik weet niet hoeveel Engels hij begrijpt, maar gezien de verblufte blik op zijn gezicht moet hij er op zijn minst een deel van hebben begrepen.

Ik kan zien dat Yulia op het punt staat met hem te praten, dus grijp ik haar kin stevig vast om haar aandacht bij mij te houden. 'We zullen hem te pakken krijgen,' beloof ik grimmig. 'Hij zal deze keer niet wegkomen.'

Tot mijn verbazing glimlacht Yulia lichtjes terwijl ik mijn hand laat zakken. 'Het is al goed. Ik heb het afgehandeld.'

'Wat?'

'Hij is dood – of zal het binnenkort zijn, als hij dat nog niet is.' Yulia's glimlach verscherpt. 'Hij is in mijn cel. Of zijn lichaam moet daar tenminste zijn.'

Ik sta op het punt om haar te zeggen dat ze me ernaartoe moet brengen als Eduardo de kamer binnenkomt. 'Hij is weg,' zegt de bewaker met duidelijke afkeer. 'De klootzak is op de een of andere manier bij een van de SUV's in de achtertuin gekomen en is hem gesmeerd. Er moet hier nog een uitgang zijn.

Hij bloedde de hele weg naar de auto flink, dus hij is behoorlijk gewond. Misschien bloedt hij nog dood.'

Yulia fronst. 'Over wie heb...'

'Hij heeft het over Kirill.' Ik vecht om mijn stem kalm te houden. 'Ik zag eerder een schaduw in de gang, toen Misha en jij je best deden om mijn hersens in te slaan. Hij zal minder gewond zijn dan je dacht, of anders...'

'Ik schoot zijn pik en ballen eraf.' Yulia's korte verklaring doet mij – en alle andere mannen in de kamer – instinctief ineenkrimpen. 'Ik heb ook een kogel in zijn zij geschoten,' zegt ze en voordat iemand kan antwoorden, rent ze de kamer uit naar haar cel.

'Houd hem in de gaten,' zeg ik tegen Eduardo, met het oog op het broertje van Yulia. Dan ren ik haar achterna, vastbesloten om haar nooit meer uit het oog te verliezen.

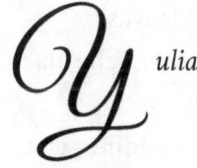ulia

Lucas is hier. Hij beloofde mijn broertje geen pijn te doen. Kirill is misschien ontsnapt.

Ik kan het niet verwerken, dus ik probeer het niet eens. Als ik de cel waar Kirill me aanviel binnenstorm, zie ik meteen dat Eduardo gelijk had.

Kirill is weg.

Overal ligt bloed. Ik draai me om en volg het pad dat uit de kamer leidt, maar Lucas staat al als een menselijke berg in de deuropening. Zijn harde kaak heeft een schaduw van blonde stoppels en zijn ogen hebben de kleur van een bevroren meer. Met zijn SWAT-achtige uitrusting en machinegeweer ziet hij eruit als de ultieme genadeloze soldaat.

Ik wil van hem wegvluchten en hem tegelijkertijd in zijn armen springen.

Maar ik doe geen van beide. In plaats daarvan zeg ik dof: 'Hij is weg.' Ik weet dat ik niets nieuws vertel, maar alle scherpzinnige gedachten lijken me op het moment te ontgaan. Mijn hoofd bonst van de pijn en mijn knieën voelen alsof ze het elk moment kunnen begeven. De adrenaline die me tijdens mijn gevecht met Lucas op de been hield, is weg en laat me trillend achter.

Kirill heeft me bijna weer verkracht. Lucas heeft me gered. Lucas dacht dat Misha mijn geliefde was.

Ik schud mijn hoofd en een hysterische lach ontsnapt me.

'Yulia…' Lucas rijkt naar me, fronst en mijn gelach wordt heviger. Ik kan niet stoppen met lachen, ook niet als hij me in zijn omhelzing neemt, zijn M16 in mijn rug. Ook niet als hij me tegen hem aan wiegt terwijl hij geruststellend in mijn oor fluistert. Hij belooft dat hij Kirill voor mij zal vinden, dat hij ervoor zal zorgen dat de klootzak lijdt, maar ik luister niet naar hem. Mijn geest is als een pingpongbal en springt van het ene krankzinnige feit naar het andere.

Lucas is in Oekraïne. Mijn broertje is hier bij mij. Lucas is niet van plan hem te vermoorden, hoewel hij dat wel van plan was toen hij dacht dat Misha mijn geliefde was.

Mijn hysterisch gelach verandert in al even hysterisch gesnik. Ik weet dat het belachelijk is, maar ik kan niet stoppen. Al het verdriet en de stress van de afgelopen paar dagen vloeien samen in een groeiende bal in mijn keel en het maakt niet uit hoe diep ik ademhaal, ik blijf me voelen alsof ik verdrink.

Misha had gedood kunnen worden. Hij kan nog steeds gedood worden als Lucas van gedachten verandert. Ik wil opnieuw voor het leven van mijn broertje pleiten, maar ik kan alleen een verstikt geluid uitbrengen dat overgaat in meer gesnik.

'Stil, lieverd, het komt wel goed...' Lucas' stem klinkt zacht brommend in mijn oor. 'Ik zal je tegen hem beschermen, ik beloof het.'

Hij buigt zich voorover en pakt me op om me tegen zijn borst te wiegen. Ik sla mijn armen om zijn nek en druk mijn gezicht in zijn hals. Bijna onmiddellijk voel ik me rustiger; mijn snikken verstommen als hij me door de gang draagt.

Wanneer we echter langs de kamer komen waar mijn broertje was, zie ik dat hij leeg is en het verstikkende gevoel keert terug. 'Waar is hij?' Mijn stem klinkt hoog terwijl ik tegen Lucas' schouders duw. 'Waar is Misha?'

'Ik neem aan dat Eduardo hem naar boven heeft gebracht en dat is waar ik jou nu ook naartoe breng,' zegt Lucas terwijl hij me strakker tegen zich aan trekt. 'Maak je geen zorgen, schatje. Het komt goed met hem... en met jou ook.'

Zijn woorden stellen me enigszins gerust. Ik vertrouw Lucas nog steeds niet, maar ik zie niet in waarom hij in dit geval tegen me zou liegen. Zoals hij al zei: als hij Misha dood wilde hebben, zou hij hem al hebben gedood.

'Wat ga je met hem doen?' Mijn toon is een klein beetje kalmer als ik wat naar achteren leun om naar mijn ontvoerder te kijken. 'Met ons, bedoel ik?'

'Jij gaat met mij mee en je broertje ook.' Lucas' ogen schitteren terwijl hij met twee treden tegelijk de trap op loopt. 'Rustig nu maar – de rest regelen we wel.'

En voordat ik nog meer kan vragen, stapt hij de ravage van de eerste verdieping van het huis in.

DE VOLGENDE UREN ZIJN WAZIG. IK HERINNER ME Obenko's bebloede lijk toen Lucas me door de ruïnes droeg, maar ik ben waarschijnlijk snel daarna flauwgevallen, want de rit naar het vliegveld of het opstijgen van het vliegtuig herinner ik me niet. Mijn laatste halve herinnering is dat mijn broertje naast me in de auto zat, zijn ogen rood en opgezwollen en zijn handen geboeid achter zijn rug.

Tijdens de vlucht schudt Diego me een paar keer wakker en moet ik mijn naam zeggen en hoeveel vingers hij omhoog houdt. De eerste keer dat dat gebeurt, vraag ik naar mijn broertje en wijst Diego naar een met deken bedekte bult op de bank in de cabine.

'We hebben hem een kalmeringsmiddel gegeven

zodat hij niet steeds bleef worstelen,' legt de bewaker uit. 'Je broertje heeft de dood van de andere agenten nogal zwaar opgenomen.'

Ik probeer op te staan om te zorgen dat Misha in orde is, maar mijn hele lichaam protesteert. Met een gepijnigd gekreun val ik terug in mijn luxe stoel en vecht tegen een golf van misselijkmakende duizeligheid, die samen met een forse hoofdpijn op is komen zetten.

'Probeer je niet te bewegen,' zegt Diego terwijl hij mijn veiligheidsgordel vastmaakt. 'Lucas denkt dat je een hersenschudding hebt. Hij beval me over je te waken terwijl hij het vliegtuig bestuurt.'

'Maar Misha...'

'Hij is in orde.' Diego loopt naar voren en duwt tegen Misha's schouder. Mijn broertje maakt een onsamenhangend geluid en de bewaker zegt: 'Zie je? Hij slaapt. Ontspan je maar. We vliegen al over de Atlantische Oceaan en zullen snel thuis zijn.'

'Thuis?' Ondanks de kloppende pijn in mijn slapen probeer ik na te denken over wat hij bedoelt.

'Ons landgoed.' De jonge Mexicaan grijnst. 'We hebben de wind in de rug, dus we zijn er in een mum van tijd.'

Ik wil tegenwerpen dat het landgoed van Esguerra niet *mijn* thuis is, maar de pijn in mijn hoofd verergert en ik zak weer weg in bewusteloosheid.

'...VEEL BLAUWE PLEKKEN OP HAAR RUG, GEZICHT EN BUIK en ja, een lichte hersenschudding. Ik ga haar wat pijnstillers geven, zodat ze comfortabel kan rusten. Het is niet nodig om haar regelmatig wakker te maken; het is geen ernstig hoofdletsel. Haar lichaam heeft veel meegemaakt en moet genezen. Hoe meer ze slaapt, hoe beter. Ik stel voor dat jij het ook rustig aan doet; je maakt het je ribben niet makkelijk met al deze activiteiten.'

De stem is enigszins bekend. Als ik mijn ogen open heb gedwongen, zie ik Lucas met een kleine, kalende man – de dokter die me ook heeft onderzocht toen ik voor het eerst op het landgoed kwam. Hoe heette hij ook alweer? Met een ingehouden kreun draai ik mijn hoofd om mijn omgeving op te nemen en ik besef dat ik in Lucas' slaapkamer ben, en op zijn grote, comfortabele bed lig.

Ik ben ook schoon en naakt onder de deken. Lucas moet me uitgekleed en gewassen hebben terwijl ik buiten bewustzijn was.

'Waar is Misha?' Mijn woorden vormen een nauwelijks hoorbaar gekreun. Ik schraap mijn keel en probeer het opnieuw. 'Waar is mijn broertje?' Gezien de schaduwen en slaapkamerverlichting is het avond of misschien zelfs al nacht.

Lucas en de dokter wenden zich tegelijkertijd tot mij. De mond van Lucas staat hard, maar als ik rechtop probeer te gaan zitten, loopt hij naar me toe en komt op de rand van het bed zitten. 'Je moet rusten.' Zijn toon is hard, maar zijn aanraking is mild als hij me achteroverduwt. 'Niet bewegen.'

Hij begint weer op te staan en ik grijp wanhopig zijn hand. 'Ik moet Misha zien.'

Lucas aarzelt even en zegt dan nors: 'Oké dan. Ik laat hem hierheen brengen. Maar jij neemt je rust, begrepen?'

Ik verstevig mijn greep op Lucas' hand. 'Waar houd je hem gevangen?' Nu er geen direct gevaar meer is, overspoelt een nieuwe angst me. Mijn broertje is hier, op Esguerra's landgoed, in de handen van mannen die even weinig om zijn leven geven als dat van een insect. Als ik Lucas in die kelder niet had tegengehouden, had hij Misha waarschijnlijk gedood – net zoals hij Obenko en de andere agenten had vermoord.

Mijn ontvoerder is gevaarlijk en dat mag ik niet vergeten.

'Misha, of Michael, zoals hij ons vertelde dat hij het liefst wordt genoemd, verblijft in de barakken van de bewakers,' zegt Lucas. Hij lijkt ergens boos over, maar ik heb geen idee waarover. 'Diego en Eduardo houden hem in de gaten. Als je me nu wilt excuseren, dan bel ik Diego en laat je broertje hierheen brengen.'

Ik laat Lucas' hand los en hij staat op. 'Geef haar de pijnstillers,' instrueert hij de dokter. 'Ik ben zo terug.'

De man knikt en Lucas loopt na me nog een laatste harde blik toegeworpen te hebben naar buiten. Zelfs met de pijn die door mijn hoofd bonkt, begrijp ik zijn stille waarschuwing:

Gedraag je of anders.

Als hij het me had gevraagd, had ik hem kunnen vertellen dat zijn behoedzaamheid onnodig is. Ik heb niet alleen het gevoel alsof ik door een vrachtwagen overreden ben, maar Lucas heeft mijn broertje. Zelfs als ik wilde vluchten, zou ik nergens heen gaan zonder Misha – dat moet de reden zijn dat Lucas hem hierheen heeft gebracht, besef ik met een rilling.

'Alsjeblieft,' zegt de dokter, terwijl hij zijn hand naar mij uitsteekt. Automatisch accepteer ik de twee pillen die hij me geeft.

'Dank u wel, dokter Goldberg,' zeg ik. Ik herinner me eindelijk zijn naam.

De kleine man glimlacht vriendelijk en helpt me rechtop te gaan zitten door twee kussens achter mijn rug te schikken terwijl ik de deken tegen mijn borst klem. Hij geeft me ook een flesje water, waarmee ik de pillen wegspoel. Het heeft geen zin om weerstand te bieden; de pillen kunnen mijn verstand vertroebelen, maar dat doet de hoofdpijn toch al. Zelfs nadat ik de hele reis heb geslapen voel ik me sloom en uitgeput en mijn lichaam doet overal pijn.

'Je moet uitrusten,' zegt dokter Goldberg en wendt zich dan af om in zijn tas te zoeken, terwijl ik de deken strakker om mijn blote borst trek en hem met mijn armen op zijn plaats houd.

Mijn oogleden worden steeds zwaarder, alsof ze hem graag willen gehoorzamen, en mijn gedachten beginnen te dwalen terwijl de dokter daar zachtjes neuriënd blijft staan. Ik slaap bijna als ik me plotseling iets herinner dat hij eerder zei.

'Is Lucas gewond?' Ik ga iets rechterop zitten, mijn slaperigheid opzij geduwd door bezorgdheid. 'U noemde zijn ribben.'

Dr. Goldberg draait zich verbaasd om. 'O, dat. Ja, gebroken ribben hebben tijd nodig om te genezen. Hij hoort het rustig aan te doen en niet als Rambo te rennen.'

Ik frons. 'Wanneer brak hij zijn ribben?' Aan de manier waarop de dokter praat gaat het om een oudere verwonding.

Dr. Goldberg kijkt me uilachtig aan. 'Weet je het dan niet?' Dan verheldert zijn gezicht en schudt hij zijn hoofd. 'Natuurlijk weet je het niet. Wat dacht ik dan?'

'Is hier iets gebeurd?'

Hij aarzelt en zegt dan: 'Ik denk dat het het beste is als Kent je zelf inlicht.'

'Inlicht over wat?' vraagt Lucas terwijl hij de kamer inloopt. Ik zie mijn broertje achter hem aan komen, zijn handen geboeid voor zijn lichaam.

'Misha!' Ik spring bijna van het bed, verwondingen of niet, maar op het laatste moment herinner ik me dat ik onder de deken naakt ben. Blozend klem ik mijn armen langs mijn zij en schenk mijn broertje een glimlach. 'Hoe gaat het met je?' vraag ik in het Russisch. 'Gaat het wel?'

Misha staart naar me en werpt een blik van mij naar Lucas en dan naar dr. Goldberg.

Ik wend me tot mijn ontvoerder. 'Lucas, zou het mogelijk zijn...'

'Je krijgt vijf minuten,' gromt hij en stapt de kamer uit. De dokter volgt hem en sluit de deur achter zich.Voor het eerst in elf jaar ben ik alleen met mijn broertje.

ucas

Zo GAUW DE DEUR NAAR DE SLAAPKAMER DICHTVALT, wend ik me tot Goldberg en zeg: 'Maak de zenders klaar. Ik wil dat ze voordat je vertrekt worden geïmplanteerd.'

De dokter knippert. 'Vanavond? Maar...'

'Ze zit al onder de pijnstillers en op dit moment zal ze het nauwelijks voelen.' Ik sla mijn armen over elkaar. 'Je kunt een plaatselijke verdoving gebruiken om er zeker van te zijn dat er geen pijn is bij het implanteren.' Ik frons naar Goldberg. 'Tenzij je denkt dat dit haar herstel zal belemmeren?'

'Nee, maar...' Hij kijkt me behoedzaam aan. 'Denk je niet dat ze genoeg doorstaan heeft?'

'Pardon?'

Goldberg zucht en zegt: 'Laat maar. Ik kan zien dat het je menens is. Ik zal de procedure voorbereiden.'

Hij loopt naar de bank en gaat zitten, waarna hij zijn tas opent om een spuit met een dikke naald en de gesteriliseerde implantaten die ik hem eerder heb gegeven te pakken. De zenders zijn klein, ongeveer zo groot als een rijstkorrel, maar in staat om een signaal van overal ter wereld over te brengen. Ik kijk een tijdje naar hem; dan loop ik naar het raam en staar blindelings naar buiten, proberend de woede te bevatten die in me kookt.

Kirill is ontsnapt.

Hij deed Yulia pijn en toen ontsnapte hij. Ik weet niet hoe hij het heeft gedaan – als Yulia gelijk had over hoezeer hij gewond was, had hij op sterven na dood moeten zijn – maar de klootzak is in de SUV gevlucht en we konden de achtervolging niet inzetten zonder de aandacht van de autoriteiten te trekken. Met alle explosies en geweerschoten was het hoe dan ook slechts een kwestie van tijd voordat we in de problemen kwamen. Het veiligste was om zo snel mogelijk het land te verlaten en dat is precies wat we hebben gedaan.

Natuurlijk hebben we dat alleen gedaan omdat Yulia gewond was en ik haar zo snel mogelijk thuis wilde brengen. Anders zou ik de klootzak hebben achtervolgd en me later wel zorgen gemaakt hebben over een uitweg.

Als ik erover nadenk – dat Yulia geslagen is en bijna

verkracht werd – stroomt nieuwe woede weer door mij heen. Ik weet niet op wie van ons ik bozer ben: op Yulia omdat ze loog dat ze enig kind was en is weggelopen, of op mijzelf dat ik niet alles nagegaan ben voordat ik conclusies trok.

Misha is haar broertje, niet haar geliefde.

Haar tienerbroertje, verdomme.

Tijdens de vlucht heb ik de tijd gehad om na te denken en achteraf is het duidelijk dat mijn jaloezie me voor de waarheid verblindde. Het idee dat Yulia verliefd was op een andere man was zo onaanvaardbaar dat ik weigerde naar haar smeekbeden te luisteren.

Mijn obsessie met haar deed haar bijna de das om.

'Lucas?' Goldbergs stem onderbreekt mijn gedachten. Als ik me omdraai, zegt de dokter voorzichtig: 'Ik denk dat hun vijf minuten voorbij zijn. Als je wilt dat ik de procedure uitvoer, ben ik er klaar voor.'

'Oké.' Ik probeer kalm te klinken. 'Dat gaan we doen.'

Misverstand of niet, Yulia zal nooit meer aan mij ontsnappen.

ulia

HET MOMENT DAT DE DEUR ACHTER DE DOKTER DICHTVALT, schuif ik dichter naar de rand van het bed toe en zorg ik ervoor dat de deken mijn borst bedekt. Mijn hoofd bonst door de beweging, maar ik zeg: 'Mishen'ka…'

'Het is Mikhail – of Michael, omdat je zo dol bent op de Engelse taal,' snauwt mijn broertje, zijn lichtgekleurde wenkbrauwen gefronst. 'Ik ben geen kind meer.'

'Nee, dat zie ik.' Ik negeer mijn bonzende hoofd, bestudeer zijn gelaatstrekken en merk de veranderingen op die de adolescentie met zich meebrengt. Op zijn veertiende is hij al mannelijker aan het worden, zijn gezicht mager en harder dan ik me herinner van foto's van maar een paar maanden geleden.

Een irrationele drang om te huilen onderdrukkend, probeer ik opnieuw. 'Michael...' – de Amerikaanse versie van zijn naam voelt vreemd aan op mijn tong – '...ik wil met je praten over... nou ja, over alles.'

Hij staat daar alleen maar, gespannen en boos, dus ik ploeter verder. 'Het spijt me van Obenko – je oom. Ik weet dat hij veel voor je betekende. En Mateyenko... Ze waren goede agenten. Ze gaven echt om hun land en ik weet dat Obenko om jou gaf...' Ik besef dat ik bazel, dus ik haal diep adem en zeg: 'Luister, ik weet dat de mannen die ons vasthouden eng lijken, maar ik beloof je dat ik alles zal doen om je te beschermen. Lucas zei dat hij je geen pijn zou doen en ik...'

'Is hij je geliefde?' Misha's wangen worden rood als hij de vraag stelt, maar hij kijkt niet weg; zijn blik is beschuldigend.

Ik voel mijn eigen gezicht warm worden. Dit is niet het soort gesprek dat ik met mijn jonge broertje wil voeren. 'Hij is... Het is ingewikkeld. Maar daar hoef je je geen zorgen om te maken. Ik zal ervoor zorgen dat je veilig bent, oké?'

'Ja, zoals jij ervoor zorgde dat oom Vasya veilig was.' Misha's toon is hard, maar ik hoor de angst en het verdriet eronder. De training die hij de afgelopen twee jaar heeft gekregen heeft hem hier niet op voorbereid. Mijn kleine broertje weet misschien hoe hij moet vechten en met een pistool moet schieten, maar ik betwijfel of hij voor gisteren de dood daadwerkelijk heeft meegemaakt.

Dat deel komt pas later in het trainingsprogramma.

'Michael...' Ik bijt op mijn lip en vraag me af hoe ik Obenko's leugens het best kan aanpakken. 'Ik weet dat je oom je dingen over mij heeft verteld en...'

'Ga je hem nu ook nog ervan beschuldigen een leugenaar te zijn? Is het niet genoeg dat hij vanwege jou dood is?' Misha's gezicht verstrakt en zijn ogen glanzen te fel. 'Deze moordenaars kwamen voor *jou*. Dit is allemaal jouw schuld.'

'Nee, Misha... Michael – dat is niet waar.' Mijn hart breekt vanwege zijn pijn. 'Ik ben ontsnapt zodat ik Obenko kon waarschuwen voor...' Ik stop mezelf, me realiserend dat ik mijn broertje nog banger zal maken. Op rustiger toon zeg ik: 'Kijk, ik weet hoe het lijkt, maar ik zweer het je, ik kwam met de beste bedoelingen naar Oekraïene. Alles wat ik gedaan heb sinds het verlaten van het weeshuis was zodat...'

'O, alsjeblieft.' Misha stapt naar me toe, zijn geboeide handen stijf voor zijn lichaam. 'Je hebt me daar achtergelaten. De ene dag beloofde je dat je altijd voor me zou zorgen en de volgende dag was je weg.'

Geschokt wil ik antwoorden, maar hij geeft me geen kans. 'Denk je dat ik het me niet herinner?' Zijn stem wordt harder als hij nog een stap naar me toe zet. 'Toch wel. Ik weet alles nog. Je loog tegen me. Je zei dat we altijd bij elkaar zouden blijven en toen ging je weg!'

'Dat is genoeg.' Lucas' stem doet ons allebei verstijven als de deur opengaat en mijn ontvoerder binnenstapt. Hij wordt gevolgd door dokter Goldberg, die latexhandschoenen draagt en een chirurgisch dienblad met injectiespuiten en naalden van verschillende grootte vastheeft.

Mijn hart slaat een slag over en slaat dan op hol. 'Wat is dit?' Ik kan mijn paniek niet verbergen als ik naar Lucas kijk. 'Je zei...'

'Dit zijn de zenders waar ik het al eerder over had,' zegt Lucas. Hij loopt naar mijn bed en kijkt naar mijn broertje, wiens blik vol afschuw op het dienblad is blijven rusten. 'Het komt wel goed met haar,' zegt Lucas terwijl hij Misha's arm vastpakt en hem van het bed wegsleept.

'Nee, wacht.' Koud zweet breekt me uit terwijl dokter Goldberg een kleine injectiespuit oppakt en naar me toe komt. Ik ben niet klaar voor deze strijd. 'Lucas, alsjeblieft, je hebt ze niet nodig,' smeek ik terwijl hij mijn broertje de kamer door sleept en Misha's poging om op de grond te vallen en tegen zijn knieën te trappen negeert. 'Ik zal niet meer weglopen, dat beloof ik. Ik zal alles doen wat je wilt...'

Lucas stopt bij de deur en neemt Misha in een wurggreep. Zijn gespierde onderarm is dikker dan die van Misha. 'Dat weet ik,' zegt hij, terwijl zijn ijzige blik me vasthoudt. 'Dat zal je zeker. En nu wil ik dat je een braaf meisje bent en je de dokter je wat lokale verdoving laat geven om het inbrengen makkelijker te maken.'

'Maar...'

Misha's gezicht wordt paars als Lucas zijn arm

aanspant en ik knik snel, mijn ogen brandend van hulpeloze tranen. 'Oké, ja. Ik doe het. Laat hem los.'

'Dat zal ik doen – als de zenders erin zitten.' Lucas versoepelt zijn greep op Misha's keel, grijpt zijn T-shirt om hem de kamer uit te sleuren en sluit de deur achter zich.

'Het spijt me', zegt de dokter terwijl hij zich over me heen buigt. Zijn bruine ogen staan vol sympathie. 'Ik weet dat dit niet gemakkelijk voor je is. Als je je alsjeblieft op je buik zou kunnen draaien...'

Mijn blauwe plekken bonzen dof als ik me gehoorzaam op mijn buik draai. De dokter trekt de deken van me af en ik voel een kleine prik tussen mijn schouderbladen als de naald in mijn huid zakt. Hij wordt gevolgd door nog een prik in mijn nek en een prik in mijn onderarm. Mijn huid wordt gevoelloos en ik sluit mijn ogen; mijn tranen bevochtigen de lakens onder mijn gezicht.

Mijn ontvoerder is nog even wreed als altijd en deze keer is er geen ontkomen aan.

 *ucas*

'Wᴀᴛ ᴡɪʟ ᴊᴇ ᴠᴀɴ ᴏɴs?' ᴠʀᴀᴀɢᴛ ᴅᴇ ᴊᴏɴɢᴇɴ ɪɴ ʜᴇᴛ Engels. Hij wrijft met zijn geboeide handen over zijn keel. Zijn blik schiet steeds van mij naar de slaapkamerdeur en weer terug en ik weet dat hij probeert te beslissen of hij me zal aanvallen om zijn zus te redden. 'Ga je ons vermoorden?'

Zijn Engels is goed, bijna net zo goed als dat van Yulia, wat logisch is. UUR zal het hem ook op jonge leeftijd hebben geleerd.

'Nee, Michael,' zeg ik. 'Niet als je zus gehoorzaam is.' Ik zou hem niet vermoorden – en ik zou Yulia zeker niet doden – maar het is het beste als de knul dat niet weet. Hij is misschien jong, maar hij is sterk en getraind voor zijn leeftijd.

Ik heb een dwangmiddel nodig om hem onder controle te houden.

En inderdaad, de jongen steekt zijn kin strijdlustig naar voren. 'Als je ons niet gaat vermoorden, waarom heb je ons dan hierheen gebracht? Ik zal mijn land niet verraden, dus als je op informatie uit bent...'

'Ik betwijfel of een rekruut iets waardevols zou weten, dus daar kan je gerust op zijn. Marteling staat vandaag niet op de agenda.'

Hij kijkt me aan en ik zie hoe hij probeert in te schatten of hij het in een gevecht van me zou kunnen winnen.

'Ik zou het niet doen als ik jou was.' Ik stap naar rechts zodat ik tussen hem en de slaapkamerdeur sta. 'Ik heb Yulia beloofd dat ik je geen pijn zou doen, maar als je me blijft aanvallen...' Ik laat de bedreiging onuitgesproken, maar de jongen trekt wit weg en doet een stap terug.

Tevreden gebaar ik naar de bank. 'Ga zitten. Je kunt tv kijken tot Diego terugkomt.'

De knul blijft waar hij is. 'Waarom doe je Yulia dit aan? Wat wil je van haar?'

'Dat gaat je niets aan.' Mijn woorden klinken ruwer dan ik bedoelde. Ik hoorde de broer en zus praten toen ik binnenkwam en hoewel ik geen Russisch begrijp, was het duidelijk dat Michael zijn zus ergens van beschuldigde. Ze zag er gekwetst uit, verwoest door wat de jongen tegen haar zei. Ik was er bijna op teruggekomen om vandaag de zenders bij haar te implanteren.

Bijna, maar niet helemaal.

De drang om Yulia vast te houden, haar aan mij te binden, is een dwang die ik niet kan bevechten. Haar de afgelopen weken niet in mijn buurt hebben was de ergste vorm van foltering en ik zal mezelf dat nooit meer aandoen. Esguerra had het absoluut bij het rechte eind toen hij de implantaten bij zijn vrouw gebruikte. De zenders zullen me altijd op de hoogte houden van Yulia's verblijfplaats. Alleen een zeer bekwame chirurg zou ze veilig uit haar nek en rug kunnen verwijderen – mocht iemand ze überhaupt ooit vinden.

'Ze is mijn zus,' snauwt de jongen, zijn blauwe ogen – griezelig lijkend op die van Yulia – vlammend van woede. 'Als je haar pijn doet...'

'Dan zou jij dat niet kunnen verhinderen,' zeg ik, omdat het het beste is om dat meteen duidelijk te maken. 'De enige reden dat je leeft, is omdat ik dat toesta. Veel mensen op dit landgoed zijn omgekomen vanwege jouw organisatie en mijn baas was bijna vermoord. Begrepen?'

De knaap kijkt me even aan, loopt dan naar de bank en gaat zitten, zijn schouders stijf van spanning.

Hij snapt het nu.

Als er iets met mij gebeurt, zijn hij en Yulia er geweest.

Ik veronderstel dat ik me rot hoor te voelen dat ik de jongen zo bang maak, maar hij moet de realiteit onder ogen zien. Tot nu toe heeft die knul alleen maar problemen gegeven. Hij viel Eduardo aan in het vliegtuig door hem in zijn kruis te trappen en toen Diego hem net bij mij thuis afzette, vertelde de bewaker me dat de jongen in de auto op weg hiernaartoe probeerde zijn wapen af te pakken.

Voor zijn eigen veiligheid moet Yulia's broertje zijn nieuwe situatie accepteren.

'Luister, Michael...' Ik pak de afstandsbediening van de bank. 'Ik ben niet van plan Yulia kwaad te doen – en jou ook niet. Maar je moet gehoorzamen en stoppen met tegenstribbelen.'

De jongen kijkt me nors aan. 'Krijg de kolere.'

Ik zou hem waarschijnlijk een standje moeten geven omdat hij zo brutaal is, maar ik heb wel ergere dingen gezegd toen ik die leeftijd was. 'Wat wil je kijken?' vraag ik, terwijl ik met de afstandsbediening naar de tv gebaar.

Hij zwijgt even en zegt vervolgens zacht: 'Je hebt mijn oom vermoord.'

Ik draai verbaasd naar hem toe. 'Je oom?'

'Ja.' De jongen springt overeind, zijn handen tot vuisten gebald. 'Je weet wel, de man wiens hoofd je gisteren eraf hebt geschoten?'

Ik frons. Het verhaal zit ingewikkelder in elkaar dan ik dacht. 'Was hij een van de agenten op de geheime site?'

'Val dood.' De knul ploft op de bank en staart recht voor zich uit. 'Zak in de stront.'

'*Modern Family* zal het wezen dan,' zeg ik en ik zet

de komedieserie aan. 'Diego zal er zo zijn, maar voorlopig kun je je hiermee amuseren.'

Het programma begint en ik loop naar de slaapkamerdeur en leun tegen de muur. Ik luister naar de geluiden in de slaapkamer terwijl ik de jongen in het oog houd. Alles is stil daarbinnen en een paar minuten later stapt Diego mijn huis binnen.

'Let goed op hem,' zeg ik zacht tegen de bewaker. 'Kennelijk hebben we wat familie van hem vermoord. Ik moet met Yulia praten om alles te begrijpen, maar houd hem voorlopig goed in de gaten. Die jongen is op bloed uit.'

Diego knikt, zijn gezicht grimmig, en ik weet dat hij het begrijpt.

Er is geen betere motivator dan wraak.

Ik loop met ze mee naar de deur zodat de jongen onderweg niets probeert en dan ga ik terug naar de slaapkamer, waar Goldberg zijn tas al aan het inpakken is.

Yulia ligt op haar buik, stijf en stil, met vierkante verbanden over de plaatsen waar de implantaten zijn aangebracht. De deken is tot haar middel teruggeslagen, waardoor haar slanke rug en de elegante lijn van haar ruggengraat zichtbaar zijn. Haar gezicht is van me afgewend, haar haren liggen in een warrige blonde wolk over de lakens verspreid en er schiet een steek door me heen als ik zie hoeveel schrammen en blauwe plekken haar gladde huid bezoedelen.

Misschien had ik toch moeten wachten met het implanteren van de zenders.

Nee. Ik schud de onkarakteristieke twijfel van me af en kijk de dokter aan. 'Ging alles goed?' vraag ik en Goldberg knikt en pakt zijn tas op.

'Alles ging goed,' zegt hij op weg naar de deur. 'Het bloeden zal binnen een uur wel gestopt zijn en dan kun je het verband vervangen door gewone pleisters, als je wilt. Als je de wondjes schoon houdt, zullen er geen littekens zijn.'

'Mooi zo. Bedankt.' Ik loop naar het bed en ga zitten, wachtend tot de dokter vertrokken is. Zodra ik de voordeur dicht hoor vallen, strek ik mijn hand uit en laat mijn vingers over Yulia's blote rug glijden, waarbij ik de kneuzingen vermijd. Haar huid voelt koel en zijdeachtig en ik voel haar trillen onder mijn aanraking. Onmiddellijk komt mijn lichaam tot leven, mijn honger naar haar ontwaakt met woeste razernij.

Zacht vloekend trek ik mijn hand terug en ik bal hem tot een vuist om te voorkomen dat ik weer naar haar reik. Ik kan haar nog niet nemen. Ze is getraumatiseerd en gewond, te zwak om mijn opgekropte verlangens aan te kunnen.

Ik moet haar laten genezen.

Tot mijn verbazing rolt Yulia zich op haar rug en strekt haar armen uit boven haar hoofd – een beweging die mijn blik naar de zachte rondingen van haar borsten trekt. 'Ga je me niet neuken?' mompelt ze en ik zie haar tepels verharden alsof ze opgewonden raakt.

Mijn penis voelt als een metalen staaf in mijn spijkerbroek. Ik weet dat haar tepels waarschijnlijk reageren op de koele lucht van de airconditioning, maar het water loopt me in de mond van de drang eraan te zuigen, de blanke huid rond de roze tepelhoven te likken en mijn tanden in de zachte onderkant van haar borsten te laten zakken. Alleen de zwartblauwe plekken op haar gezicht en buik weerhouden me ervan haar te grijpen.

Met moeite scheur ik mijn blik weg van haar borsten. 'Nee,' zeg ik schor. Ik weet dat ik moet opstaan, weg van de verleiding, maar ik kan me niet bewegen. Ik wil haar en niet alleen voor seks. Het verlangen dat me verteert, komt uit diep in mijn ziel. We zijn maar twee weken uit elkaar geweest, maar het voelde als jaren. 'Ik ga je vandaag niet aanraken.'

Yulia vertrekt haar kapotte lippen, haar ogen onnatuurlijk helder. Ik zie natte sporen op haar wangen. 'Nee? Ben ik niet mooi genoeg meer voor je?' Er klinkt duistere spot in haar stem en ik besef dat ze me straft voor de zenders, dat dit haar manier is om controle terug te krijgen.

Desondanks hap ik. 'Je bent prachtig en dat weet je verdomme best,' zeg ik ruw. Als Yulia zich beter voelt door mij zo te kwellen, sta ik dat toe – al is het maar om het schuldgevoel te verlichten dat ik bij het zien van haar tranen ervaar.

Ik had verdomme moeten wachten.

'Doe het dan. Neuk me,' zegt Yulia, terwijl ze de rest van haar deken van zich aftrapt. Ze is naakt – ik heb haar uitgekleed en gewassen toen we een uur geleden aankwamen – en mijn lichaam verstrakt door de aanblik van haar platte buik en haar lange, slanke benen. En tussen die benen... Warmte stroomt door me heen; mijn ademhaling wordt snel en zwaar als ik naar de glinsterende roze plooien tussen haar dijen kijk.

'Ik ga je niet aanraken,' herhaal ik, maar zelfs in mijn eigen oren klinken mijn woorden niet overtuigend. Ze was bewusteloos toen ik haar waste en zelfs die simpele handeling maakte me al pijnlijk opgewonden.

Een wakkere Yulia die mij met haar lichaam uitdaagt is als een weerloze muis die voor een uitgehongerde kat paradeert.

'Waarom niet?' Ze kromt haar rug en duwt haar borsten in een porno-achtige houding omhoog. Ik kreun gefolterd als haar tepels mijn aandacht weer trekken. 'Is dit niet waarom je me achterna zat? Zodat je me kan neuken?'

Ze heeft gelijk, behalve dat neuken er nu maar een onderdeel van is. Ik wil wat we eerder hadden en meer.

Ik wil haar helemaal.

Dan geef ik toe aan de wrede honger die me drijft, klim op het bed en ga op handen en knieën over haar heen zitten, waardoor mijn lichaam een kooi over haar heen vormt zonder haar aan te raken. Haar ogen worden groter en ik zie een glimp van angst in haar blik.

Ze had niet verwacht dat ik haar uitdaging zou aannemen.

Een duistere glimlach vormt zich om mijn lippen.

Ik leun omlaag en fluister in haar oor: 'Ja, schoonheid. Ik heb je hier gebracht om je te neuken – en dat zal ik doen. Binnenkort. Voorlopig gaan we iets anders doen.'

Een huivering trekt door haar heen als mijn adem haar nek verwarmt en ze kreunt zacht als ik de gevoelige plek onder haar oor kus en dan aan haar tere oorlel knabbel. Haar haren kietelen mijn gezicht en haar perzikachtige geur vult mijn neusgaten, waardoor ik brand van de behoefte om haar te bezitten, mijn rits naar beneden te trekken en me in haar zachte, natte hitte te stoten.

De drang is bijna ondraaglijk, maar ik beweeg me langs haar lichaam en negeer het doordringende kloppen van mijn penis. Ik lik haar nek, kus haar sleutelbeen en zuig aan elke stijve tepel voordat ik haar vlakke, bevende buik proef. Als mijn gezicht de warme plek tussen haar dijen bereikt, buig ik mijn hoofd en inhaleer diep, haar warme vrouwelijke geur opsnuivend. Yulia verstrakt, haar dijen gespannen om de toegang tot haar sekse te verhinderen maar ik pak zacht maar stevig haar dijen beet en duw haar benen wijd uit elkaar.

'Ontspan maar, ik zal je geen pijn doen,' mompel ik en kijk naar haar op. Haar blauwe ogen staan onzeker, de porno-actrice is spoorloos verdwenen. Ik voel haar groeiende angst en het beeld van Kirill die haar aanvalt flitst door mijn hoofd en koelt mijn lust een beetje af.

Met al haar bravoure is mijn mooie spionne nog lang niet klaar om dit soort spelletjes te spelen.

Met mijn blik op haar gezicht, druk ik mijn mond

op haar kutje en proef ik haar gladde roze vlees. Yulia trilt, haar slanke handen tot vuisten gebald. Ik knabbel aan de zachte plooien rond haar klit, plagend het gevoelige gebied likkend voordat ik met mijn tong over haar opening glijd. Ze kreunt en sluit haar ogen. Ik proef haar groeiende opwinding als haar innerlijke spieren hulpeloos onder mijn tong samentrekken.

'Ja, lieverd, zo...' Ik adem opnieuw haar bedwelmende geur in, sluit mijn lippen rond haar klit en lik de onderkant ervan met mijn tong voordat ik er met krachtige, rukkende bewegingen aan zuig. Ze schreeuwt het uit, haar heupen komen omhoog van het bed en ik voel de spanning in haar groeien. Mijn eigen lichaam reageert door een nieuwe golf opwinding naar mijn penis te sturen en mijn ballen worden strakker als ik voel dat haar binnenste begint samen te trekken.

Ik lik haar tot ze slap en uitgeput is door haar orgasme; dan geef ik eindelijk toe aan mijn eigen behoefte. Ik ga op mijn knieën zitten, rits mijn jeans open en klem mijn vuist rond mijn gezwollen penis.

Een paar harde rukken van mijn hand en ik kom klaar, mijn zaad op haar blanke buik en borsten. Het is geen bijzonder bevredigend hoogtepunt – ik zou veel liever diep in haar zijn – maar de aanblik van mijn zaad op haar lichaam is op een bepaalde manier ook erotisch.

Op een primitief niveau markeert het haar als mijn eigendom.

Yulia beweegt niet en zegt niks als ik van het bed klim en naar de badkamer loop. Ze kijkt me alleen met half gesloten ogen aan en als ik een minuut later terugkom met een warme, natte handdoek, blijft ze zwijgen, haar gezichtsuitdrukking onleesbaar terwijl ik haar schoonmaak.

Als ik klaar ben, kleed ik me uit en ga naast haar in bed liggen. Voorzichtig trek ik haar tegen me aan. Ik probeer haar verwondingen niet te belasten als ik me tegen de achterkant van haar lichaam voeg. Mijn ribben steken, maar ik negeer de zeurende pijn. Het voelt te goed om haar in mijn armen te hebben, haar vast te houden en te weten dat zij de mijne is.

Yulia is eerst stijfjes, maar na een paar momenten voel ik de spanning in haar spieren langzaam wegebben. Na een paar minuten wordt haar ademhaling regelmatig en ik weet dat genezende slaap haar heeft opgeëist.

Mijn eigen oogleden worden zwaar en ik knabbel met mijn lippen over haar slaap voordat ik mijn ogen sluit. 'Welterusten, schoonheid,' fluister ik. Een euforische tevredenheid verspreidt zich door mij heen als ze zich met een slaperig gemompel dichter tegen me aan nestelt.

Ik heb mijn Yulia terug en ik zal haar nooit meer kwijtraken.

III

DE VERZORGER

 ucas

DE ZON SCHIJNT HAAST ONMOGELIJK FEL TERWIJL IK
NAAR ESGUERRA'S KANTOOR LOOP. Ondanks het vroege
tijdstip maakt de vochtige lucht me nu al aan het
zweten. Toch voel ik me lichter dan in tijden. De
wetenschap dat Yulia in mijn bed ligt te slapen vervult
me met tevredenheid en opluchting.

Ik heb haar gevonden. Ze is terug.

Zelfs de wetenschap dat Kirill is ontsnapt kan mijn
goede humeur deze ochtend niet verpesten. Ik heb
Diego bij de slapende Yulia achtergelaten om de
zoektocht naar Kirill op te starten. Na acht uur slaap
voel ik me stukken kalmer.

Zo kalm zelfs dat mijn polsslag nauwelijks versnelt als ik Rosa over het grasveld op me af zie lopen. Ze lijkt onrustig: haar handen spelen met de stof van haar rok.

'Ik hoorde dat je opnieuw bij een vuurgevecht betrokken was, ditmaal in Oekraïne,' zegt ze met een bezorgde, nieuwsgierige blik. 'En dat je haar gevonden hebt. Klopt dat? Is alles goed met je?'

Ik knik. Bij ieder woord dat over haar lippen komt, vervaagt mijn goede humeur. Voor ik wegging, had ik Thomas' verslag over Rosa doorgenomen. Er stond geen nieuwe informatie in. De dienstmeid heeft geen contact gezocht met wie dan ook buiten het landgoed. Ook heeft niemand geprobeerd contact met haar op te nemen. Het meisje is er ofwel heel goed in haar banden met UUR te verbergen, of ik had gelijk en ze is gewoon jaloers.

Tijd om dit probleem voor eens en altijd op te lossen.

'Rosa,' zeg ik terwijl ik op haar afstap. 'Waarom heb je Yulia helpen ontsnappen?'

Het gebruinde gezicht van het dienstmeisje wordt lijkbleek. 'Wat bedoel je?'

'Heeft iemand je betaald?'

Met grote ogen zet ze een stap achteruit. 'Natuurlijk niet! Ik...' Het is duidelijk dat ze zichzelf onder controle probeert te krijgen. 'Ik heb geen idee waar je het over hebt,' zegt ze op bijna normale toon. 'Wat ze je ook verteld heeft, het is een leugen. Ik had niets met haar ontsnapping te maken.'

Ik werp haar een kille glimlach toe. 'Yulia heeft niets gezegd. Interessant dat jij denkt dat ze dat wel zou doen.'

Rosa wordt nog bleker. Haar handen ballen zich tot vuisten en ze blijft achteruit lopen. 'Alsjeblieft, Lucas. Dit is niet wat je denkt.'

'O, nee?' Ik heb de afstand tussen ons overbrugd voor ze kan vluchten en pak haar bij haar bovenarm. 'Hoe zit het dan wel?'

'Het...' Ze perst haar lippen opeen en schudt haar hoofd voor ze me aankijkt. 'Ik had niets met haar ontsnapping te maken,' herhaalt ze. Uit de koppige stand van haar kin maak ik op dat ze mij niets gaat vertellen.

'Prima,' zeg ik. Mijn greep op haar arm verstrakt. 'Aangezien je Esguerra's dienstmeisje bent, gaan we eens kijken wat hij hierover te zeggen heeft.'

Ik negeer haar doodsbenauwde uitdrukking en loop door richting Esguerra's kantoor, Rosa met me mee sleurend.

ESGUERRA'S GEZICHT STAAT STRAK VAN WOEDE ALS IK HEM DE DRONEBEELDEN LAAT ZIEN. De video's zijn van een vage resolutie en het zicht wordt af en toe belemmerd door bomen, maar Rosa's rondingen en haar dienstmeisjesuniform als ze richting mijn huis loopt, zijn overduidelijk. Rosa zit te beven en kijkt zwijgend toe terwijl Esguerra de beelden op zijn computer bekijkt. Als hij haar aankijkt, begint ze te huilen.

'Waarom?' Zijn stem klinkt ijzig en hij staat op. 'Wat hoopte je hiermee te bereiken? Je weet wat we hier met verraders doen?'

Rosa schudt haar hoofd en begint nog harder te huilen als Esguerra op haar afloopt. Even voel ik een vlaag medelijden voor het meisje. Maar dan herinner ik me weer wat er door Rosa's toedoen bijna met Yulia gebeurd was en is mijn medelijden zo weer verdwenen.

Wat mijn baas het meisje ook wil aandoen, het is precies wat ze verdient.

'Alstublieft, Señor Esguerra,' begint ze als hij haar bij een elleboog pakt en van haar stoel sleurt. 'Alstublieft, het was niet...'

'Wat was het dan wel?' Ik haal mijn Zwitserse zakmes uit mijn zak en klap het open. Dan loop ik op de meid af, draai mijn ene hand in haar haren en trek haar hoofd naar achteren terwijl Esguerra haar aan haar bovenarmen omhoog houdt. 'Waarom hielp je mijn gevangene ontsnappen?'

Tranen lopen over Rosa's gezicht en haar mond trilt als ik mijn mes tegen haar hals duw, precies hard genoeg om haar pijn te doen. 'Niet doen, alsjeblieft...' Haar angst is duidelijk hoorbaar, maar ditmaal doet het me niets. Esguerra en ik zijn in ondervragingsmodus. Dat is duidelijk te zien aan de harde blik in zijn ogen.

Als het meisje niet binnen een paar minuten gaat

praten, is dat kleine wondje in haar hals wel het minste van haar zorgen.

'Julian, heb jij...' Nora blijft stokstijf staan en spert haar ogen wijd open als ze nietsvermoedend binnenstapt en dit alles in zich opneemt.

'Verdomme,' mompelt Esguerra. Hij laat Rosa abrupt los. Ik weet haar nog net op te vangen als ze naar achteren wankelt en tegen me aan valt. Voor ze kan vluchten, trek ik de snikkende dienstmeid met een arm over haar keel tegen me aan, maar mijn mes laat ik zakken. Tegelijkertijd stapt Esguerra op zijn vrouw af. 'Nora, schatje. Ga naar huis. Dit is in het belang van de veiligheid.'

'In het belang van de veiligheid?' Nora's stemt trilt en haar blik schiet van haar echtgenoot naar mij en weer terug. 'Waar heb je het over?'

'Rosa heeft Lucas' gevangene helpen ontsnappen,' legt Esguerra geërgerd uit. Hij pakt Nora bij de arm en legt een hand tegen haar onderrug om haar naar buiten te geleiden. Hoewel ze zich schrap zet, is haar kleine gestalte niet tegen zijn kracht opgewassen. Vriendelijk maar beslist duwt hij haar richting te deur. 'We ondervragen haar om achter de hele waarheid te komen. Maak je er niet druk om, poesje van me.'

'Ben je gek geworden?' Nora's stem schiet de hoogte in en ze begint nu echt tegen te stribbelen. Esguerra blijft staan en slaat van achteren zijn armen om haar heen als ze hem eerst probeert te schoppen en vervolgens een kopstoot dreigt te geven. 'Rosa is mijn vriendin. Blijf van haar af!'

Esguerra's enige reactie is het optillen en strak tegen zich aan houden van zijn kleine vrouw om ervoor te zorgen dat ze hem niet raakt. Nora schreeuwt en trapt. Rosa begint harder te huilen als Esguerra zijn woedende echtgenote naar buiten draagt. Hij is bijna bij de deur als Nora roept: 'Stop, Julian! Zij was het niet. Ik zat erachter... Ik alleen!'

Rosa's gesnik stopt abrupt en Esguerra zet Nora meteen neer.

'Wat?' Zijn uitdrukking is woedend en hij grijpt zijn vrouw bij haar smalle schouders. 'Waar heb je het verdomme over?'

Bijna rolt diezelfde vraag over mijn eigen lippen, maar ik weet hem binnen te houden. Nu Nora hierbij betrokken lijkt, kan Esguerra dit maar beter zelf afhandelen.

Als ik alleen al scheef naar zijn vrouw zou kijken zou hij me al vermoorden.

'Ik was het.' Nora heft haar kin om de furieuze blik van haar man te ontmoeten. 'Ik heb Yulia helpen ontsnappen. Dus als je iemand wilt ondervragen, moet je bij mij zijn. Zij had er niets mee te maken.'

'Dat lieg je.' Esguerra's stem klinkt dodelijk zacht. 'Ik heb de beelden van de drone gezien. Ze ging vlak voor we weggingen naar Lucas' huis.'

Nora aarzelt geen seconde. 'Dat klopt. Dat ik haar namelijk gevraagd.'

Rosa maakt een gesmoord geluidje. Als haar handen aan mijn onderarm beginnen te trekken, besef ik dat ik per ongeluk mijn spieren aangespannen heb. Inwendig vloekend laat ik mijn arm zakken en duw Rosa weg. Ze zakt ineen op de stoel waar ze eerder ook op zat. Esguerra's vrouw liegt. Daar ben ik zo goed als zeker van, maar ik weet niet hoe ik dat moet bewijzen. Nora had geen enkele reden om Yulia te helpen. Ze kent de Oekraïense spionne niet en koestert zeker geen romantische gevoelens voor mij.

'Waarom zou jij zoiets doen?' vraagt Esguerra. Blijkbaar denkt hij hetzelfde als ik. 'Je veracht die meid. Je haat haar vanwege het vliegtuigongeluk, weet je nog?' Zijn blik boort zich in die van Nora, maar het meisje geeft geen haarbreed toe.

'Dus?' Ze wringt zich los uit Esguerra's greep en stapt hijgend achteruit. 'Je weet dat ik er moeite mee had dat Lucas in zijn huis een vrouw aan het martelen was... zelfs die vrouw.'

Er glijdt een vlaag van herkenning over Esguerra's gezicht en ik besef geschrokken dat Nora er misschien toch achter heeft gezeten. Esguerra heeft me verteld dat Rosa en zij de dag dat Yulia aankwam langs mijn huis waren geslopen. Dan zou Nora Yulia in mijn woonkamer kunnen hebben gezien, waar ze naakt aan een stoel vastgebonden was. Het is niet ondenkbaar dat die aanblik het meisje dwarszat; hoe stoer ze nu ook mag zijn, Nora is wel degelijk een doodgewoon meisje uit de softe Amerikaanse middenklasse.

De meeste mensen die dit leven niet gewend zijn, zouden moeite hebben met het feit dat ik Yulia gemarteld heb. Nora wellicht dus ook.

Lieve hemel. Als Nora Esguerra's vrouw niet was...

Esguerra lijkt zelf ook de nodige moeite te hebben zijn moordneigingen te onderdrukken als hij Nora bij haar arm pakt en haar naar zich toe sleurt. 'Begin eens bij het begin.' Een razende woede straalt uit zijn blauwe ogen. 'Wat heb je Rosa precies gevraagd te doen?'

Rosa begint opnieuw te huilen. Even kijk ik naar haar, maar dan richt ik mijn aandacht weer op het drama voor mijn neus. Ik heb Esguerra nog nooit zo kwaad gezien op zijn vrouw. Als ik Nora was, zou ik maken dat ik wegkwam; ik heb haar echtgenoot dingen zien doen waar een seriemoordenaar nog nerveus van zou worden.

Nora's gezicht is lijkbleek, maar haar stem trilt nauwelijks als ze zegt: 'Ik vroeg haar Yulia te helpen ontsnappen. Ik heb niet gezegd hoe ze dat moest doen. Zij kent het hier beter dan ik, dus dat liet ik aan haar over. Rosa wilde het niet doen, maar toen ik haar uitlegde hoezeer het me dwarszat, vanwege de baby en alles, gaf ze toch toe.'

Manipulatieve kleine heks. Ik zou Nora tegelijkertijd de nek om willen draaien en een staande ovatie willen geven. Over de baby die ze net zijn verloren beginnen was een dreun onder de gordel, maar hij heeft wel het beoogde effect. Esguerra's greep op Nora's arm verslapt en heel even flitst er een vlaag van pijn over zijn gezicht. Als hij zijn mond weer opendoet, klinkt zijn stem minder dodelijk.

'Waarom heb je er niet met me over gesproken? Waarom zei je niets als het je zo dwarszat?'

'Ik dacht niet dat het zou helpen,' zegt Nora. Haar

grote bruine ogen vullen zich met tranen. 'Het spijt me, Julian. Ik wilde dat dat wijf weg was tegen de tijd dat we terugkwamen en zei tegen Rosa dat ze ervoor moest zorgen dat dat zou gebeuren. Ik wist zeker dat je het niet goed zou vinden.' Haar onderlip trilt en tranen rollen over haar wangen. 'Alsjeblieft, als je iemand wilt straffen, dan moet je mij hebben en niet Rosa. Ze was gewoon mijn vriendin en wilde me helpen. Alsjeblieft, Julian.' Met haar vrije hand streelt ze zijn wang. Ik wend mijn blik af als Esguerra haar bij de pols pakt en hem tegen zich aan trekt. De spanning tussen hen vervormt zich tot iets sensueels en ik voel me ineens een indringer, een gluurder die een intiem moment bespiedt.

Daarom schraap ik mijn keel en pak Rosa bij de arm. 'Ik laat jullie dit onderling uitzoeken,' zeg ik terwijl ik met de dienstmeid naar de deur loop. 'Intussen laat ik Rosa bewaken.'

Esguerra en zijn vrouw reageren allebei niet op die mededeling. Als ik het gebouw uitloop, hoor ik achter me een dreun, gevolgd door een gesmoorde uitroep van Nora. Rosa houdt even haar adem in en dan begint ze opnieuw te huilen. Zij heeft het duidelijk ook gehoord.

'Geen zorgen,' zeg ik met een kille blik op het meisje terwijl we weglopen. 'Esguerra mag dan een sadist zijn, hij zal haar geen pijn doen. Tenminste, niet veel. Maar jij... Dat moeten we nog zien. Als Nora heeft gelogen om jou te beschermen...'

Ik maak mijn zin niet af, maar dat hoeft ook niet.

We weten allebei wat Esguerra Rosa aan zou doen als hij erachter zou komen dat Nora voor haar gelogen heeft.

ulia

Ik word wakker met het gevoel alsof er een vrachtwagen over me heen is gereden – en zonder enig idee wat er gebeurd is. Met een kreun strompel ik uit bed om naar de badkamer te gaan. Nog half-slapend doe ik wat ik moet doen. Pas als ik water in mijn gezicht gooi, dringt het tot me door dat ik alleen ben... en niet vastgebonden zit.

Een vage pijn aan de achterkant van mijn nek herinnert me ineens aan de reden daarvoor: de zenderimplantaten. Lucas moet ervan overtuigd zijn dat ik niet nogmaals kan ontsnappen.

Even raak ik de pleister aan, dan neem ik mezelf eens goed op in de spiegel. Behalve de plek in mijn nek zijn er nog twee zenders geplaatst. Daarnaast ziet mijn hele lichaam eruit als een kunstwerk aan blauwe plekken. Waar eerst verband zit, zijn nu alleen nog pleisters te zien; Lucas moet ze vervangen hebben terwijl ik slaap. Vaag herinner ik me dat de dokter daar iets over gezegd heeft.

Ik weet ook nog wat er daarna gebeurde... Mijn gezicht begint te gloeien en alle slaperigheid ben ik nu wel kwijt. Ik heb geen idee waarom ik Lucas zo uitdaagde, maar gisteren leek het me logisch. Het is duidelijk dat hij weinig om mij als mens geeft en ik wilde dat hij dat toe zou geven. Ik wilde dat hij voor eens en altijd zou aantonen dat ik niets meer voor hem ben dan een neukertje, een seksspeeltje waar hij mee kan doen wat hij wil.

Maar hij deed niet wat hij wilde. Hij schonk me genot en bevredigde toen zichzelf, waarna ik helemaal onder zijn zaad zat.

'Yulia?' Ik schrik op als er op de deur geklopt wordt. Mijn hartslag schiet omhoog. Die stem is niet van Lucas en ik sta hier zonder kleren!

'Ja?' Meteen grijp ik een grote, pluizige handdoek van het rek en wikkel die om me heen.

'Lucas heeft mij gevraagd je vanochtend te bewaken,' zegt de man. Tot mijn opluchting herken ik nu de stem: Diego. 'Hopelijk heb ik je niet laten schrikken. Hij zei dat je nog wel een tijdje zou slapen, dus was ik iets te eten gaan halen in de keuken. Toen hoorde ik water stromen. Gaat het goed? Kan ik iets voor je doen?'

'Nee, het gaat prima,' zeg ik. Mijn hartslag bedaart weer wat. 'Ik kom er zo aan.'

'Geen probleem. Neem de tijd. Ik ben in de keuken.' Dan hoor ik voetstappen wegsterven.

Zonder erbij na te denken poets ik mijn tanden en borstel de klitten uit de wilde bende die mijn haar op dit moment is. Maar waarom doe ik überhaupt mijn best er een beetje fatsoenlijk uit te zien? Als ik in de spiegel kijk, zie ik er nog steeds uit als een personage in een horrorfilm. Mijn lippen beginnen te genezen, maar waar Kirill me aan de linkerkant van mijn gezicht raakte is het één beurse bende. De rest van mijn gezicht en lichaam zitten ook onder blauwe plekken en schaafwonden en mijn rug ziet er nog erger uit dan mijn gezicht.

Niet zo gek dat alles me pijn doet.

Voorzichtig beweeg ik mijn hoofd van de ene naar de andere kant om mijn nek een beetje losser te maken. Mijn hoofd doet nog steeds pijn, maar minder dan gisteren. De arts had gelijk dat het slechts een lichte hersenschudding was. Ik moet in het vliegtuig vooral uitgeschakeld zijn geweest door de schok en de uitputting, naast die hoofdwond.

Nu ik me iets beter voel, trek ik de handdoek weer om me heen en loop naar de slaapkamer om me aan te kleden. Al die niemendalletjes die Lucas voor me gekocht heeft hangen er nog. Ik pak een korte broek en een T-shirt. Mijn gezicht vertrekt van pijn als ik ze aantrek.

Eenmaal in de keuken is Diego bezig roomkaas op een bagel te smeren.

'Hé,' zegt hij met zijn gebruikelijke charmante grijns. 'Heb je trek?'

Mijn maag kiest precies dat moment om te rommelen en de glimlach van de jonge bewaker wordt nog breder. 'Dat vat ik op als een ja,' zegt hij. Hij legt de bagel op een bord en staat op. 'Waar heb je zin in? Muesli, toast, fruit? Ga zitten.' Hij gebaart richting de tafel. 'Ik heb strikte bevelen gekregen dat je je vandaag niet mag inspannen.'

'Muesli klinkt wel lekker.' Verdwaasd ga ik aan de tafel zitten. Het voelt alsof ik slechts een paar minuten geleden nog in Oekraïne was, met geweervuur en explosies om me heen, en nu ben ik in Lucas' keuken en praat ik over muesli met een van de huurlingen die mijn UUR-collega's heeft vermoord.

Mijn voormalige UUR-collega's, corrigeer ik mezelf. Op het moment dat ik besloot te verdwijnen in plaats van mijn opdracht uit te voeren maakte ik niet langer deel uit van de organisatie.

'Waar is mijn broertje?' Ik herinner me dat Lucas zei dat hij bewaakt werd.

Diego grijnst nogmaals. 'Bij Eduardo. Die zielenpiet trok het kortste strootje.'

Ik knipper even. 'O?'

'Laten we het erop houden dat je broer niet erg blij is om hier te zijn.' Diego pakt een pak melk uit de koelkast. Hij giet de muesli in een kom, voegt melk toe, pakt een lepel en zet het geheel voor me neer. Voor ik verder iets kan vragen zegt hij: 'Maak je geen zorgen, hij is in orde. Niemand zal hem iets doen.'

Hoewel ik geen trek meer heb, pak ik toch mijn lepel. Mijn maag trekt samen van bezorgdheid. Natuurlijk is Misha niet blij om hier te zijn. Hoe zou hij dat kunnen zijn? Zijn oom is voor zijn ogen vermoord. Hij moet doodsbang zijn. En als Obenko niet gelogen heeft over Misha's relatie met zijn adoptieouders, moeten ze gek worden van bezorgdheid om hem. Of woonde hij net als al de andere UUR-nieuwelingen op de campus? In dat geval weten ze misschien nog niet eens wat er gebeurd is... Al horen ze dat dan vast snel.

Wat een ramp. En het is allemaal mijn schuld. Als ik niet zo zwak was geweest, had Lucas niets over UUR geweten. Ik heb mijn cipier me laten breken en hem ongewild naar mijn broertje geleid, de enige persoon die ik echt wilde beschermen. Als ik terugdenk aan mijn ruzie met Misha gisteren en waar hij me van beschuldigde, wil ik niets liever dan ineenkrimpen en hard huilen.

'Gaat het wel?' Diego gaat tegenover me zitten en pakt zijn bagel. 'Je ziet zo bleek.'

'Prima,' zeg ik automatisch. Ik steek mijn lepel in de muesli en breng de zompige cornflakes naar mijn mond. 'Ik ben alleen een beetje uit mijn doen.'

'Natuurlijk.' Diego lacht medelevend naar me. 'Jetlag is super irritant en je had het gisteren ook niet makkelijk.'

Hij richt zich meer op zijn bagel en ik worstel een

paar happen naar binnen voor ik mijn lepel weer neerleg. Ik loog niet toen ik zei dat ik uit mijn doen was; mijn gedachten springen van de hak op de tak. Mijn toekomst – en vooral die van mijn broertje – is een groot gapend zwart gat, dus probeer ik me op het heden en het verleden te richten.

'Hoe wisten jullie waar ik was?' vraag ik Diego als hij uitgegeten is. 'Hoe wisten jullie die plek te vinden?'

'O, dat...' De bewaker staat op en zet zijn spullen in de gootsteen. 'Ik ben bang dat je redding eigenlijk puur geluk was, van onze kant bekeken, maar dat mag Kent je uitleggen.'

Geweldig. Nog iemand die me niets vertelt. Beschouwt iedereen op dit landgoed hier me zodanig als Lucas' bezit dat ze niet eens mijn vragen kunnen beantwoorden?

Maar ik bedwing mijn frustratie en neem nog een hap cornflakes, voor ik opsta om de rest in de vuilnisbak te gooien.

'Wat doe je? Hier, laat mij maar.' Diego grist de kom uit mijn handen voor ik bij het aanrecht ben. 'Je moet vandaag rusten.'

'Het gaat prima met me.' Maar dan leun ik snel tegen het aanrecht, want mijn knikkende knieën zijn het daar niet mee eens. 'Ik wil Misha zien... Michael, bedoel ik. Wil je hem hierheen laten brengen of mij naar hem brengen?'

'Nee,' zegt Diego opgewekt. 'Eduardo is een uur geleden met hem naar de sportschool gegaan. Ga jij nou maar eerst lekker rusten, dan kijken we straks wel wat Kent zegt.' Hoewel de bewaker glimlacht, voel ik de vastbeslotenheid onder zijn vriendelijke uitstraling. Hij zal me vandaag niet toestaan iets anders te doen dan rusten en wachten tot Lucas terug is.

Hoewel ik met hem in discussie wil gaan, weet ik al dat dat zinloos is. Daarnaast klinkt in bed liggen eigenlijk helemaal niet zo onaantrekkelijk.

'Goed,' zeg ik. 'Bedankt voor het ontbijt.'

Eenmaal in de slaapkamer kruip ik het bed in, uitgeput alsof ik tien kilometer heb gerend. Mijn hoofd bonst en mijn blauwe plekken doen pijn. Zelfs mijn keel doet pijn en mijn huid prikt. Op het nachtkastje liggen de pijnstillers van gisteren. Na even getwijfeld te hebben pak ik er twee. Met het flesje water dat heel handig ernaast staat, spoel ik ze weg. Dan ga ik liggen en sluit mijn ogen.

Het heeft geen zin om vandaag tegen Lucas' bevelen in te gaan. Ik moet mijn krachten sparen voor wanneer het echt nodig is.

ucas

Na die paar dagen afwezigheid liggen er stapels werk op me te wachten, dus ben ik pas na het avondeten weer thuis. Als ik eindelijk binnenstap, zie ik Diego op de bank televisie zitten te kijken.

'Hoe is het met haar?' Ik werp een blik in de richting van de slaapkamer. 'Slaapt ze nog?'

Diego knikt en staat op. 'Ja. Ik schreef het al in mijn berichtjes: ze heeft door de lunch heen geslapen, toen een uurtje of wat in bed gelezen en is toen weer in slaap gevallen. Ik heb een broodje voor haar gemaakt, maar dat heeft ze nauwelijks aangeraakt. En ze vraagt steeds naar haar broertje, maar ik heb gezegd dat ze daarvoor bij jou moet zijn.'

'Juist. Bedankt dat je op haar hebt gelet. Ik laat je morgen weten of ik je dan ook nodig heb.'

Diego grijnst. 'Geen probleem, hoor.'

Hij vertrekt en ik loop naar de slaapkamer om bij Yulia te gaan kijken. Overmatig lang slapen is geen ongebruikelijke reactie op fysiek trauma en zware emotionele stress – op die manier probeert het lichaam zichzelf te genezen – maar ik maak me wel zorgen over haar gebrek aan eetlust.

Het is donker en ik loop naar het bed om een lampje aan te doen. Yulia reageert niet eens op het zachte licht. Ze ligt op haar rug, de dekens opgetrokken en haar gezicht naar me toe gekeerd. Mijn borst trekt samen als ik haar opgezette wang en blauwe oog in me opneem. Haar slanke hand ligt op het kussen en ze ziet er pijnlijk jong en hulpeloos uit, als een gewond kind in plaats van een volwassen vrouw.

Als Kirill nog leeft, zou hij willen dat hij al tien keer was gestorven voor ik klaar met hem ben.

Vanochtend heb ik bericht gestuurd naar al onze Europese contacten en ook de hackers een nieuwe opdracht gegeven: vind Kirill Luchenko. Daarnaast heb ik contact opgenomen met Peter Sokolov om te zien of hij iemand in Oekraïne kent die bij de zoektocht kan helpen. Zijn antwoord was prompt en liet me weten dat hij ermee aan de slag ging. Het is slechts een kwestie van tijd voor we die rotzak hebben.

Vooropgesteld dat hij niet al is overleden aan zijn wonden dan. En aangezien Yulia zijn lul eraf heeft geschoten is dat wel degelijk een mogelijkheid.

Ik ga op de rand van het bed zitten en laat een vinger over haar handpalm glijden, op zoek naar de zachte warmte van haar huid. Net als de jonge vrouw zelf is haar hand bedrieglijk teer, een toonbeeld van elegante vrouwelijkheid. Maar ik weet hoe gevaarlijk die hand kan zijn – en Kirill nu ook.

Die hufter zal als een penisloze eunuch sterven. Die gedachte bevalt me uitzonderlijk goed.

Yulia's vingers krullen zich om de mijne in reactie en ze kreunt zacht. Maar ze wordt niet wakker en instinctief leun ik naar voren om mijn hand op haar voorhoofd te leggen.

Verdomme.

Ze voelt warm aan – te warm. Haar voorhoofd gloeit.

Meteen sta ik op en pak mijn telefoon. Goldberg neemt niet op, dus bel ik nogmaals. Vervolgens nog een keer.

Pas bij de derde poging neemt hij op. 'Wat kan ik voor je doen?'

'Yulia is ziek,' zeg ik onomwonden. 'Er is iets heel erg mis. Je moet komen. Nu.'

'Ik kom eraan.'

Hij hangt op en ik ga weer zitten. Als ik Yulia's hand in de mijne neem, voel ik pas goed wat een droge hitte eraf komt. Mijn hart bonst zwaar. Ik druk mijn lippen tegen haar palm.

'Het komt goed met je,' fluister ik in een poging de scherpe angst die aan me knaagt te verdrijven. 'Het komt wel goed, schatje. Dat kan niet anders.'

'HET LIJKT ME DAT ZE DE GRIEP HEEFT,' ZEGT GOLDBERG nadat hij Yulia heeft onderzocht. 'En goed ook, waarschijnlijk omdat haar immuunsysteem toch al onder druk stond na haar verwondingen en alle gebeurtenissen. Ik geef haar een antiviraal middel en aspirine om de koorts te verlagen. Maak het haar gemakkelijk en zorg dat ze genoeg drinkt.'

Terwijl hij praat, opent Yulia haar ogen en kijkt me verward aan. 'Lucas?' Haar stem klinkt zwak en hees. Ze rolt zich op haar zij. 'Wat...'

'Niets aan de hand, lieverd. Je hebt koorts vanwege de griep,' zeg ik terwijl ik naast haar op het bed ga zitten. Ik pak het flesje water van het nachtkastje, help haar overeind en zet wat kussens in haar rug. Ik geef haar het flesje en de pillen die Goldberg me aanreikt. 'Hier, drink op. Dan voel je je weer wat beter.'

Ik voel de geamuseerdheid in de blik van de arts terwijl hij zijn tas inpakt, maar dat maakt me niet langer uit. Laat hem denken wat hij wil over mijn zwak voor Yulia.

Ze is van mij en het wordt tijd dat iedereen dat weet.

Yulia slikt gehoorzaam de pillen door en spoelt ze weg met het water in het flesje. 'Waar is Misha?' vraagt ze daarna. Met een zucht besef ik dat dit een aanhoudende strijd gaat worden.

'Je broer is gezellig een dagje op stap geweest met Eduardo,' zeg ik. Ik zet het flesje terug op het nachtkastje en Goldberg glipt ongezien de kamer uit. 'Ze hebben een lange trainingssessie gedaan waarin Michael flink wat van zijn woede jegens de bewaker kwijt kon en nu zitten ze te eten, geloof ik. Dat zouden wij ook moeten doen. Heb je trek? Ik kan wat kippensoep warm maken. Komt wel uit blik, maar...'

'Ik heb geen trek,' zegt ze hoofdschuddend. 'Ik wil gewoon naar Misha.'

'Wat denk je hiervan: je gaat even douchen, eet wat soep en drinkt wat thee en dan kijk ik intussen of ik Misha hierheen kan krijgen?' Ik wil dat ze gaat eten zodat ze kan herstellen en dit lijkt me de beste oplossing.

'Oké.' Yulia duwt de deken van zich af en stapt uit bed. Maar voor ze meer dan een paar beverige stappen heeft gezet, heb ik haar al te pakken. Verbaasd kijkt ze me aan, maar ik til haar op en ze slaat haar armen om mijn hals en laat zich naar de badkamer dragen.

Eenmaal daar zet ik haar voorzichtig neer en begin haar uit te kleden. Terwijl ik haar T-shirt en korte broek uittrek blijft ze zwijgend staan. Haar ogen glanzen van de koorts. Op de een of andere manier moet ik terugdenken aan toen ze hier net was, vies en ondervoed na haar tijd in de Russische gevangenis. Het lijkt haast onmogelijk dat er sinds die tijd pas een maand is verstreken, dat ik haar pas drie maanden ken.

Het voelt alsof ik al mijn hele leven geobsedeerd word door mijn gevangene.

'Heb je even privacy nodig?' vraag ik. Yulia knikt.

De niet-opgezwollen kant van haar gezicht beginnen te gloeien als ze bloost.

'Goed. Ik wacht buiten. Roep me als je duizelig wordt of zoiets.'

Ik wacht buiten terwijl zij naar het toilet gaat. Als ik de douche hoor lopen, ga ik weer naar binnen. Ze staat in de cabine, maar haar hand trilt als ze de shampoo wil pakken.

'Laat me je even helpen.' Snel kleed ik me uit en voeg me bij haar. 'Ik wil niet dat je jezelf helemaal uitput.'

'Het gaat prima met me,' protesteert ze, maar ik gris de shampoo uit haar hand en giet deze op mijn handpalm. Dan stap ik onder de straal zodat hij haar niet in haar gezicht raakt. Ik zeep haar haren in en ze leunt met gesloten ogen tegen me aan. Als haar stevige, goedgevormde achterste tegen mijn kruis duwt, moet ik een kreun onderdrukken. Mijn penis is meteen volledig stijf. Tot dusver heb ik mijn blik van haar naakte lichaam af weten te houden en bleef mijn libido onder controle omdat ik me zorgen om haar maakte, maar dit kan ik niet aan.

Zelfs als ze ziek en gewond is, windt ze me nog op.

Af. Houd je koest, blaf ik in gedachten mijn penis toe. Mijn bloed bruist door mijn aderen als ik Yulia onder de straal zet en de shampoo uit haar haren spoel. Dan wrijf ik conditioner in de blonde strengen.

'Lucas...' Haar stem is niet meer dan een beverig gefluister als ze zich naar me toekeert. Haar

koortachtig glanzende ogen houden de mijne vast.
Water druipt van haar bruine wimpers, wat hun lengte
alleen maar benadrukt, en ik lijk niet genoeg adem te
krijgen als ze met haar hand over mijn buik streelt om
hem vervolgens om mijn pijnlijk harde erectie te
sluiten.

Het kost me de grootste moeite om naar achteren te
stappen. 'Wat doe je nou?' vraag ik hees. Mijn penis
schokt als ik het water op haar blote borsten zie. 'Je
hebt verdomme de griep.'

Ze volgt me en knippert het water uit haar ogen.
'Laat me je in elk geval zo plezieren.' Opnieuw strijken
haar vingers langs mijn erectie, maar ik pak haar bij
haar pols.

'Wat krijgen we verdomme nou, Yulia?' Ongelovig
neem ik de onnatuurlijke bleekheid van haar huid en
de donkere kringen onder haar ogen in me op. Ze staat
op instorten maar wil me toch bevredigen?

Bij het horen van mijn afwijzing beginnen Yulia's
lippen te trillen en wordt haar pols slap. Haar blik richt
zich op de vloer. Ze ziet eruit alsof ik haar geslagen
heb. Als ik haar gebogen hoofd in me opneem, komt er
een duister vermoeden in me op.

'Doe je dit omdat je denkt dat het moet?' Mijn stem
klinkt afgemeten. 'Ben je bang dat ik je broertje iets
aandoe als je geen seks met me hebt?'

Tranen staan in haar ogen als ze me aankijkt en ik
besef dat dat precies is wat ze denkt. Ze denkt dat ik
daartoe in staat ben. Weliswaar heeft ze het niet
helemaal mis – ik zou haar broertje gebruiken om van

haar te krijgen wat ik wilde – maar niet in een geval als dit.

Niet nu ze er zo aan toe is.

'Yulia...' Teder laat ik mij hand om haar kaak glijden, ervoor zorgend dat ik alleen de gezonde kant van haar gezicht raak. 'Ik ga je niet straffen omdat je ziek bent, ja? Zo'n monster ben ik niet. Je broertje is veilig. Je hoeft je geen zorgen te maken om hem. Rust uit en herstel.'

'Maar...'

'Stil maar.' Ik leg mijn vingers tegen haar lippen. 'Het komt prima in orde met hem, onder één voorwaarde: dat jij stopt met je zorgen maken en jezelf eerst gaat helen. Kun je dat, denk je?'

Ze knikt langzaam en ik laat mijn hand zakken. 'Mooi. Laten we je nu wassen en weer in bed stoppen. Vanavond zorg ik voor jou, goed?'

Opnieuw knikt Yulia en ik spoel de conditioner uit haar haren. Daarna was ik haar hele lichaam, mijn aanhoudende opwinding negerend. Ik houd mezelf voor dat ik een arts ben die voor een patiënt zorgt, dat dit niet anders is dan een kind wassen – maar daar trapt mijn penis niet in. Toch slaag ik erin met haar te douchen zonder haar te bespringen. Tegen de tijd dat ik haar heb afgedroogd en in bed gelegd heb ik mezelf bijna weer onder controle.

'Nu is het tijd voor soep en thee,' zeg ik, opnieuw kussens in haar rug zettend. Ze kijkt me lusteloos aan, nog bleker dan eerst.

'Oké,' mompelt ze. 'En daarna mijn broertje, hè?'

'Ja, ' zeg ik. Maar tegen de tijd dat ik terug ben met de soep en de thee slaapt ze weer. Haar huid is nog warmer dan eerst.

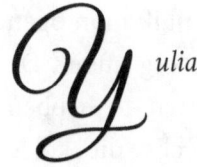ulia

DE DAGEN DIE VOLGEN GAAN VOORBIJ IN EEN WAAS VAN KOORTS EN PIJN. Mijn botten doen pijn en mijn keel voelt aan alsof ik een vuurbal heb doorgeslikt. Zelfs mijn haarwortels doen pijn. Het voelt alsof de koorts me van binnenuit verteert. De griep vreet al mijn reserves weg. Zelfs bij de meeste basale dingen, zoals douchen en naar het toilet gaan, heb ik Lucas' hulp nodig.

Voor mijn gevoel slaap ik wel twintig uur per dag en als Lucas me geen water, thee en soep zou dwangvoeren, zou ik nog meer slapen. Maar hij blijft me wakker maken en lepel na lepel aan vloeistoffen voeren. Ik ben te moe om te protesteren tegen zijn vriendelijke maar aanhoudende zorg. 's Nachts slaapt hij bij me, zijn grote lichaam beschermend om me heen gekruld, en overdag brengt hij de hele tijd in mijn gezelschap door.

'Moet jij niet ergens zijn?' fluister ik hees als ik mijn cipier voor het eerst naast mijn bed in een ongemakkelijke stoel op een laptop zie werken. 'Meestal ben je op dit tijdstip weg.'

Lucas' harde mond vormt zich tot een glimlach. 'Ik heb een dagje zorgverlof opgenomen. Hoe voel je je? Heb je trek? Dorst, misschien?'

'Ik heb niets nodig,' mompel ik terwijl ik mijn ogen weer sluit. 'Ik ben alleen heel, heel erg moe.' De uitputting lijkt zich diep in mijn botten te hebben genesteld en houdt me gevangen. Zelfs dit korte gesprek heeft mijn laatste restje energie van de dag uitgeput en ik ben bijna weer in slaap gevallen als Lucas me optilt en via een rietje wat water op kamertemperatuur laat drinken.

Slikken doet pijn in mijn keel, maar het vocht zorgt er wel voor dat ik me goed genoeg voel om naar mijn broertje te vragen. Lucas verzekert me ervan dat het prima met hem gaat, maar als ik aandring dat ik hem wil zien, vraagt Lucas Eduardo een filmpje van twee minuten van mijn broertje te maken en dat naar ons te e-mailen. Op het filmpje zit mijn broertje een hamburger te eten en is in discussie met Diego over de voordelen van Krav Maga ten opzichte van taekwondo. Hij ziet er niet bang of gewond uit en dat stelt me behoorlijk gerust.

'Als je weer wat aangesterkt bent, vraag ik of ze hem langsbrengen,' belooft Lucas me. 'Goldberg zegt dat je morgen wel weer aan de beterende hand zult zijn.'

Maar dat is niet zo. De volgende dag voel ik me nog zieker dan eerst. Mijn koorts loopt weer op en als ik ergens op de dag wakker word, hoor ik Lucas met de arts ruziën over de vraag of ik opgenomen moet worden.

Moeizaam open ik mijn ogen en zie mijn cipier door de kamer ijsberen, een thermometer in zijn sterke vuist geklemd. 'Ze heeft bijna 40 graden koorts. Straks is het een longontsteking of zo?'

'Haar longen zijn schoon,' zegt dokter Goldberg een beetje geërgerd. 'Blijf haar voldoende vocht toedienen, dan komt het wel goed. Laat haar gewoon uitzieken. Het menselijk lichaam heeft moeite om grote stress te verwerken en van wat ik van je heb begrepen, heeft ze de afgelopen drie maanden meer doorstaan dan de meeste mensen in een heel leven. Ze is zowel fysiek als mentaal getraumatiseerd en wat ze nu nodig heeft, zijn rust en slaap. Op een bepaalde manier is de griep de manier van haar lichaam om haar te laten weten dat ze rustiger aan moet doen en beter voor zichzelf moet zorgen.'

Lucas blijft met gebalde vuisten bij het bed staan. 'Als het misgaat...'

'Ja, dan scheur je me in stukken,' zegt de arts vermoeid. 'Dat heb je al gezegd. Als je het niet erg vindt, ga ik nu naar een bewaker met een kogel in zijn been die me nodig heeft. Bel me als de koorts verder oploopt en wissel de aspirine af met Advil.'

Hij vertrekt en ik sluit mijn ogen weer om verder te slapen.

~

DE KOORTS HOUDT NOG DRIE DAGEN AAN, onregelmatig stijgend en dalend. Iedere keer als ik wakker word met het gevoel dat ik langzaam aan het doodgaan ben, is Lucas bij me. Hij geeft me vocht, legt natte washandjes op mijn voorhoofd of draagt me naar de badkamer.

'Weet je zeker dat je geen verpleegkunde hebt gestudeerd?' grap ik zwakjes als hij me weer in bed legt nadat hij de lakens heeft verschoond en de kussens heeft opgeklopt. 'Je bent hier echt goed in.'

Met een glimlach stopt Lucas me in. 'Mocht het hier bij Esguerra niets worden, dan zal ik er eens naar kijken.'

Ik glimlach kort terug maar dan val ik weer in slaap, te moe om lang wakker te kunnen en willen blijven.

Die nacht blijft de koorts me maar plagen, ondanks Lucas' pogingen om hem met aspirine en koele washandjes naar beneden te krijgen. Ik woel en draai, zowel zwetend als bevend bij de nachtmerries die de koorts oproept. De wolf uit het kinderliedje besluipt me en bijt me in mijn zij. Ik schreeuw het uit als zijn kop in Kirills gezicht verandert... dat ontploft als ik hem neerschiet, steeds weer. Lucas schudt me wakker en houdt me tegen zich aan tot mijn hysterische gesnik afneemt. Maar zodra ik weer inslaap, doemt een variant van diezelfde droom op, alleen nu mist de kogel Kirill en raakt mijn broertje, terwijl Kirill lachend toekijkt, een hand om zijn bebloede penis.

'Yulia, stil, lieverd, niet huilen. Hij is in orde. Misha is in orde.' Lucas' zware stem verzekert me van de waarheid en kalmeert me tot ik meegesleurd word in een volgende nachtmerrie vol herinneringen. Zo gaat het door tot mijn koorts tegen de ochtend eindelijk afneemt.

'Het spijt me,' fluister ik als ik wakker word en Lucas naast me zie zitten met donkere kringen onder zijn ogen en stoppels op zijn harde kaak. Zijn fronsende blik is op zijn laptop gericht. 'Heb ik je de hele nacht wakker gehouden?'

Hij kijkt op van de computer. 'Nee, natuurlijk niet.' Ondanks zijn vermoeide uiterlijk staan zijn lichtblauwe ogen alert. Hij pakt de beker water met het rietje en reikt me die aan. 'Hoe voel je je?'

'Alsof ik nog geen vlieg dood kan meppen,' zeg ik hees na de hele beker te hebben leeggedronken. 'Maar wel beter.' Voor het eerst in dagen doet mijn hoofd geen pijn meer en voelt mijn huid aan alsof hij toch wel aan mijn lichaam wil blijven zitten. Zelfs mijn keel voelt weer bijna normaal en in mijn maag bespeur ik een leeg gevoel dat verdacht veel op honger lijkt.

Lucas' gespannen blik verzacht zich en hij zet de laptop op het nachtkastje. 'Daar ben ik blij om. Als dit zo was doorgegaan had ik je over een paar uur naar een ziekenhuis gebracht, wat Goldberg ook zei.' Voorzichtig tilt hij me op en draagt me naar de badkamer. Daar laat hij het bad vollopen; ik ben nog te zwak om in de douche te kunnen staan.

'Waarom doe je dit?' vraag ik als hij me gewassen heeft. Nu ik me iets meer mens voel, begint het me te dagen dat Lucas' gedrag de afgelopen dagen vrij uitzonderlijk was. Ik ken maar weinig mannen die met zoveel toewijding voor hun echtgenotes gezorgd zouden hebben.

'Hoe bedoel je?' Fronsend wikkelt Lucas me in een handdoek en tilt me op. 'Je had een bad nodig.'

'Dat weet ik, maar dat had jij niet hoeven doen,' zeg ik terwijl hij me naar de slaapkamer draagt. 'Je had een van de bewakers...' Maar ik zwijg als hij me kwaad aankijkt.

'Als jij denkt dat ik een andere man toesta je aan te raken...' Zijn stem is dodelijk kil en ondanks mezelf huiver ik terwijl hij me weer op het bed legt en twee kussens in mijn rug zet zodat ik half overeind kan liggen. Hij leunt naar me toe en gromt: 'Je bent van mij, alleen van mij. Begrepen?'

Ik knik voorzichtig. Heel even was ik vergeten hoe gevaarlijk – en bezitterig – mijn cipier kan zijn.

Als hij weer rechtop gaat staan, kost het Lucas zichtbaar moeite zichzelf onder controle te krijgen. Zijn borst zet uit als hij diep ademhaalt, waarna hij vraagt: 'Heb je trek? Wil je wat kippensoep?'

Ik laat mijn tong over mijn gespleten lippen glijden. 'Ja. En misschien ook een boterham?'

Hij trekt zijn wenkbrauwen op. 'Echt? Een boterham? Dan ben je echt aan de beterende hand. Wat denk je van een eitje? Ik heb laatst een omelet gemaakt en die was helemaal niet slecht.'

'Echt?' Ik staar hem aan. 'Oké, graag, een omelet dan.'

Met een glimlach loopt Lucas weg. Twintig minuten later komt hij terug met een dienblad, waarop een heerlijk geurende omelet en een dampende kop Earl Grey staan.

'Kijk eens aan,' zegt hij terwijl hij het blad op het nachtkastje zet en een vork pakt. Hij prikt er een stuk omelet aan en commandeert: 'Open.'

'Ik kan zelf wel eten,' reageer ik. Maar als ik mijn hand naar het bord uitsteek, schuift hij het buiten mijn bereik.

'Te zwak om een vlieg dood te meppen, weet je nog?' Hij kijkt me streng aan. 'Ga rustig zitten en doe je mond open.'

Met een zucht gehoorzaam ik hem. Het voelt nogal ongemakkelijk om me als een peuter te laten voeren door Lucas, die me met de nonchalante effectiviteit van een verpleegster hap na hap naar binnen schuift. Maar de glinstering in zijn ogen is niet bepaald die van een verpleegster. Geschokt besef ik dat hij hier in zekere mate van geniet.

Hij vindt het fijn dat ik hulpeloos en afhankelijk van hem ben.

Om mijn theorie te testen houd ik hem de eerstvolgende keer dat hij de vork naar mijn mond brengt goed in de gaten. En dan zie ik het: op het moment dat mijn lippen zich om de vork sluiten glijdt zijn blik naar mijn mond en blijft daar hangen, terwijl zijn hand zich spant. De dekens onttrekken zijn onderlichaam aan mijn zicht, maar ik vermoed dat als ik zou kijken, ik zou zien dat hij stijf is en dat zijn erectie tegen zijn krappe spijkerbroek duwt.

Ik voel een vlaag warmte langs mijn ruggengraat trekken en onder de deken worden mijn tepels hard. Die reactie van mijn lichaam verbaast me. Ik ben toch niet fit genoeg om aan seks te denken? Toch voel ik het vocht tussen mijn benen als Lucas me blijft voeren en iedere keer als hij de vork naar mijn lippen brengt over me heen leunt.

De omelet is lekker – Lucas heeft inderdaad geleerd hoe je die maakt – maar de rijke, hartige smaak dringt nauwelijks tot me door omdat ik bezig ben met de verwrongen erotische lading van deze situatie. In zekere zin is Lucas' volharding om voor me te zorgen een extensie van zijn verlangen om me te bezitten, me volledig te beheersen. Zwak en ziek ben ik meer dan ooit aan hem overgeleverd en op de een of andere manier windt die gedachte ons allebei op.

Het duurt niet lang voor de omelet op is en ik tegen de kussens onderuit zak, zowel vol als vermoeid door eenvoudigweg te eten. Opgewonden of niet, ik ben nog niet fit. Lucas steekt een rietje in mijn thee en laat me de helft opdrinken. Daarna val ik weer in slaap; mijn lichaam heeft nog meer rust nodig.

ALS IK OPNIEUW WAKKER WORD, VOEL IK ME EEN STUKJE sterker en komen enkele van de nachtmerries weer boven.

'Mag ik alsjeblieft mijn broertje zien?' vraag ik Lucas als hij me een boterham en een kom soep brengt. 'Ik wil hem zo graag spreken.'

Hij schudt zijn hoofd. 'Je bent nog te ziek.'

'Het gaat prima. Alsjeblieft, ik moet hem spreken.' Ik leg mijn hand op Lucas' been en voel de harde spieren onder de ruwe spijkerstof. 'Ik wil hem gewoon met eigen ogen zien.'

'Ik wil niet dat je jezelf te moe maakt,' protesteert Lucas, maar ik voel dat er ruimte is.

'Wat denk je hiervan?' Ik duw mezelf wat rechterop. 'Ik eet dit op en als ik dan niet in slaap val, mag hij langskomen. Heel even maar. Alsjeblieft, Lucas.'

Hij knijpt zijn blauwe ogen samen. 'Jij eet dat op en ik zal erover nadenken.'

Ik knik enthousiast en stort me op mijn boterham, die met een paar grote happen op is. Lucas staat erop me de soep te voeren. Zijn lichte ogen zijn half geloken als hij de lepel naar mijn mond brengt. Ik protesteer niet; het vooruitzicht om Misha weer te zien is zo opwindend dat ik me niet stoor aan deze gekke fetisj van mijn cipier. En ik wil ook niet dat Lucas doorkrijgt dat ik nog niet zoveel beter ben als ik dacht. Opnieuw ben ik uitgeput van het eten en ik begin het onprettig warm te krijgen, alsof de koorts weer terugkeert.

Gelukkig heeft Lucas dat niet door, dus als ik niet meteen na het eten in slaap val, vraagt hij Diego om Misha langs te brengen.

'Je krijgt tien minuten met hem,' zegt Lucas terwijl hij me een van zijn T-shirts aantrekt. 'Maar zodra je moe wordt...'

'Dan stuur ik hem weg en ga ik slapen.' Ik werp hem een hopelijk frisse, gezonde glimlach toe. 'Maak je geen zorgen. Het komt wel goed.'

Lucas fronst als hij een hand op mijn voorhoofd legt, maar dan wordt er op de deur geklopt.

Mijn broertje en Diego zijn er.

'Tien minuten,' waarschuwt Lucas me. Hij stopt me in. 'Ik wacht buiten, ja?'

Ik knik. 'Wil je een stoel een eindje naast het bed zetten? Ik wil niet dat ik Misha aansteek.'

Lucas doet wat ik vraag en loopt dan de kamer uit. Een paar seconden later komt mijn broertje binnen.

'Hoe voel je je?' vraagt hij in het Russisch zodra hij binnen is. Ik steek mijn hand op om hem te waarschuwen niet te dichtbij te komen. Hoewel ik niet denk dat ik in dit stadium van mijn ziekte nog besmettelijk ben, voel ik me nog altijd meer een wandelend virus dan een persoon.

'Het kan beter,' zeg ik terwijl ik Misha richting de stoel wuif die Lucas voor hem heeft klaargezet. Mijn huid doet weer pijn, maar dat hoeft mijn broertje niet te weten. 'Hoe is het met jou? Hoe behandelen ze je?'

Misha aarzelt even en haalt dan zijn schouders op.

'Wel goed, denk ik.' Hij gaat zitten en het valt me op dat hij ditmaal geen handboeien om heeft.

'Laten ze je ongebonden rondlopen?' vraag ik verrast. Mijn broertje knikt.

'Ze laten me niet onbeheerd in de buurt van wapens komen en 's nachts word ik geboeid, maar ik heb wel wat vrijheid.'

'Mooi.' Even denk ik na over waar ik moet beginnen, maar dan steek ik maar gewoon van wal. 'Michael,' vraag ik zacht, 'waar zijn je adoptieouders? Hoe ben je bij UUR ingelijfd?'

Hij kijkt me koel aan. 'Oom Vasya zei dat hij je alles verteld had.'

'Hij heeft me een aantal dingen verteld. Maar ik wil het ook graag van jou horen.' Na Obenko's verraad heb ik geen enkel vertrouwen in zijn versie van het verhaal. 'Weten je ouders wat je daar deed? Waren ze het eens met je training?'

Misha kijkt me zwijgend aan.

'Mishen'ka...' Mijn botten doen pijn als ik wat rechterop ga zitten. 'Ik wil gewoon iets meer horen over je leven. Je hebt geen enkele reden om me te geloven, maar elf jaar geleden sloot ik een overeenkomst met Vasiliy Obenko, jouw oom Vasya. Ik beloofde hem me bij UUR aan te sluiten als zijn zus je zou adopteren en een goed leven zou geven. Daarom ging ik weg: ik wilde dat je het leven zou krijgen dat we hadden voor onze ouders stierven, het leven dat ik je in het weeshuis niet kon bieden...'

Maar Misha schudt zijn hoofd. 'Je liegt,' zegt hij, en

hij springt op. 'Je ging weg. Oom Vasya zei dat je je bij het programma aansloot omdat je de verantwoordelijkheid voor je babybroertje niet wilde dragen, omdat je het leven in het weeshuis zat was. Hij vond het naar dat je me achter had gelaten en vertelde mama over je en toen...' Hijgend stopt hij. 'Daarover zou hij niet gelogen hebben. Echt niet.' Hij herhaalt het alsof hij zichzelf wil overtuigen en ik besef dat mijn broertje niet zo zeker is van Obenko als hij laat blijken. Heeft hij de wreedheid van de man al eens ervaren?

'Het spijt me,' zeg ik. Ik laat me tegen de kussens zakken als mijn kortstondige opleving weer verdwijnt. 'Ik wou dat dat waar was, maar voor je oom ging het land boven alles. Dat weet jij ook, toch?'

Misha perst zijn lippen opeen en schudt zijn hoofd. 'Nee. Hij zei al dat je goed bent in de waarheid verdraaien.'

'Misha...'

'Michael.' Hij slaat zijn armen over elkaar. 'En ik wil het er niet over hebben.'

'Oké.' Ik ben te ziek om met een getraumatiseerde tiener in discussie te gaan. 'Vertel me nog één ding: zijn je adoptieouders goede mensen? Behandelden ze je goed?'

Na een korte aarzeling knikt Misha en gaat weer zitten. 'Dat deden ze en dat zijn ze.' Zijn blik verzacht zich. 'Mama maakt in het weekend aardappelpannenkoeken en pap speelt tafeltennis. Hij is echt goed. We speelden elke avond samen toen ik nog klein was.'

Tranen van opluchting wellen op als ik de oprechte emotie in zijn stem hoor. Hoe hij ook bij UUR terecht is gekomen, Misha houdt van zijn adoptieouders zoals ik van onze eigen ouders hield.

'Zie je ze vaak?' Nu mijn broertje daadwerkelijk met me praat, wil ik wanhopig graag meer over zijn leven horen. 'Sinds je met de training begonnen bent, bedoel ik. Verblijf je in het internaat of woon je nog thuis? Wat vinden je ouders ervan dat je dit doet?'

Misha knippert als ik de vragen op hem afvuur. 'Ik zie ze nu eens per maand,' zegt hij langzaam. 'Ik verblijf in het internaat. Dat wilde mama niet, maar oom Vasya zei dat het beter was omdat het de overgang makkelijker zou maken voor me en zo.'

Ik knik bemoedigend en na een korte pauze praat hij verder. 'Ze vinden het op zich wel goed dat ik bij de organisatie ben gegaan. Ik bedoel, ze weten dat we ons land dienen.' Maar hij wendt zijn blik af en schuift onrustig heen en weer. Ik begrijp wat hij niet zegt.

Zijn ouders mogen het dan begrepen hebben, blij waren ze niet dat hun tienerzoon zich bij de nobele strijd voegde.

'Denk je dat ze zich zorgen maken om je?' Ik negeer mijn toenemende vermoeidheid en ga weer wat rechterop zitten. 'Zouden ze gehoord hebben wat er gebeurd is?'

'Ze...' Zijn stem breekt en hij knippert snel. 'Ik denk dat ze het nu wel weten. Iemand zal mama wel hebben laten weten wat er met oom Vasya gebeurd is.'

'Het spijt me, Michael.' Ik bijt op mijn lip. 'Ik vind

het heel erg dat het zo moest gebeuren. Geloof me, als ik het ongedaan kon maken...'

'Niet doen.' Met gebalde vuisten staat Misha op. 'Doe niet net alsof.'

'Ik doe niet...'

'Genoeg.' Lucas' stem klinkt als een zweepslag als hij de kamer binnenkomt en woedend op mijn broertje afloopt. 'Ik zei dat je haar niet overstuur mocht maken.' Hij grijpt Misha bij de achterkant van zijn T-shirt en sleept hem richting de deur. 'Ze is ziek. Welk deel daarvan heb je niet begrepen?'

'Lucas, stop.' Ik werp de deken van me af als mijn hart angstig begint te bonzen. 'Alsjeblieft, hij heeft niets misdaan.'

Meteen laat Lucas Misha los. Hij loopt naar me toe als ik mijn voeten op de grond zet en ondanks een vlaag van duizeligheid wil opstaan.

'Wat doe je nou?' Met een boze blik legt hij mijn benen terug op het bed, zodat ik weer in die halfzittende houding tegen de kussens beland. Dan zet hij zijn handen aan weerszijden naast me. Zijn ogen glinsteren woedend als hij naar voren leunt tot zijn gezicht centimeters van het mijne verwijderd is. 'Jij moet rusten, begrepen?'

'Ja.' Ik slik de brok in mijn keel weg. 'Het spijt me.'

Blijkbaar stemt dat Lucas tevreden, want hij gaat rechtop staan en wendt zich tot mijn broertje. 'We gaan,' zegt hij met een gebaar naar de deur. Misha werpt me nog een verontschuldigende blik toe voor hij voor Lucas uit de kamer uit loopt.

Uitgeput ga ik liggen en sluit mijn ogen.

Voorlopig gaat het goed met mijn broertje, maar dit is niet de juiste plek voor hem. Ik moet zorgen dat hij terug kan keren naar zijn ouders.

Hij moet terug naar huis.

 ucas

NADAT IK MICHAEL HET HUIS UIT HEB GEZET, WAAR Diego hem weer meeneemt, loop ik terug naar de slaapkamer. Yulia is weer in slaap gevallen. De blauwe plekken van Kirills verkrachtingspoging zijn nauwelijks nog zichtbaar, maar ze heeft blauwe kringen onder haar ogen en haar gezicht ziet er bleek en ingevallen uit. Ze is door haar ziekte duidelijk afgevallen en opnieuw ziet ze er verontrustend kwetsbaar uit. Als een glazen poppetje dat bij de minste aanraking uit elkaar zou kunnen spatten.

Er moet echt iets serieus mis met me zijn, want ik begeer haar toch.

Maar ik haal diep adem, kleed me uit en kruip naast

haar in bed. De kussens zijn verschoven, dus leg ik ze wat beter neer en ga dan naast haar liggen. Meteen trek ik haar tegen me aan. Ze draagt nog steeds mijn T-shirt, maar die barrière tussen onze lichamen stoort me niet.

Hij helpt mijn verlangen naar Yulia onder controle te houden, waardoor ik de illusie beter kan volhouden dat ik een ongeïnteresseerde verzorger ben, in plaats van een man die zich de afgelopen week twee keer per dag heeft moeten aftrekken.

Aangezien ik vannacht geen oog dicht heb gedaan zou de slaap makkelijk moeten komen, maar als ik opnieuw de hitte van haar huid af voel stralen, blijf ik klaarwakker. Die verdomde koorts is terug. Ik wist wel dat ik niet had moeten luisteren, maar ik had de smeekbede in haar grote blauwe ogen niet kunnen weerstaan. Nog steeds heb ik niet helemaal door hoe het nou zit met haar broertje, want hij weigert welke vraag dan ook te beantwoorden. Maar ik weet wel dat ze van hem houdt.

Ze vluchtte om hem tegen mij te beschermen.

Met gesloten ogen geef ik mezelf voor de honderdste keer de wind van voren dat ik niet naar haar geluisterd heb. De afgelopen dagen heb ik nagedacht over onze gesprekken voordat ze vluchtte en nu begrijp ik dat alleen ik schuld heb aan dat misverstand. Als ik Yulia had laten uitpraten had ik geweten wie Misha was en had ik haar beloofd dat hem niets zou overkomen.

Ook ik heb zo mijn grenzen.

Yulia mompelt iets in haar slaap en kruipt dichter tegen me aan. Ik druk een kus op haar delicate oorschelp. Mijn borst trekt samen als ik de hitte van haar huid voel. Ze is weliswaar niet zo ziek als gisteravond, maar ook zeker nog niet beter.

Voorzichtig maak ik me van haar los, loop naar de badkamer en kom terug met een nat, koud washandje. Als ik haar T-shirt uittrek en haar lichaam met het washandje probeer af te koelen wordt Yulia wakker. Met een versufte blik kijkt ze me aan, maar voor ik klaar ben met haar afkoelen slaapt ze weer.

Ik doe het licht uit en kruip weer naast haar in bed. Als ik haar in mijn armen trek, bedenk ik me dat mijn lichaamswarmte haar eigenlijk niet helpt, maar tegelijkertijd slaapt ze beter als ik haar vasthoud. Dan heeft ze minder last van nachtmerries.

Ik sluit mijn ogen en probeer niet aan de oorzaak van die nachtmerries te denken, maar dat is onmogelijk. Yulia's ziekte heeft mijn gewone werkritme overhoop gegooid, maar ik heb er wel voor gezorgd dat de zoektocht naar Kirill gewoon doorgaat. Helaas heb ik de afgelopen dagen niets anders gehoord dan een paar vage geruchten en misleidende aanwijzingen. Het lijkt alsof die hufter gewoon verdwenen is. Het is mogelijk dat hij aan zijn verwondingen bezweken is, maar in dat geval hadden we een lichaam moeten vinden of iets over een begrafenis moeten horen.

Nee, mijn gevoel zegt me dat Yulia's voormalige trainer nog leeft. Hij lijdt ongetwijfeld vreselijk, maar hij leeft nog. Als Yulia weer beter is, ga ik onze inzet om hem te vinden weer verhogen.

Maar eerst moet zij beter worden.

Ik druk een kus op haar slapen en kruip nog wat dichter tegen haar aan. Het verlangen dat mijn penis stijf maakt, negeer ik. Met een beetje geluk houdt Yulia's terugkerende trek in dat ze aan de beterende hand is en dat ze binnenkort weer sterk en gezond zal zijn.

Zo niet, dan zal Goldberg wensen dat hij hier nooit gekomen was.

TOT MIJN OPLUCHTING VERLOOPT YULIA'S HERSTEL IN DE DAGEN DIE VOLGEN ZONDER PROBLEMEN. Haar eetlust keert terug en ik ga op het internet op zoek naar eenvoudige maar voedzame recepten. Ik ben nog steeds niet bepaald een goede kok, maar met voldoende aandacht en concentratie ben ik met behulp van duidelijke instructies en online video's wel degelijk in staat een gerecht samen te stellen, iets waar ik nooit eerder zin in heb gehad. Nu Yulia echter volledig van me afhankelijk is, vind ik het idee haar alleen boterhammen en ontbijtgranen te geven niet prettig.

Ik wil dat ze goed eet zodat ze snel weer aangesterkt is.

'Wat doe jij nou, man?' vraagt Diego als hij de keuken in loopt en me groenten voor een stoofschotel ziet snijden. 'Ik heb jou nog nooit zien koken.'

'Ik ben bezig mijn lijst met vaardigheden uit te breiden,' zeg ik terwijl ik alle groenten in een grote pan schuif. Dan kijk ik op de laptop voor de volgende stap. 'Je bent nooit te oud om te leren, nietwaar?'

'Hm-hm, zoiets.' Diego werpt me een vertwijfelde blik toe. 'Waarom heb je niet gewoon aan Esguerra's huishoudster gevraagd of ze extra eten wil maken voor jullie? Dat vindt ze meestal niet erg.'

'Ik sta op dit moment niet echt bij Ana in de gratie,' zeg ik terwijl ik voorzichtig een theelepel zout afmeet. 'Vanwege Rosa, weet je.'

'O, juist.' Diego gaat aan de tafel zitten en neemt me met onverholen fascinatie op. 'Daar heb je haar nogal pissig mee gemaakt, hè?'

'Zeg dat wel.'

Hoewel Nora's tussenkomst Rosa voor ondervraging en straf heeft behoed, heeft de meid wel huisarrest tot Esguerra weet wat hij met haar gaat doen. Als Nora en het meisje geen vriendinnen waren geweest was het makkelijk, maar Esguerra wil zijn vrouw niet kwetsen door haar beste vriendin te executeren.

Daarnaast weten we allebei niet zeker of Nora de waarheid vertelde, wat inhoudt dat er ook nog een kans is dat de meid voor iemand anders werkte.

Nu Yulia zich beter voelt, zal ik haar daarnaar vragen... en naar al het andere ook.

'Dus jij bent nu een chefkok?' vraagt Diego terwijl ik de aanbevolen hoeveelheid water in de pan gooi en het deksel erop leg. Dan zet ik het fornuis aan. 'Kunnen Eduardo en ik komen eten?'

'Echt niet. Maak je eigen stoofschotel maar.'

Diego begint te lachen, maar houdt snel zijn mond als ik hem aankijk.

'Genoeg gekletst,' zeg ik terwijl ik mijn handen afveeg. 'Praat me eens bij over de nieuwe rekruten en hoe het verder staat met rekruteren.'

De bewaker begint aan zijn dagelijkse rapport en ik ga aan de tafel zitten, intussen een oogje op de pan houdend zodat hij niet overkookt.

ALS MIJN STOOFSCHOTEL KLAAR IS, GA IK BIJ YULIA kijken. Ik vind haar slapend in een leunstoel in de bibliotheek, opnieuw in een van mijn T-shirts gekleed. Ik heb haar na de lunch hierheen gebracht omdat ze erop stond uit bed te komen, naar eigen zeggen het zat om de hele dag in bed te liggen. Aan het boek op haar schoot te zien is ze in slaap gevallen terwijl ze zat te lezen.

Met een frons leg ik mijn hand tegen haar voorhoofd. Tot mijn grote opluchting voelt haar huid normaal aan. Hoewel ze nog niet helemaal beter is, had Goldberg gelijk: paniek was niet nodig.

Ik werp een blik op de klok.

Het is 16:00 uur en het duurt nog wel even voor we gaan eten.

Zachtjes loop ik de bibliotheek uit en ga naar

buiten. Tijd om de ronde te doen met de bewakers en met Esguerra bij te praten. Met een beetje geluk slaapt Yulia de komende paar uur rustig door terwijl ik probeer wat werk in te halen. Daarna kunnen we dan samen eten, onze eerste normale maaltijd sinds ze terug is.

Ik kan verdomme niet wachten.

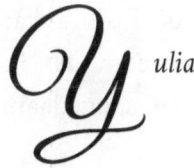ulia

I K SCHRIK WAKKER. H ET VOELT ALSOF IEMAND ME STAAT te bekijken of...

Ik snak naar adem als ik een kleine vrouw met een goud getinte huid in Lucas' bibliotheek zie staan. Ze draagt een lichtblauwe zomerjurk en haar donkere, glanzende haren vallen over haar blote, slanke schouders. Ik heb haar nog nooit eerder gezien en toch komt iets aan haar me bekend voor.

'Wie ben jij?' Ik probeer mijn stem kalm te houden, wat lastig is nu mijn hart in mijn keel lijkt te bonzen. Ik ben nog altijd niet fit en hoewel het popperige figuurtje tegenover me er niet bijzonder dreigend uitziet, weet ik als geen ander dat schijn bedriegt. 'Wat doe je hier?'

'Ik ben Nora Esguerra,' zegt ze in Amerikaans Engels zonder hoorbaar accent. Haar donkere ogen, omringd door volle wimpers, nemen me met kille hoon op. 'Je hebt mijn echtgenoot ontmoet. Julian.'

Ik knipper even. Dat verklaart hoe ze het huis binnen is gekomen – ze moet net als Rosa een loper hebben – en waarom ze me bekend voorkomt. Er zat een foto van haar bij de informatie die ik in Moskou van Obenko kreeg.

Daarnaast heb ik die donkere ogen eerder gezien.

'Je gluurde door het raam op de eerste dag dat ik hier was,' zeg ik. Intussen trek ik Lucas' T-shirt wat verder over mijn dijen. Als ik had geweten dat ik bezoek zou krijgen had ik echte kleren aangedaan. 'Met Rosa, toch?'

Het meisje knikt. 'Ja, we begluurden je.' Ze legt niets uit en biedt ook haar excuses niet aan. Het enige wat ze doet, is me met iets toegeknepen ogen opnemen.

'Goed, en nu ben je hier omdat...' Ik laat mijn stem wegsterven.

'Omdat ik heb gewacht tot ik de kans zou krijgen je te spreken en dit de eerste keer in een paar dagen is dat Lucas het huis uit gegaan is,' zegt ze terwijl ze naar mijn leunstoel loopt.

Met een ongemakkelijk gevoel sta ik op. Hoewel mijn benen nog altijd aanvoelen als gekookte spaghetti kan ik mezelf beter verdedigen als ik sta, mocht dat nodig zijn.

'Waar wil je over praten?' Ik houd mijn blik op haar handen gevestigd. Ze lijkt ongewapend, maar iets aan haar houding laat me vermoeden dat ze geen wapens nodig heeft om me pijn te doen.

Het is duidelijk dat ze getraind is in een vechtsport.

'Rosa,' zegt ze. Haar kin gaat iets omhoog als ze me strak aankijkt. 'Om precies te zijn: wat jij Lucas en Julian over haar gaat vertellen.'

Ik frons vol verwarring. 'Hoe bedoel je?'

'Ze zullen je vragen hoe je bent ontsnapt en wie je heeft geholpen,' zegt Nora kalm. 'En jij zult zeggen dat Rosa op mijn aandringen handelde. Begrepen?'

'Wat?' Dat was wel het laatste wat ik verwachtte. 'Je wilt dat ik jou de schuld geef?'

'Ik wil dat je de waarheid vertelt,' zegt ze koeltjes. 'En ja, dat houdt in dat je iedereen vertelt dat Rosa je alleen hielp omdat ik het haar gevraagd had.'

'Ze zei niet dat jij dat haar gezegd had,' zeg ik. Mijn brein draait overuren. Het klinkt alsof de dienstmeid in de problemen zit en Esguerra's vrouw haar probeert te beschermen door haar eigen aandeel in het geheel naar voren te schuiven. Maar...

'Het doet er niet toe wat Rosa wel of niet heeft gezegd.' Nora's stem verstrakt. 'Ik vertel je hier en nu dat Rosa mijn opdracht uitvoerde en dat is ook wat jij zult zeggen als Lucas en Julian je ernaar vragen. Begrepen?'

'En anders?' Ik hoor de dreiging in haar stem, maar ik wil kijken hoe ver ze zal gaan. 'En anders, mevrouw Esguerra?'

'Anders zorg ik er persoonlijk voor dat Julian je

volledig vilt.' Ze schenkt me een kille glimlach. 'Of ik doe het zelf.'

Ik staar haar aan en probeer me te herinneren wat ik over haar weet. Ze is jong, een paar jaar jonger dan ik als ik de informatie over Esguerra mag geloven, en pas kortgeleden met de wapenhandelaar getrouwd. Daarvoor was ze naar verluid door hem ontvoerd; het onderzoek van de FBI heeft meer dan een jaar in beslag genomen. Maar waar ze ook vandaan mag komen, het is me duidelijk dat ze nu niet zo heel erg anders is dan haar echtgenoot.

Dit is geen loos dreigement.

'Goed dan,' zeg ik langzaam. 'Laten we aannemen dat je Rosa inderdaad hebt gezegd me te helpen. Waarom? Wat waren je beweegredenen? Dat zal Lucas toch willen weten.'

'Hij weet wel wat mijn beweegredenen waren. Het enige wat jij hoeft te doen is de waarheid te vertellen. De volledige waarheid, inclusief mijn rol hierin.'

Er vormt zich een klein glimlachje om mijn mond. 'Juist. En die volledige waarheid omvat niet jouw bezoekje van vandaag.'

'Precies.' Haar donkere blik blijft strak op mij gericht. 'Rosa hoeft niet te boeten voor mijn daden. Dat ben je vast met me eens.'

'Dat klopt.' Als Esguerra's vrouw wil dat haar beruchte, wrede echtgenoot denkt dat dit alles haar idee was, zal ik haar geen strobreed in de weg leggen – zeker niet na dit gesprekje. 'Is dat alles of kan ik nog iets voor je doen?'

'Dat is alles,' zegt ze. Dan draait ze zich om en begint weg te lopen. Maar voor ik opgelucht mijn adem kan laten ontsnappen, blijft ze in de deuropening staan en kijkt me nog een keer aan. 'Nog één ding, Yulia...'

Ik trek afwachtend mijn wenkbrauwen op.

'Uit Julians woorden heb ik opgemaakt dat Lucas... ongebruikelijk gecharmeerd van je is.' Haar stem klinkt vreemd emotieloos. 'Dat is fijn voor je, gezien wat er gebeurd is.'

Ze doelt op de vliegtuigramp, besef ik. Uiteraard neemt Esguerra's vrouw me dat kwalijk. In elk geval was het me niet gelukt haar echtgenoot te verleiden; als Nora wist dat Esguerra mijn oorspronkelijke opdracht was, zou ik weleens wakker kunnen worden met een doorgesneden keel.

'Je deed vast gewoon je werk,' gaat ze even emotieloos verder. 'Voerde de bevelen van je superieuren uit.'

Ik knik voorzichtig. Wat wil ze dat ik zeg? Ik had er geen idee van dat de informatie die ik doorspeelde ertoe zou leiden dat het vliegtuig van haar echtgenoot uit de lucht geschoten zou worden. En al had ik het wel geweten, dan nog ben ik er niet zeker van of dat ergens iets aan had veranderd. Misschien had ik geprobeerd Lucas het vliegtuig te laten missen, hoewel ik hem destijds nog niet echt kende, maar ik had geen enkele moeite gedaan voor Esguerra. Dat zou ik nu nog niet doen.

Van wat ik over hem heb gehoord, is de wereld beter af zonder hem – en zijn vrouw ook.

'Mooi. Dat zei Lucas ook tegen Julian,' zegt Nora. 'Het was niet persoonlijk, zeg maar.'

Ik knik en hoop maar dat ze snel tot haar punt komt. De vermoeidheid van mijn ziekte maakt mijn benen aan het trillen en het zweet loopt over mijn rug van de moeite die het me kost om zo lang te blijven staan. Desondanks wil ik geen enkele zwakte tonen waar Esguerra's vrouw bij is. Dat zou vergelijkbaar zijn met mijn open keel aan een kleine maar dodelijke wolvin blootstellen.

'Goed, Yulia...' De ogen van de wolvin glinsteren. 'Wat ik wil zeggen is dat ik voor jouw eigen bestwil hoop dat je Lucas' gevoelens beantwoordt. Mocht hij ooit zijn handen van je aftrekken...' Ze maakt haar zin niet af, maar dat hoeft ook niet.

Mijn broertje is niet de enige die hier niet thuishoort.

'Begrepen,' zeg ik kalm. 'Wat nog meer?'

Ze glimlacht koel naar me. 'Niets, dat was alles. Beterschap.'

Ze draait zich om en loopt weg. Meteen zak ik in de leunstoel, uitgeput alsof ik zojuist een hele strijd heb geleverd.

ucas

HET DUURT LANGER DAN IK HAD GEDACHT OM BIJ TE
werken na alles de afgelopen tijd zo verwaarloosd te
hebben. Tegen de tijd dat ik thuis ben, is het bijna half
acht 's avonds.

Meteen loop ik naar de bibliotheek. Maar tot mijn
verrassing is Yulia er niet.

'Lucas?' hoor ik haar roepen. Het komt uit de
keuken. Met een frons loop ik erheen.

'Wat doe je nou?' Ze is bezig twee lepels op de
keukentafel te leggen. Met twee grote passen ben ik bij
haar, pak het bestek uit haar hand en grijp haar bij de
elleboog. 'Jij moet rusten.'

'Het gaat prima met me,' protesteert ze als ik haar

naar de tafel duw. 'Echt, Lucas, het gaat al veel beter me. Ik was het zat om de hele dag op mijn kont te zitten en wilde de tafel dekken.'

'Nou en.' Ik trek een stoel naar achteren. 'Ga zitten, dat doe ik wel. Jouw enige taak is herstellen, ja?'

Yulia kijkt me geërgerd aan, maar doet dan wat ik vraag. Voor het eerst sinds ze ziek werd, draagt ze normale kleren, een korte spijkerbroek en een tanktop. Helaas benadrukken de weinige kleren hoeveel gewicht ze kwijt is geraakt. Haar buik is ingevallen en haar armen zijn zo dun als rietjes. Ik heb geen idee waarom ze zo onvoorzichtig met haar energie omgaat, maar het bevalt me niks.

'Jij hoort geen vin te verroeren,' zeg ik. Dan was ik mijn handen en pak een paar kommen. Yulia moet het fornuis vast aangezet hebben, want als ik kijk, staat de stoofschotel op een laag vuurtje op te warmen. Ik schep een ruime hoeveelheid in elke kom en draag de kommen naar de tafel. 'Ik wil niet dat je weer een terugval krijgt,' zeg ik terwijl ik tegenover haar ga zitten.

In plaats van antwoord te geven snuift ze de geur van de stoofschotel op. 'Heb jij dit gemaakt?' vraagt ze als ze weer opkijkt. Ik knik, nieuwsgierig naar haar mening. Ik had 'm eerder al geproefd en ik vond hem lekker, maar ik heb nog een lange weg te gaan voor ik qua culinaire vaardigheden bij Yulia in de buurt kom.

Ze steekt haar lepel in de kom en schept wat van de bouillon op. 'Lekker, Lucas,' zegt ze. Bij het horen van de verbazing in haar stem kan ik een glimlach niet onderdrukken.

'Blij dat je het lekker vindt,' zeg ik voor ik zelf ook een hap neem. 'Het was niet zo moeilijk om te maken, dus moet een herhaling er ook wel inzitten.'

Yulia begint met duidelijk enthousiasme te eten en ik kijk toe. Het bevalt me dat ze van mijn poging om te koken geniet. Er is iets verbazend bevredigends aan om haar aan mijn keukentafel zien zitten, mijn eten zien eten en de kleren zien dragen die ik voor haar gekocht heb. Ik heb mezelf nooit echt als iemand beschouwd die het fijn vindt om voor een ander te zorgen, heb dat nooit echt gewild, maar nu, met haar, is dat precies wat ik wil. En het is vooral vreemd omdat Yulia een van de sterkste vrouwen is die ik ken.

Ze eet zwijgend haar stoofschotel op en ik laat haar rustig eten in de angst dat zelfs aan tafel zitten en eten nog te veel voor haar is. Als we uitgegeten zijn, ruim ik op en zet een kop Earl Grey-thee voor Yulia.

'Hoe voel je je?' Ze glimlacht en klopt op haar platte buik.

'Bijzonder voldaan. Die stoofschotel was geweldig. Hartelijk dank.'

'Het genoegen is geheel aan mijn kant.' Ik grijns als ze een diepe geeuw slaakt voor ze van haar thee nipt. 'Heb je slaap?'

'Een afterdinnerdip, denk ik,' zegt ze na nog een gaap. 'Hoe kan ik nou slaap nodig hebben? Ik heb genoeg geslapen voor de komende weken.'

'Je lichaam had het nodig,' zeg ik. Maar de humor

verdwijnt uit mijn stem als ik terugdenk aan hoe ze er na Kirills aanval aan toe was. 'Je hebt veel meegemaakt.'

Ze kijkt naar beneden, naar haar mok. 'Ja, best wel.'

'Yulia...' Ik ga zitten en leg mijn hand op de hare. 'Wat is er gebeurd? Hoe kwam je daar bij Kirill terecht?'

Haar slanke vingers trillen even, maar ze kijkt niet op.

'Yulia.' Ik knijp zachtjes in haar hand. 'Kijk me eens aan.'

Als ze opkijkt, is haar blik terughoudend.

'Heb je nog andere broers of zussen die je voor me verbergt?'

Ze schudt haar hoofd.

'Iemand anders die je probeert te beschermen?'

Ze knippert met haar ogen. 'Nee.'

'Vertel me dan wat er gebeurd is. Waarom zat je daar opgesloten? Dachten ze dat je een dubbelspionne was?'

'Ze... Het is ingewikkeld, Lucas.' Haar lippen beven even voor ze ze op elkaar perst.

'Ik begrijp het.' Ik sta op en loop om de tafel heen. Yulia kijkt me geschrokken aan als ik haar omhoog trek, maar het enige wat ik doe, is haar optillen en naar de woonkamer lopen.

'Wat doe je nou?' vraagt ze als ik met haar op mijn schoot op de bank ga zitten. Ze is verontrustend licht, even breekbaar als toen ze uit de Russische gevangenis kwam.

'Ik maak me het gemakkelijk zodat je me rustig het volledige, ingewikkelde verhaal kunt vertellen,' zeg ik.

Dan verschuif ik haar een beetje, zodat ze precies goed zit. Zelfs nu ze afgevallen is, is haar achterste nog zacht en goedgevormd. Haar haren ruiken zoet, naar perziken en vanille. Mijn lichaam reageert er ogenblikkelijk op, maar ik negeer mijn opwinding. Eén arm houd ik achter haar rug; met de ander strijk ik een lok haar achter haar oren. 'Vertel het me, liever. Ik zal jou en je broertje niets doen, dat beloof ik.'

Yulia kijkt me even aan en ik kan zien dat ze zich afvraagt in welke mate ze me in vertrouwen zal nemen. Ik wacht geduldig af en uiteindelijk mompelt ze: 'Waar wil je dat ik begin?'

'Wat dacht je van bij het begin? Vertel me over Michael. Hoe kwamen jullie allebei bij UUR terecht?'

Yulia haalt diep adem en steekt van wal. Ik luister en mijn borst trekt samen als ze me vertelt over het tienjarige meisje dat van haar ouders tijdens een koude winternacht op haar tweejarige broertje moest passen en ze nooit meer terugzag, over het politiebezoek de volgende ochtend en de afschuwelijke tijd in het weeshuis.

'Niemand besteedde aandacht aan me. Ik zei al, ik was dun en onaantrekkelijk als kind, echt een lelijk eendje. Maar Misha was beeldschoon,' zegt ze hees. 'Hij had zo mee kunnen doen aan een reclame voor babyproducten. En ik was niet de enige die dat vond. De directrice van het weeshuis liet hem steeds naar haar kantoor komen en elke keer zag ik ook mannen, steeds andere, daar langsgaan. Ik heb geen idee wat ze met hem deden maar hij had blauwe plekken en was soms ook bebloed. Dagenlang huilde hij na zulke bezoekjes. Ik probeerde het aan te geven, maar niemand nam me serieus. Het land was een puinhoop – nog steeds – en niemand gaf iets om wezen. We waren netjes opgeruimd en dat was dat.' Haar ogen glinsteren fel als ze zegt: 'Ik zou alles hebben gedaan om Misha daar weg te krijgen. Alles.'

Mijn hoofd bonst, zo woedend ben ik, maar ik blijf zwijgen en luister verder als Yulia vertelt over het bezoek van de goedgeklede man wiens bruine ogen haar zowel bang maakten als hoop gaven.

'Vasiliy Obenko bood me een overeenkomst aan en ik stemde ermee in,' zegt ze. 'Alleen zo kon ik Misha redden. We waren nog geen jaar in het weeshuis en hij begon al een echt probleemkind te worden: opstandig, zomaar huilen, niet luisteren... Zelfs als er een goed gezin langs was gekomen hadden ze geen kind gewild met zulke gedragsproblemen, hoe mooi hij ook was. Ik was zo wanhopig dat ik overwoog met Misha te vluchten, maar we zouden al zwervend van de honger zijn omgekomen... of erger. De wereld is geen goede plek voor dakloze kinderen.' Ze haalt beverig adem en ik wrijf over haar rug. Het kost me moeite mijn handen niet te laten beven van woede.

Ik zal die directrice vinden en die kinderpooier laten boeten voor wat ze deed.

'Dus ja,' gaat Yulia even later verder, 'toen Obenko me wilde rekruteren en daarvoor in ruil zijn zus en zwager Misha zou laten adopteren en hij beloofde dat ze hem een goed leven zouden geven, greep ik die kans met beide handen aan. Ik wist dat het mogelijk was dat ik een deal met de duivel had gesloten, maar dat deed er niet toe. Ik wilde gewoon dat Misha een beter leven kreeg.'

Natuurlijk. Dat verklaart verdomme zoveel: haar bizarre loyaliteit ten opzichte van de organisatie die haar misbruikte, haar vastberadenheid om zelfs na wat er met Kirill gebeurde nog 'opdrachten' uit te voeren. Het was geen nationalisme, ze deed het allemaal voor haar broertje.

'En heeft Obenko zich aan zijn deel van de afspraak gehouden?' Mijn toon is relatief beheerst.

'Zo ongeveer... Ik weet het niet.' Ze bijt op haar lip. 'Ik ben nog altijd bezig de waarheid van de leugens te scheiden. Misha had een normaal leven moeten leiden en het lijkt erop dat hij dat tot een paar jaar geleden ook deed. Zijn adoptieouders hebben niets met de organisatie te maken; Obenko's zus is verpleegster en haar man is elektrotechnicus. De afspraak was dat ik uit de buurt zou blijven van Misha en zijn nieuwe gezin, dus kreeg ik alleen foto's van hem te zien. Ik besefte pas dat mijn broertje bij UUR ingelijfd was toen ik Obenko naar een pakhuis net buiten Kiev volgde en Misha daar zag toen hij samen met een groep jongens door Kirill getraind werd.'

'Dezelfde Kirill van wie ze gezegd hadden dat hij dood was?' Mijn woede neemt toe als ik me haar reactie op deze dubbele klap voorstel. Het verraad is zo wreed dat ik me het niet kan voorstellen.

Yulia knikt en haar blik wordt harder als ze over de

gevangenneming en ondervraging door haar eigen organisatie vertelt. 'Zij dachten dat ik vuil spel speelde, snap je,' zegt ze. 'Dat ik hen had verraden.'

'Iets begrijp ik niet.' Ik laat mijn hand onder haar haren tegen haar nek rusten. Het kost me nog steeds moeite mijn woede onder controle te houden, maar het lukt me. 'Waarom besloot je Obenko naar dat pakhuis te volgen? Vermoedde je iets?'

'Nee, totaal niet.' Haar blauwe ogen staan bedrukt. 'Ik volgde Obenko in de hoop dat hij me uiteindelijk naar het gezin van zijn zus zou leiden... naar mijn broertje. Ik wilde Misha nog één keer zien voor...' Ze zwijgt en bijt op haar onderlip.

'Voor wat?'

Ze geeft geen antwoord.

'Voor wat, schoonheid?'

'Voor ik aan een nieuwe opdracht begon,' fluistert ze. Ze knippert heftig met haar ogen.

Haar woorden roepen zo'n hevige jaloezie in me op dat ik bijna haar volgende woorden mis. 'En voorgoed zou verdwijnen.'

'Wat?' Mijn hand spant zich. 'Wat bedoel je daar verdomme mee?'

Ze krimpt ineen en ik laat haar los en masseer haar nek. Maar ze zegt niets en naarmate de seconden verstrijken, word ik alleen maar bozer.

'Yulia...' Alleen de wetenschap van wat er de laatste keer gebeurde toen ik mijn jaloezie de overhand liet krijgen weerhoudt me ervan ter plekke te ontploffen. 'Wat bedoel je daar verdomme mee?'

'Niets. Ik was gewoon...' Ze sluit haar ogen even en kijkt me dan aan. 'Ik wilde vluchten, oké?' Haar stem trilt. 'Ik kon het niet aan om het nog een keer te doen, om nog een opdracht uit te voeren. Ik had besloten de vliegtickets en mijn nieuwe identiteit te gebruiken om te verdwijnen en dan ergens anders een nieuw leven te beginnen.'

'Echt?' Mijn hand glijdt naar haar onderrug en mijn woede zwakt iets af. 'Waarom? Na al die jaren?'

Ze haalt kort haar schouders op en mijdt mijn blik door naar de grond te kijken. 'Ik nam aan dat mijn broertje nu wel veilig zou zijn. Het is niet alsof zijn adoptieouders hem na elf jaar terug zouden sturen naar het weeshuis.'

'Dat hadden ze na vijf jaar ook niet gedaan, lijkt me.' Ik pak haar kin om haar te dwingen me aan te kijken. Juist dat ze zich zo ongemakkelijk voelt, zorgt ervoor dat ik de bron van dit mysterie wil bovenhalen. 'Je wist nog niets van Kirill of je broertje. Waarom besloot je dan te willen vluchten?'

Ze blijft zwijgen.

'Yulia...' Ik leun naar voren tot we bijna neus aan neus zitten. Haar zoete geur is bedwelmend. Ik adem haar diep in en het gevoel bekruipt me dat ik ieder moment mijn zelfbeheersing kan verliezen. Mijn hart bonst hevig en de woorden die over mijn lippen komen, klinken hees en gespannen. 'Waarom besloot je te vluchten, schoonheid? Wat is er veranderd?'

Haar lippen wijken van elkaar als ze me aankijkt. De verleiding om haar te kussen, de roze, weelderige zachtheid van haar mond te verkennen, is haast ondraaglijk. Ik ben me zo intens van haar bewust. Haar onregelmatige, oppervlakkige ademhaling, de warmte van haar zachte, gladde huid, de manier waarop haar wimpers in haar ooghoeken aan elkaar kleven... alles aan haar verleidt me en versterkt de honger die door me heen raast. Alleen de overtuiging dat ik dit antwoord moet horen – dat het echt belangrijk is – houdt mijn verlangen in toom.

'Vertel het me, schatje.' Ik streel over haar wang. 'Waarom kon je er niet mee doorgaan?'

Yulia's adem stokt. Tranen branden in haar ogen en ze duwt tegen mijn schouders om weg te komen. Ze is zo overstuur dat ik haar bijna laat gaan, maar iets in mij blijft aandringen.

'Stil maar,' sus ik. Met één arm houd ik haar op haar plek. 'Het is goed. Alles is goed. Vertel het me maar, lieverd. Vertel me waarom je ermee wilde stoppen.'

'Lucas, alsjeblieft...' Tranen rollen over haar wangen en ze stopt met worstelen. 'Doe dit alsjeblieft niet.'

'Wat niet?' Het voelt alsof ik een hulpeloos kitten aan het martelen ben, maar toch zet ik door. Ik leun nog verder haar toe, kus het zilte vocht op haar wang weg en prevel: 'Moet ik het niet vragen? Waarom niet? Wat wil je me niet vertellen? Wat verberg je?'

Yulia sluit haar ogen en ik strijk met mijn lippen over haar trillende oogleden. 'Kom op, lieverd,' fluister ik als ik mijn hoofd terugtrek. 'Vertel het me maar. Wat is er veranderd? Waarom wilde je het niet doen?'

'Ik kon het niet.' Ze opent haar ogen en nieuwe tranen glinsteren. 'Ik kon het gewoon niet meer, oké?'

'Waarom niet?'

Ze probeert opnieuw los te komen, maar ik houd haar met een arm tegen.

'Waarom niet, Yulia?' dring ik aan. 'Vertel het me.'

'Omdat ik verliefd op je geworden ben!' Met verbluffende kracht duwt ze zich van me af. Ik ben zo verbijsterd dat ik haar loslaat. Meteen schiet ze van mijn schoot af. Bijna struikelt ze, maar voor ik haar kan grijpen, heeft ze haar evenwicht hervonden en is ze naar de slaapkamer gehold. De deur valt met een klap achter haar dicht.

36

ulia

DURA! IDIOTKA! IMBECILE! DEBILKA!

Snikkend schuif ik een stoel tegen de slaapkamerdeur, hem zo onder de klink plaatsend dat die geblokkeerd wordt. Mijn armen trillen van uitputting en adrenaline. Spijt lijkt als een moker op me in te slaan. Hoe kon ik zo stom zijn? Hoe kon ik Lucas opnieuw mijn gevoelens hebben toevertrouwd? Vorige keer dacht ik nog dat ik droomde, maar dat excuus heb ik nu niet.

Ik ben wakker en volledig bij bewustzijn en toch gaf ik toe aan Lucas' meedogenloze tederheid, smolt ik onder de genadeloze aantrekkingskracht van zijn eisen.

'Yulia!' De deurklink rammelt. 'Wat doe je verdomme? Laat me binnen.'

Hijgend stap ik achteruit. Met mijn vuist tegen mijn mond probeer ik mijn gesnik te smoren. Waarom deed ik dit nou nog een keer? Ben ik een masochist? Ik weet wat ik voor hem ben: een seksspeeltje, iemand die hij wil bezitten. Mocht ik nog twijfels daarover hebben gehad, dan zijn die nu wel weggevaagd door het plaatsen van de zenders. Die dingen zijn het menselijke equivalent van een hondenriem. Geen enkele hoeveelheid zorg mag opwegen tegen zijn besluit om me gevangen te houden tot hij me zat is.

Liefde en gevangenschap zijn geen goede combinatie – in elk geval niet voor de meeste normale mensen.

'Yulia.' Lucas bonst nu op de deur. 'Laat me er verdomme in!' Hij trapt ertegen en de stoel kraakt als hij een paar centimeter verschuift omdat de deur langzaam opengaat.

Wanhopig kijk ik de kamer rond. Ik heb geen idee waar ik naar op zoek ben. Er is niets te vinden, dus deins ik alleen maar achteruit als Lucas nog harder tegen de deur begint te trappen. Bij elke harde trap breekt de deur verder open. Net als mijn trillende benen het bed raken, begeeft de stoel het en vliegt de deur open.

'Lucas, ik...' Ik weet niet wat ik ga zeggen, maar ik krijg er geen kans voor. Voor ik een coherente gedachte heb gevormd heeft hij me te pakken. De wereld kantelt als ik achteruit op het bed tuimel. Hij belandt boven op me en meteen pakt hij mijn polsen en pint mijn armen boven mijn hoofd vast. Zijn lichte ogen lijken te branden als hij me tegen de matras duwt. Zijn gespierde lichaam voelt warm en zwaar aan op me. Hij is opgewonden – ik voel een harde zwelling in zijn spijkerbroek – en ik weet dat deze avond maar op één manier kan eindigen.

Aan de door mijn griep veroorzaakte periode van onthouding komt nu een einde.

Zijn handen verstrakken rond mijn polsen. Een duistere angst welt in me op, vermengd met een perverse opwinding. Ik weet hoe sterk mijn cipier is, hoe krachtig zijn grote, mannelijke lichaam. Toen Kirill zo boven op me lag voelde ik alleen angst en afkeer, maar bij Lucas ligt dat veel ingewikkelder. Onder de instinctieve angst en het wantrouwen bespeur ik een krachtige, dierlijke aantrekkingskracht, vermengd met een dieper verlangen naar verbinding – dat nergens op slaat, gezien wie en wat we zijn.

Ik ben verliefd op een man die allerlei redenen heeft om me te haten en me tot in het diepst van mijn ziel bang maakt.

'Yulia...' prevelt hij als hij op me neerkijkt. Beverig haal ik adem; ik heb het gevoel dat ik stik. Ik voel me volkomen verscheurd: een deel van mij wil vluchten en net doen of dit niet gebeurt, maar een ander deel, een zwakker deel, wil toegeven, hem vertellen hoeveel hij voor me betekent en hem smeken me voor altijd bij zich te houden.

Smeken om van me te houden zoals ik van hem houd en altijd zal doen.

'Yulia, lieverd...' Zijn blik verzacht zich. Ik besef dat ik opnieuw in tranen ben. Mijn hele lichaam trilt van de ingehouden snikken. 'Stil maar, schatje, zo erg is het niet. Je bent in orde. Alles komt goed.'

Maar ik kan niet ophouden met huilen, zelfs niet wanneer hij me kust, zelfs niet als hij van me afrolt om me uit te kleden. Ik kan niet ophouden met huilen, want hij heeft het mis. Het komt niet goed. Er is geen toekomst voor ons, geen enkele hoop op een normaal leven. Hij is de rechterhand van een wapenhandelaar, een man zonder geweten, en ik ben zijn gevangene.

Mensen zoals wij leven niet nog lang en gelukkig.

En die pijn is zo allesverterend dat ik het nauwelijks voel als Lucas mijn string uittrekt en naakt boven op me klimt. Mijn borst voelt onmogelijk strak aan en tranen maken mijn zicht wazig. Pas als hij met zijn sterke dijen de mijne uiteen duwt en zich ertussen nestelt, keert die dierlijke aantrekkingskracht weer terug. Ondanks mijn verdriet reageert mijn lichaam op hem. Zijn eikel duwt tegen mijn vochtige plooien, maar hij duwt zich niet naar binnen. In plaats daarvan houdt hij stil en neemt mijn gezicht tussen zijn handen.

'Yulia...' Een duistere honger schuilt in zijn ogen en zijn gebronsde huid spant zich strak over zijn jukbeenderen. 'Je bent van mij,' gromt hij hees. 'Niets of niemand zal je van me afnemen. Geen leugens, geen ontsnappingen, geen uitvluchten. Ik ga voor je zorgen en ik zal je beschermen. Jou en je broertje, begrepen?'

Ik knik en mijn handen glijden naar zijn zij. Zijn harde lichaam trilt, zijn spieren zijn gespannen alsof hij in een gevecht verwikkeld is. Het kost hem de grootste moeite zichzelf onder controle te houden. Op een andere avond zou hij al in me zijn, maar hij beheerst zich omdat ik net ziek geweest ben.

Die wetenschap ontspant me een beetje en verdrijft iets van de paniek die me in zijn greep had. Misschien ben ik niet alleen een seksspeeltje voor hem.

Als hij niets om me gaf, zou hij zich niet inhouden.

'Het is goed, Lucas,' fluister ik terwijl ik mijn tranen wegknipper. Gezien zijn belofte kan ik hem toch op zijn minst mijn lichaam geven. 'Het gaat prima met me.'

Zijn pupillen verwijden zich en dan drukt hij een harde, woeste kus op mijn lippen. Zijn tong dringt mijn mond binnen, zowel overheersend als troostend. Mijn onderlichaam spant zich als ik de harde, aanhoudende druk van zijn penis voel. Hitte zwelt aan in mijn kern, maar een deel van mijn eerdere paniek keert ook terug. Ondanks mijn woorden ben ik hier emotioneel nog absoluut niet klaar voor.

Seks met mijn cipier is nooit ontspannen of makkelijk.

Maar nu kan ik niet meer terug. Lucas' lippen en tong verorberen me en benemen me de adem. Een van zijn handen glijdt over mijn lichaam, eerst naar mijn borsten en dan naar de plek tussen mijn benen. Zijn vingers vinden mijn klit en spelen ermee tot ik nat ben van verlangen. Dan grijpt hij zijn erectie en begeleidt die naar mijn opening. Intussen tilt hij zijn hoofd op om me aan te kijken.

Zijn ogen glinsteren en we ademen allebei scherp in als zijn gladde, dikke eikel in me komt en me oprekt. Ik was vergeten hoe groot en dik hij geschapen is. Ondanks mijn opwinding moeten mijn spieren aan hem wennen. Mijn ademhaling wordt oppervlakkig als hij dieper in me doordringt, langzaam en beheerst maar onverbiddelijk. Als hij helemaal in me zit, houdt hij stil. Ik zie zweetdruppels op zijn voorhoofd. Nog steeds probeert hij zich in te houden, doet hij zo voorzichtig als iemand als hij maar kan zijn.

'Ik houd van je,' fluister ik. Ik kan de woorden niet bedwingen. Op dit moment doet het er niet toe dat hij mijn gevoelens misschien niet beantwoordt, dat alles tegen ons lijkt. 'Ik houd heel veel van je, Lucas.'

Een intense hitte verschijnt in zijn blik. Zijn spieren verstrakken en zijn laatste restje zelfbeheersing brokkelt af. 'Yulia,' gromt hij. Dan trek hij zich even terug en stoot diep in me, zo hard dat ik even mijn adem kwijt ben. Het zou te veel moeten zijn, me volkomen moeten overweldigen, maar op de een of andere manier voelt het juist goed zo. Ik sla mijn benen om hem heen als hij heftig in me begint te stoten, me met een dierlijke intensiteit claimt.

'Lucas...' Zijn naam klinkt als een hese kreun als de hitte in mijn binnenste toeneemt tot de spanning bijna ondraaglijk is. 'O, God, Lucas...' Elke spier in mij trilt van genot. Mijn hart bonst in mijn oren. Het lijkt eeuwig te duren, maar dan kom ik hard en heftig klaar.

Mijn spieren knijpen om hem heen samen als mijn zenuwuiteinden lijken te ontploffen van genot.

Lucas absorbeert mijn schreeuw van genot met zijn lippen en blijft stoten om mijn orgasme zo lang mogelijk te laten duren. Hij neukt me alsof hij er geen genoeg van kan krijgen. Zijn hand in mijn haren houdt me op mijn plek en ik smelt onder zijn vurige kus. Opnieuw voel ik een orgasme opbouwen. Elke genadeloze stoot van zijn penis brengt me dichterbij. Maar voor ik nogmaals klaar kan komen, stopt hij en kijkt me aan.

'Zeg dat nogmaals,' hijgt hij. Zijn blik brandt in de mijne. Zijn huid glinstert van het zweet, zijn borst zwoegt en in mij voel ik zijn penis nog harder worden. 'Zeg me dat je van me houdt.'

'Ik houd van je,' hijg ik, mijn heupen heffend in de hoop nog dichter bij mijn orgasme te komen. 'Lucas, alsjeblieft... ik houd van je!'

Hij snakt hoorbaar naar adem en ik voel hem zwellen in me, harder worden terwijl hij nog eenmaal diep in me stoot en dan zijn hoofd met een hese grom naar achteren werpt. Zijn penis schokt in mijn binnenste, zijn zaad spuit eruit en hij maakt een rollende beweging met zijn heupen. Die beweging is tot mijn verbazing genoeg om me over het randje te storten en ik schreeuw het uit. Mijn nagels krassen over zijn rug als golf na golf van genot door me heen raast en me vervolgens slap en bevend achterlaat.

'Jezus, schatje,' gromt Lucas. Ik voel zijn penis nog een keer schokken voor hij zich terugtrekt en van me afrolt. Net als ik hijgt hij en zijn lichaam is bedekt met zweet, maar toch haalt hij nog ergens de kracht vandaan om me tegen zich aan te trekken zodat ik in de kromming van zijn lichaam kom te liggen.

Als mijn hartslag tot bedaren komt en mijn orgastische roes wegzakt, sluit ik mijn ogen. Ik wil niet denken aan wat ik heb gedaan.

Ik wil die afschuwelijke macht die Lucas nu over me heeft negeren.

37

*L*ucas

ALS MIJN ADEMHALING WAT BEDAART EN MIJN SPIEREN weer gehoorzamen sta ik op en draag Yulia naar de badkamer. Ze is stil en teruggetrokken. Als ik haar lichaam was, merk ik dat ze staat te wankelen. Ik ben te ver gegaan, heb haar te snel te hard genomen. Ik had haar nog een paar dagen moeten geven om aan krachten te winnen, maar in plaats daarvan heb ik me als een dolle Neanderthaler op haar gestort, zonder ook maar even stil te staan bij haar verzwakte gestel.

Spijt knaagt aan me, evenals bezorgdheid om haar gezondheid, maar toch bespeur ik onder dat gewicht dat op me drukt ook een warm, duister gevoel van bevrediging. Dat zijn niet alleen de naweeën van heerlijke genot en het is ook niet de fysieke opluchting van seks, maar een gevoel dat me van binnenuit verwarmt en me een gevoel geeft alsof ik zweef.

Yulia houdt van me. Daar is geen twijfel meer over mogelijk. Ze houdt van mij, niet van een droomman of een door mij verzonnen geliefde.

Het slaat nergens op, maar ik voel me alsof ik de loterij gewonnen heb.

Als we allebei schoon zijn, help ik Yulia de douche uit en droog haar af. Daarna til ik haar weer op. Het voelt eenvoudigweg als de gewoonste zaak van de wereld om zo voor haar te zorgen. Het warme gevoel in mijn binnenste neemt toe als ze haar armen om mijn nek slaat en vol vertrouwen haar hoofd op mijn schouder legt terwijl ik haar terug naar de slaapkamer draag.

'Hoe voel je je?' Naast het bed blijf ik staan. Ik leg haar voorzichtig op de lakens en verduidelijk: 'Ik heb je toch geen pijn gedaan, hè?'

'Nee,' fluistert Yulia. Ze sluit haar ogen. Ze ziet er uitgeput uit; opnieuw welt bezorgdheid in me op. Wat als ze hierdoor een terugval krijgt? Ik had me moeten inhouden; ik had me moeten beheersen. Verdomme, ik had moeten wachten met antwoorden eisen tot ze helemaal beter was in plaats van toe te geven aan mijn ongeduld.

Ik zet mijn schuldgevoel opzij en klim naast haar in bed, waarna ik haar in mijn armen trek. Opnieuw winden haar warme, slanke rondingen me op, maar ditmaal lukt het me wel om de reactie van mijn lichaam te negeren.

'Welterusten, schoonheid,' fluister ik terwijl ik het dekbed over ons heen trek. 'Slaap lekker.'

Het duurt nog geen minuut of Yulia's ademhaling heeft het gestage ritme van de slaap aangenomen. Ik sluit mijn ogen en het warme gevoel in mijn binnenste keert terug.

Ze houdt van me en ze is van mij.

Beter kan niet, toch?

Tot mijn opluchting heeft Yulia de volgende ochtend geen terugval. Ik ben in de keuken bezig aan het ontbijt als ze gekleed in een korte broek en T-shirt binnen komt lopen. Haar haren zijn geborsteld en haar ogen staan helder en alert.

'Hoi,' zegt ze zacht, terwijl ze in de deuropening blijft staan. Haar wangen kleuren zachtroze als ze me aankijkt. 'Werk je vandaag alweer thuis?'

'Alleen vanochtend,' zeg ik met een glimlach. 'Hoe voel je je?'

'Goed.' Ze glimlacht aarzelend terug. 'Ik heb alleen trek.'

'Mooi. Onze omelet is bijna klaar.'

'Heb je hulp nodig?' vraagt ze, en ze loopt naar het fornuis toe. 'Ik kan...'

'Bedankt, maar ik heb het onder controle.' Ik wuif

haar hulp weg. 'Als je wilt, kun je thee zetten voor ons. Het eten is zo klaar.'

Yulia gaat ermee aan de slag en vijf minuten later kunnen we ontbijten.

'Ik wil vandaag naar Misha toe,' zegt ze nadat ze in recordtijd de helft van haar omelet heeft weggewerkt. 'Ik voel me veel beter en zo.'

'Dat moet vast wel lukken,' antwoord ik. 'Ik zal Diego vragen of hij de jongen vanmiddag langsbrengt.' Ik ben nog steeds kwaad op die kleine snotaap dat hij haar eergisteren zo overstuur heeft gemaakt, maar ik weet dat ik ze niet uit elkaar kan houden. Niet na wat ze me gisteren heeft verteld.

Yulia legt met een onleesbare uitdrukking op haar gezicht de lepel neer. 'Lucas...' Ze brengt haar vingers naar haar nek. 'Moet ik ook met die zenders in dit huis opgesloten blijven?'

Ik frons. 'Nee.' Ik had al eerder besloten dat ze zodra ze de zenders had vrij over het landgoed zou mogen rondlopen. 'Dat heb ik je eerder al gezegd.'

'Waarom moet Diego mijn broertje dan komen brengen? Mag ik niet zelf bij hem langsgaan?'

Ik aarzel even en kijk haar aan. Hoewel ik theoretisch Yulia graag meer vrijheid zou gunnen, staat het idee dat ze in haar eentje op het landgoed rondloopt me nu puntje bij paaltje komt toch niet aan.

'Jawel,' zeg ik uiteindelijk. 'Maar niet vandaag. Ik moet je eerst nog aan wat meer mensen hier voorstellen. Ze moeten weten wie je bent en wat je voor me betekent.'

'Vanwege mijn connectie met het vliegtuigongeluk,' zegt ze. Ik knik. Gelukkig begrijpt ze het. Hoewel een deel van mijn zorg wel degelijk uit irrationele bezitterigheid voorkomt, is er wel degelijk een goede reden om voorzichtig te zijn.

De bewakers die bij het ongeluk zijn omgekomen hadden vrienden en familie, waarvan sommigen op het landgoed wonen. Hoewel Esguerra en ik ons best hebben gedaan de details van het ongeluk geheim te houden, weet ik dat over Yulia's betrokkenheid gefluisterd wordt.

Tot ik haar publiekelijk als de mijne claim, zal ze niet veilig zijn.

'En mijn broertje dan?' vraagt ze met een doordringende blik. Ze is gestopt met eten en pakt haar thee. 'Is hij in gevaar?'

'Nee,' stel ik haar gerust. 'Diego en Eduardo zijn constant bij hem.'

'Dus hij is wel een gevangene?'

Ik zucht. 'Yulia, je broertje is... de situatie staat niet vast. Als we er eenmaal zeker van zijn dat hij niemand zal neerschieten en niet langer wil vluchten, krijgt ook hij meer vrijheid. Maar dat duurt even.'

Ze neemt een paar slokken thee en eet dan verder, maar wel met een frons op haar gezicht. Ze maakt zich zorgen om Michael, terwijl haar broertje de offers die ze voor hem heeft gebracht niets eens lijkt te kunnen waarderen.

'Waar hadden jullie ruzie om?' vraag ik als we klaar

zijn met eten. 'Je broertje leek om de een of andere reden boos op je.'

Yulia drinkt haar mok leeg en zegt dan zacht: 'Hij is in de war. Obenko heeft hem leugens voorgeschoteld over mijn rekrutering en hij was wel zijn oom, dus...' Ze haalt haar schouders op alsof het er niet toe doet, maar ik zie de pijn in haar ogen.

UUR's verraad gaat verder dan ik gedacht had.

'Michael weet dus niet wat je voor hem hebt gedaan?' Mijn hand verstrakt zich om mijn mok als ik me voor de geest haal wat ik Yulia's ex-collega's graag zou aandoen.

'Dat denk ik niet, maar het geeft niet.' Ze probeert te glimlachen. 'Nu Misha hier is, kan ik met hem praten en het hem duidelijk maken.'

'Goed,' zeg ik. Ik neem een besluit. Hoewel ik de woede in mijn borst voel branden, houd ik mijn stem kalm. 'Laten we gaan dan. Ik zal je zelf naar hem toe brengen.'

Yulia spert haar ogen open. 'Nu? Moest je niet werken?'

'Dat kan wel wachten.' Ik zet mijn mok neer, sta op en loop om de tafel heen. 'Ben je fit genoeg voor een wandelingetje?'

Meteen springt ze op. 'Echt wel,' zegt ze stralend. 'Laten we gaan.'

~

WE STAPPEN DOOR DE VOORDEUR HET HUIS UIT. Eenmaal buiten neem ik Yulia's hand in de mijne en knijp zachtjes in haar vingers. Ze kijkt me geërgerd aan.

'Ik sla echt niet op de vlucht, hoor,' zegt ze. Ik glimlach en voel mijn woede verdwijnen.

'Ik probeer je niet te beletten te vluchten,' zeg ik, haar hand ietsje steviger vast pakkend. Yulia is de mijne en niemand zal haar nog pijn doen – in elk geval niet zonder dat ik diegene ervoor laat boeten.

'Juist.' Ze kijkt naar de bewakers en andere mensen die langslopen. De meesten staren onverholen naar ons. 'Dit is strategie, dus?'

'Deels.' Ik heb Yulia's hand vast omdat ik dat wil, maar het is absoluut een voordeel dat anderen zich zo ook bewust worden van onze relatie... vooral gezien de bewonderende blikken die sommige bewakers op haar lange, slanke benen werpen.

Als ik ze kwaad aankijk, wenden ze snel hun blik af.

Klootzakken.

Yulia kijkt naar me op en komt dichter bij me staan. Als we eenmaal onderweg zijn, houdt ze zich zowat tegen me aan gedrukt. Ik knik haar goedkeurend toe. Het is slim van haar om mijn bescherming publiekelijk te accepteren. Zodra iedereen op het landgoed weet dat ze van mij is, zal ze veilig zijn.

We lopen de barakken van de bewakers voorbij en Yulia kijkt opnieuw naar me op. 'Waar gaan we heen?' vraagt ze. 'Michael verbleef hier toch?'

'Jawel, maar Diego heeft me laten weten dat hij met

hem naar het trainingsveld is gegaan. Daar gaan we nu dus heen.'

'O, ik begrijp het.' Als we langs een groepje bewakers lopen, valt Yulia stil. Zodra we buiten gehoorsafstand zijn, vertraagt ze haar pas en kijkt me aan. 'Lucas...' zegt ze zacht. 'Ik wil je graag iets vragen.'

'Wat dan?'

'Toen we net terug waren, hoorde ik dokter Goldberg iets zeggen over dat je gewond was geraakt. Wat is er gebeurd? Waren er problemen tijdens jullie reis naar Chicago?'

'Problemen?' Met mijn losse hand raak ik afwezig mijn ribben aan, die me elke dag minder pijn doen. 'Zoiets, ja.' Al lopend vertel ik Yulia over de gebeurtenissen in Chicago, van Rosa's verkrachting in de nachtclub tot de achtervolging en de nasleep daarvan. Ik probeer de meest gruwelijke details achterwege te laten, maar toch ziet Yulia zo bleek als een doek tegen de tijd dat ik uitgepraat ben. Haar hand voelt ijskoud aan in de mijne.

'Je had wel dood kunnen zijn...' fluistert ze vol afschuw. 'En Rosa... Die arme Rosa...'

'Ja, nu je het er toch over hebt.' Het trainingsveld is vlakbij, dus blijf ik staan om Yulia eens goed aan te kijken. 'Vertel me eens over Rosa. Ik wil weten hoe ze je heeft helpen ontsnappen.'

Yulia's hand verstrakt even, voor ze hem weer ontspant. 'Hoe bedoel je?' vraagt ze, zogenaamd verward. Op haar gezicht vormt zich een perfecte uitdrukking van onbegrip; als ik haar hand niet had voelen trillen, had ik niet geweten dat ze was geschrokken van mijn vraag. 'Ze heeft niet...'

'Geen leugens meer, weet je nog?' onderbreek ik haar. 'We hebben een afspraak.'

Yulia laat haar tong over haar lippen glijden. 'Lucas, ik...'

'Je verraadt haar niet, als dat is waar je je zorgen om maakt.' Ik laat haar hand los en pak haar bij haar kin zodat ze me wel moet aankijken. 'We weten wat Rosa heeft gedaan. Het staat op film.'

'O.' Yulia slikt krampachtig. 'Hebben jullie... Gaat het goed met haar?'

'Voorlopig wel.' Ik laat mijn hand zakken en ga er verder niet op in. 'Vertel me precies wat is er gebeurd. Hoe ben je ontsnapt?'

Ze kijkt me aan en ik kan zien dat ze zich afvraagt of ze me moet geloven over de film. Uiteindelijk zegt ze zacht: 'De dag voor jullie vertrokken kwam Rosa langs en gaf me een scheermesje en een haarspeld. Ze vertelde ook over het schema van de bewakers, waaronder het feit dat de jongens in Toren Noord Twee op donderdagmiddag pokeren.'

'Ik begrijp het.' Dat verklaart waarom Yulia op dat moment bij die toren was. 'Maar waarom hielp ze je dan? Heeft je organisatie contact met haar opgenomen?'

'Nee, natuurlijk niet.' Yulia lijkt verrast. 'Hoe zouden ze dat gedaan moeten hebben?'

'Geen idee. Maar waarom heeft ze het anders gedaan?'

Yulia aarzelt opnieuw en zegt dan langzaam: 'Het was nogal vreemd. Ze gedroeg zich alsof ze me niet mocht, dus begreep ik het niet, maar toen...'

'Wat gebeurde er toen?' dring ik aan als ze niet verdergaat.

'Toen zei ze iets over Nora.' Ze kijkt me open aan en knippert niet. 'Het klonk alsof zij haar had gevraagd het te doen. Maar Rosa wilde niet zeggen waarom.'

Verdomme. Ik kan haar wel wurgen.

Blijkbaar heeft Esguerra's vrouwtje toch niet gelogen.

'Weet jij anders waarom die Nora me zou helpen?' Yulia's vraagt dringt door de rode mist in mijn hoofd heen. 'Zij is toch de vrouw van Esguerra?'

'Dat klopt,' zeg ik grimmig. Ik draai me om en loop met haar verder. 'Helaas wel.'

Anders ging ze eraan. Maar tenzij Esguerra er zelf voor kiest om Nora te straffen is het meisje onaantastbaar – en als Rosa inderdaad slechts Nora's bevelen uitvoerde, is het dienstmeisje dat ook.

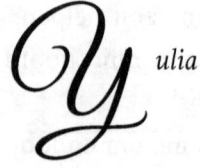 *ulia*

T<small>IJDENS</small> <small>ONZE</small> <small>WANDELING</small> <small>NAAR</small> <small>HET</small> <small>TRAININGSVELD</small> werp ik voorzichtig een blik op Lucas om te zien of hij mijn verhaal voor waar heeft aangenomen. Zo te zien wel. Zijn vierkante kaak staat strak van woede en zijn mond vormt een dunne streep. Hij ziet eruit alsof hij iemand zou willen wurgen en tot mijn verbazing voel ik me een beetje schuldig dat ik over Nora gelogen heb.

Het voelt alsof ik zijn vertrouwen beschaamd heb.

Nee. Meteen zet ik dat rare gevoel van me af. Er is geen vertrouwen tussen ons. Lust en zelfs wat tegenstrijdige tederheid, maar geen vertrouwen. Ook al ben ik niet langer geboeid, de zenders in mijn lichaam maken me nog altijd Lucas' gevangene. Ik mag dan verliefd op hem zijn, blind ben ik niet. Ik weet wat voor man hij is en waar hij toe in staat is. Als Lucas wist wat Nora me verteld heeft zodat het lijkt of zij achter mijn ontsnapping zat, zou het dienstmeisje waarschijnlijk vermoord worden... wat volgens mij de reden is dat Esguerra's vrouw de schuld op zich heeft genomen. Als dat het geval is. Het kan ook zijn dat de kleine vrouw me inderdaad gewoon de waarheid heeft verteld en als dat zo is, heb ik helemaal niet gelogen tegen Lucas. Dan heb ik hem alleen niks over Nora's bezoekje verteld, wat een heel ander verhaal is.

En als ik denk aan wat Rosa overkomen is... Ik weet hoe ze zich voelt. Het laatste wat ik wil, is haar lijden versterken.

Gelukkig lijkt Lucas' woede al lopende te verdwijnen. Tegen de tijd dat we bij een groot grasveld komen, lijkt hij er volledig overheen te zijn.

'Is het hier?' Ik kijk het veld rond. Er is een schietbaan en een hindernisbaan. Aan één kant staan een gebouw met een plat dak – een sportzaal, misschien? – en een opslagschuur.

'Ja, dit is het trainingsveld,' zegt Lucas als we langs een groepje bewakers lopen die bezig zijn met vechtsporten. 'Volgens mij zie ik daar je broertje.' Hij wijst naar een groepje mannen bij de hindernisbaan.

Het blonde haar van mijn broertje steekt duidelijk af tussen de grotendeels donkere haren en huidskleur van de Latijns-Amerikaanse bewakers. Hij is bezig push-ups te doen naast een slanke, bruinharige bewaker die maar een paar jaar ouder lijkt dan hij is.

Als we dichterbij komen, besef ik dat ze een wedstrijdje houden. De andere mannen staan er in een halve cirkel omheen. Ze moedigen de jongens in het Spaans en Engels aan en sluiten wedjes af. Zowel Misha als zijn tegenstander hebben hun T-shirt uitgetrokken en druipen van het zweet. Ik vraag me af hoelang ze al bezig zijn. Niet dat er veel voor nodig is om te gaan zweten met dit weer; alleen al na deze wandeling plakt mijn T-shirt aan mijn rug.

'Zo te zien ligt Michael voor,' zegt Lucas. In zijn stem hoor ik een duistere vorm van humor. 'Ik moet het trainingsregime van de nieuwe rekruten maar eens op gaan voeren. Dit kan natuurlijk niet.'

Ik zeg dat hij zijn mond moet houden, want ik wil mijn broertjes concentratie niet verstoren. Misha's gezicht is rood en zijn armen trillen alsof ze het elk moment kunnen begeven. De andere jongen is er alleen nog slechter aan toe en terwijl ik sta te kijken, zakt hij door zijn armen.

'Goed gedaan, Michael!' roept iemand. Ik zie Diego voor hem klappen. Hij grijnst van oor tot oor. Dan wendt hij zich tot de andere bewakers, steekt zijn hand uit en zegt: 'Ik zei toch dat die knul het kon. Kom maar op met die centen.'

Intussen laat ook mijn broertje zich op het gras ploffen. Hijgend rolt hij op zijn rug. Ik zie een grote, stralende lach op zijn gezicht. Hij ziet er even gelukkig uit als op de foto's die ik heb.

Met een glimlach loop ik naar hem toe. 'Goed gedaan, Michael,' roep ik. Mijn hart zwelt van trots. 'Dat was geweldig.'

Hij gaat zitten en spert zijn ogen open. 'Yulia?' zegt hij in het Russisch. 'Hoe voel je je?'

'Veel beter, dank je,' antwoord ik in dezelfde taal. Dan besef ik dat sommige van de bewakers nu een frons op hun gezicht hebben en schakel ik over op Engels. 'Blij dat jullie je een beetje vermaken.'

Misha staat op en veegt aarde en gras van zijn korte broek. 'Ja, best wel,' mompelt hij in het Engels na een beschaamde blik op de rest te hebben geworpen. 'We waren gewoon...'

'Ja, dat weet ze,' zegt Lucas, die achter me is komen staan. Met zijn armen over elkaar geslagen kijkt hij de bewakers streng aan. Snel gaan ze ervandoor, iets mompelend over dat ze nog iets moeten doen.

Alleen Diego blijft staan, nog altijd breed lachend. 'We moeten hem inhuren,' zegt hij. 'Hij is nu al beter dan een paar van de nieuwe rekruten, dus met een beetje training...'

Lucas steekt zijn hand op om Diego te onderbreken. 'Michael gaat even met ons mee,' zegt hij. 'Ik bel je wel als ik je nodig heb.'

'Prima,' zegt Diego. 'Ik zal in de buurt blijven.'

Hij jogt achter de anderen aan en Lucas wendt zich tot Misha, die hem argwanend aankijkt.

'Ik moet een paar van de mannen spreken,' zegt Lucas. 'Kan ik erop vertrouwen dat je hier blijft en niet in de problemen komt als ik je nu met je zus alleen laat?'

Misha kijkt knorrig, maar hij knikt.

'Mooi.' Lucas pakt me bij mijn elleboog en trekt me naar zich toe. Snel drukt hij een korte, harde kus op mijn lippen. Dan stapt hij achteruit. 'Ik zie jullie snel. Blijf in zicht. Begrepen?'

'Ja,' zeg ik. Ik probeer de blos op mijn wangen te negeren. 'We blijven in de buurt.'

Lucas loopt weg en ik wend me tot Misha. Als ik hem ook zie blozen, wordt mijn schaamte alleen nog maar groter. Ik weet waarom Lucas me kuste – het gaat erom dat hij me publiekelijk claimt – maar dat betekent nog niet dat ik wilde dat mijn veertienjarige broertje dat zou zien.

Hij kijkt al op me neer.

'Zullen we een stukje gaan wandelen?' Ik doe net of er niets gebeurd is. 'Ik ben hier nog niet eerder geweest. Wil je me rondleiden?'

'Zeker.' Misha lijkt blij dat hij iets kan doen. Hij pakt zijn T-shirt, trekt het aan en zegt: 'Kom, deze kant op.'

Als hij richting de hindernisbaan begint te lopen, volg ik hem, daarbij de afwisselend vijandige en nieuwsgierige blikken van de andere bewakers negerend.

'Hoe is het met je?' vraag ik in het Engels. Ik wil eraan wennen dat we Engels met elkaar spreken, zodat Lucas en de anderen niet denken dat we iets voor hen verbergen. 'Behandelen ze je nog altijd goed?'

Hij knikt. 'Ze houden me de hele tijd in de gaten,' antwoordt hij eveneens in het Engels, 'maar afgezien daarvan is het wel prima.'

'Mooi.' Ik glimlach opgelucht naar hem. 'Hoe bevalt de slaapzaal?'

Hij haalt zijn schouders op. Intussen lopen we langs een groepje bewakers dat over een hek met prikkeldraad moet klimmen. 'Prima. Beter dan de slaapzaal in Oekraïne, denk ik.'

'Mooi zo. En...'

'Hoelang willen ze ons hier houden?' onderbreekt hij me. 'De bewakers willen daar niks over zeggen.'

'Juist. Wat dat betreft...' Ik haal diep adem. 'Ik ga met Lucas praten, maar ik moet eerst meer weten over je hele situatie.'

Misha fronst. 'Hoe bedoel je?'

Ik moet nu heel voorzichtig zijn. 'Hoe ben je bij UUR terechtgekomen, Michael?' Ik gebruik bewust de naam die hij wil dat ik gebruik. 'Heeft je oom je dat gevraagd?'

'Nee.' Misha knippert niet. 'Het was mijn eigen idee.'

Geschokt blijf ik staan. 'Jouw eigen idee?'

Mijn broertje kijkt me onbewogen aan. 'Ik had wat problemen op school en oom Vasya kwam met me praten. Hij zei dat ik stom bezig was en dat talloze kinderen een moord zouden doen om het leven te leiden dat ik had. Maar ik vertelde hem dat dit niet was wat ik wilde. Ik wilde geen accountant of jurist of verpleger worden. Ik wilde een agent worden, net als hij.'

Ik frons vol verwarring. 'Werd daar in jullie gezin openlijk over gesproken? Over UUR en zo?'

'Natuurlijk niet. Mijn ouders zeiden nauwelijks iets over oom Vasya's werk, maar ik hoorde toch dingen. En ik wist dat ik een zus had die voor ons land werkte. Mijn ouders vertelden me dat toen ik maar bleef vragen waarom je me in de steek had gelaten.' Ik krimp ineen, maar hij gaat gewoon door. 'Hoe dan ook,' zegt hij, 'was het genoeg om conclusies te trekken en bij dat ene bezoek confronteerde ik oom Vasya met wat ik wist. Hij gaf toe dat je bij de organisatie was gegaan en vertelde me vervolgens hoe ik door mijn ouders geadopteerd was.'

'Michael, dat is niet...'

'Lieg niet. Hij zei dat je erover zou liegen.' Misha's toon wordt scherper. 'Hij was een goed mens. Hij is voor Oekraïne gestorven.'

'Dat weet ik, maar...' Ik haal diep adem. 'Luister, Michael. Je oom en ik hadden een afspraak. Jouw adoptie viel daar ook onder. Je moest een veilig leven leiden, niet bij dit leven betrokken raken. Alleen ik moest bij UUR betrokken zijn. Ik sloot me bij hen aan omdat ik je wilde beschermen en ik dat in het weeshuis niet kon. Obenko beloofde me...'

'Stop. Ik wil het niet horen.' Misha stapt hoofdschuddend achteruit. 'Je liegt. Ik weet dat je liegt.'

'Nee, Mishen'ka.' Mijn hart krimpt ineen als ik de woede en verwarring in zijn blik zie. 'Je oom heeft dingen voor je verzwegen. Ik ging niet bij je weg omdat ik het weeshuis zat was. Ik ging bij je weg omdat ik je alleen op die manier kon beschermen.'

Hoewel Misha nog altijd zijn hoofd schudt, onderbreekt hij me niet. Daarom vertel ik hem over het bezoek van de man in het pak en het aanbod dat hij me deed, waaronder ook dat ik bij Misha uit de buurt moest blijven en dat ik iedere paar maanden foto's kreeg. Langzaam wordt de woede in Misha's blik vervangen door onzekerheid.

Hij weet niet wie hij moet geloven en dat kan ik hem moeilijk kwalijk nemen.

'Ik heb alle foto's nog,' zeg ik als hij blijft zwijgen. 'Ik heb ze een paar maanden geleden geüpload naar een beveiligde cloudverbinding. Als je wilt, kan ik ze je een keer laten zien.'

Misha staart me aan. 'Heb je ze bewaard?'

'Natuurlijk.' Ik probeer te glimlachen, hoewel mijn borst pijn doet van emotie. 'Jij bent mijn enige familielid, Michael. Ik heb ze allemaal bewaard.'

Hij slikt en kijk weg; dan loopt hij verder. Ik haal hem in en zwijgend lopen we een tijdje verder. Ik wil hem zoveel vertellen, zoveel vragen, maar tegelijkertijd wil ik niet nog een discussie uitlokken.

Het is ook gewoon fijn om bij hem te zijn.

Het verrast me als Misha zijn mond opendoet. 'Ik wist die dag niet dat jij het was,' zegt hij zacht als we naar twee messenwerpende bewakers staan te kijken.

'Wat?' Ik kijk hem aan. 'Waar heb je het over?'

'Die dag in het pakhuis, toen ik hen hielp om jou te

pakken. Ik wist niet dat jij het was.' De spanning is van zijn gezicht af te lezen. 'Daar kwam ik later pas achter.'

'Natuurlijk.' Het was niet eens bij me opgekomen dat hij het wel had geweten. 'Je had me niet meer gezien sinds je derde en ik droeg een pruik. Daarbij, hoe zou je kunnen verwachten dat je zus door een raampje naar binnen zou gluren bij jullie trainingshal?'

'Ja.' Hij slaat zijn armen over elkaar. 'Wat deed je daar eigenlijk? Oom Vasya zei dat je je tegen ons had gekeerd, dat je niet langer trouw was aan UUR.'

'Ik heb nooit dubbelspel gespeeld, maar ik wilde wel vluchten,' zeg ik. Ik heb besloten om volkomen open en eerlijk tegen hem te zijn. 'Ik volgde Obenko omdat ik hoopte dat hij me naar jou zou leiden. Ik wilde je nog een laatste keer zien voor ik wegging.'

Misha knippert met zijn ogen. 'Volgde je hem om mij te zien? Maar waarom wilde je dan vluchten?'

'Dat is een lang verhaal, Michael.'

'Komt het door hem?' Misha werpt een blik richting de andere kant van het veld, waar Lucas met een groep bewakers staat te praten. 'Omdat jullie minnaars zijn?' Hij bloost.

'Het...' Waarom is dit zo lastig, zeg? Jezus. Ik ben niet de veertienjarige hier. 'Het is nogal ingewikkeld,' zeg ik uiteindelijk. 'Zijn baas heeft al een hele tijd ruzie met Oekraïne en...'

'Dwingt Kent je?' Misha's blik vlamt op. 'Ik doe hem wat als hij...'

'Nee, natuurlijk niet,' onderbreek ik hem

geschrokken. Het laatste wat ik nodig heb is dat Misha mijn ridder gaat uithangen. 'Ik wil bij Lucas zijn,' zeg ik vastbesloten. 'Maar vanwege UUR en zo ligt het nogal ingewikkeld.'

Mijn broertje lijkt niet overtuigd, dus voeg ik eraan toe: 'En ja, dat we minnaars zijn was een van de redenen dat ik weg wilde bij UUR.'

Opnieuw bloost Misha en hij wendt zijn blik af. 'Oké,' mompelt hij. 'Dat dacht ik al.'

'Je had gelijk.' Ik zet mijn schaamte opzij en glimlach naar hem. 'Je bent slim en bijna volwassen. Daar moet ik nog even aan wennen, hoor. De laatste keer dat ik je zag, was je grootste prestatie op het potje gaan. Het is dus nogal wennen dat je nu al zo volwassen bent.'

Misha grijnst. Zoals elke veertienjarige jongen fleurt hij op bij dat compliment. Tegelijkertijd dringt tot me door dat mijn broertje zich wel degelijk heel volwassen gedraagt. Ik heb weinig ervaring met tienerjongens, maar ik denk dat velen van hen niet zo goed waren omgegaan met deze situatie als mijn broertje nu doet.

Om eerlijk te zijn zouden ook weinig volwassen zo kalm zijn gebleven als ze waren ontvoerd, de halve wereld overgevlogen en gevangen gehouden op het landgoed van een wapenhandelaar, midden in de jungle.

Terwijl ik dat sta te overdenken zie ik aan de andere kant van het veld beweging.

'We moeten terug,' zeg ik. Lucas staat te zwaaien. 'Volgens mij roept Lucas ons.'

Misha knikt en loopt met me mee. Onderweg terug naar Lucas probeer ik te bedenken hoe ik het best aan mijn cipier duidelijk kan maken dat mijn broertje terug naar huis moet.

ucas

ALS IK UITGEPRAAT BEN MET DE NIEUWE REKRUTEN, ZOEK ik Yulia's blik en zwaai naar haar om duidelijk te maken dat ze terug moeten komen. Ze gebaart naar haar broertje en samen lopen ze terug. Ik ga naar de pull-upstang, vastbesloten even te trainen terwijl ik wacht.

Halverwege mijn eerste set zie ik Esguerra aan komen lopen.

'Wat is er?' Ik laat de stang los en land op het gras. De zon is gloeiend en ik veeg met mijn T-shirt het zweet van mijn gezicht. 'Was je naar mij op zoek?'

'We moeten iets verzinnen op dat gedoe met Rosa,' zegt hij onomwonden. 'Nora zit me op de huid om het huisarrest van de meid op te heffen, maar we weten nog steeds niet of...'

'Jawel, dat weten we nu wel,' onderbreek ik hem. 'Ik wilde vanmiddag bij je langsgaan. Yulia heeft me net laten weten dat Nora er inderdaad bij betrokken was.'

Esguerra's gezicht betrekt. 'Wat zei je spionne dan precies?'

Ik herhaal bijna woordelijk mijn gesprek met Yulia. 'Dus ja,' eindig ik, 'het lijkt erop dat Rosa niet op eigen initiatief handelde. Niet dat dat betekent dat ze er zomaar mee weg hoeft te komen.' Nora ook niet, als je 't mij vraagt, maar ik weet wel beter dan dat te suggereren.

'Verdomme.' Esguerra draait zich om. Zijn hele houding straalt woede uit, maar ik zie het precies aan hem wanneer hij die twee naderende figuren ziet. Hij keert zich weer tot mij en zegt ongelovig: 'Is dat...'

'Ja.' Ik kijk hem koel aan. 'Dat zijn Yulia en haar broertje, Michael. Ik heb je verteld dat we hem meegenomen hebben uit Oekraïne, weet je nog?'

De ooghoek van zijn echte oog begint te trillen. 'Meegenomen, ja. Hem samen met zijn verraderlijke zus vrij over het landgoed laten wandelen? Nee. Waar ben je verdomme mee bezig, Lucas? Je zei dat ze hier niet zomaar mee weg zou komen.'

'En ik zei ook dat ze van mij is.' Mijn stem is even hard als zijn blik kil is. 'Het is aan mij om haar te straffen. Net zoals jij bij Nora zult doen.'

Heel even ben ik ervan overtuigd dat Esguerra me een dreun gaat verkopen en ik zet me schrap, klaar om terug te slaan. Maar in plaats daarvan haalt hij diep adem en zet dan een stap achteruit. Zijn handen houdt hij ontspannen naast zich. Hij kijkt weer naar Yulia en haar broertje, die nu op een meter of vijftien afstand zijn.

Yulia heeft hem gezien; ze loopt langzamer en ziet bleek van angst. Haar broertje loopt met haar mee, maar als ze dichterbij komen, pakt ze hem bij de pols en gaat voor hem staan alsof ze hem tegen Esguerra's blik wil beschermen.

'Ze is van mij,' herhaal ik koel als Yulia op een meter of tien afstand blijft staan. Haar blik gaat van Esguerra naar mij en weer terug. 'Als je hen iets aandoet...'

Esguerra draait zijn hoofd om me aan te kijken. 'Dat doe ik niet.' Zijn ene oog glinstert kil. 'Maar doe ons allebei een lol, Lucas. Houd haar zo ver mogelijk bij me uit de buurt.'

Ik knik, maar hij heeft zich al omgedraaid en loopt weg van Yulia en haar broertje.

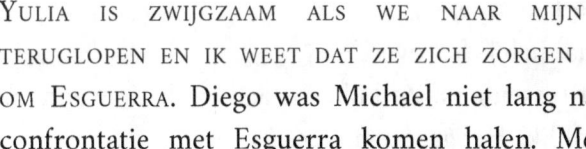

Yulia is zwijgzaam als we naar mijn huis teruglopen en ik weet dat ze zich zorgen maakt om Esguerra. Diego was Michael niet lang na mijn confrontatie met Esguerra komen halen. Met een glimlach nam Yulia afscheid van haar broertje. Maar sindsdien heeft ze nauwelijks nog iets gezegd. Haar blik staat afwezig en haar schouders zijn gespannen.

Ik wil haar geruststellen en zeggen dat ze zich

nergens druk om hoeft te maken, maar ik krijg de woorden niet over mijn lippen. Esguerra's landgoed is groot, maar qua populatie niet groter dan een klein dorp. Het is onvermijdelijk dat je elkaar tegenkomt en het zal niet makkelijk worden om Yulia uit Esguerra's buurt te houden, niet als ik me aan mijn belofte houd en haar vrij rond laat lopen.

Esguerra zal haar voorlopig niets doen, maar vergeven zal hij haar ook niet.

Dichter bij het huis vertraagt Yulia haar pas en ik besef dat ze moe moet zijn van deze lange wandeling. Haar reserves waren al uitgeput door haar ziekte. Zonder na te denken til ik haar op, daarbij haar zachte protest en de vage pijn in mijn ribben negerend.

'Wat doe je nou?' roept ze als ik verder loop. 'Lucas, je hoeft me niet te dragen...'

'Stil.' Ik druk haar dichter tegen me aan en negeer haar halfslachtige poging om me weg te duwen. 'Ik draag je naar huis.'

Ze stopt met protesteren en slaat dan haar armen om mijn hals en legt haar hoofd op mijn schouder. 'Lucas...' Haar stem klinkt intens vermoeid. 'Het gaat niet werken, weet je.'

'Waar heb je het over?'

'Dit tussen ons.' Ze kijkt me aan en ik zie wanhoop in haar blik. 'Het gaat niet werken.'

'Onzin.' Woede versnelt mijn pas. 'Het werkt als ik dat wil.'

Langzaam schudt Yulia haar hoofd. 'Nee. Misschien in een ander leven...'

'In een ander leven waren we elkaar nooit tegengekomen, schoonheid. Alleen zo kon je de mijne worden.'

Als haar ouders niet waren omgekomen bij dat auto-ongeluk, als ik niet voor Esguerra had gewerkt, als UUR haar die opdracht niet had gegeven... Er zijn zoveel manieren waarop ik haar niet had kunnen ontmoeten. Maar dat is wel gebeurd en ik ben niet van plan haar te laten gaan.

Met een zucht legt Yulia haar hoofd weer op mijn schouder en laat zich zonder protest dragen. Maar ik weet dat ik haar niet overtuigd heb.

Net als ik heeft ze te veel van de wereld gezien om nog in sprookjes te geloven.

'Lucas, ik denk dat Misha naar huis moet gaan.'

De lepel blijft halverwege tussen de tafel en mijn mond hangen. 'Naar huis?'

'Naar zijn ouders,' verduidelijkt Yulia. Ze legt haar eigen bestek neer. Haar kom soep staat stomend voor haar neus en is al halfleeg. 'Zijn adoptieouders.'

'Hij had zich toch bij jullie organisatie aangesloten?' Ik leg mijn lepel neer en veeg met mijn servet mijn mond af.

Al sinds het incident van vanochtend had ik dit verwacht, maar ik kan niet zeggen dat ik naar dit gesprek uitgekeken heb.

'Hij is uit eigen beweging bij UUR gegaan, maar het

lijkt er ook sterk op dat hij een hechte band heeft met zijn ouders.' Yulia's blik is keihard. 'Tegen beter weten in hebben ze hem toestemming gegeven bij UUR te gaan en ik denk dat ze zich ontzettend veel zorgen om hem maken.'

Ik trommel op de tafel. 'Wat wil je, dat ik hem naar hen terugbreng? Je hebt hem elf jaar niet gezien. Wil je geen tijd doorbrengen met je broertje?'

Yulia's gezicht verstrakt. 'Natuurlijk wel, maar zo egoïstisch mag ik niet zijn. Misha hoort hier niet en hij is niet veilig hier. Ik zag hoe Esguerra naar hem keek... naar ons allebei. Hij haat ons, Lucas. Ik weet dat je zei dat je ons zal beschermen, maar...'

'Hij raakt jullie met geen vinger aan.' Ik meen het oprecht. Hoeveel respect ik ook voor Esguerra heb, hij is dood als hij aan Yulia komt. 'Jij bent veilig en je broertje ook.'

'Maar voor hoelang?' Ze leunt naar voren. 'Tot je me zat bent? En dan? Dan zijn we alsnog aan Esguerra overgeleverd.'

'Ik zal jou nooit zat zijn.' Ik kan me niet voorstellen dat ik haar ooit niet zou willen. Natuurlijk heb ik wel vaker naar een vrouw verlangd, maar niet op deze manier. Mijn verlangen naar Yulia lijkt deel van me te zijn, alsof ze in mijn DNA opgenomen is. 'Maak je daar geen zorgen om.'

'Je kunt niet verwachten dat ik dat geloof, maar goed, laten we voor nu doen alsof dat zo is.' Ze duwt haar soepkom opzij. 'Dan blijft het feit staan dat je gevaarlijk werk hebt, Lucas. Je leidt een gevaarlijk leven. Kijk maar eens naar wat er gebeurde toen jullie naar Chicago gingen. Als er een kogel op Esguerra afgevuurd wordt, is het zeer waarschijnlijk dat jij hem opvangt.'

Ik kijk haar zwijgend aan. Ze heeft gelijk. Dat is ook al wat ik tegen Michael zei. Als mij iets overkomt, staan Yulia en haar broertje er alleen voor op een plek waar niemand iets voor hen zal doen.

Nee, erger nog. Als ik dood ben, worden ze waarschijnlijk ogenblikkelijk geëxecuteerd.

'Ik kan Michael nu niet terugsturen,' zeg ik uiteindelijk. Ik leun achterover, mijn handen achter mijn hoofd, en kijk Yulia kalm aan. 'Niet als je wilt dat hij veilig is, in elk geval.'

Ze trekt wit weg. 'Waarom niet?'

'Omdat Operatie UUR in volle gang is.' Het programma dat we gebruikten tijdens onze aanval om de UUR-locatie te hacken heeft een boel vertrouwelijke gegevens uit hun computers getrokken. We hebben de namen en identiteiten van vrijwel iedere UUR-agent en we zijn systematisch bezig hen uit te schakelen. Maar dat wil ik Yulia niet vertellen. Ik zeg alleen: 'Het is te gevaarlijk voor je broertje.'

Maar ze begrijpt wat ik bedoel en wordt nog bleker. 'En zijn ouders? Zijn ze...'

Ik leun naar voren en leg mijn armen op de tafel. 'Ik heb al laten weten dat men te allen tijde van Obenko's zus moet afblijven.' Zodra ik besefte wie ze waren, heb ik dat doorgegeven. 'Maar hun namen staan wel in onze bestanden,' ga ik verder, 'en gezien de nogal directe betrokkenheid van je broertje bij UUR is het beter als hij voorlopig hier blijft.'

'O, mijn God.' Ze schuift haar stoel naar achteren en staat met haar handen tegen haar mond gedrukt op, bevend als een rietje. 'Jullie slachten hen allemaal af, hè?'

Ik frons. 'Je vroeg me om Michael te sparen en dat doe ik.' Ik sta op en loop om de tafel heen. Eenmaal bij Yulia vouw ik mijn vingers om haar pols en trek haar hand naar beneden. 'Dat wilde je toch?' Ik trek haar tegen me aan. 'Je broertje ongedeerd, ondanks dat hij ook bij de organisatie hoort? En ik ben zelfs even aardig voor zijn adoptieouders. Het komt allemaal goed, zie je.'

Tranen glinsteren in Yulia's ogen en ze schudt haar hoofd, maar als ik haar loslaat, stapt ze ook niet achteruit. Ik pak haar bij haar heupen. Mijn groeiende erectie duwt tegen haar buik en mijn ademhaling versnelt. Ons onafgemaakte diner, UUR, haar broertje... het doet er allemaal niet meer toe.

Ik kan me alleen nog concentreren op de mooie vrouw in mijn armen – en de pijn in haar grote blauwe ogen.

'Yulia...' Ik adem haar geur in. Als ze met haar tong over haar lippen gaat, neemt mijn verlangen alleen nog maar toe. Ik leun naar voren om haar glanzende, zachte lippen te kussen, maar ze duwt uit alle macht met twee handen tegen mijn borst.

'Lucas, alsjeblieft, luister naar me.' Haar ademhaling is oppervlakkig. 'De meeste agenten hadden niets te maken met het vliegtuigongeluk. Dat was Obenko's idee en hij is nu dood. Je hoeft niet...'

'Vergeet hen,' grom ik. Mijn greep op Yulia's heupen verstrakt als ze zich los probeert te trekken. Lust voegt zich bij mijn woede en op scherpe toon zeg ik: 'UUR is niet langer jouw probleem. Jij hoort bij mij, begrepen?'

'Maar Lucas, ze zijn...'

'Aan het einde van hun leven gekomen,' zeg ik bot. 'En dat zijn er veel. Jouw organisatie heeft tientallen van onze mensen gedood en daar zullen ze voor boeten. De enigen die gespaard worden, zijn je broertje en jij.'

De tranen stromen over haar wangen, maar dat doet me niets. Niets dat ze zegt zal me overhalen genade te tonen. Zij kozen ervoor ons aan te vallen en dit is de consequentie. Zo simpel is het nu eenmaal.

Toch vind ik het niet fijn om Yulia overstuur te zien.

Ik laat haar heupen los en veeg haar tranen weg. 'Huil niet om hen,' zeg ik iets vriendelijker. 'Dat verdienen ze niet. Dat weet je toch?'

'Dat is niet waar.' Haar stem klinkt gespannen. 'Sommigen niet, maar velen waren nergens anders schuldig aan dan een verlangen hun land te dienen en...'

'En de vijfenveertig mannen die bij dat vliegtuigongeluk omkwamen waren nergens anders schuldig aan dan dat ze voor Esguerra werkten.' Ik laat mijn hand zakken als mijn woede weer oplaait. 'In deze tak van sport is niemand onschuldig, schoonheid, ook jij niet.'

Yulia zet een stap achteruit, maar ik pak haar bij haar arm.

'Je hebt nog niet naar Kirill gevraagd,' zeg ik koeltjes. Mijn erectie bonst, maar ik zet mijn verlangen opzij. Dit moet voor eens en altijd afgelopen zijn. 'Wil je niet weten wat we allemaal doen om hem te vinden?'

Ze knippert met haar ogen. 'Ik nam gewoon aan dat hij dood was. Zijn wonden...'

'We hebben geen lichaam en hebben niets gehoord over een teraardebestelling. Er is geen enkel teken van hem. Dode mensen verbergen zich niet zo goed.'

Yulia haalt beverig adem. 'Waar denk je aan?'

'Dat die schoft nog leeft en zich met hulp van anderen bij UUR ergens verbergt.' Ik probeer mijn woede onder controle te krijgen. Als ik verder ga, klinkt mijn stem een stuk kalmer. 'De mensen wier leven jij probeert te redden, zijn dezelfde mensen die dat monster zijn baan lieten behouden en tegen jou daarover logen. Onze operatie in Oekraïne gaat niet alleen om wraak. We willen hem vinden.'

Als Yulia me aankijkt, zie ik het interne conflict in haar blik. Ze wil Kirill even graag dood zien als ik dat wil, maar ze wil niet dat daar andere UUR-agenten voor moeten sneuvelen. In zekere zin begrijp ik dat wel; tijdens haar training heeft ze hen leren kennen, misschien zelfs vrienden gemaakt. Ze wil niet verantwoordelijk zijn voor hun dood.

Maar helaas voor die agenten heb ík daar geen enkele moeite mee.

'Wat moet ik tegen Misha zeggen?' vraagt Yulia

uiteindelijk. Haar stem is hees, maar de tranen op haar gezicht zijn opgedroogd. 'Moet hij rustig wachten tot jij iedereen binnen UUR hebt uitgemoord? Gewoon verder trainen met de bewakers en hopen dat zijn ouders de grote schoonmaak overleven?'

'Wat je hem vertelt, moet jij weten.' Verder ga ik er niet op in. 'Ik zou het iets subtieler brengen als ik jou was, maar hij is jouw broertje, dus jij kan dat het beste inschatten. Nu...' – ik trek haar aan haar arm naar me toe – '...is het tijd voor iets anders.'

Yulia ziet eruit alsof ze ertegenin wil gaan, maar ik ben er klaar mee.

Ik sla mijn armen om haar slanke lichaam en pers mijn lippen op de hare.

 _ulia_

Lucas' woede dringt in zijn kus door. Zijn lippen en tong lijken mijn mond te straffen en verlangen, vermengd met angst, welt in me op en verwart me.

De man van wie ik houd, vermoordt al mijn voormalig collega's en het is allemaal mijn schuld. Als ik Lucas me destijds niet had laten breken, als hij niet achter me aan was gekomen, zou dit alles niet gebeuren. Rationeel gezien weet ik dat er ook andere zaken spelen – waaronder Obenko's domme plan om Esguerra's vliegtuig neer te halen – maar toch voel ik me verantwoordelijk voor deze ellende.

Als het adoptiegezin van mijn broertje omkomt, is dat mijn schuld.

En dat ik het onder het overweldigende schuldgevoel eigenlijk niet echt heel erg vindt, helpt ook niet. Toen Lucas Kirills naam noemde, besefte ik pas dat ik al die tijd haat met me heb meegedragen. Ik had alle gedachten aan mijn ex-trainer uitgebannen, mezelf voorgehouden dat mijn wraak voltrokken was, maar zodra Lucas zijn naam noemde, wist ik dat de schade die ik hem toe had gebracht niet voldoende was.

Ik wil dat Kirill dood is, van de aardbodem wordt weggevaagd – en iedereen die hem helpt ook.

Lucas verdiept de kus. Zijn armen spannen zich en mijn hoofd zakt naar achteren onder de brute aanval van zijn kus. Zijn tong verkent mijn mond zo hongerig dat het bijna pijnlijk is. Als hij zijn tanden in mijn onderlip zet, kreun ik hulpeloos. Mijn handen glijden naar zijn gespierde schouders als hij me tegen de keukenmuur duwt. Hij is gekleed in een spijkerbroek en een T-shirt. Ook ik heb kleren aan, maar zelfs door onze lagen kleding heen voel ik de hitte van zijn huid en ruik ik zijn schone muskusgeur. Zijn erectie duwt tegen mijn buik en mijn tepels worden in antwoord op zijn verlangen hard.

'Verdomme, Yulia, ik wil je,' prevelt hij. Ik snak naar adem als hij een van zijn grote handen over mijn lichaam laat glijden en ruw tussen mijn benen duwt. Hij zet druk op mijn klit en ik voel mezelf nat worden als hij halve cirkels begint te maken met zijn handpalm. Het ritme is ruw maar schokkend erotisch.

'Ja.' Mijn hart bonst en mijn spieren spannen zich

van genot. 'O, God, ja...' Ik heb geen idee wat ik zeg; het enige wat ik weet, is dat ik hem wil, deze man, deze genadeloze moordenaar met wie ik eigenlijk niets te maken zou moeten willen hebben. Ik wil hem en vrees hem. Ik haat hem en ik houd van hem. De tegenstrijdigheid in mijn emoties verscheurt me en toch voelt het goed, alsof ik hier in zijn armen moet zijn.

Alsof ik hier thuishoor.

Opnieuw kust hij me en ik stort me vol overgave in de kus. Mijn tanden bijten in zijn onderlip tot ik bloed proef en dat maakt iets wilds en gewelddadigs in me los dat ik eerder nog niet kende. Ik ben gevangen in zijn omhelzing, maar tegelijkertijd voel ik me vrij: vrij om los te gaan, vrij om hem pijn te doen zoals hij mij pijn heeft gedaan. Het voelt alsof er iets in me breekt en ik geniet ervan. Mijn hulpeloosheid maakt plaats voor triomf als hij zich van me losmaakt en ik het bloed op zijn lippen zie. Hijgend kijkt hij op me neer. Zijn lichte ogen staan vol brandend verlangen en het wilde gevoel in mijn binnenste groeit, waardoor angst en redelijkheid het raam uitgaan.

Ik wil hem en ik zal mijzelf dit niet ontzeggen.

Ik laat mijn beide handen om Lucas' gezicht glijden en trek hem naar me toe voor een nieuwe kus. Zijn ene hand bevindt zich nog steeds tussen mijn benen en de ruwe strelingen houden me op het randje. Het is alleen niet genoeg en ik bijt opnieuw op zijn lip, even hard op zoek naar zijn pijn als mijn eigen ontlading.

Er gaat een rilling door hem heen. Met een

verbazende snelheid draait hij me om en zet me tegen de tafel. Zijn ene arm maakt een woest gebaar en mijn hart begint nog sneller te bonzen als ik het geluid van kapot vallende kommen en de restanten van ons eten op de vloer hoor. Bijna haalt het me uit mijn trance; maar dan lig ik op de tafel en raast een brandend verlangen door me heen, dat samenkomt tussen mijn benen op het moment dat hij mijn korte broek en slipje uittrekt en zijn eigen rits opent.

Nog steeds zijn onze tongen met elkaar in een wild, dierlijk gevecht verwikkeld. Als hij in me stoot, heb ik het gevoel dat zijn grote erectie me in tweeën splijt. Ik snak naar adem en verstrak. Mijn vagina trilt als ze zich probeert aan te passen aan zijn omvang, maar hij neemt geen gas terug. Hij begint ruw in me te stoten en ik maak mijn mond van de zijne los. Ik kan niet anders dan hijgen als zijn stoten me pijnlijk hard over de tafel heen en weer schuiven. Zijn binnendringing is gewelddadig en overweldigend, maar toch verlang ik naar meer. Meer ruwheid, meer van deze duistere, wilde hitte.

Ik wil dat hij het beest in me vrijlaat, dat hij mij evenveel pijn doet als ik hem heb gedaan.

Mijn benen sla ik om zijn heupen en ik zet mijn tanden in zijn strakke nekspier. De smaak van zout en man is verrukkelijk. Zijn grote lichaam beeft en hij gromt hees. Zijn ritme versnelt tot hij me zowat letterlijk aan zijn penis spiest. Mijn handen klauwen in zijn met zweet doordrenkte T-shirt en de spanning in mijn binnenste neemt toe. De hitte tussen mijn benen zwelt aan en wordt heftiger. Al mijn zintuigen worden erdoor overspoeld tot alleen de behoefte om klaar te komen nog aanwezig is.

'Lucas,' hijg ik als ik mijn orgasme voel naderen. 'O, Lucas!'

Het lijkt onmogelijk, maar hij begint nog sneller te stoten. Dan raast het orgasme door me heen. Genot zet al mijn zenuweinden in vuur en vlam tot het haast pijnlijk is en ik schreeuw het uit als al mijn spieren in golven samentrekken en ontspannen. Mijn hart bonst als een gek als ik schokkend lig na te genieten, maar Lucas is nog niet klaar. Voor ik tot mezelf kan komen, draait hij me om, zodat ik over de tafel gebogen lig.

'Is dat wat je wilt?' gromt hij terwijl hij opnieuw in me stoot. Met een hand in mijn haar dwingt hij mijn bovenlichaam omhoog te krommen. 'Dat ik je neuk? Dat ik je gebruik en je pijn doe?'

'Ja.' O, God, echt wel. Zijn penis is groot en heet en lijkt zowel als een bedreiging als een belofte. Ik wist niet dat ik dit wilde, maar ik wil het wel. Ik wil dat alleen hij degene in mijn geheugen is die me pijn doet, dat ik me alleen zijn aanraking nog herinner. Het is verwrongen en onlogisch, maar ik wil dat Lucas me pijn doet zodat ik Kirill kan vergeten.

'Oké.' De stem van mijn cipier klinkt duister en vol spanning. 'Vergeet dan niet dat je hierom gevraagd hebt.'

Mijn polsslag schiet nog verder omhoog, maar hij trekt harder aan mijn haren tot mijn rug bijna onmogelijk ver kromt. Ik schreeuw het uit en klauw naar achteren, maar hij negeert mijn handen en ramt twee vingers in mijn mond, met zo'n kracht dat ik ervan moet kokhalzen. Zijn vingers smaken zilt en voelen groot en ruw aan in mijn mond, bijna even groot als zijn penis. Nog een keer steekt hij ze zo ver naar binnen dat ik kokhals en speeksel over zijn handen spuug. Blijkbaar is dat wat hij wil: hij haalt zijn vingers weer uit mijn mond en duwt me plat tegen de tafel.

'Wacht, Lucas...' Paniek welt in me op als hij zijn hand naar mijn achterste verplaatst en een vinger tegen mijn kringspier zet. 'Ik kan niet... dit is niet...' Wild sla ik naar achteren, maar in deze positie kan ik geen kracht zetten. Ik lig op mijn buik op de tafel en hij heeft zijn penis diep in me begraven; zelfs als hij niet zo gespierd was had ik nog weinig kunnen uitrichten.

'Stil maar, het komt goed.' De woorden worden vergezeld door een zachte stoot en ik snak naar adem als zijn vinger dieper in mijn achterste doordringt, een beweging die vergemakkelijkt wordt door mijn speeksel. 'Er gebeurt niets met je, schatje.' Zijn hand glijdt van mijn haren naar mijn bovenrug om me zo op mijn plaats te houden. 'Dit hebben we eerder gedaan, weet je nog?'

Dat is zo; hij was er met een vinger in gegaan en iets in mij had dat wel lekker gevonden, maar vandaag wil hij meer. Ik voel zijn behoefte en die maakt me bang. Ik wil die nare herinneringen wegduwen, ze vervangen door een pijn waar ik zelf voor gekozen heb, maar dit is te veel. Dit komt te dicht in de buurt van mijn nachtmerries. Ik knijp mijn billen samen om hem te weren, maar de tweede vinger zit al in me, duwt mijn spieren uiteen. Het brandt.

'Wacht, niet zo...' Naast het branderige gevoel voel ik een vreemde, ongemakkelijke volheid, alsof het te veel is voor mijn lichaam. Zijn penis schokt in me, wat dat gevoel alleen nog maar versterkt. Mijn ademhaling wordt oppervlakkig en een straaltje zweet loopt over mijn rug. 'Lucas, alsjeblieft...'

Maar hij negeert mijn smeekbedes en duwt langzaam zijn natte vingers in mijn kontje. Mijn lichaam geeft zijn onstuitbare vingers de ruimte; de spieren rekken mee omdat ze niet anders kunnen. Hijgend blijf ik met mijn gezicht tegen de harde tafel liggen, terwijl zijn penis in mijn binnenste nog verder opzwelt. Nu zitten zijn vingers helemaal in me. Dit is te veel. Hier is mijn lichaam niet voor gemaakt. Alles aan deze penetratie voelt onnatuurlijk en verkeerd, net als die keer dat...

Lucas begint te stoten, wat me afleidt. Langzaam dringt tot me door dat mijn spieren zich langzaam beginnen te ontspannen, wat het brandende gevoel verlicht. Hij beweegt zijn vingers niet, maar houdt ze stil. Nu zijn penis in een langzaam, zorgvuldig ritme heen en weer beweegt, is het niet zo onaangenaam meer.

Ik sluit mijn ogen en concentreer me op mijn ademhaling. Zijn vingers voelen nog steeds te groot aan, maar ik heb geen pijn. Dat besef kalmeert me nog meer, waardoor mijn aandacht naar de zich langzaam opbouwende spanning in mijn kern brengt. Zijn stoten wakkeren mijn opwinding opnieuw aan en dat volle gevoel in mijn achterste doet daar niets aan af. Op een bepaalde, perverse manier is het eerder het tegenoverstelde.

Misschien overleef ik dit wel.

'Yulia.' Lucas' stem klinkt hees en hij trekt zich bijna helemaal terug. 'Ik ga je nu hard nemen.'

Mijn hart begin weer te bonzen. Weg is mijn kalmte. 'Wacht...'

Maar het is te laat. Voor ik uitgesproken ben, ramt hij zich in me, waardoor mijn onderlichaam tegen het tafelblad schuurt. Ik schreeuw het uit en gooi mijn handen naar voren om mezelf tegen te houden, maar weer stoot hij in me. Zijn harde ritme zorgt ervoor dat zijn vingers in mijn achterste bewegen en opnieuw schreeuw ik het uit als al die sensaties me te veel worden. Maar hij stopt niet. Hij blijft stoten, blijft me neuken. Het ongemak gaat langzaam over in iets anders: een duistere, bonzende hitte die zich door mijn hele lichaam verspreidt. Mijn hart bonst, mijn ademhaling is hijgend en ik voel mezelf opnieuw naar een orgasme gestuwd worden. Die dubbele invasie versterkt al mijn zintuigen. De geur van seks in de lucht, het trillen van mijn uitgerekte spieren, de druk van zijn grote hand op mijn rug, het draagt allemaal bij aan het overweldigende gevoel dat me steeds verder opwindt. Mijn schreeuwen worden luider en hoger en dan kom ik klaar, met een kracht die me de adem beneemt en de wereld naar de achtergrond doet vervagen. Mijn spieren trekken samen om zijn penis en vingers heen. Ik hoor hem hees kreunen als hij zich nog één keer diep in me begraaft en dan zijn ontlading diep in me spuit.

Versuft en bevend blijf ik liggen, niet in staat iets te zeggen of doen, terwijl Lucas zijn vingers uit me trekt en zijn hand van mijn rug haalt. Daarna trekt hij ook zijn penis terug. Koude lucht spoelt over mijn warme huid als hij achteruit stapt. Ik voel het op mijn schaamlippen: mijn vocht en zijn zaad.

'Blijf even liggen, schatje,' prevelt hij. Ik hoor de kraan.

Dan komt hij met een nat keukenpapiertje terug. Tegen die tijd ben ik genoeg bij zinnen om van de tafel op te staan en mezelf op trillende benen overeind te houden. Ik pak het doekje van hem aan en gebruik het om het vocht tussen mijn benen op te deppen. Lucas staat me met een omfloerste blik op te nemen. Zijn spijkerbroek is alweer dichtgeritst en ik bloos als ik mijn kleding naast de kapotte kommen en etensresten op de grond zie liggen.

Ik slik even, maar dan maak ik een prop van het keukenpapier en wil naar mijn korte broek en slipje lopen. Lucas houdt me echter tegen.

'Dat doe ik wel,' zegt hij. Zijn lichte ogen schitteren. 'Ga jij maar douchen. Ik kom zo bij je.'

Daar ga ik niet tegenin. Een minuutje later sta ik onder de warme straal. Mijn hoofd is prettig genoeg leeg. Lucas voegt zich inderdaad bij me en ik leun met gesloten ogen tegen hem aan terwijl hij me van top tot teen wast en zo opnieuw voor me zorgt. Ik ben blij dat hij niets zegt en geen vragen stelt. Misschien zal ik wel nooit onder woorden kunnen brengen waarom ik zoiets duisters van hem wilde... waarom ik me dankbaar voel voor deze ervaring, zelfs al ging hij over mijn grenzen heen.

Als we allebei schoon zijn, helpt Lucas me de douche uit en slaat een handdoek om me heen, om er daarna eentje voor zichzelf te pakken. Hij is stil en zijn blik staat waakzaam, waardoor ik uiteindelijk toch mijn stem hervind.

'Je hebt me niet anaal genomen,' zeg ik, de handdoek verfrommelend. 'Waarom niet?'

'Omdat je daar nog niet klaar voor was.' Hij droogt zichzelf af en hangt dan zijn handdoek op. Zijn lichaam is in al zijn mannelijke glorie te aanschouwen. 'Daarbij hebben we daar echt glijmiddel voor nodig. Jij bent strak en ik...' Hij kijkt naar zijn penis, die zelfs in slappe toestand nog indrukwekkend is.

'Ja.' Ik slik de angst in mijn keel weg. 'Jij bent groter dan je twee vingers.'

'Een beetje wel,' zegt hij droog. In zijn blik zie ik humor.

Ik bloos opnieuw bij de gedachte dat hij dit blijkbaar grappig vindt. Als ik naar de deur wil lopen, komt Lucas voor me staan, nu weer ernstig.

'Maak je geen zorgen, schoonheid,' zegt hij teder, terwijl hij een hand onder mijn kin legt. Zijn duim strijkt over mijn onderlip. 'Uiteindelijk zal alles aan jou van mij zijn. Je zult hem vergeten, dat beloof ik je.'

Ik staar hem aan, zowel geschokt als bang door zijn opmerkzaamheid, maar Lucas laat zijn hand weer zakken en draait zich om.

'Kom,' zegt hij als hij de deur opent. 'Laten we ons gaan aankleden. We maken wel iets anders voor de lunch.'

Hij loopt de gang en ik volg hem, in gedachten met heel iets anders bezig.

Ik weet niet wat ik verwacht had van mijn nieuwe gevangenschap, maar dit – wat dit ook moge zijn – was het in ieder geval niet.

IV

DE NIEUWE GEVANGENSCHAP

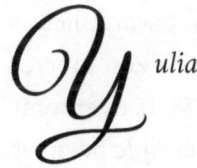 ulia

In de weken die volgen, vervallen Lucas en ik langzaam weer in onze oude routine. Ik ben snel weer aangesterkt en neem dan de huishoudelijke taken weer op, terwijl Lucas zijn gewone werkritme hervat en alleen tijdens het eten en 's avonds weer thuis is. In de tijd dat hij afwezig is, lees ik boeken en sport wat om fit te blijven; als hij thuiskomt, bespreken we wat ik gelezen heb. Daarnaast gaan we 's ochtends samen wandelen. Het grootste verschil tussen toen en nu is de aanwezigheid van mijn broertje en dat ik technisch gezien alleen rond zou mogen lopen.

Technisch gezien, want de eerste keer dat ik van dat privilege gebruik wil maken waarschuwt Lucas me dat ik zo ver mogelijk bij Esguerra uit de buurt moet blijven.

'Hij zal je niets doen, maar je kunt maar beter ook zijn aandacht niet trekken,' zegt Lucas. Ik begrijp wat hij daarmee bedoelt.

Zonder Lucas zou Esguerra graag doen waar zijn vrouw al mee dreigde.

Daarom zie ik af van mijn idee om naar de barakken te gaan en met mijn broertje te praten. In plaats daarvan vraag ik Diego om hem naar Lucas' huis te brengen. Het is niet dat ik me zorgen maak om mezelf – al sinds ik in Moskou opgepakt werd, heb ik het gevoel dat mijn leven eigenlijk voorbij zou moeten zijn – maar ik ben doodsbang dat Misha iets overkomt. Dat zit me zelfs zo dwars dat ik Diego terzijde neem en hem vraag mijn broertje bij zijn baas uit de buurt te houden.

'Uit Esguerra's buurt?' Diego kijkt me verrast aan. 'Waarom? Hij geeft niets om Michael. Sinds jullie hier zijn, heeft hij hem misschien een keer of vijf gezien en hij heeft tot dusver geen enkele interesse in hem getoond.'

Dat stelt me een beetje gerust. Toen Esguerra me bij het trainingsveld aankeek, voelde ik de haat in zijn blik. Als hij mijn broertje in een ander licht beziet – of als hij hem zelfs helemaal koud laat – dan is dat positief. Maar een deel van mijn angst blijft. De wapenhandelaar mag dan alleen mij haten, ik weet waar hij toe in staat is. Als Esguerra me iets wil doen, zal het hem niet uitmaken dat Misha veertien is of totaal niet bij het vliegtuigongeluk betrokken was.

Het is niet ondenkbaar dat mijn broertje zal moeten boeten voor mijn zonden.

'Weet je zeker dat Misha hier veiliger is dan in Oekraïne?' vraag ik die avond weer aan Lucas. 'Stel nou dat zijn ouders naar een ander deel van het land verhuizen of...'

'Oekraïne is een oorlogsgebied,' zegt Lucas bot. 'We hebben een man of dertig aan de grond en er zijn er nog meer onderweg. Ik kan niet garanderen dat je broertje nergens bij betrokken raakt. Wil je dat risico lopen?'

'Nee, natuurlijk niet.' Ik bijt op mijn wang en probeer de mentale beelden van de slachtpartij uit te bannen. 'Maar Misha's adoptieouders dan? Ze worden vast gek van bezorgdheid om hem... en ze moeten doodsbang zijn als ze weten wat er gaande is.'

'Wat ik kan doen, is hen een bericht sturen dat Misha nog leeft en dat het goed met hem gaat,' zegt Lucas. 'Daarnaast zal ik mijn mannen er opnieuw aan herinneren dat zij onaantastbaar zijn. Maar ik kan niets beloven. De situatie is heel ontvlambaar en ik ben er niet persoonlijk om alles te overzien. De mannen hebben de vrijheid gekregen om de missie zo uit te voeren als hun goeddunkt.'

Ik slik. 'Dat begrijp ik. Dank je. Alles wat je kunt doen om Misha's ouders te beschermen wordt gewaardeerd,' zeg ik oprecht. Ik kan misschien niet voorkomen dat Lucas en Esguerra wraak nemen, maar als ik het gezin van mijn broertje kan beschermen, voel ik me er in elk geval minder schuldig over, minder hulpeloos en tegelijkertijd een medeplichtige.

Ik ga niet alleen naar bed met een monster, ik ben verliefd op hem.

En het monster weet dat. Hij geniet ervan en laat mij me bijna iedere dag mijn gevoelens opbiechten. Ik weet niet waarom Lucas er zo'n kick van krijgt. Ik kan niet de eerste vrouw ooit zijn die verliefd op hem is geworden, maar toch geniet hij ervan de woorden te horen. Hij dwingt me ze uit te schreeuwen als hij me ruw neemt en ze te fluisteren als hij me teder vasthoudt. Die constante tegenstelling van gewelddadige bezitterigheid en tedere bescherming verwart me en brengt me steeds weer uit mijn evenwicht. Ik heb geen idee wat hij nou echt denkt. Het ene moment ben ik ervan overtuigd dat ik alleen een seksspeeltje voor hem ben en het volgende betrap ik mezelf op de hoop dat er meer tussen ons is.

Dan droom ik ervan dat hij op een dag ook van mij houdt.

Wat ook niet helpt, is dat Lucas steeds dingen doet die me het gevoel geven dat we een echte relatie hebben. Iedere keer als hij erachter komt dat ik een bepaald voedsel of een bepaald drankje lekker vindt, regelt hij het voor me, als verrassing. De afgelopen week hebben we leveringen ontvangen van moeilijk verkrijgbaar Russisch snoep, een doos rijp kakifruit uit Israël, vijf exotische soorten Earl Grey-thee en versgebakken Duits roggebrood. Daarnaast heeft hij nieuwe kleren voor me besteld, waarvan ik sommigen zelf online mocht uitkiezen, en allerlei toiletartikelen, waaronder mijn naar perziken geurende lievelingsshampoo.

Ik word zo verwend dat het me bang maakt.

En het zit hem niet alleen in wat Lucas voor me koopt. Het is zichtbaar bij alles wat hij doet. Zodra ik maar een schrammetje oploop, heeft hij het al verbonden. Als ik na het sporten spierpijn heb, geeft hij me een massage. In de avond kijken we 's avonds televisie en hij speelt dan met mijn hand of streelt mijn haar terwijl ik tegen hem aan zit. Het is een afwezig soort tederheid, net als wanneer je een kat aait, maar toch doet het me iets. Dit is waar ik behoefte aan had; dit is waar ik zo lang naar verlangd heb. Iedere keer dat mijn cipier me welterusten kust, iedere keer dat hij me tegen zich aan houdt, helen de lege, droge barsten in mijn hart een beetje en verdwijnt de pijn van alles wat ik verloren heb een beetje meer.

Nu ik Lucas heb, lijkt de afschuwelijke eenzaamheid van de afgelopen elf jaar niets meer dan een oude herinnering.

Maar wat me het meeste raakt, is dat Lucas begrijpt wat ik voor mijn broertje voel en dat hij de wederopbouw van onze band niet in de weg staat. Ondanks Misha's vijandige houding ten opzichte van hem nodigt hij mijn broertje zo vaak uit als ik maar wil. Steeds vaker eten we met zijn drieën, ondanks de gespannen sfeer die er dan hangt.

'Je broertje vindt me niet erg aardig, hè?' vraagt

Lucas droogjes na onze eerste lunch. 'Heel even was ik bang dat hij in jouw voetsporen zou treden en me met een vork neer zou steken.'

'Het spijt me,' zeg ik, bang dat Misha niet meer mag langskomen. 'Ik zal met hem praten. Het is gewoon alles wat er gebeurd is, in Oekraïne en met zijn oom...'

'Niets aan de hand, schatje. Ik begrijp het.' Lucas' blik wordt onverwacht mild. 'Hij is nog jong en hij heeft veel meegemaakt. Hij heeft meer dan voldoende reden om me te haten. Dat neem ik hem niet kwalijk.'

Ik knipper even. 'Niet?'

'Nee. Hij draait wel bij. En zo niet... Ach, hij is jouw broertje. Ik leer er wel mee leven.'

Ik krijg een brok in mijn keel. 'Dank je,' zeg ik hees. 'Ik meen het, Lucas. Bedankt, daarvoor en voor alles.'

Ik ben me ervan bewust dat Lucas dankzij zijn zoektocht naar mij in Oekraïne waarschijnlijk mijn leven gered heeft – en sowieso mijn mentale gezondheid. Ik weet niet of ik een tweede verkrachting door Kirill had overleefd; in zekere zin was mijn tweede arrestatie ook mijn redding.

'Geen probleem,' zegt Lucas, terwijl hij op me afloopt. De warmte in zijn blik gaat over in een bekende hitte. 'Het genoegen is aan mijn kant, geloof me.'

En als hij me in zijn armen neemt, vergeet ik al mijn zorgen – in elk geval voor een tijdje.

'Ben je verliefd op hem?' vraagt Misha me als we al bijna zes weken op het landgoed zijn. 'Is hij nou echt je vriend?'

'Wat?' Verrast kijk ik mijn broertje aan. We wandelen in het bos om zo de kans dat we Esguerra tegenkomen zo klein mogelijk te maken en tot dusver waren we in gesprek over volkomen onschuldige onderwerpen: Misha's oude school, zijn beste vriend Andrey en het soort films waar jongens van zijn leeftijd van houden. En nu ineens dit. 'Waarom vraag je dat?' vraag ik voorzichtig.

Misha haalt zijn schouders op. 'Geen idee. Ik dacht eerst dat je hem bespeelde zodat we makkelijker zouden kunnen ontsnappen, maar nu ik jullie vaker samen zie, denk ik toch niet dat dat het is.' De blik die hij me toewerpt, kan ik niet duiden. 'Wil je wel weg?'

'Michael, ik...' Ik haal diep adem. Dit onderwerp moet ik voorzichtig bespreken. Het gaat zo goed tussen ons. Vorige week heb ik Lucas er eindelijk van kunnen overtuigen me toegang te geven tot het internet. Toen kon ik Misha de foto's laten zien die ik in de cloud heb bewaard. Hij bekeek ze in stilte, zonder me van leugens of manipulatie te beschuldigen, en ik dacht dat we vooruitgang aan het boeken waren. Het laatste wat ik wil, is hem opnieuw tegen me in het harnas jagen.

'Luister, Michael,' zeg ik uiteindelijk, 'ik ben bezig jou terug te krijgen bij je familie. Je ouders weten dat je in orde bent, dat weet jij ook, en zodra de boel in Oekraïne een beetje tot bedaren is gekomen...'

'Dat bedoel ik niet.' Misha blijft staan en kijkt me

aan. 'Wil jij hier weg? Als je de kans zou krijgen te vluchten, zou je die dan aangrijpen?'

Geschokt blijf ook ik staan. Ik heb de afgelopen maand helemaal niet meer aan ontsnappen gedacht. Zelfs als ik die zenders niet had gehad is het feit dat Lucas me in Oekraïne heeft weten te vinden voldoende teken dat ik nergens naartoe kan. Zelfs als ik opnieuw zou ontsnappen, zou Lucas achter me aan komen en me terughalen.

Maar dat is niet wat Misha wil weten.

'Nee,' zeg ik zacht, terwijl ik mijn broertjes blik vang. 'Zelfs als het kon, zou ik nog niet weggaan.'

Hij knikt. 'Dat dacht ik al.'

Hij loopt verder en ik haast me om zijn lange passen in te halen. Misha moet sinds onze aankomst hier alweer een centimeter of vijf gegroeid zijn en hij begint breed in de schouders te worden. Eenmaal volwassen wordt hij waarschijnlijk net zo groot en breed als Lucas. Maar nu is hij nog een jongen en ben ik zijn grote zus.

'Michael, luister naar me.' Ik blijf naast hem lopen. 'Dat ik niet weg wil, betekent niet dat ik niet bezig ben om jou hier weg te krijgen. Geloof me alsjeblieft. Ik doe wat ik kan om je thuis te krijgen.'

'Dat weet ik.' Fronsend kijkt hij me aan. 'Ik zou alleen willen dat je meeging als ik hier vertrek. Veel mensen hier hebben een hekel aan je, weet je.'

'Dat weet ik.' Ik glimlach om de bezorgde frons van zijn gezicht te laten verdwijnen. 'Maak je alsjeblieft geen zorgen om mij. Met mij komt het wel goed.'

'Omdat je bij hem hoort.'

'Lucas? Ja.' Ik heb gemerkt dat mijn broertje Lucas niet graag bij naam noemt; hij heeft het altijd over 'hij' of 'hem'. 'Hij zal me beschermen.'

Misha fronst nog steeds en impulsief ga ik met een hand door zijn haar. 'Weet je, het wordt nogal lang. Wil je dat ik je haar knip of doe je het liever in een staart?'

'Getver, nee.' Misha grimast en haalt zijn vingers door zijn dikke blonde lokken. 'Ja, het moet inderdaad wel geknipt worden,' zegt hij met tegenzin. 'Ben jij goed in haren knippen?'

'Het zal me vast wel lukken.' Ik grijns bij het zien van zijn weifelende blik. 'Als ik er een zooitje van maak, vragen we Lucas om het te fiksen... Hij haalt om de week de tondeuse eroverheen.'

Bij het horen van Lucas' naam verstrakt Misha en kijkt hij weg. 'Dat hoeft niet,' mompelt hij, ineens gefascineerd door een mierenhoop links van ons. 'Je doet het vast prima.'

Met een zucht laat ik het los. Ik kan mijn broertje niet dwingen om Lucas aardig te vinden. De brute aanval op dat trainingskamp en Obenko's dood hebben een onuitwisbare indruk achtergelaten op zijn jonge geest. Misha beschouwt Lucas als de vijand en daar heeft hij alle reden toe.

Als Lucas zich niet had gerealiseerd wie hij was, was mijn broertje een van de slachtoffers van die aanval geweest.

Een paar minutenlang lopen we zwijgend verder, maar bij de rand van het bos leg ik mijn hand op

Misha's arm om hem tot stilstand te brengen. 'Wat er die dag gebeurd is, vind ik echt afschuwelijk,' zeg ik als hij me aankijkt. 'Dat meen ik echt. Als ik terug zou kunnen gaan en de boel zou kunnen veranderen, dan deed ik dat. Het laatste wat ik wilde, was jou én de anderen in gevaar brengen. Geloof me.'

Misha staart me aan en zegt dan langzaam: 'Het was jouw schuld niet, niet echt. Het spijt me dat ik dat zei. En als zij niet waren gekomen...' Hij slikt moeizaam.

'Wat?'

'Dan hadden ze je waarschijnlijk gedood.' De woorden zijn nauwelijks hoorbaar. Hij draait zich om en loopt weg. Met een knoop in mijn maag snel ik achter hem aan.

'Wie heeft dat tegen je gezegd, Michael?' Ik pak hem opnieuw bij zijn arm. 'Waarom zei je dat?'

'Omdat het waar is.' Misha's gezicht is vertrokken en zijn arm voelt gespannen aan. 'Ik hoorde oom Vasya erover praten met Kirill Ivanovich. Eerst wilde ik het niet geloven. Ik dacht dat ik het verkeerd had begrepen of de woorden buiten hun context had gehoord, maat hoe langer ik erover nadacht, hoe begrijpelijker het werd. Ze waren van plan jou te doden en tegen mij te zeggen dat je samen met je minnaar gevlucht was.' Hij haalt beverig adem. 'Ze waren van plan om tegen me te liegen, net zoals ze de hele tijd over je hebben gelogen.'

'O, Michael...' Ik laat zijn arm los. Mijn hart knijpt samen als ik de pijn in zijn blik zie. Ik kan me onmogelijk voorstellen hoe hard dit verraad bij hem aangekomen moet zijn. Obenko was mijn baas en mentor, maar voor mijn broertje was hij zoveel meer. Misha moet zich heel hard verzet hebben tegen deze wetenschap en deze zo lang mogelijk ontkend hebben. Ik vind het vreselijk dat hij zo overstuur is. 'Misschien heb je het inderdaad verkeerd begrepen,' zeg ik daarom. 'Misschien was het...'

'Niet doen. Je hebt het me de hele tijd gezegd en het was stom van me om je niet te geloven. En toen je me vorige week die foto's liet zien...' Hoofdschuddend zet Misha een stap achteruit. 'Ik had meteen al naar je moeten luisteren. Maar ik wilde het gewoon niet geloven, weet je?' Zijn gezicht vertrekt. 'Hij was dood en...'

'En hij was je oom, een man tegen wie je opkeek, terwijl ik de zus was die je in de steek liet toen je drie was.' Ik houd mijn stem kalm en zacht. 'Je had geen enkele reden om mij te geloven. Ik begrijp het... en ik begreep het eerder ook.' Ik haal diep adem om de brok in mijn keel te verminderen. 'En het spijt me, Michael. Ik vind het echt heel erg dat het zo gelopen is.'

Misha's uitdrukking blijft gelijk. 'Je hoeft je echt niet te verontschuldigen,' zegt hij gesmoord. 'Oom Vasya – Obenko – is een leugenaar en het was echt stom van me om hem te geloven. Kent zei...' Hij zwijgt en bloost.

'Lucas?' Ik kijk Misha verward aan. 'Hebben jullie gepraat?'

'Gisteren,' mompelt Misha; hij begint weer te lopen. 'Toen hij me na het avondeten naar de barakken bracht.'

'Wat zei hij dan?' Opnieuw haal ik hem in. Misha geeft geen antwoord, dus dring ik op wat strengere toon aan: 'Wat zei hij, Michael?'

'Hij zei dat Kirill Ivanovich je iets heeft aangedaan toen je zo oud was als ik,' zegt hij met tegenzin. 'En dat Obenko je beloofde dat ze met hem hadden afgerekend, maar dat dat niet het geval was.' Als hij me aankijkt, is zijn gezicht bleek. 'Klopt dat? Heeft hij...' – hij gaat voor me staan – '...je iets aangedaan?'

O, God. Mijn bloed stijgt zo snel naar mijn hoofd dat ik er bijna duizelig van word. Mijn wangen gloeien, maar dan vult een ijzige woede mijn binnenste. Waar haalt Lucas het lef vandaan zoiets aan een veertienjarige te vertellen? Ik heb nooit gewild dat Misha over Kirill zou horen. Voor zover ik iets uit hem heb kunnen krijgen, herinnert mijn broertje zich nauwelijks nog wat er in het weeshuis met hem gebeurd is. Hij weet nog dat het erg was, maar niet hoe erg. Iets als dit zou die afschuwelijke herinneringen kunnen bovenhalen. En zelfs als dat niet zo is, wil ik nog niet dat hij dat soort dingen hoort. Het is al erg genoeg dat Misha's oom hem voorgelogen heeft; nu denkt mijn broertje waarschijnlijk dat de hele wereld vol is met slechte mensen.

Heel even kom ik in de verleiding het gewoon te ontkennen, maar daarmee ben ik niet meer dan de volgende die tegen Misha liegt. 'Ja,' zeg ik beverig. 'Het is waar. Maar ik was iets ouder dan jij, vijftien, en ze hielden hem wel uit mijn buurt toen ze erachter kwamen wat er gebeurd was.'

Misha's handen zijn tot vuisten gebald. 'Maak je nou excuses voor hen?' Zijn stem schiet de hoogte in van ongeloof. 'Voor die... die monsters? Na alles wat ze je hebben aangedaan? Ik dacht dat Kent het verzon zodat ik een minder grote hekel aan hem zou krijgen, maar dat was niet zo, hè? Dat is waar jullie het destijds over hadden. Ik hoorde jullie wel, maar er gebeurde zoveel dat ik er niet aandacht aan besteedde. Kirill heeft je pijn gedaan en ik...' Zijn gezicht vertrekt opnieuw. 'Verdomme, ik heb met die gast getraind. Ik vond hem áárdig.'

'Mishen'ka...' Ik zet mijn woede jegens Lucas opzij en wil een hand op Misha's schouder leggen, maar hij stapt hoofdschuddend buiten bereik.

'Wat ben ik een idioot.' Hij struikelt over een boomwortel, herstelt zijn pas en blijft achteruit lopen, al mompelend: 'Ik ben zo'n stomme idioot...'

'Michael.' Ik duw mijn zorgen om zijn herinneringen aan zijn peutertijd opzij en zet een strenge stem op. 'Ik wil niet dat je zulke taal uitslaat. Begrepen? Je bent geen idioot en zeker geen stomme wat dan ook. Je had dit absoluut niet kunnen weten, net zoals dat je niet kon weten dat Obenko loog. Niets hieraan is jouw schuld.'

Misha knippert met zijn ogen. 'Maar...'

'Geen gemaar.' Ik stop al mijn emoties weg en ga voor hem staan. 'Ik wil geen geklaag meer horen. Dit is nu eenmaal gebeurd. Het is verleden tijd. Wij leven in het hier en nu. We zijn hier en we kijken niet achterom. Ja, we hebben narigheid doorstaan en we hebben slechte mensen gekend, maar we hebben het overleefd en zijn er sterker uitgekomen.' Ik pak zijn hand en ga iets milder verder: 'Ja, toch?'

'Ja,' fluistert Misha. Zijn vingers knijpen even in de mijne. 'Dat zijn we.'

'Mooi.' Ik laat zijn hand los en stap achteruit. 'Laten we gaan. Diego zei dat hij je vanmiddag schietles wilde geven, omdat je je zo voorbeeldig gedraagt en zo. Je wilt toch niet te laat komen?'

Ik draai me om en begin te lopen. Misha komt achter me aan, de bitterheid op zijn gezicht nu vervangen door een verbijsterde uitdrukking. Ik heb hem nog nooit eerder zo toegesproken en hij weet niet wat hij ermee aanmoet.

Ondanks mijn smeulende woede jegens Lucas glimlach ik als we bij het huis zijn.

Ik ben Misha's grote zus en het voelt goed om me ook zo te kunnen gedragen.

 *ucas*

'HOE KÓN JE?'

Zodra ik binnenstap, stuift Yulia met grote passen en wapperende haren op me af. Haar blauwe ogen zijn tot spleetjes geknepen en het had me niets verbaasd als ze vuur had gespuwd.

'Wat?' vraag ik verbluft. Weliswaar heb ik vanochtend een nogal gruwelijk rapport uit Oekraïne ontvangen, maar daar kan Yulia nu nog niets vanaf weten. 'Waar heb je het over?'

'Misha,' sist ze als ze voor me is blijven staan. Haar handen zijn tot vuisten gebald. 'Jij hebt hem over Kirill verteld.'

'O.' Bijna glimlach ik, maar dat lijkt me toch niet zo'n goed idee. Yulia ziet eruit alsof ze niets liever wil dan me buiten westen slaan en aangezien ze nu zoveel beter is, is ze waarschijnlijk wel in staat me even goed pijn te doen voor ik haar te pakken heb. Daarom houd ik mijn gezichtsuitdrukking zo neutraal mogelijk en zeg ik op redelijke toon: 'Waarom niet? Hij heeft recht op de waarheid. Je weet dat zijn woede deels voortkomt uit het gevoel dat hij bedrogen is, toch? Niemand houdt ervan gemanipuleerd te worden.'

Yulia klemt haar kaken even stevig op elkaar, dan zegt ze: 'Hij is veertien. Hij is nog maar een kind. Kinderen vertel je niet over brute verkrachtingen – en gezien zijn verleden vertel je hém dat soort dingen zeker niet! Kirill was zijn trainer. Misha bewonderde hem...'

'Ja, precies.' Uit voorzorg pak ik haar bij haar polsen. 'Je broertje bleef maar praten over die schoft, over alles wat hij hem geleerd had. Denk je dat dat goed voor hem was? Dat dat gezond was? Hoe denk je dat Michael zich gevoeld zou hebben als hij erachter was gekomen dat je zijn beeld van jouw verkrachter intact had gelaten? En hij was erachter gekomen, dat mag je van me aannemen. De waarheid komt altijd naar boven.'

Yulia's polsen verstrakken in mijn greep, maar ze schopt me niet en probeert zich ook niet los te trekken. Dat vat ik op als een teken dat ik tot haar door aan het dringen ben, dus ga ik verder: 'En hij is geen kind meer. Niet echt. Je weet toch dat je broertje al met eens meisje naar bed is geweest?'

'Wat?' Yulia's mond valt open.

'Dat vertelde hij Diego.' Nu ze afgeleid is, trek ik haar naar me toe en duw mijn aanzwellende erectie tegen haar onderbuik. 'Een paar maanden geleden waren de rekruten met z'n allen gaan stappen en daar is hij met een ouder meisje meegaan. Hij is er absurd trots op, net zoals alle tienerjongens dat zijn.'

Ze slikt moeizaam. 'Maar...'

'Maak je geen zorgen. Hij heeft een condoom gebruikt. Dat had Diego wel even gevraagd.'

En voor Yulia bijgekomen is van die informatie laat ik mijn hoofd zakken en kus ik haar. Ik geniet ervan dat ze even spartelt voor ze zich aan me overgeeft.

Het avondeten wordt die avond beduidend later opgediend dan het plan was, maar daar heb ik geen seconde spijt van.

Naarmate de weken verstrijken, raak ik steeds meer betrokken bij Yulia. Alles aan haar fascineert me, van haar geneurie tijdens het koken tot de manier waarop ze zich 's ochtends uitrekt en de kreuntjes die ze uit als ik haar hals kus. Ze is aangekomen en die ziekelijk bleke kleur is verdwenen; één blik op haar gulden schoonheid is voldoende om me hard te maken. Ik neuk haar op ieder moment dat het kan, en toch is het niet genoeg. Mijn behoefte aan haar is allesverterend. Iedere keer als ik me in haar begraaf, is dat het mooiste gevoel ooit, en toch blijf ik naar meer verlangen.

Soms denk ik dat ik haar zelfs op mijn sterfbed nog zal willen.

Als het alleen seksueel was, had ik het nog wel aangekund. Maar dit verlangen gaat veel verder dan dat. Ik wil alles van haar weten, ieder detail horen. Zelf denk ik niet graag aan mijn verleden en daarom heb ik ook nooit veel interesse getoond in dat van anderen, maar in Yulia's geval kan ik er geen genoeg van krijgen.

'Weet je, je hebt me je echte naam nog nooit verteld,' zeg ik op een dag tijdens de lunch. 'Je achternaam, bedoel ik.'

'O.' Ze knippert met haar ogen. 'Is dat erg?'

'Ja.' Ik leg mijn vork neer en kijk haar aandachtig aan. 'Je hoeft niemand meer te beschermen, dus wil je het me vertellen, schatje?'

Ze aarzelt even en zegt dan: 'Molotova. Ik ben geboren als Yulia Borisovna Molotova.'

Molotova. Die naam sla ik in mijn geheugen op. Ik ben nog niet vergeten wat ze me over de directrice van het weeshuis heeft verteld en ik ben vast van plan dat wijf te vinden. Even overweeg ik dit met Yulia te delen, maar ik besluit mijn mond te houden; ik weet niet zeker wat ze ervan zal zeggen.

Daarom verander ik van onderwerp. 'Heb je ooit iemand gedood? Niet in een gevecht of om jezelf te beschermen, maar zomaar.'

Tot mijn verrassing knikt Yulia. 'Ja, één keer,' mompelt ze met een blik op haar bord.

'Wanneer?' Ik leg mijn hand op de hare. 'Wat gebeurde er?'

'Het was tijdens het laatste deel van mijn training,' zegt ze met een gesloten uitdrukking. 'We werden niet opgeleid tot moordenaars, maar ze wilden wel dat we in staat zouden zijn te doen wat moest als het ooit zover zou komen.'

'Wat deden ze dan? Lieten ze jullie iemand doden?'

'In zekere zin.' Ze likt langs haar lippen. 'Een stervende, dakloze man werd naar ons toegebracht. Hij had leverkanker, het vierde stadium. Op zijn best had hij nog een paar dagen te leven en hij leed vreselijk. Ze stopten hem vol drugs en hingen hem toen op bij de schietbaan, in plaats van een papieren doel. We moesten hem raken en het schot moest dodelijk zijn.'

'Dus jullie schoten allemaal op die vent?'

'Ja.' Yulia's vingers trillen. 'We gebruikten gemarkeerde kogels. Naderhand werd een autopsie uitgevoerd om te zien wie allemaal doel getroffen had. Een aantal rekruten kon zich er niet toe zetten om te schieten.'

'Maar jij wel.'

'Ja.' Ze trekt haar hand terug, maar wendt haar blik niet af. 'De autopsie toonde aan dat drie kogels hem in het hart hadden geraakt.'

'Was een daarvan de jouwe?' Ik leun naar achteren.

'Nee.' Yulia's blik is keihard. 'De mijne bevond zich in zijn hersenen.'

～

Die avond stort Yulia zich op me met een passie die aan wanhoop grenst. Blijkbaar bracht ons gesprekje wat nare herinneringen boven. Ik weet dat ik haar met rust moet laten en haar in het heden moet laten leven, zoals ze overduidelijk wil, maar ik blijf me maar dingen afvragen en uiteindelijk kan ik mijn mond toch niet houden.

'Ben je ooit uit eigen beweging met een man naar bed geweest?' We liggen na een lange vrijpartij samen in bed, dicht tegen elkaar aan. Ik zou slaperig moeten zijn, maar ik voel me juist energiek en ik blijf daar maar aan denken.

Yulia verstijft. Ze draait zich om en kijkt me aan. 'Hoe bedoel je? Ik ben maar één keer gedwongen...'

'Ik bedoel of je ooit met iemand gedatet hebt die geen opdracht voor je was.' Ik leg een hand op haar heup. 'Ging je weleens naar bars of clubs? Een onenightstand, gewoon voor de lol?' Mijn bedoeling was hier een luchtig gesprek over te voeren, maar zodra de woorden over mijn lippen zijn gekomen, besef ik dat het onderwerp van Yulia met een andere man voor mij nooit een luchtig onderwerp zal zijn.

Alleen de gedachte al dat iemand anders aan haar heeft gezeten maakt me moordzuchtig.

Yulia's blik licht op als ze me begrijpt. 'Nee,' zegt ze zacht. 'Ik heb nooit gedatet. Dat zou niet eerlijk zijn geweest tegenover hem.'

'Welke hem?' Mijn jaloezie neemt toe. 'Was er iemand naar wie je verlangde?'

'Wat?' Tot mijn opluchting lijkt het idee alleen al

haar te verbazen. 'Nee, er was niemand. Ik had altijd een opdracht, dus ik zou een heel slechte vriendin zijn geweest.'

'Zelfs geen onenightstands dus?' dring ik aan.

'Nee.' Ze bijt op haar lip. 'Daar zag ik het nut niet van in. Ik had buiten mijn baan een studie en huiswerkopdrachten, dus vrije tijd was een luxe.'

'Bedoel je nou dat je buiten je drie minnaars voor je opdrachten en mij nooit een ander hebt gehad?'

Haar gezicht verstrakt. 'Je bent Kirill vergeten.'

'Ik ben hem niet vergeten.' Het feit dat we hem of zijn lichaam nog steeds niet hebben gevonden zit me ontzettend dwars. Ik onderdruk een vlaag van woede en zeg kalm: 'Hij was je verkrachter, niet je minnaar.'

'In dat geval heb je gelijk.' Yulia's blauwe ogen staan helder en oprecht. 'Ik heb vier minnaars gehad waar jij er één van bent.'

Ik staar haar aan. Ongelofelijk. Mijn verleidelijke spionne – het beeldschone meisje dat haar lichaam gebruikte om informatie te verkrijgen – is met minder mannen naar bed geweest dan de gemiddelde studente.

'En jij?' vuurt ze terug, zich op een elleboog oprichtend. 'Met hoeveel vrouwen ben jij naar bed geweest?' De blik in haar ogen is een perfecte weerkaatsing van mijn eerdere jaloezie.

'Vast niet zoveel als jij nu denkt,' zeg ik. Haar bezitterigheid amuseert me. 'Maar in elk geval wel meer dan vier. Net als je broertje ben ik jong begonnen en... ik was destijds niet erg van de vaste relaties.'

Ze knijpt haar blauwe ogen samen. 'Echt? En nu wel?'

'Ik heb een relatie met jou, nietwaar?' Mijn penis roert zich bij de aanblik van haar tepel, die onder de dekens vandaan komt. 'Dus ik zou zeggen van wel.'

Yulia doet haar mond open om iets te zeggen, maar ik ben al bezig de deken van haar af te trekken. Ik rol me op haar, duw haar benen uiteen en grijp mijn penis om die tegen haar opening te duwen. Ze is nog nat van daarstraks en dus stoot ik meteen in haar strakke, zachte binnenste. Ze lijkt het niet erg te vinden; haar armen en benen komen om me heen en ik begin haar hard en snel te neuken. Al na een paar minuten voel ik mijn orgasme naderen en ik vertraag het tempo om het moment te kunnen rekken.

'Zeg me dat je van me houdt,' zeg ik terwijl ik haar streel. 'Ik wil je het horen zeggen.'

'Ik houd van je, Lucas,' hijgt ze in mijn oor. Haar benen duwen tegen mijn heupen. Haar kutje voelt als een natte, gladde handschoenen om mijn penis heen en mijn ballen trekken zich samen als ik haar voel schokken. Samen komen we klaar en op dat moment voelt het alsof we één zijn, alsof onze kapotte helften samensmelten tot we één volmaakt geheel zijn. Onze longen snakken naar adem, onze adem vermengt zich met elkaar en als ik mijn hoofd ophef en Yulia naar me zie kijken, voel ik iets heets en warms in mijn borst.

'Ik zal altijd van je houden,' fluistert ze. Als ze haar hand tegen mijn wang legt, neemt het warme gevoel in mijn binnenste toe tot het iedere lege hoek van mijn ziel vult.

Met Yulia voel ik me compleet en dat is me ontzettend dierbaar.

 ulia

Op een vreemde manier voelt het alsof Lucas en ik pasgetrouwd zijn en alsof deze ongewone periode – deze lange wapenstilstand tussen ons – onze huwelijksreis is.

De seks is daar een oorzaak van. In plaats van uit te doven laait de passie tussen ons alleen maar hoger op. Iedere dag neemt die magnetische aantrekkingskracht toe. Onze lichamen zijn op elkaar ingespeeld op een manier die ik me nooit had kunnen bedenken. Een blik, een ademtocht, een aanraking en we staan in vuur en vlam. We kunnen er beiden geen genoeg van krijgen. Hoe vaak Lucas me ook verleidt, ik reageer erop; mijn lichaam blijft naar zijn aanraking snakken, hoe beurs het na een tijd ook is. Door zijn aanraking word ik iemand die ik niet ken, een wezen vol primitieve behoeften. Het is alsof ik geprogrammeerd ben voor zijn genot, om hem op alle mogelijke manieren te behagen. Hij overschrijdt mijn grenzen en toch wil ik meer. Of hij nu ruw of mild met me omgaat, mijn behoefte aan hem bindt me sterker aan hem dan welk touw dan ook.

Maar behalve de seks is er wel degelijk sprake van een groeiende intimiteit tussen ons. Elke dag eist Lucas mijn liefde op en ik geef hem die, niet in staat tot iets anders. Het is geen gelijkwaardig iets; Lucas zegt het nooit terug en laat niets van zijn gevoelens blijken. Maar na de seks houdt hij me dicht tegen zich aan alsof hij me zelfs niet aan de andere kant van het bed wil verliezen. Ik weet dat die rustige, tedere momenten even belangrijk voor hem zijn als voor mij. Die momenten geven me de hoop dat ik op een dag meer zal hebben, dat ik op een dag de man onder die harde buitenkant kan bereiken.

'Weet je, je hebt me nooit verteld hoe je hier terechtgekomen bent... hoe je van een Navy SEAL Esguerra's rechterhand bent geworden,' prevel ik op een avond als we zo verstrengeld in bed liggen dat het onmogelijk te zien is waar de een begint en de ander eindigt. Mijn vinger beschrijft een cirkel op zijn gespierde borst als ik zeg: 'Ik weet alleen wat er in dat dossier over jou stond en uit niets kon ik opmaken waarom je het gedaan had.'

'Mijn commandant vermoorden?' In Lucas' stem

klinkt geen enkele emotie door, maar onder mijn hoofd voel ik een spier in zijn schouder bewegen. 'Is dat wat je wilt weten? Waarom ik die schoft vermoord heb?'

'Ja.' Ik schuif iets achteruit zodat ik hem aan kan kijken. In het gedimde licht van het bedlampje staat het gezicht van mijn cipier onverzettelijk en hard. Maar dat schrikt me niet af. 'Waarom heb je het gedaan?' vraag ik zacht.

'Omdat hij mijn beste vriend had vermoord.' Een kille, oude woede klinkt in Lucas' stem door. 'Jackson, mijn vriend, betrapte Roberts op het verkopen van wapens aan de Taliban en hij wilde de man aangeven. Maar voor hij dat kon doen, liet Roberts hem vermoorden... in een zogenaamde overval door terroristen. Ik was erbij.'

'O, Lucas, wat erg.' Ik wil zijn gezicht aanraken, maar hij neemt mijn hand in een ijzeren greep.

'Niet doen.' Hij kijkt me met toegeknepen ogen aan. 'Het was lang geleden, in Afghanistan.' Zijn blik glijdt weer naar het plafond, maar hij houdt mijn hand stevig vast en zegt: 'Hoe dan ook, ik overleefde het. Het duurde een aantal dagen voor ik de basis wist te bereiken, maar het lukte me wel. Toen ik daar was, heb ik die schoft om zeep geholpen. Ik nam hem zijn wapen af en doorzeefde hem met kogels.'

Natuurlijk. Ik ervaar een mengeling van droefenis en bitter begrip als ik naar mijn cipier kijk. Net als ik is hij verraden door iemand die hij vertrouwde, iemand die hem had moeten steunen. Ik weet niet wat ik

Obenko had aangedaan als hij het overleefd had, maar Lucas' brute wraak schokt me niet, noch vervult hij me met afschuw.

'Wat gebeurde er toen?' dring ik aan als Lucas zwijgend naar het plafond blijft staren. 'Ben je toen opgepakt?'

'Ja.' Hij kijkt me nog steeds niet aan. 'Ik moest in de VS voor het militair gerechtshof verschijnen. Roberts had vrienden op hoge posities en mijn beschuldigingen werden zo snel onder het tapijt gevaagd dat ik niet eens tijd had om een officiële aanklacht in te dienen.'

'Hoe ben je ontsnapt?'

Nu kijkt Lucas me wel aan. 'Mijn ouders,' zegt hij kil. 'Ze konden de schaamte niet verdragen dat hun zoon voor moord werd aangeklaagd, dus regelden ze dat ik kon verdwijnen. Mijn vader maakte een afspraak: hij kon me naar Zuid-Amerika laten verdwijnen, op voorwaarde dat ik nooit meer contact met hen op zou nemen.'

'Wilden ze je uit hun leven weren?' Met open mond staar ik hem aan. Dat er ouders zijn die zulke dingen doen... 'Waarom? Omdat je verdacht werd van moord?'

'Omdat ik volgens mijn vader een rotte appel ben. "Door en door rot", zei hij.'

'O, Lucas...' Mijn hart breekt voor hem. 'Je vader had het mis. Je bent geen...'

'Geen slecht mens?' Hij trekt een wenkbrauw op en een glimlach vol zelfspot trekt over zijn gezicht. 'Kom, schoonheid, je kent me. Mijn ouders bezorgden me de beste opleiding, boden me ieder voordeel dat ze maar konden kopen, en wat deed ik? Ik wierp het allemaal weg en ging bij de marine om mijn behoefte aan geweld te kunnen bevredigen. Dat is behoorlijk verknipt, toch? Kun je het mijn ouders echt kwalijk nemen dat ze niets meer met me te maken wilden hebben?'

'Jazeker.' Ik slik en houd zijn blik vast. 'Jij was hun zoon. Ze hadden je moeten steunen.'

'Je begrijpt het niet.' Lucas' ogen glinsteren kil. 'Ze wilden geen zoon. Ik moest hun erfenis worden. Een perfecte verlenging van hen, het hoogtepunt van hun ambities. En dat verpestte ik toen ik bij het leger ging. Die tenlastelegging van moord was gewoon de laatste druppel. Mijn vader had groot gelijk dat hij me die overeenkomst aanbood. Ik paste niet in hun leven – dat heb ik nooit gedaan – en zij pasten zeker niet in het mijne.'

Ik bijt op mijn wang als ik tranen voel branden. Ineens zie ik Lucas voor me als een opvliegend, rusteloos jongetje, constant gepusht om iemand te zijn die hij simpelweg niet was. Zijn ouders, allebei jurist, moeten geen idee hebben gehad wat ze aan moesten met een kind dat een strijder pur sang is – een jongen die dankzij een wrede grap van zijn genen totaal anders is.

Maar om nou tegen hun zoon te zeggen dat ze hem nooit meer willen zien...

'Dus je hebt hen sindsdien niet meer gesproken?' Ik houd met opzet mijn stem kalm. 'Niet eens één keer?'

'Nee.' Zijn blik is keihard. 'Waarom zou ik?'

Ja, waarom zou hij ook? Voor mij is het idee van familie echt heilig, maar mijn ouders waren dan ook heel anders dan die van Lucas. Ik kan me niet voorstellen dat pap en mam ooit Misha of mij zouden hebben laten stikken, hoe we ook terecht zouden zijn gekomen. Ze hadden ons hoe dan ook gesteund, net zoals ik mijn broertje altijd zal steunen.

En Lucas ook, besef ik ineens. Om precies te zijn doe ik dat al, ondanks dat Esguerra en hij de organisatie waar ik voor werkte van de kaart aan het vegen zijn. Zijn vader had niet helemaal ongelijk: Lucas is absoluut geen goed mens. Dat doet alleen niets af aan wat ik voor hem voel.

Misschien ben ik dan ook een rotte appel, maar langzaamaan ben ik mijn cipier ook als familie gaan beschouwen.

Die verbluffende ontdekking zet ik echter opzij zodat ik me op de rest van zijn verhaal kan concentreren. 'Hoe kwam je dan bij Esguerra terecht?' Ik ondersteun mezelf op een elleboog. 'Ben je hem gewoon ergens in Zuid-Amerika tegengekomen en heeft hij je toen ingehuurd?'

'Het lag iets ingewikkelder.' Lucas' mondhoeken trillen even. 'Ik werd door een Mexicaans kartel ingehuurd om een lading wapens te bewaken die ze van Esguerra gekocht hadden. Maar toen ik daar kwam, ontdekte ik dat een van de kartelleiders inhalig was geworden en de hele lading voor zichzelf wilde houden – waarmee hij zowel Esguerra als zijn eigen bende erin luisde. Wat volgde, was een gemeen vuurgevecht en Esguerra en ik behoorden tot de weinige overlevenden. We hielden ons allebei ergens schuil. Hij had bijna geen munitie meer en ook ik had nog maar een paar kogels. In plaats van elkaar proberen te blijven vermoorden, bood hij me een permanente positie aan. Onnodig te zeggen dat ik die accepteerde.' Hij grinnikt even duister en vult dan aan: 'En daarna schoot ik een gast dood die achter Esguerra opdook. Dat was evengoed als een handtekening onder een contract.'

'Zei je daarom dat Esguerra je iets verschuldigd is?' Ik herinner me ineens dat hij een keer zoiets zei. 'Omdat je destijds zijn leven hebt gered?'

'Nee, dat hoorde gewoon bij mijn nieuwe baan. Esguerra is me iets anders schuldig.'

Ik kijk hem verwachtingsvol aan en na een paar seconden zucht Lucas. 'Esguerra raakte vorig jaar gewond bij een explosie in een pakhuis in Thailand. Ik redde hem en bracht hem naar een ziekenhuis, waar hij bijna drie maanden in coma heeft gelegen. Gedurende die tijd heb ik de boel bijeengehouden: het bedrijf gaande houden, zijn vrouw beschermen, et cetera.'

'Ik begrijp het.' Niet zo gek dat Lucas er zeker van is dat Esguerra hem mij laat houden. Ware loyaliteit moet zeldzaam zijn in een wereld als de hunne. 'En je bent niet een keer in de verleiding gekomen het allemaal voor jezelf te houden? Esguerra's handel moet miljarden waard zijn.'

'Dat klopt, maar Esguerra betaalt goed, dus wat zou dat voor zin hebben?' Lucas werpt me een spottende blik toe. 'En daarbij vind ik hem aardig. Hij heeft via zijn contacten mijn naam van de lijst met gezochte personen gehaald. Daarbij doet hij zich niet anders voor dan dat hij is en dat vind ik erg prettig.'

Natuurlijk. Na het verraad van zijn bevelhebber in Afghanistan moet dat Lucas bijzonder aanspreken. Toch zouden veel mensen in Lucas' positie verblind zijn door hun hebzucht. Dat hij daar niet aan bezweken is, zegt veel over hem.

Mijn cipier heeft misschien geen hechte band met zijn familie, maar in zekere zin is hij net zo loyaal als ik.

NAARMATE ONZE PSEUDOHUWELIJKSREIS LANGER DUURT, blijk ik een luxeprobleem te hebben. Ik heb namelijk een overmatige hoeveelheid vrije tijd. Ik heb geen opdrachten, geen les, geen echte verantwoordelijkheden. In eerste instantie was dat heel fijn. Mijn ziekte en de traumatische gebeurtenissen daarvoor waren hard aangekomen en ik was zowel fysiek als mentaal uitgeput. Een paar wekenlang heb ik ervan genoten televisie te kijken, tijd door te brengen met Misha en gewoon wat aan te rommelen in en rond het huis. Maar als de weken overgaan in maanden, begin ik onrustig te worden. Ik ben altijd een bezig bijtje geweest: eerst als leerling, vervolgens als rekruut en de laatste paar jaar ben ik als spionne altijd in actie geweest. Vrije tijd was een kostbare luxe, maar nu heb ik er te veel van en dat vind ik maar niets.

Om mijn dagen te vullen begin ik met nieuwe recepten te experimenteren. Lucas geeft me toegang tot het internet – op een afgeschermde computer, want hij vertrouwt me nog steeds niet volledig – en ik ga op zoek naar nieuwe, interessante gerechten. Lucas is een voorstander van mijn nieuwe hobby, aangezien hij daar elke maaltijd van mag genieten. Langzaam ontwikkel ik een repertoire dat zowel traditioneel Russische gerechten zoals *borsjt* als exotische fusiongerechten met elementen uit de Aziatische, Franse en Latijns-Amerikaanse keuken omvat. Ik bedenk zelf ook varianten, zoals koriander-curry sushi met ingelegde bietjes, Pekingeend gevuld met kool die naar appel smaakt en *arepas* met een Russische auberginevulling.

'Yulia, dit is fantastisch,' zegt Lucas als ik pasteitjes met shiitakes en Camembert opdien. 'Echt, dit is beter eten dan je in menig chic restaurant krijgt. Je had chefkok moeten worden.'

'Ze zijn echt heel lekker,' valt mijn broertje hem bij, en hij steekt zijn vierde pasteitje in zijn mond. Bijna elke dag komt hij nu met ons lunchen en ik vermoed dat mijn kookkunsten daar grotendeels debet aan zijn. Daardoor tolereert hij zelfs Lucas' aanwezigheid, hoewel ze nog niet bepaald beste vrienden zijn.

'Mooi. Ik ben blij dat jullie ze lekker vinden,' zeg ik terwijl ik opsta om mijn bord in de gootsteen te zetten. Na twee pasteitjes zit ik wel vol, maar Lucas en Misha lijken wel te kunnen blijven eten. Ik verbijt een glimlach als ik Lucas het een-na-laatste pasteitje zie pakken en mijn broertje meteen de laatste grijpt en naar binnen propt alsof hij bang is dat hij wegloopt.

'Heb je er nog meer?' vraagt Misha als hij hem heeft doorgeslikt. 'Diego en Eduardo hebben me gesmeekt wat restjes mee te nemen.'

'Wat krijgen we nou?' Lucas stopt met eten en werpt Misha een woedende blik toe. 'Laat hen hun eigen pasteitjes maken. Er zijn geen restjes.'

'Eigenlijk had ik al een aantal extra gemaakt voor dat geval.' Ik loop naar de oven. Dit is niet de eerste keer dat de twee bewakers via mijn broertje om eten bedelen en ik denk ook niet dat dit de laatste keer is. Als Lucas het goed zou vinden, kwamen ze hier elke dag eten. Aangezien dat echter niet geval is, zoeken ze naar andere manieren om van mijn nieuwe hobby te profiteren. 'Zeg ze wel dat ze de pasteitjes opeten voor ze helemaal zijn afgekoeld. Opwarmen in de magnetron maakt ze minder lekker.'

'Natuurlijk,' zegt Misha. Ik pak de pasteitjes in en geef ze aan hem. 'Ik zal ze meteen brengen.'

Lucas kijkt met een geërgerde blik toe. 'Maar...'

'Ik maak ze binnenkort weer,' beloof ik hem. 'Voor het avondeten ben ik van plan enokipasta met cashewnotensaus te maken, met als toetje chocoladebroodpudding met een topping van yuzu en frambozen. Als je daarna nog honger hebt, zal ik deze pasteitjes nog een keer maken, goed?'

Als Misha dat hoort, verschijnt er een duidelijk afgunstige blik op zijn gezicht. 'Denk je dat je nog wat broodpudding over hebt als ik na het eten even langsloop? De bewakers hebben me uitgenodigd voor een barbecue, maar ik heb vast wel plek voor het toetje...'

'Ja, natuurlijk.' Stralend kijk ik hem aan. 'Ik zal wat voor je bewaren.'

'Voor hem en de helft van de bewakers,' mompelt Lucas terwijl hij opstaat. 'Nog even en we voorzien het hele landgoed van eten.'

Ik schiet in de lach. Het duurt echter niet lang voor Diego en Eduardo met verschillende excuses langskomen, vaak in gezelschap van een paar maten. Ik vind het niet erg om grotere porties te koken – het is een leuke uitdaging – maar Lucas ergert zich eraan, vooral als onze maaltijd door al die bezoekjes onderbroken worden.

'Het is verdomme geen restaurant hier!' brult hij tegen Diego als de jonge bewaker 'toevallig' tijdens de lunch met zes van zijn vrienden aan komt lopen. 'Yulia kookt voor mij en haar broertje, ja? Rot op voor ik jullie allemaal over laat werken.'

Teleurgesteld druipen de bewakers af, maar de volgende dag komt Eduardo precies voor Lucas thuiskomt even aanwippen. 'Heb je toevallig nog wat garnalensalade over?' vraagt hij met een blik op de voordeur. 'Michael vertelde er gisteravond over en...'

'Jawel, hoor.' Ik onderdruk een grijns. 'Maar je moet wel opschieten. Lucas en Michael kunnen elk moment binnenstappen.'

Ik geef hem een bakje met salade en hij bedankt me

hartelijk, voor hij zich de deur uit rept. De volgende dag haalt Diego dezelfde truc uit: hij komt een halfuur voor het avondeten binnenvallen en ik geef hem de extra kip met veenbessen-rijstvulling die ik speciaal daarvoor had bereid. Hij bedankt me hartelijk en de rest van de week blijf ik zo stiekem de bewakers van eten voorzien. Maar op de maandag erna betrapt Lucas ons – en hij is er niet blij mee.

'Wat gebeurt hier, verdomme?' snauwt hij als hij de keuken inloopt en mij net een blad vol versgebakken vleespasteien aan Diego ziet geven. Hij blijft bij ons staan en werpt de bewaker een woedende blik toe. 'Ik heb je gewaarschuwd...'

'Lucas, het is prima. Ik heb genoeg gemaakt voor iedereen,' verzeker ik hem. 'Echt, het is niet erg. Ik vind het niet erg om voor hen te koken. Het is juist leuk.'

'Zie je? Zij vindt het prima.' Met een grijns trekt Diego het blad uit mijn handen. 'Bedankt, prinses. Je bent geweldig.'

Hij vlucht de keuken uit en Lucas wendt zich met opeengeklemde kaken tot mij. 'Wat doe je, verdomme? Het is niet aan jou om de bewakers te voeden. Er zit een cafetaria bij de barakken, hè?'

'Dat weet ik.' Impulsief stap ik op hem af en leg een hand tegen zijn harde kaak, waar ik de spieren onder zijn ruwe huid voel trillen. 'Maar ik vind het echt niet erg. Ik heb het echt naar mijn zin hiermee. En ik vind het fijn dat de bewakers van mijn kookkunsten genieten. Zo voel ik me...' Ik zwijg even en denk na over het juiste woord.

'Nuttig?' Lucas' uitdrukking verzacht zich en ik knik, verrast dat hij precies weet wat ik bedoel.

Met een zucht brengt hij mijn hand naar zijn lippen en drukt er een kus op. Dan neemt hij me aandachtig in zich op, eerder bezorgd dan kwaad nu. 'Yulia, lieverd, je bent nuttig voor mij, goed? Je hoeft niet het hele landgoed van eten te voorzien om te bewijzen wat je waard bent.'

Ik staar hem aan. Mijn maag trekt samen als hij mijn hand loslaat. 'Wat als ik meer wil zijn dan alleen nuttig voor jou?' fluister ik. 'Wat als ik meer nodig heb dan alleen in je bed liggen en je huishouden runnen? Je weet dat ik een echte universitaire graad heb, hè?' Ik zie Lucas' gezicht betrekken, maar ik kan nu niet zwijgen. Mijn stem wordt bij elk woord krachtiger. 'Ik heb een BA in Engelse Taal en Cultuur en een MA in Internationale Betrekkingen. Ik was een goede tolk en een goede spionne. Zes jaar lang heb ik in een van 's werelds grootste steden gewoond en me tussen de hoogste ambtenaren in de Russische overheid begeven. Ik had altijd wel iets omhanden en nu kom ik nauwelijks het huis nog uit omdat ik niet wil dat Esguerra aan mijn bestaan herinnerd word.' Als ik even stop om adem te halen, zie ik een spiertje trekken in Lucas' kaak.

'Is dat zo?' zegt hij gevaarlijk zacht. 'Mis je het om een spionne te zijn?'

Meteen heb ik spijt van mijn rappe tong. Ik had kunnen weten dat Lucas mijn woorden verkeerd zou begrijpen. 'Nee, natuurlijk niet...'

'Mis je het om voor je opdrachten mannen te neuken?' Hij komt dichterbij en ik deins achteruit tot ik tegen het aanrecht sta.

Mijn polsslag schiet omhoog. 'Nee, zo bedoelde ik het niet.'

Hij grijpt me bij mijn keel, net hard genoeg om me te laten voelen hoe sterk hij is. Dan leunt hij naar me toe en fluistert: 'Of ben ik niet genoeg?' Zijn adem verwarmt mijn huid en bezorgt me kippenvel. 'Heb je behoefte aan meer afwisseling, schoonheid?'

'Nee,' hijg ik. Mijn ademhaling wordt steeds oppervlakkiger. Lucas is levensgevaarlijk als hij jaloers is. 'Zo zit het helemaal niet. Ik bedoelde alleen dat...'

'Je bent van mij,' gromt hij. Zijn kille blik boort zich in de mijne. 'Het interesseert me geen zier wat je hiervoor voor leven leidde. Ik heb je gevangen en gemerkt en je bent verdomme van mij. Geen andere man zal je ooit nog aanraken en als ik je de rest van je leven in een kooi wil houden, dan doe ik dat. Begrepen?'

Zijn greep op mijn hals wordt losser, maar mijn keel knijpt samen als een golf van pijn door me heen slaat. Wekenlang heb ik in een bubbel vol huiselijk geluk geleefd, heb ik huisje-boompje-beestje gespeeld met een man die me als niets meer dan zijn bezit beschouwd, een veredelde seksslavin die hij met zijn zenders heeft gemerkt. Iedere andere vrouw zou met huid en haar voor haar vrijheid gevochten hebben, maar ik heb mijn gevangenschap omarmd alsof ik ervoor geboren ben. Ik liet me sussen door de hoop dat onze verknipte relatie op een dag echt zou kunnen worden.

Mijn verlangen naar de liefde van mijn cipier heeft me luchtkastelen laten bouwen.

'Ik begrijp het,' fluister ik door lippen die dof aanvoelen. 'Het spijt me.'

Lucas laat me los en stapt achteruit. Zijn gezicht staat nog altijd strak van woede en ik draai me om en tast blindelings naar de afwas.

Onze 'huwelijksreis' is voorbij.

DIE AVOND KOMT LUCAS PAS LAAT THUIS EN ETEN MISHA EN IK SAMEN. Ik probeer niets te laten blijken tegenover mijn broertje, maar ik weet dat hij doorheeft dat er iets is. Het voelt als een opluchting als hij vertrekt, uiteraard met een tas restjes voor de bewakers; het liefst wil ik nu alleen zijn om mijn wonden te likken.

Ik ben bijna klaar met douchen als Lucas thuiskomt. Hij loopt de badkamer binnen als ik het douchehokje uitkom. Zonder iets te zeggen tilt hij me op en draagt me naar de slaapkamer. Zijn gezicht staat hard en zijn blik is onleesbaar; een oude angst welt in me op. Ik denk niet dat hij me fysiek echt pijn zal doen, maar toch ben ik bang. Lucas is onvoorspelbaar als hij in zo'n stemming is en ik heb het nu al moeilijk met mijn emoties onder controle houden. Heel even doemt het bizarre idee in me op om me tegen hem te verzetten, maar dat zet ik vrijwel meteen ook weer uit mijn hoofd. Het is niet alsof ik zou kunnen winnen. Trouwens, wat heeft me verzetten voor zin? Zoals hij al zei, kan hij alles met me doen.

Mijn leven – en dat van mijn broertje – ligt in zijn handen.

Het zou zoveel makkelijker zijn als ik me vast zou kunnen klampen aan het doffe gevoel van vanmiddag, maar mijn hele geest lijkt juist overprikkeld. Ik voel de warmte van zijn huid door zijn kleding heen en het spannen van zijn spieren als hij me op het bed legt; ik zie zijn lichtblauwe ogen glinsteren en ruik zijn warme, mannelijke geur. Als hij zich over me heen buigt, komt mijn lichaam tot leven. Ik voel een bekende hitte in mijn onderbuik. Mijn tepels worden hard en mijn borsten snakken naar zijn aanraking. Het wordt vochtig tussen mijn benen als hij me kust en zijn tong met ruwe strelingen mijn mond binnendringt. Zijn grote handen sluiten zich om mijn polsen en pinnen ze boven mijn hoofd. Met gesloten ogen geef ik me over aan de warme vergetelheid van onze passie. Mijn pijn en angst verdwijnen en een dierlijk instinct neemt het over. Met een kreun welf ik me tegen Lucas aan, mijn harde tepels tegen zijn T-shirt. Mijn binnenste trekt samen als ik de zwelling in zijn spijkerbroek tegen mijn naakte heup voel duwen.

Ja, neem me, neuk me, laat me alles vergeten... Steeds herhaal ik dat erotische mantra in mijn hoofd. Op dit moment hoef ik me niet druk te maken om de toekomst, om mijn leven met een man die me slechts als een exclusief speeltje beschouwt. Ik hoef niet na te denken over het feit dat ik misschien nooit meer zal zijn dan iets waarop hij zijn lust kan uitleven. Ik kan me gewoon op zijn bedwelmende kussen en het warme gewicht van zijn lichaam op het mijne richten.

Pas als hij mijn beide polsen in een hand neemt en met de andere in het slaapkamerkastje begint te rommelen, voel ik een zweem van angst de kop weer opsteken. Mijn ogen vliegen open en ik haal mijn mond van de zijne. 'Lucas, wat ga je...'

Met een diepe, verslindende kus belet hij me het spreken en een moment later weet ik het antwoord. Koel metaal raakt mijn linkerpols en ik hoor een klik als hij de handboei vastmaakt. Ik snak naar adem en probeer mijn andere hand los te trekken, maar Lucas gebruikt die beweging op me op mijn zij te leggen en mijn gehandboeide arm naar de metalen paal te trekken, een overblijfsel uit de eerste dagen van mijn gevangenschap. Hij gaat op me zitten en maakt de handboei vast. Dan grijpt hij mijn andere pols en voor ik me goed en wel heb kunnen verzetten, zit ook die aan de paal vast.

Het ongemakkelijke gevoel slaat om in pure angst. Ik lig naakt op mijn zij en ben net als eerder aan die metalen paal geboeid.

'Waarom doe je dit?' Mijn stem klinkt hoog en dun. Als ik omkijk, zie ik Lucas iets anders uit het laatje halen. 'Lucas, niet doen. Alsjeblieft...' Mijn haar hangt voor mijn gezicht, dus zie ik weinig. Maar voor ik het uit mijn gezicht kan schudden, wordt een zachte doek voor mijn ogen geslagen.

'Stil,' sust Lucas als hij de blinddoek vastmaakt. 'Het komt wel goed, schatje.'

O, ja? Hij heeft me geboeid en geblinddoekt. Mijn hart bonst en mijn opwinding is weggevaagd door mijn paniek. 'Lucas, alsjeblieft... Wat ga je doen?'

Hij zit nog steeds op me en leunt nu naar voren, want ik voel zijn warme adem op mijn gezicht. 'Houd je van me?' prevelt hij. Zijn lippen strijken langs mijn oor en zijn oor glijdt over het randje ervan. 'Houd je van me, Yulia?'

Ik slik moeizaam. 'Ja. Je weet dat ik van je houd.'

'Vertrouw je me?'

Nee. Bijna flap ik die waarheid eruit, maar ik weet nog net op tijd mijn lippen opeen te persen. Vertrouwen doe ik Lucas niet – dat heb ik nooit gedaan – maar dat ga ik op dit moment zeker niet toegeven. Ik heb geen idee wat de regels van dit nieuwe spel zijn en tot die tijd speel ik niet mee.

'Aha,' prevelt hij, en ik realiseer me dat mijn weigering om te antwoorden op zich al een antwoord was. Mijn hartslag schiet nog verder omhoog.

'Lucas, ik...'

'Het is goed.' Hij bijt zachtjes in mijn oorlel. 'Je hoeft niet te liegen.' Hij gaat van me af en ik hoor kleding op de grond vallen, gevolgd door wederom het geluid van dat laatje in het nachtkastje. Hoezeer ik mijn best ook doe, verder hoor ik niets. Een paar seconden later draait Lucas me om. Nu lig ik op mijn rug, mijn geboeide armen opzij gedraaid.

Ik wil hem nog een keer vragen wat hij van plan is,

maar hij laat zich over mijn lichaam naar beneden glijden en duwt mijn benen uit elkaar, waarna hij die met zijn sterke handen tegen de matras duwt.

De eerste aanraking van zijn tong tegen mijn plooien is verbluffend zacht, een streling in plaats van een aanval. Hij verwart en ontwapent me. Ik was voorbereid op intensiteit en iets beangstigends, maar de lome strelingen van zijn tong over mijn schaamlippen en schede zijn iets heel anders. Hij likt me alsof hij alle tijd van de wereld heeft. Zijn lippen en tong lijken wel uren met mijn gevoelige huid te spelen voor hij zijn aandacht op mijn klit richt. Tegen die tijd ben ik drijfnat en kreun ik zijn naam. Mijn heupen schokken als mijn opwinding in volle vaart terugkeert. Als hij met zijn handen mijn benen niet op hun plek hield, zou ik met mijn venusheuvel langs zijn mond schuren en zo het orgasme dat net buiten mijn bereik ligt afdwingen.

'Alsjeblieft, Lucas,' smeek ik als zijn tong met gekmakende lichte strelingen mijn klit plaagt. 'Iets harder, alsjeblieft...'

Tot mijn verrassing doet hij wat ik vraag en zuigt hij zo aan mijn klit dat ik het tot in mijn tenen voel. Een hese schreeuw ontsnapt me als mijn binnenste spieren samentrekken en het orgasme over me heen spoelt, waardoor ik niets anders meer voel dan allesverterend genot. Ik kom zo hard klaar dat ik sterretjes zie en ondanks zijn handen bijna van het bed af kom. Mijn lichaam schokt een paar keer hard en daarna blijf ik slap en ademloos liggen, uitgeput door alles wat ik voel.

Ik weet dat Lucas nog niet klaar met me is. Toch schrik ik als hij me op mijn buik draait en de handboeien tegen de metalen paal tikken. Mijn armen worden nu de andere kant op uitgerekt en voor het eerst dringt tot me door hoe veelzijdig deze gebonden houding is.

Lucas kan met me doen wat hij wil, in welk standje hij maar wil, en ik kan er niets tegen beginnen.

Hij gaat op mijn benen zitten en opnieuw voel ik een golf angst, waardoor een deel van de endorfinen na mijn orgasme wordt weggevaagd. Een seconde later voel ik iets kouds en nat tussen mijn billen en besef ik dat mijn angst terecht is.

Dat is glijmiddel.

'Niet doen. Alsjeblieft.' Ik ruk aan de handboeien als paniek me in zijn greep krijgt. 'Alsjeblieft, niet zo.'

'Niets aan de hand, schoonheid.' Lucas negeert mijn pogingen om weg te kruipen en schuift twee dikke kussens onder mijn heupen, zodat ik bijna op handen en knieën zit. 'Ik zei al dat het wel goedkomt.'

Maar dat is niet zo. Dat weet ik al. Hij zal me beschadigen, want zijn penis is te lang en te dik voor die plek van mijn lichaam. Hij heeft de afgelopen maanden meermaals met mijn kontje gespeeld, met zijn vingers en wat kleine speeltjes, maar verder is hij niet gegaan. Dom als ik ben, hoopte ik dat hij dat niet zou doen, dat hij mijn wensen wat dat lichaamsdeel aanging zou respecteren. Maar ik had uiteraard beter moeten weten.

Zijn lust kent geen grenzen bij mij.

Hij leunt over me heen. Zijn lichaam verwarmt mijn koude huid en ik besef dat ik beef en dat zich een laagje koud zweet over mijn huid heeft gevormd. Zijn hand steelt mijn ene heup en ik krimp ineen voor ik het doorheb, vol angst voor de pijn die naar mijn weten zeker gaat komen.

'Yulia...' Hij veegt mijn haren opzij, van mijn bezwete rug af, en ik voel zijn lippen tegen mijn nek, terwijl zijn stijve penis tegen mijn been duwt. 'Ik ga je geen pijn doen, schatje, dat beloof ik.'

Geen pijn? Ik wil hem toeschreeuwen dat dat een leugen is, dat hij me niet zou vastbinden en blinddoeken als hij teder de liefde met me zou willen bedrijven, maar daar krijg ik de kans niet voor – Lucas' vingers glijden tussen mijn benen door naar mijn klit. Hij duwt er zachtjes op en kust tegelijkertijd mijn nek. Iets in mij laait op, geen angst... Geschokt besef ik dat genot zich met mijn paniek aan het vermengen is.

'Ik ga je geen pijn doen,' herhaalt hij. De woorden zijn fluisterzacht en zijn lippen strijken over mijn schouder. Iets van mijn angst ebt weg, smelt weg in de hitte die in me begint op te laaien. Lucas kent mijn lichaam inmiddels door en door en zet al zijn kennis in. Zijn vingers wekken gevoelens in me op die ik op dit moment nooit verwacht had.

Mijn tweede orgasme overvalt me volkomen en ik hijg in de matras als golven genot door me heen rollen.

Ik ben niet vergeten wat me te wachten staat, maar het is moeilijk om je aan je angst vast te houden als je brein gevuld is met endorfinen. En Lucas is nog niet klaar met me genot bezorgen. Zijn hand streelt mijn vagina en met een vinger weet hij feilloos mijn G-spot te vinden. Het duurt niet lang voor opnieuw die bekende spanning in me opwelt en opnieuw word ik overspoeld door een orgasme, ditmaal zwakker dan het vorige.

'Niet nog eens,' kreun ik als hij zijn vinger uit mijn schokkende kutje terugtrekt en met mijn gezwollen klit laat spelen. 'Dat kan ik niet.'

'Jawel hoor, schatje.' Zijn tanden schrapen langs mijn nek en dan fluistert hij: 'Nogmaals en nogmaals, zo vaak het maar nodig is.'

Dat blijken nog twee orgasmes te zijn. In elk geval, zoveel bezorgt Lucas me er voor mijn spieren zo slap zijn dat ik gewoon niet nog een keer kan komen. Tegen die tijd maak ik me ook geen zorgen meer om de gevaarlijke nattigheid tussen mijn billen – ik kan gewoon niet meer nadenken. Dus als hij zijn vingers uit mijn drijfnatte kutje haalt en tussen mijn billen laat glijden, blijf ik gewoon liggen, slap en versuft, nauwelijks in staat te reageren als hij zonder vrijwel enige weerstand twee lange vingers in mijn kutje duwt.

'Zo moet het, lieverd. Brave meid,' sust Lucas me als ik ontspannen blijf liggen en niet om zijn twee vingers aanspan. Het is nog steeds niet echt een fijn gevoel. Zijn vingers zorgen voor een invasie waardoor ik me overvol voel, maar het doet geen pijn en ik ben te moe om me te verzetten als hij me langzaam met die twee vingers begint te neuken. 'Wat een braaf meisje...' Het vloeiende, glijdende ritme is vreemd genoeg hypnotiserend en ik krijg het gevoel dat mijn brein en lichaam niet langer verbonden zijn. Vagelijk ben ik me er bewust van dat ik bang moet zijn, dat ik tegen deze schending zou moeten protesteren, maar het lijkt me de moeite niet waard – vooral niet als Lucas met zijn andere hand opnieuw zacht tegen mijn klit duwt en een vlaag genot in mijn overprikkelde kern oproept.

Ik heb me zo overgegeven aan mijn staat van catatonie dat ik niet eens bang word als hij zijn vingers terugtrekt en ik iets glads en diks tegen mijn anus voel duwen. Mijn lichaam blijft slap en ontspannen, zelfs wanneer ik enorme druk ervaar en ik Lucas zacht hoor kreunen: 'Jezus, schatje, wat ben je strak...' De druk neemt toe en verandert in pijn, waardoor iets van mijn angst weer bovenkomt en ik me toch wil gaan verzetten.

'Nee, lieverd, niet aanspannen. Adem erdoorheen.' Het bevel klinkt laag en gespannen. Ineens dringt tot me door hoezeer Lucas zichzelf aan het beheersen is om me maar geen pijn te doen. Vreemd genoeg kalmeert die wetenschap me en ik haal diep en langzaam adem om mijn spieren te ontspannen.

'Ja, zo,' prijst hij me met hese stem. Ik voel dat hij langzaam in me dringt; zijn eikel rekt mijn strakke kringspier op. Het brandt en de neiging om mijn spieren aan te spannen is haast ondraaglijk, maar ik adem erdoorheen en langzaam komt hij verder, millimeter voor millimeter zijn enorme penis in me schuivend.

Als zijn eikel helemaal in me zit, wacht hij even. Zijn hand streelt troostend mijn heup en na een paar seconden neemt het brandende gevoel af. Ik kan me nu beter ontspannen en Lucas gaat verder met zijn langzame binnendringing. Maar als hij dieper in me komt, verdwijnt mijn kalmte. Hij is te groot, veel te groot. Mijn hartslag versnelt en mijn ademhaling wordt oppervlakkig en paniekerig. Het glijmiddel vermindert de wrijving, maar doet niets af aan zijn grootte. Mijn binnenste krimpt ineen als Lucas verder in me komt en daarmee me verder oprekt dan ik voor mogelijk hield. Overweldigd kreun ik tegen de matras en hij kust mijn nek. Het tedere gebaar vormt een sterk contrast met zijn genadeloze invasie van mijn lichaam.

'Nog een klein stukje,' prevelt hij, en ik besef dat ik me onbewust aan het aanspannen ben om te voorkomen dat hij dieper in me komt. 'Je kunt het, schatje.'

Niet waar, wil ik protesteren, maar het enige dat ik over mijn lippen krijg, is een onsamenhangend geluidje dat tussen een grom en een snik in zit. Ik beef en zweet en mijn handen grijpen de metalen paal stevig vast. Dit lijkt in niets op de afschuwelijke pijn die Kirill me aan heeft gedaan, maar tegelijkertijd is het wel even heftig. Lucas' langzame, voorzichtige bewegingen zorgen ervoor dat ik zijn hele omvang voel, dat ik de immense, overweldigende druk in mijn binnenste wel moet accepteren. Zijn penis lijkt me volledig te vullen. Het is zowel een schending als een markering en het voert me mee naar een plek waar duisternis en erotiek in elkaar overgaan, in een perverse symfonie samenkomen.

'Verdomme, Yulia, wat voel je lekker,' kreunt Lucas. Ik realiseer me dat hij tot aan zijn ballen – die ik tegen mijn vagina voel – in me zit. Zijn hand bevindt zich nog altijd tussen mijn benen en zijn vingers duwen tegen mijn klit. Ik verbijt een kreet als hij in me beweegt. Mijn maag trekt even samen bij dat vreemde gevoel. 'Je bent zo godvergeten strak.' Hij duwt harder tegen mijn klit en zet dan twee vingers in een schaarbeweging eromheen. Scherpe, onverwachte scheuren van genot zorgen ervoor dat ik naar adem snak.

'Ja, zo, schoonheid.' Lucas' stem is vol duister genoegen. 'Je kunt het wel. Kom nog een keer voor me.' Zijn vingers beginnen een schaarbeweging te maken en tot mijn verbijstering laait hitte in me op. Dat extreem volle gevoel in mijn binnenste vormt zowel een belemmering voor als een versterking van mijn genot. Het pulserende genot van mijn klit strijdt met de druk op mijn overmatig uitgerekte kontje. Zijn penis voelt aan als een stalen pijp in mijn binnenste, maar zijn strelende vingers laten mijn spieren in die regio op een andere, veel plezieriger manier samentrekken. Ik schreeuw het uit als mijn orgasme komt aanrollen en Lucas knijpt haast pijnlijk in mijn klit.

'Ja, zo, schatje...' Opnieuw knijpt hij in mijn klit en kan ik het orgasme niet tegenhouden – mijn toch al overgevoelige zenuweinden worden door zijn harde aanraking volledig op scherp gezet. Mijn lichaam schokt en trilt, zich samentrekkend om zijn grote erectie. Ik snik het uit als gevoel van de pijnlijke extase, het verzengde gevoel van 'fout'. Dit genot is duister en bruut en als hij in me begint te bewegen, stuwt het bewegen van zijn penis me nog hoger, nog verder aangezwengeld door de blinddoek en het koele metaal om mijn polsen. Ik weet niet hoelang het duurt voor Lucas klaarkomt, voor ik zijn hete zaad in mijn opgeschuurde binnenste voel, maar tegen de tijd dat hij mijn handboeien losmaakt, kan ik niets anders meer dan daar liggen, zwak en bevend, met een brandende anus en een klit die nog steeds naschokken lijkt te voelen.

Zonder iets te zeggen neemt hij me in zijn armen en ik leun tegen zijn borst. Dan komen de tranen; ik voel me zowel gebroken als bevrijd.

Het verleden met Kirill ligt definitief achter me. Alles aan mij behoort nu Lucas toe, wat dat me ook moge brengen.

 *ulia*

Bij het ontbijt is Lucas ongewoon stil. Zijn bedachtzame blik blijft op me rusten en het kost me moeite om niet te blozen als ik die lichtblauwe ogen op me zie rusten. Ik wil hem vragen waar hij aan denkt, maar ik voel me bizar genoeg te verlegen om het te vragen. Het helpt ook niet dat ik nogal beurs ben; elke keer dat ik beweeg, word ik herinnerd aan wat er tussen ons is voorgevallen. Waar ik bang voor was, is niet gebeurd: ik ben niet uitgescheurd. Maar ik ben me wel heel erg bewust van het feit dat iets groots en diks in me is geweest en me naar hoogten heeft gestuwd waarvan ik niet eens wist dat ze bestonden.

Snel eet ik mijn champignon-spinaziequiche op en

sta op om mijn bord in de gootsteen te zetten. Als ik terugloop om Lucas' bord te pakken, verrast hij me door mijn pols in een onbreekbare greep te nemen.

'Yulia.' Ik lees een emotie in zijn blik die ik niet kan plaatsen. 'Dat was heerlijk, dank je wel.'

'O.' Ik knipper even. 'Graag gedaan.' Ik verwacht dat hij me loslaat, maar hij blijft me vasthouden, ook al zegt hij verder niets meer.

'Ik zal je bord meenemen...' Ongemakkelijk steek ik mijn andere hand ernaar uit, maar hij duwt het bord opzij, buiten mijn bereik.

'Dat doe ik zelf wel, geen zorgen. Yulia...' Hij haalt diep adem. 'Gaat het wel?'

'Ja, prima.' Mijn gezicht gloeit en het kost me moeite niet als een blozende maagd mijn blik af te wenden. 'Ik voel me prima.'

'Mooi.' Zijn pupillen verwijden zich. 'Ik wilde je geen pijn doen.'

'Dat heb je ook niet gedaan.' Ik slik. 'Niet heel veel, in elk geval.'

Lucas neemt me even indringend op en knikt dan, ogenschijnlijk tevreden. Hij laat mijn pols los, staat op en brengt zijn bord naar de gootsteen. Hij wast allebei onze borden af terwijl ik daar gewoon blijf staan, niet zeker of dit vreemde gesprek afgelopen is. Uiteindelijk besluit ik weg te gaan, maar voor ik de keuken uit kan lopen, veegt Lucas zijn handen droog en kijkt me aan.

Met een paar lange passen is hij bij me. 'Ik wil dat je weet,' zegt hij zacht, 'dat ik je nooit echt kwaad zal doen. Je bent van mij, maar dat betekent niet dat ik je wil mishandelen. Jouw geluk is belangrijk voor me, Yulia. Geloof het of niet, maar dat is echt zo.'

Ik open mijn mond en sluit hem weer, niet in staat een samenhangende zin te vormen. Nog nooit heeft Lucas zoveel laten blijken van zijn gevoelens voor mij, noch van zijn spijt van dingen die hij in zijn woede gezegd heeft. Desondanks zie ik geen spijt op zijn gezicht en hoor ik geen echte wroeging in zijn stem. Wat hij gisteravond zei, is de absolute waarheid: in deze relatie heb ik evenveel rechten als een slaaf. Dat zal hij ook nu niet ontkennen. Maar hij belooft me wel een goede meester te zijn, en vreemd genoeg stelt dat me toch gerust. Gisteravond – of wanneer ook – had hij me echt kwaad kunnen doen, maar dat deed hij niet. Als ik naar de harde man tegenover me kijk, weet ik ineens zeker dat hij dat ook nooit zal doen.

Het is misschien stom, maar hierin vertrouw ik mijn cipier.

Maar voor ik heb bedacht hoe ik hem dat moet vertellen, buigt Lucas zijn hoofd, kust me op mijn mond en loopt de deur uit. Ik blijf verbijsterd achter... maar ook lichtelijk hoopvol.

Koken voor de bewakers komt niet meer ter sprake, maar een week later komt er een hele vracht aan restaurantwaardig kookmateriaal binnen, van een enorme oven tot grote potten en pannen. Diego en Eduardo gaan twee dagen aan de slag met de keuken en als ze klaar zijn, heb ik alles wat ik nodig heb om een klein leger van eten te voorzien.

En een week later is dat precies wat ik aan het doen ben. Zodra Lucas aan het werk gaat, ga ik aan de slag met de voorbereidingen voor de drukbezochte lunch. Diego en Eduardo moeten de andere bewakers hebben laten weten dat Lucas toegegeven heeft, want van 's ochtends vroeg tot in de namiddag zit de keuken vol bezoekers. En dan begint de chaos voor het diner. Als op een dag 79 bewakers langskomen – ik heb ze geteld om het zeker te weten – besef ik dat ik iets moet gaan doen om de situatie beheersbaar te houden. Lucas neemt het allemaal bijzonder goed op. Hij klaagt niet over onze verstoorde routine, maar ik denk ook niet dat hij dit maar door laat gaan. En ik mis het om samen te eten, of met zijn drieën als Misha er is. Er zit een groot verschil tussen een paar restjes meegeven aan de bewakers en het runnen van wat feitelijk een maaltijdservice is. Na het avondeten ben ik kapot en meermaals val ik tijdens het televisiekijken in slaap – waarna Lucas me meestal naar bed draagt en me daar alle hoeken van het bed laat zien, waarna ik verder mag slapen.

En ik maak me nog ergens anders zorgen over.

'Lucas, betalen de bewakers zelf voor hun eten?' Ik sta op een ochtend beslag te maken voor blini's, Russische poffertjes. 'Of betaalt Esguerra voor de ingrediënten?'

'Nee en nee,' antwoord Lucas, die me vanaf de tafel met een lome blik opneemt. Ik heb geen idee of het aan de poffertjes of mijn korte broek ligt dat hij er zo mannelijk en hongerig uitziet.

Maar daar weiger ik me door af te laten leiden. Ik leg de garde op een keukenpapiertje en frons naar hem. 'Niet? Maar ik maak veel eten en sommige ingrediënten zijn echt duur.'

'Dus?' Zijn lome blik glijdt over mijn lichaam en blijft hangen bij het stukje buik dat mijn tanktopje onthult. 'Jij hebt er plezier in en we kunnen het ons veroorloven.'

Ik trek het topje naar beneden en wacht tot zijn blik weer op mijn gezicht gevestigd is. 'We?'

'Ja,' zegt Lucas zonder zelfs maar te knipperen. 'Ik zei al dat Esguerra goed betaalt. Ik heb door de jaren heen een aardig dikke bankrekening opgedaan.'

'Oké.' Dat 'we' zal wel een foutje geweest zijn, dus keer ik terug naar het onderwerp. 'Maar dat betekent nog niet dat jij voor ieders eten hoeft te betalen,' zeg ik. 'Ik bedoel, het gaat hier wel om honderden dollars per dag.'

Lucas haalt zijn schouders op. 'Goed. Als dat je zorgen baart, zal ik tegen de bewakers zeggen dat ze voortaan voor hun eten moeten betalen. Wat jij op tafel zet, is goed genoeg voor een chic restaurant, dus mag je ook zo'n prijs rekenen.'

'Echt?' Ik staar hem aan. 'Vind je het goed als ik een restaurant begin?'

'Lieverd, ik weet niet of je het doorhebt, maar je hébt al een restaurant.' Lucas loopt naar me toe. Zijn ogen glinsteren als hij zegt: 'Een heel goed restaurant zelfs, aangezien een derde van de bewakers minstens één keer per dag langskomt. En de rest... Sommigen nemen je het ongeluk nog steeds kwalijk, maar het merendeel dat niet langskomt, kan dat simpelweg niet omdat ze hun post niet mogen verlaten.'

'O.' Ik had me niet gerealiseerd dat mijn eten zo populair was, hoewel die 79 bezoekers misschien wel een hint waren.

'Ja, o.' Lucas strijkt een lok haar van mijn voorhoofd. 'Je hebt het naar je zin, dus heb ik niets gezegd. Maar nu we het er toch over hebben denk ik dat het een goed idee is om die gasten er goed voor te laten betalen. Je zult wel een paar gierigaards kwijtraken, maar dat vermindert ook je werkdruk een beetje.'

'Oké,' zeg ik na enig nadenken. 'Als jij denkt dat ik dat kan maken, dan doe ik dat.'

Vol spanning doe ik wat Lucas voor heeft gesteld. Het lijkt me onvoorstelbaar dat iemand ook maar iets voor mijn kookkunsten zou willen betalen, want in hun eigen cafetaria kunnen ze gratis eten. De voornaamste reden dat ik dit doe, is omdat ik niet wil dat Lucas leegloopt op mijn hobby. Hij is tot dusver meer dan genereus geweest en ik kan niet van hem vragen iedereens eten maar te blijven subsidiëren. Daarnaast zou iets minder werk me ook wel goed uitkomen; hoe leuk deze uitdaging ook is, meer dan tien uur per dag in de keuken staan is zwaar werk. Ik ben zo moe dat ik met concealer de blauwe kringen onder mijn ogen moet verbergen, want als Lucas daarachter komt, zet hij waarschijnlijk alles stil.

Mijn gezondheid heeft nog altijd de hoogste prioriteit, wat hem betreft.

Als ik de prijzen – vergelijkbaar met een restaurant en met zwarte stift op een vel papier geschreven – op de deur hang, protesteert tot mijn verrassing helemaal niemand. Aan het eind van de dag ben ik zes miljoen Colombiaanse peso's – ongeveer tweeduizend dollar – rijker.

Verbijsterd laat ik Lucas het geld zien. 'Ze hebben betaald. Is het niet ongelofelijk? Ze hebben echt betaald.'

'Ik geloof het wel. Wat jammer nou.' Hij werpt een blik op het geld op de tafel. 'Ze zijn niet zo gierig als ik hoopte.'

En zo gaat het maar door. Mijn zaak – en zo moet ik het nu echt wel zien – is zeer lucratief, maar ook heel erg vermoeiend. Ik doe alles: koken, bedienen en schoonmaken. Na nog eens drie weken kom ik tot de conclusie dat ik hulp nodig heb of mijn openingstijden moet gaan inperken.

'Ik denk dat ik alleen nog lunch ga serveren,' zeg ik tegen Lucas als ik bezig ben met de afwas na het avondeten. 'En als je het niet erg vindt, wil ik een paar tafels en stoelen in de achtertuin zetten. Dan kunnen mensen ook zitten, in plaats van dat ze alleen komen afhalen. En als er dan meer mensen komen dan ik kwijt kan, kunnen ze reserveren voor een andere dag.'

'Uitstekend idee,' zegt Lucas terwijl hij me helpt een zware pan uit de gootsteen te tillen. 'Ga anders vanavond lekker vroeg naar bed. Ik maak dit wel af en dan kom ik bij je.'

'Nee, het lukt wel,' zeg ik, maar hij geeft me een duwtje en gaat aan de slag met de resterende afwas. Als ik zie dat hij niet van plan is toe te geven, bedank ik hem met een zucht en slof dan richting de douche.

Op dit moment heb ik alle hulp nodig die ik kan krijgen.

~

De volgende dag breng ik mijn plannen ten uitvoer. Een aantal bewakers is teleurgesteld dat het diner vervalt, maar als Lucas hen een kwade blik toewerpt, zijn ze meteen uitgemopperd. Aan het einde van de week heb ik op succesvolle wijze van een ongeorganiseerde maaltijdservice een klein, goedbezocht lunchcafé gemaakt.

'Ik zit de komende drie weken al volgeboekt,' vertel ik Lucas opgetogen maar ongelovig als we de volgende ochtend gaan wandelen – voor het eerst in twee weken. 'Volgens mij moet ik vast reserveringen voor volgende maand gaan aannemen.'

'Natuurlijk, wat had je dan verwacht?' Hij glimlacht warm naar me. 'Ik heb je altijd al gezegd dat je kookkunsten geweldig zijn.'

377

Ik grijns terug, blij met zijn lof. Ik denk dat Lucas blijer is met onze ongestoorde avondmaaltijden dan met de populariteit van mijn café, maar dat doet niets af aan het feit dat hij me enorm gesteund heeft bij het tot stand brengen ervan. De winst die ik maak is vast ook een goede bonus, maar hij steunde me zelfs al toen mijn hobby zijn rekening nog plunderde.

'Wat heb je eigenlijk met het geld gedaan?' vraag ik, voor het eerst benieuwd naar wat er met die stapel geld gebeurd die ik Lucas elke avond overhandig. 'Stort je het ergens? Investeer je ermee?'

'Ik heb het op jouw rekening gestort, natuurlijk. Wat zou ik er anders mee doen?'

'Mijn rekening?' Ik trek mijn wenkbrauwen op. 'Hoe bedoel je, mijn rekening?'

'De rekening die ik voor je heb geopend op de Kaaimaneilanden,' zegt Lucas nonchalant, alsof dit de gewoonste zaak van de wereld is. 'Technisch gezien staat hij op onze beider namen, want dat raadde mijn accountant aan, maar jij bent de hoofdrekeninghouder.'

'Wat?' Ik blijf staan en staar hem aan. Ik moet iets verkeerd begrepen hebben. 'Je hebt al dat geld op een rekening voor mij gezet? Waarom?'

'Omdat het jouw geld is,' zegt hij, alsof dat overduidelijk is. 'Jij hebt het verdiend. Wat zou ik er anders mee doen?'

'Nou, het houden, aangezien ik kook met ingrediënten die jij koopt en spullen waar jij voor betaald hebt?'

'Ja, maar ik ben niet degene die daadwerkelijk

kookt,' zegt Lucas redelijk. 'En ik houd het geld van de ingrediënten in voor ik het overmaak. Het geld dat op die rekening komt, is puur de winst. Jouw winst.'

Mijn hoofd tolt. 'Wat wil je dat ik met dat geld ga doen? En over hoeveel geld hebben we het eigenlijk?'

'Gisteren stond er iets meer dan 40.000 dollar op.' Hij loopt verder en ik snel achter hem aan, ook al heb ik het gevoel dat ik in een andere wereld beland ben. 'Wat je ermee wilt doen is aan jou. Als je wilt, vraag ik mijn portfoliomanager het voor je te investeren. Of als je zelf eens met aandelen wilt spelen, is dat ook goed. Je kunt het ook gewoon laten staan tot je weet wat je ermee wilt.'

Nu heb ik helemáál het gevoel dat ik in een parallel universum terecht ben gekomen. 'Aandelen? Ik?'

'Als je dat leuk vindt. Je kunt het ook aan de professionals overmaken. Mijn portfoliomanager heet Winters en hij is behoorlijk goed.'

Juist. Want iedereen weet dat gevangenen gewoon bij exclusieve portfoliomanagers kunnen aankloppen. Het kost me moeite dit allemaal te verwerken. 'Lucas, ga je...' Ik kijk hem voorzichtig aan. 'Ga je me vrijlaten?'

Hij blijf staan en draait zich om. Van zijn ontspannen houding is niets meer over. 'Hoe bedoel je?' Zijn lichte ogen glinsteren gevaarlijk. 'Bedoel je dat je bij me weg wilt?'

'Nee, maar...' – mijn polsslag schiet omhoog en ik slik moeizaam – '...zou je dat toestaan als dat echt was wat ik wilde?' Kan Lucas zo snel van gedachten zijn veranderd over onze relatie? Is het mogelijk dat hij genoeg om me geeft om me die keus te geven?

Hij loopt naar me toe. Zijn brede schouders blokkeren het zonlicht. 'Nooit,' zegt hij met een harde, definitieve ondertoon in zijn stem. 'Je gaat niet bij me weg. Je mag doen wat je wilt, duizend restaurants runnen of miljoenen verdienen, maar je blijft wel bij me. Ik laat je niet gaan, Yulia, nu niet en nooit.'

Ik staar hem aan. Mijn hart is vervuld van een vreemde mengeling van wanhoop en vreugde. 'Nooit? Maar wat als je me zat bent?'

'Dat zal niet gebeuren.'

'Je weet niet zeker...'

'Jawel.' Hij komt nog dichterbij en ik deins achteruit tot ik met mijn rug tegen een boom sta. Hij zet zijn handen tegen de stam en leunt met glinsterende ogen naar me toe. 'Ik heb nog nooit een vrouw begeerd zoals ik jou begeer. Je bent als vuur onder mijn huid. Ik wil je elke minuut van elke dag. Het maakt niet uit hoe vaak we seks hebben. Zodra ik uit je ben, wil ik weer in je zijn, je natte, zachte hitte voelen, je ruiken en je proeven.' Als hij diep ademhaalt, zet zijn brede borst uit. Mijn eigen ademhaling versnelt als zijn harde spieren tegen mijn stijve tepels komen. Mijn handen zijn tegen de boom gedrukt en de ruwe bast prikt in mijn huid. Ik word omringd door hem, gevangen, en het vuur dat hij noemde, brandt ook onder mijn huid.

Onbewust laat ik mijn tong over mijn lippen glijden en Lucas' pupillen verwijden zich.

'Yulia...' Hij duwt zijn onderlichaam tegen me aan

en ik voel de harde zwelling in zijn spijkerbroek. 'Ik kan niet stoppen met naar je te verlangen, wat ik ook doe,' zegt hij hees. 'Elke nacht houd ik je vast en denk ik dat deze obsessie morgen vast afneemt, dat ik een paar uur niet aan je zal kunnen denken, dat ik niet naar je zal snakken, maar dat is nooit zo. Ik word wakker en ben nog net zo verslaafd aan je en weet je wat, schatje?'

'Wat?' Het is niet meer dan een fluistering; mijn mond is droog en mijn hart bonst als een malle. Lucas' woorden, de manier waarop hij me aankijkt...

'Het bevalt me wel.' Hij laat zijn mond zakken tot zijn mond nog geen centimeter van de mijne verwijderd is. Ik ruik de bergamot van de Earl Grey-thee in zijn adem en zie de blauwgrijze randjes om zijn pupillen. 'Jij geeft me iets waarvan ik niet eens wist dat ik het wilde en ik ben niet van plan dat op te geven.'

'Wat...' Bij iedere ademteug voel ik de hitte in mijn lichaam. 'Wat geef ik je dan?'

'Dit.' Zijn lippen strelen de mijne, de tederheid een schril contrast met de passie die van hem afstraalt. 'Jezelf. Op elke manier die ik wil.' Zijn mond glijdt over mijn kaak, warm en zacht. Mijn ogen vallen dicht en ik kreun onbedoeld als mijn hoofd naar achteren zakt. Ik heb het heet en ik ben duizelig. Mijn lichaam bonst van een duistere, bonzende hitte die niets met de ochtendzon die door het gebladerte boven ons valt te maken heeft. Ik ben bedwelmd door Lucas, door de chemische cocktail die mijn lichaam aanmaakt als hij in de buurt is. Hij vertelt me niets nieuws – zijn seksuele obsessie met mij is me al vanaf het begin

ANNA ZAIRES

duidelijk – maar het behoeftige deel van mij zoekt toch naar de betekenis van die sexy woorden, probeert ze als een puzzel te ontcijferen. Is dit zijn manier van me vertellen dat hij om me geeft? Dat hij misschien zelfs van me houdt?

Ik open mijn ogen en probeer genoeg tot mezelf te komen om hem die vraag te stellen, maar dan hoor ik het.

Het gelach van een vrouw en het geluid van brekende twijgjes.

Lucas moet het ook gehoord hebben, want hij laat me los en draait zich om zodat hij beschermend voor me komt te staan.

Een seconde later komt een kleine, donkerharige vrouw tussen de bomen uit rennen. Haar gebruinde gezicht straalt en haar witte sportbeha is doordrenkt van het zweet. Twee stappen achter haar volgt een lange, knappe man. Hij draagt alleen een grijze sportbroek. Zijn gebronsde, gespierde lichaam glanst van het zweet en een glimlach toont zijn witte tanden.

Van achter de bescherming van Lucas' lichaam ontmoet ik zijn blauwe ogen en de hitte in mijn binnenste lijkt te bevriezen.

Julian en Nora Esguerra.

Ze moeten samen zijn gaan hardlopen.

Hijgend blijven ze staan. Hun glimlach is meteen verdwenen.

'Hé,' zegt Lucas kalm, zich ogenschijnlijk niet bewust van de spanning die er ineens hangt. 'Lekker aan het hardlopen?'

'Het is warm. Vochtig. Je weet wel, zoals altijd,' antwoordt Esguerra even nonchalant, maar ik zie de harde lijnen van zijn kaak als hij naast Nora gaat staan. Hij torent boven haar kleine gestalte uit; zijn biceps zijn bijna even breed als haar slanke middel. Als een streep zonlicht op zijn gezicht valt, zie ik een vaag, licht litteken op zijn linkerjukbeen. Het loopt door tot zijn wenkbrauw, onderbroken door zijn oog.

Zijn linkeroog is een implantaat, herinner ik me met een rilling. Het echte is hij kwijtgeraakt na het vliegtuigongeluk dat ik veroorzaakt heb.

'Sorry, we wilden niet storen,' zegt Nora, maar haar koele toon ontneemt haar verontschuldiging zijn kracht. Haar donkere ogen glijden van mij naar Lucas, waarna ze zegt: 'Mijn schuld. Meestal gaan we hier niet heen, maar ik besloot vandaag van onze route af te wijken.'

Lucas' haalt kort zijn enorme schouders op. 'Het is jullie landgoed. Jullie mogen gaan en staan waar je wilt.' Zijn stem klinkt nog altijd nonchalant, maar de spieren in zijn arm spannen zich. Als ik naar Esguerra kijk, zie ik hem me met een enorme intensiteit aanstaren.

Alles in mij lijkt te bevriezen. Ik maak me niet zozeer zorgen om mezelf, maar ik zou het niet kunnen verdragen als Lucas in de problemen komt, die als een menselijk schild voor me blijft staan. Hij is bereid om voor me te vechten. Ik voel het aan hem.

Hij zou het tegen Esguerra opnemen en sterven om mij te beschermen – zo niet in het gevecht zelf, dan wel naderhand, want die 200 bewakers zijn ongetwijfeld loyaal aan hun baas.

'Lucas,' zeg ik zacht, mijn vingers om zijn pols. 'Kom. We moeten gaan.'

Hij beweegt niet. Esguerra ook niet. De twee mannen lijken wortel te hebben geschoten; hun spieren zijn gespannen en hun blikken zijn haast dodelijk. Lucas is een paar centimeter langer en breder dan Esguerra, maar ik heb zo het gevoel dat ze in een gevecht aan elkaar gewaagd zouden zijn. Geweld is hun taal, dat blijkt wel uit de littekens op hun lichamen en de woestheid in hun ogen.

Als iemand de grens van het vertrouwen schaadt, komt slechts één van hen nog levend uit dit bos.

Nora heeft blijkbaar dezelfde conclusie getrokken, want ze zegt: 'Ja, Julian, we moeten gaan.' Ook zij vouwt haar vingers om de pols van haar echtgenoot, haar hand bijna die van een kind in vergelijking met de zijne. Esguerra verstijft nog verder en heel even ben ik ervan overtuigd dat hij zich los zal trekken als een volwassene die een peuter van zich afschudt, maar dat doet hij niet.

'Ja,' zegt hij, en hij doet duidelijk een poging zich te ontspannen. 'Je hebt gelijk. Laten we gaan. Ik moet nog werken.'

Nora knikt en laat hem los. Ze draait zich om en roept: 'Wie het eerste terug is!' Na nog een laatste blik in onze richting sprint ze weg en verdwijnt tussen de bomen. Haar echtgenoot volgt haar en een paar seconden later zijn we alleen.

Lucas draait zich naar me toe. 'Gaat het?' vraagt hij zacht.

'Natuurlijk.' Ik dwing mezelf te glimlachen. 'Waarom niet?' Ik stap aan de linkerkant langs hem en snel richting het huis. Ik wil geen moment langer in het bos blijven.

Niet langer vraag ik me af wat mijn toekomst hier voor me in petto heeft.

De eerstvolgende keer dat Esguerra me ziet, vloeit er bloed.

ucas

ZODRA WE THUIS ZIJN, TREKT YULIA ZICH TERUG OM even te gaan douchen voor ze aan de voorbereidingen voor de lunch begint. Ik overweeg mee te gaan douchen, maar ik zie er toch vanaf.

Hoewel ik haar graag wil troosten na wat er zojuist is gebeurd, moet ik eerst iets anders doen.

Een halfuur later stap ik Esguerra's kantoor binnen. Hij moet gedoucht en zich omgekleed hebben, want zijn haar is nat. Als hij me ziet, staat hij op; zijn blik staat kil en zijn kaak is gespannen.

Ik besluit er geen doekjes om te winden. 'Ze is van mij,' zeg ik koel terwijl ik naar het bureau loop. 'Welk deel daarvan heb je niet begrepen?'

Esguerra's blik verscherpt zich nog meer. 'Ik heb haar met geen vinger aangeraakt.'

'Nee, maar dat wilde je wel, toch?' Ik zet mijn vuisten op het bureau en leun naar voren. 'Je wilt haar laten boeten voor wat er gebeurd is.'

'Dat klopt, en dat zou jij ook moeten willen.' Hij spiegelt mijn agressieve houding. Het bureau tussen ons in vormt de enige barrière tegen het geweld dat in de lucht hangt. 'Bijna vijftig mannen zijn omgekomen en zij loopt rond alsof er niets gebeurd is. Ze runt verdomme een restaurant op míjn terrein.' Nauwelijks beheerste woede druipt van zijn woorden. 'Weet je dat een reservering bij Yulia's café op dit moment helemaal het is? De bewakers behandelen hun reserveringen alsof ze goud zijn.'

Ik ga rechtop staan en staar hem aan. 'Natuurlijk weet ik dat.' Gisteren nog moest ik twee bewakers uit elkaar halen omdat ze in gevecht waren geraakt na een potje kaarten waarbij de hoofdprijs een reservering om 11:30 uur op vrijdag was.

'En jij staat dat toe?' Esguerra loopt om het bureau heen en blijft met geballde vuisten voor me staan. 'Dit is mijn landgoed. Ik laat haar in leven omdat ik je iets verschuldigd ben, maar ik wil niet dagelijks aan haar bestaan herinnerd worden. Begrepen?'

'Jazeker.' Ik kijk hem even kwaad aan. 'Daarom ben ik van plan weg te gaan.'

Esguerra verstijft; zijn woede verandert in iets dat veel killer is. 'Pardon?'

'Daar kwam ik voor,' zeg ik, en ik sla mijn armen

over elkaar. Ik bedwing de razende woede die ik voel en zeg zo kalm mogelijk: 'Jij zult haar nooit vergeven en ik zal haar nooit opgeven, dus volgens mij hebben we twee opties. We kunnen elkaar hierom afmaken of ik haal haar – en mezelf – uit je buurt.'

'Neem je ontslag?'

'Als dat is wat je wilt.' Ik kijk hem onbewogen aan. 'We werken goed samen, jij en ik, maar misschien is het tijd dat onze wegen zich scheiden. Uiteraard zal ik voor mijn vertrek mijn opvolger inwerken. Thomas is een uitstekende piloot, dus dat is geen probleem. Diego is slim en loyaal; hij is een goede rechterhand voor je. Of...' Ik laat mijn stem met opzet wegsterven.

Esguerra fronst. 'Of?'

'Of we zoeken een manier om samen te werken zonder dat ik hier ben.' Ik zwijg even zodat hij dat kan verwerken. 'Voor je besloot permanent op het landgoed te gaan wonen, reisden we ook naar waar we maar zaken konden doen. Het was fijn om hier een vaste woonplaats te hebben – en gezien de situatie met Al-Qadar veel veiliger voor jou en Nora – maar jij weet net zo goed als ik dat we een aantal lucratieve deals hebben moeten afslaan omdat je niet te vaak wilt reizen.'

Hij spert zijn neusvleugels. 'Wat bedoel je precies?'

'Toen jij in coma lag, heb ik de hele organisatie geleid. Alles, van de leveranciers tot de klanten. Ik weet precies hoe je bedrijf werkt. Als je wilt – als je me voldoende vertrouwt – kan ik meer zijn dan je rechterhand. Ik kan ons internationaal vertegenwoordigen, doen wat nodig is om verder te groeien.'

Alle emotie is nu uit Esguerra's gezicht verdwenen. 'Je wilt een partner worden.'

'Zo zou je het kunnen noemen, al denk ik dat uitvoerend operationeel manager een betere omschrijving is. Jij neemt de uiteindelijke, grote beslissingen, maar ik leid de nieuwe ondernemingen en houd persoonlijk toezicht op de lopende zaken. Ik zou me ergens op een centrale locatie kunnen vestigen, in Europa of Dubai bijvoorbeeld, en zoveel reizen als nodig is om de boel gesmeerd te laten lopen.'

'Je hebt hier goed over nagedacht.'

'Ja. Ik weet al een tijdje dat dit op de lange termijn niet zou gaan werken.'

'Vanwege haar.'

'Ja, vanwege Yulia.' Ik ontwijk zijn kille blik niet. 'Ik sta niet toe dat haar iets overkomt.'

'En als ik hier niet mee akkoord ga?'

'Het is jouw bedrijf, dus is het jouw keus,' zeg ik. 'Ik vind het fijn om voor je te werken, maar er zijn genoeg andere opties. Ik zou ergens een legaal beveiligingsbedrijf kunnen starten, bijvoorbeeld. Als je dit niet wilt doen, hoef je het maar te zeggen. Dan neem ik gewoon ontslag.'

Als hij me aanstaart, weet ik wat hij denkt. Hij kan me geen ontslag laten nemen: ik weet te veel van de manier waarop hij opereert. Er zijn dus maar twee opties: hij kan me vermoorden of instemmen met mijn voorstel. Kalm staar ik terug, klaar om onder ogen te zien wat er dan ook volgt. Ik weet dat ik een risico neem door hem zo voor het blok te zetten, maar ik zou niet weten hoe ik deze situatie anders moet oplossen. Yulia kan niet de rest van haar leven in mijn huis opgesloten zitten omdat ze Esguerra's aandacht moet vermijden. Ergens gaat dat een keer mis en dan loopt de boel echt uit de klauwen.

Ik moet zorgen dat ze hier weg is voor dat gebeurt.

Net als ik denk dat Esguerra besloten heeft dat mijn loyaliteit het toch niet waard is, slaakt hij een zucht en stapt achteruit. Zijn handen ontspannen zich. 'Betekent ze echt zoveel voor je?' In zijn stem klinkt vermoeide berusting door. 'Kun je niet gewoon een ander knap blondje vinden om te neuken?'

Ik trek mijn wenkbrauwen op. 'Kun jij een andere kleine brunette vinden?'

Een humorloze glimlach vormt zich op zijn gezicht. 'Zit het zo, dan?'

'Zij betekent alles voor me,' zeg ik zonder aarzeling. 'Dus ja, zo zit het.'

Als Esguerra me aankijkt, sterft zijn glimlach weg. Dan zegt hij abrupt: 'Hetzelfde salaris en tien procent van de opbrengst van de nieuwe ondernemingen, dat is mijn aanbod.'

'Zeventig procent,' kaats ik meteen terug. 'Ik ben degene die al het werk levert, dus dat is alleen maar eerlijk.'

'Twintig procent.'

'Zestig.'

'Dertig.'

'Vijftig en lager ga ik niet.'

'Vijfenveertig.'

Ik schud mijn hoofd, al boeit die vijf procent me niets. 'Vijftig procent,' herhaal ik. Als ik wil dat Esguerra me als een partner respecteert, zal ik voet bij stuk moeten houden. Dat levert op de lange termijn een betere werkrelatie op. 'Graag of niet.'

Hij neemt me koeltjes op en knikt dan. 'Goed. Vijftig procent van de opbrengst van de nieuwe bedrijven.'

'Afgesproken.' Ik steek mijn hand uit en hij schudt die. 'Ik ga de boel in gang zetten zodat je over niet al te lange tijd van ons af bent,' zeg ik als ik zijn hand los heb gelaten en naar achteren ben gestapt. 'Nog één ding...'

Esguerra's mond verstrakt. 'Wat dan?'

'Je weet evengoed als ik dat ons werk gevaarlijk is, vooral buiten het landgoed,' zeg ik. 'Daarom wil ik dat je me belooft dat je nooit achter Yulia of haar familie aan zult gaan. Wat er ook met me gebeurt.'

Esguerra knikt kortaf. 'Dat beloof ik.'

YULIA IS DIE AVOND STIL EN HOUDT ZICH AFZIJDIG. HAAR blik is voornamelijk op haar bord gericht, ondanks dat haar broertje met ons mee-eet. Meermaals probeert Michael haar bij het gesprek te betrekken, maar als hij alleen maar eenlettergrepige antwoorden krijgt, geeft hij het op en rondt snel zijn maaltijd af.

'Wat is er met haar?' vraagt hij als ik met hem terugloop naar de barakken terwijl Yulia de tafel afruimt. 'Is ze boos op me of zo?'

'Nee, het heeft niets met jou te maken,' antwoord ik. 'Ze maakt zich alleen zorgen.'

'Waarom dan?' De jongen kijkt me bezorgd aan. 'Is er iets gebeurd?'

'Nee.' Ik glimlach geruststellend naar hem. De afgelopen weken heb ik ontdekt dat ik Yulia's broertje eigenlijk heel aardig vind. Ik wil ook niet dat hij zich zorgen maakt. 'Dat denkt ze, maar ze heeft het mis.'

Er verschijnt een verwarde frons op Michaels gezicht. 'Dus er is niets aan de hand?'

'Klopt, Michael,' zeg ik als we er bijna zijn. 'Ik beloof je dat er niets aan de hand is.'

Even kijkt hij me weifelend aan, maar als we bij de ingang blijven staan, zegt hij kortaf: 'Zeg Yulia dat ik haar een goede nacht wens en dat ze zich niet zo'n zorgen moet maken. Ze is soms zo'n piekeraar.'

'Ja, hè?' Ik lach naar hem. 'Zeg jij dan tegen Diego dat ik hem morgenochtend meteen wil spreken, goed?'

Hij knikt en loopt het gebouw in; ik draai me om en ga op weg naar huis. Eenmaal thuis vind ik Yulia in de leunstoel in de bibliotheek, verdiept in een boek.

'Hé, schoonheid,' zeg ik terwijl ik naar haar toe loop. 'Wat lees je?'

Ze kijkt op. '*Gone Girl.*' Ze legt het boek neer en staat op. 'Ik moet eigenlijk gaan douchen. Ik ben moe.'

'Yulia.' Ik pak haar bij haar pols als ze langs me heen wil glippen. 'We moeten praten.'

Ze aarzelt even en zegt dan: 'Goed, laten we praten. Lucas...' Ze haalt beverig adem. 'Je weet dat dit niet zo door kan blijven gaan. Vroeg of laat raken Esguerra en jij in gevecht vanwege mij en die gedachte kan ik niet verdragen. Als jou iets overkomt...' Haar stem breekt. 'Je moet me laten gaan.'

'Nee.' Ik trek haar tegen me aan. Bij de gedachte alleen al krijg ik het benauwd. 'Ik laat je niet gaan.'

'Dat kan niet anders.' Haar blik staat smekend. 'Dat is de enige oplossing.'

'Nee, schatje.' Ik laat mijn handen om haar bovenarmen glijden. 'Er is een alternatief. We gaan samen weg.'

'Wat?' Yulia's lippen wijken van elkaar. 'Hoe bedoel je?'

'Ik krijg de leiding over de uitbreiding van de Esguerra-organisatie,' leg ik uit. 'Daar zullen we veel voor moeten reizen, dus blijven we hier niet wonen. Ik wil dat we ons ergens in Europa of het Midden-Oosten vestigen. Jij kunt me wel helpen met kiezen.'

Ze staart me met haast onmogelijk grote ogen aan. 'Je wilt hier weg? Dit is je thuis. Wat...'

'Ik heb hier minder dan twee jaar gewoond,' zeg ik geamuseerd. 'Ik vind elders even gemakkelijk een thuis. Dit is Esguerra's landgoed, niet het mijne.'

'Ik dacht dat je het hier fijn vond.'

'Dat vind ik ook, maar ergens anders zal ik het ook fijn vinden.' Ik leg een hand onder haar kin en hef zachtjes haar gezicht. 'Overal waar jij bent, ben ik thuis, schoonheid.'

Ze laat beverig haar adem ontsnappen. 'Maar...'

'Geen gemaar.' Ik leg een duim tegen haar zachte lippen. 'Dit is echt geen opoffering, geloof me. Ik word Esguerra's partner en krijg vijftig procent van de opbrengst van de nieuwe ondernemingen. Als alles goed gaat, zullen we stinkend rijk worden.'

'We?' fluistert ze als ik mijn duim weghaal.

'Ja, jij en ik.' En voor ze het kan vragen, voeg ik eraan toe: 'We gaan je broertje terugbrengen naar zijn ouders. Het ergste gedoe in Oekraïne is voorbij, dus is het veilig voor hem om terug te keren. We kunnen zo vaak langsgaan als je maar wilt en als hij bij ons wil wonen, mag dat ook.'

'Lucas...' Er is een frons op haar voorhoofd verschenen. 'Weet je het zeker? Als je dit voor mij doet...'

'Ik doe dit voor ons.' Ik laat mijn handen naar haar achterste glijden en trek haar tegen me aan. Mijn penis wordt stijf als ik haar benen tegen de mijne voel. Maar ik houd haar blik vast en zeg: 'Ik wil dat je weet dat je veilig bent, dat niemand je ooit nog van me af zal nemen. Je krijgt de beste bodyguards die ik maar kan krijgen, mensen die alleen trouw aan mij zijn. We zullen onze eigen vesting bouwen, schoonheid... Een plek waar je voor niets of niemand bang hoeft te zijn.'

Yulia legt haar handen tegen mijn borst. 'Een vesting?' In haar ogen zie ik hoop en een vreemde bezorgdheid.

'Ja.' Ik verstevig mijn greep op haar achterste. Zelfs door het dikke materiaal van haar korte broek heen voelt haar kont heerlijk aan. Desondanks dwing ik mezelf even niet aan seks te denken en leg uit: 'Niet zoals Esguerra's landgoed, maar een veilige plek voor ons. Daar kan niemand je nog iets doen.'

'Behalve jij,' prevelt ze terwijl ze met haar slanke handen mijn T-shirt grijpt.

'Ja.' Om mijn lippen vormt zich een duistere glimlach. 'Behalve ik.' Ze zal nooit veilig zijn voor mij, waar ze ook gaat of wat ze ook doet. Ik zal haar tegen iedereen beschermen, maar nooit laat ik haar vrij.

'Wanneer...' Ze laat haar tong over haar lippen glijden. 'Wanneer vertrekken we?'

'Binnenkort,' zeg ik met mijn blik op de beweging van haar tong gevestigd. 'Over een maand of zo, misschien sneller.'

En voor mijn ballen ontploffen, reik ik naar de rits van haar korte broek en laat mijn mond met een intense, hongerige kus op de hare neerdalen.

 ulia

DE MAAND DIE VOLGT, VLIEGT VOORBIJ VANWEGE MIJN werk en alle voorbereidingen voor ons vertrek. Ik ga door met het café in de overtuiging dat het extra geld geen kwaad kan. Wel stop ik met het bestellen van nieuwe producten en maak ik de menu's kleiner naarmate meer producten opraken. Het is maar goed dat het café me bezig houdt, want Lucas maakt dagen van achttien tot twintig uur op zijn werk. In vier weken leidt hij Diego op tot opzichter van de bewaking op het landgoed, zet een productielijn in Kroatië op waar hij ook nog klanten voor weet te vinden en koopt een huis op het schiereiland Karpas op Cyprus, waar we besloten hebben ons te vestigen vanwege het warme klimaat, de strategische ligging bij zowel Europa als het Midden-Oosten en het relatief hoge percentage mensen dat Engels of Russisch spreekt.

'Het is een huis op een klif, met uitzicht op een privéstrand,' zegt Lucas als hij me de foto's van ons nieuwe onroerend goed laat zien. 'Er zijn maar vijf slaapkamers, maar er is wel een landschapszwembad, een balkon op de eerste verdieping en een goed uitgeruste sportzaal in de kelder. En ik laat de keuken naar jouw wensen renoveren.'

'Wat mooi,' zeg ik als ik de foto's bekijk. Ondanks dat er 'maar' vijf slaapkamers zijn, is het huis ruim opgezet, met een grote open ruimte op de begane grond en plafondhoge ramen die uitkijken op de Middellandse Zee. Het belangrijkste punt voor Lucas is dat het op een stuk land van vier hectare ligt, dat hij kan ommuren en door bodyguards, honden en surveillancedrones kan laten bewaken.

Het is inderdaad een vesting, maar wel een mooie, aan het strand.

Het lijkt allemaal zo onwerkelijk dat ik mezelf met enige regelmaat wil knijpen om te zien of ik droom. Het leven dat Lucas nu voor ons aan het plannen is, is wel het laatste dat ik had verwacht toen Esguerra's mannen me uit die gevangenis in Moskou kwamen halen. Ik ben nog altijd Lucas' gevangene – de vage littekens waar de zenders zitten herinneren me daar dagelijks aan – maar het gebrek aan vrijheid zit me tegenwoordig wel minder dwars. Misschien komt het door dat behoeftige kleine meisje dat ik nog altijd ergens in me heb, maar Lucas' felle, onbuigzame bezitterigheid is haast even geruststellend als beangstigend.

Ik behoor hem toe en dat idee bevat een troostende vastigheid.

En zelfs als ik zou kunnen, zou ik nog niet bij Lucas weggaan. Met elke kus, elk gebaar, groot of klein, bindt mijn cipier me verder aan hem. Steeds houd ik nog een beetje meer van hem. En hoewel hij de woorden niet uitspreekt, word ik er steeds zekerder van dat hij ook van mij houdt – voor zover een man als hij van iemand kan houden. Wat we hebben, is niet normaal – maar dat zijn we zelf ook niet. Mijn 'normaal' kwam aan zijn einde toen mijn ouders omkwamen en Lucas heeft het waarschijnlijk überhaupt nooit gekend. Maar ik kom er ook snel achter dat 'normaal' voor mij niet hoeft. Mijn meedogenloze huurling geeft me alles wat ik ooit gewild heb en steeds als ik erover nadenk, voel ik evenveel blijdschap als angst.

Alles lijkt zo goed te gaan dat ik doodsbang ben dat er iets zal gebeuren dat daar een einde aan maakt.

'Is alles in orde?' vraagt Misha op een dag tijdens het eten. Lucas moet weer overwerken, dus voor de derde avond op rij eten we met zijn tweeën. 'Je kijkt zo bezorgd.'

'O?' Ik duw mijn paddestoelenrisotto van me af en doe mijn best niet meer te fronsen. 'Het spijt me, Mishen'ka. Ik zat gewoon na te denken.'

Nu fronst Misha ook. 'Waarover?'

'Van alles, vooral de verhuizing,' zeg ik met een schouderophalen. 'Niets in het bijzonder.' Ik wil mijn tienerbroertje niet vertellen dat hoewel de toekomst er veelbelovend uitziet, ik doodsbang ben, zo bang dat ik nachtmerries heb. Het voelt alsof een koude, harde hand zich in mijn borst heeft gevestigd en steeds als ik eraan denk hoe vluchtig en kwetsbaar geluk is deze in mijn hart knijpt. Die duistere gedachte zet ik snel van me af. Ik glimlach naar Misha en zeg: 'En jij? Ben je blij weer naar huis te gaan?'

'Ja, natuurlijk.' Misha's gezicht licht op terwijl hij zichzelf een tweede portie risotto opschept. 'Lucas liet me gisteren met mijn ouders praten. Mama huilde, maar van blijdschap, weet je? En pap is al bezig met bedenken wat we allemaal samen gaan doen.'

'Fantastisch.' De gedachte dat ik binnenkort weer van mijn broertje gescheiden zal worden, doet ook pijn, maar dat geluk in zijn blik is het allemaal waard. 'Hoe is het met ze?'

Lucas heeft me de surveillancefoto's van Misha's ouders laten zien, waardoor ik nu weet hoe ze eruit zien. Natalia Rudenko, Obenko's zus en Misha's adoptiemoeder, is een slanke, stijlvolle brunette die op haar broer lijkt, terwijl Misha's vader Viktor gezet en kalend is, een typische ingenieur van middelbare leeftijd. Hij is bijna tien jaar ouder dan zijn vrouw, die in de veertig is, en zo ziet hij er ook uit. Maar hij heeft een vriendelijk gezicht en in een aantal van de foto's heb ik hem met een aanbiddende glimlach naar zijn vrouw zien kijken.

'Goed,' zegt Misha. 'Zoals altijd, weet je.' Zijn uitdrukking wordt somber als hij zegt: 'Mama mist oom Vasya, maar papa zegt dat het steeds een beetje beter met haar gaat. Ze hebben altijd al geweten dat zijn werk gevaarlijk was, dus was het geen enorme verrassing. Het hielp wel dat Lucas contact met ze opnam om te laten weten dat het goed met mij ging.'

'Juist.' Lucas' bericht had hen laten weten dat ik, Misha's lang verloren gewaande zus, na een lange undercoveropdracht weer opgedoken was en Misha tijdelijk onder haar hoede had genomen om hen te beschermen. 'En wat hadden ze daarover te zeggen?'

'Nou, ze hadden echt onwijs veel vragen, wat wel te verwachten was. Maar bovenal waren ze gewoon blij dat ik weer naar huis kom en naar school kan gaan straks.' Bij dat laatste kijkt hij me een beetje beschaamd aan.

Ik glimlach. Zelf ben ik daar ook behoorlijk blij mee. Het lijkt erop dat de recente gebeurtenissen mijn broertjes interesse in een ongebruikelijke carrière aanzienlijk hebben bekoeld – in elk geval voorlopig. 'Ga je nog extra bijles volgen om de boel in te halen?' vraag ik. Aangezien het al oktober is, heeft Misha de eerste weken van de derde gemist.

'Nee, dat denk ik niet,' zegt hij terwijl hij grote happen risotto naar binnen schuift. 'Het merendeel van de schoolvakken is ook tijdens de UUR-training behandeld.'

'O ja, dat is waar ook.' Ik was bijna vergeten dat ik op mijn zestiende al kon gaan studeren omdat het curriculum voor de rekruten veel verder ging dan op gewone scholen waar het om wiskunde, natuurkunde, geschiedenis en taal ging. 'Dan ben je zeker wel bij.'

Misha knikt en pakt het glas water dat naast zijn bord staat. 'Ja, dat komt wel goed.' Hij drinkt het water op en ik bestudeer de hardere, slankere lijnen van zijn gezicht. Iedere dag lijkt mijn broertje een beetje groter te worden, alsof hij letterlijk voor mijn ogen volwassen aan het worden is. Binnenkort zal niets aan hem me meer doen denken aan de peuter die ik me herinner.

Mijn keel knijpt dicht als ik eraan denk dat ik afscheid van hem zal moeten nemen. 'Ik zal je missen,' zeg ik, en ik probeer zo normaal mogelijk te klinken. 'Heel veel zelfs.'

Misha zet zijn glas neer. 'Ik jou ook, Yulia.' Hij kijkt nog somberder dan eerst. 'Maar je komt wel op visite, toch?'

'Natuurlijk.' Ik kan niet langer blijven zitten, dus sta ik op. Het kost me moeite mijn tranen te bedwingen. 'Het is maar drie uur vliegen. Dat is niets.' Als we tenminste niet bezig zijn om Europa, Azië en het Midden-Oosten rond te reizen, waar Lucas me voor gewaarschuwd heeft. Maar die wetenschap zet ik opzij en ik zeg geforceerd opgewekt: 'En jij komt bij ons langs. In de zomer, tijdens schoolvakanties.'

'Ja, dat wordt superleuk.' Misha is klaar met eten en staat ook op. 'Mijn vrienden zullen vet jaloers zijn dat ik naar Cyprus op vakantie ga.'

'Reken maar.' Ik glimlach, hoewel het me nog steeds moeite kost niet in tranen uit te barsten. 'Je wordt de populairste jongen van de school.'

'O, dat was ik al,' zegt hij zonder enige vorm van bescheidenheid. 'Dus dat komt wel goed.'

Ik schiet in de lach en loop naar hem toe om hem te omhelzen. Hij laat me begaan en knuffelt me zelfs even kort terug. Zijn pezige armen zijn sterk. Als ik me losmaak en hem aankijk, besef ik dat hij weer een paar centimeter is gegroeid deze maand. Opnieuw schiet ik vol.

'O, kom op,' mompelt Misha als ik mijn tranen niet weet in te houden. Hij omhelst me opnieuw en klopt me onhandig op mijn rug. 'Niet huilen. Kom, het komt wel goed. We zullen elkaar vaak zien. Er is e-mail en Skype...'

'Dat weet ik.' Ik maak me los en glimlach naar hem, de tranen van mijn gezicht vegend. 'Ik herinner me gewoon steeds hoe klein je was en nu word je zo snel volwassen, een echte jonge man...' Ik snik even. 'Het spijt me. Dit gaat nergens over.'

'Nou ja, je bent wel een meisje,' zegt hij terwijl hij zich in zijn nek krabt. 'Dan mag het, denk ik.'

Bij die chauvinistische opmerking schiet ik in de lach. De rest van de avond hebben we het niet meer over het naderende afscheid.

~

DE MIDDAG VOOR ONS VERTREK GEEF IK EEN GROOT
FEEST IN LUCAS' achtertuin, waarbij alle klanten van het
café en alle mensen die verder nog willen komen
welkom zijn. Met de voorraden die nog over zijn, maak
ik een heleboel hapjes en Lucas zet met behulp van
Eduardo en Diego een aantal barbecues neer waar ik
biefstukken, hamburgers en lamskoteletjes op bak. Het
is zwaar en zweterig werk, die barbecues, maar ik vind
het heerlijk om van de bewakers te horen hoe
dankbaar ze waren voor mijn café als ze afscheid
komen nemen.

'We gaan je missen,' zegt een van hen bars. 'Echt, ik
heb nog nooit zo goed gegeten als in jouw café.'

'Dank je wel.' Stralend kijk ik hem aan en richt me
dan op de volgende bewaker, die in het Spaans
ongeveer hetzelfde komt vertellen. De meeste van deze
mannen zijn voormalig soldaten: stoere, met littekens
bezaaide moordenaars die tot de tanden gewapend
zijn. Dat ze me zo komen bedanken raakt me diep.

Uiteraard zijn de meeste bewakers die er zijn
nieuwe rekruten of mannen die de slachtoffers van het
vliegtuigongeluk niet kenden, maar dat laat ik langs me
heen gaan. Ik weet dat ik nooit volledig geaccepteerd
zal worden hier – daarom gaan we ook weg – en het
feit dat zoveel mensen aangeven me te zullen gaan
missen is een groter cadeau dan ik me ooit had kunnen
wensen.

'Jij bent echt een walgelijke geluksvogel,' zegt een
roodharige bewaker tegen Lucas als ik een medium-

rare biefstuk op zijn bord schuif. 'Echt, man. Jouw vriendin is fantastisch.'

'Dat weet ik,' zegt Lucas, en hij slaat bezitterig een arm om mijn middel. 'Doorlopen, O'Malley. Je houdt de rij op.'

Nadat al het vlees verorberd is en alle hapjes verslonden zijn, loopt het feest ten einde. Lucas vertrekt om nog een telefoontje te plegen met een van de nieuwe leveranciers en Diego, Eduardo en Misha brengen de afwas naar binnen en verzamelen het afval. Uitgeput ga ik mijn handen wassen. Als ik weer buiten kom, zijn alle bewakers vertrokken. Er staat nog maar één iemand in Lucas' achtertuin, haar rondingen gehuld in haar gebruikelijke zwarte jurk.

Verbijsterd staar ik de meid die me hielp ontsnappen aan. 'Rosa? Wat doe jij hier?'

Nerveus werpt ze een blik op het huis, waar Misha en de twee bewakers nog bezig zijn met opruimen. Daarna zegt ze aarzelend: 'Heb je een momentje? Ik wilde je graag even onder vier ogen spreken.'

Automatisch laat ik mijn blik over haar heen glijden, op zoek naar wapens. Ik zie niets verdachts, dus zeg ik: 'Oké, goed. Zullen we een stukje gaan lopen?'

Met een knikje verdwijnt ze tussen de bomen. Ik volg haar, zowel nieuwsgierig als ongerust. Ik denk niet dat ze zal proberen me fysiek iets te doen, maar ik weet niet wat ze wil en dat maakt me nerveus. Tegelijkertijd herinner ik me wat Lucas me vertelde over wat er in Chicago gebeurd is en een vlaag van medelijden maakt me wat minder achterdochtig.

Misschien weet ik niet wat Rosa nu wil, maar ik weet wel wat ze heeft moeten doorstaan.

Als ik Rosa ingehaald heb, blijft ze staan. 'Yulia, ik...' Ze haalt diep adem. 'Ik wilde je bedanken voor wat je Lucas hebt verteld. Nora zei dat ze met je gepraat had, maar ik wist niet wat je zou gaan zeggen.'

'Het was niet alsof Nora me veel keus liet,' zeg ik droog als ik me de duidelijke dreigementen van het kleine vrouwtje herinner. 'Maar graag gedaan. Ik neem aan dat Nora en jij niet al te hard gestraft zijn?'

Rosa knikt en bloost. 'Nee. Ik heb een tijdje huisarrest gehad en mijn sleutels zijn me afgenomen, maar Señor Esguerra heeft me een paar weken geleden mijn positie in het huis teruggegeven.'

Ik glimlach. Ik ben oprecht blij voor haar. 'Daar ben ik blij om. En jij bedankt dat je me destijds hebt geholpen. Het was heel aardig...'

Tot mijn verbazing schudt Rosa haar hoofd. 'Het was niet aardig,' mompelt ze. 'Het was stom. Ik was stom.'

Mijn glimlach sterft weg. 'Hoe bedoel je?'

Rosa bloost nog heviger. 'Ik vond Lucas leuk en dacht dat als je weg was...' Haar handen spelen met haar rok. 'Het spijt me. Ik weet niet wat me bezielde. Ik wilde geloven dat hij anders was, denk ik. Maar toen had hij je zo vastgebonden en...' Ze perst haar lippen opeen.

'En dat verpestte het beeld dat je van hem had.'

Eindelijk begin ik het te begrijpen. 'Je dacht dat als je mij hielp ontsnappen, je niet alleen iets goeds deed, maar ook je eigen kansen bij de man die je wilde, vergrootte.' Als ik de getroffen blik op haar gezicht zie, zwijg ik even. Dan zeg ik vriendelijk: 'Maar hij is niet de man die je wilt, hè?'

'Nee.' Haar bruine ogen worden duisterder. 'Dat is hij niet. Dat is hij nooit geweest. Ik verzon wat ik wilde en dichtte de eerste de beste knappe man die ik tegenkwam die eigenschappen toe.'

'O, Rosa...' In een opwelling stap ik naar voren en knijp even in haar hand. 'Luister eens,' zeg ik zacht. 'Op een dag vind je iemand die precies bij je past. Misschien is hij niet wie je je voorstelde, maar toch zul je hem willen, fouten en al. Het zal niet perfect zijn, maar wel echt. Dat zul je weten en dat zul je voelen. Dat zullen jullie allebei voelen.'

Ze slikt moeizaam en trekt haar hand terug. 'Is dat hoe het voor Lucas en jou is?'

'Ja,' zeg ik. Ik voel de waarheid ervan. 'Er is niets teders of moois aan, zoals ik dacht. Sommigen zouden onze verhouding zelfs naar noemen. Maar dit zijn wij. Dit is onze realiteit en onze versie van perfectie. Op een dag zul jij die ook ervaren, jouw eigen versie van perfectie. Misschien is het niet wat je verwacht of met wie je het verwacht, maar je zult wel gelukkig zijn.'

Heel even beven haar lippen; dan verdwijnt alle emotie uit haar gezicht en stapt ze achteruit. 'Je moet gaan,' zegt ze, opnieuw met haar rok spelend. 'Als je niet snel terug bent, zullen ze je gaan zoeken.'

'Juist.'

Ik wil me net omdraaien als Rosa zacht zegt: 'Tot ziens, Yulia. Ik wens Lucas en jou het beste. Echt.'

'Dank je wel. Ik wens jou dat ook,' antwoord ik. Maar Rosa loopt al weg; haar in het zwart geklede figuur gaat op in de groentinten van de jungle en verdwijnt uit het zicht.

 *ucas*

TIJDENS DE VLUCHT NAAR OEKRAÏNE VERWACHTTE IK DAT YULIA EN HAAR BROERTJE WEL ZOUDEN SLAPEN, maar in plaats daarvan waren ze de hele tijd in gesprek. Steeds ik als de cockpit uitloop om even bij ze te gaan kijken, zijn ze in een diep gesprek verwikkeld en loop ik dus maar weer terug. Ik wil dat beetje tijd dat ze nog hebben samen niet verstoren.

Het duurt niet lang meer voor ik Yulia voor mezelf heb.

Als we in de buurt komen van het Oekraïense luchtruim leg ik contact met mijn grondtroepen. Vorige week wisten ze eindelijk de drie laatste UUR-agenten te vinden en uit te schakelen, zoals ik opgedragen had. Tot mijn teleurstelling hield Kirill zich ook niet bij een van hen schuil. Ofwel Yulia's voormalige trainer is van de aardbodem verdwenen, of die hufter is toch aan zijn verwondingen overleden, zoals Yulia al dacht, en we hebben zijn lichaam gewoon nog niet gevonden. Ook van die laatste gedachte word ik niet echt blij – ik wilde die schoft eigenhandig ombrengen – maar het is wel beter dan het alternatief. Mijn mannen hebben ook de directrice van Yulia's weeshuis gevonden. De vrouw zat al in de gevangenis wegens kindermisbruik en kinderhandel, dus moest ik me tevreden stellen met het sturen van een huurmoordenaar, die haar in een toiletruimte in een hoek heeft gedreven en haar heeft laten voelen wat haar slachtoffers allemaal hebben moeten doorstaan. Het videoverslag van haar dood – drie uur lang – was het hoogtepunt van afgelopen woensdag. Op een dag laat ik hem Yulia ook misschien zien, maar nu nog niet. Ik wil geen nare herinneringen bij haar oproepen.

'Je hebt toestemming om te landen,' laat Thomas me weten als ik hem bel. Ik glimlach. Onze omkopingscampagne is bijzonder effectief. Ondanks de bloederige oorlog die we tegen UUR hebben gevoerd zijn de meeste Oekraïense bureaucraten bereid om de andere kant op te kijken. Per slot van rekening was Yulia's voormalige organisatie niet bepaald officieel.

Als er maar genoeg geld mee gemoeid is, geeft niemand iets om een paar officieel niet-bestaande spionnen.

Als we op het privévliegveld geland zijn, staat daar een gewapende SUV op ons te wachten, die ons direct naar het huis van Michaels ouders brengt. Thomas en twee andere bewakers gaan mee. Daarnaast hebben we nog eens tien mannen mee in volgauto's. Ik verwacht geen problemen, maar op vijandelijk terrein is voorbereid zijn altijd verstandig.

Steekpenningen of niet, Oekraïne is niet bepaald dol op iedereen die iets met de Esguerra-organisatie te maken heeft.

'Ben je er zeker van dat mijn broertje veilig zal zijn?' vroeg Yulia me gisteravond nog. Ik heb haar ervan verzekerd dat dankzij onze hack en de daaropvolgende vernietiging van de UUR-bestanden het vrijwel onmogelijk is om de adoptiezoon van twee burgers aan haar te linken, of dus aan mij of Esguerra. Maar voor het geval dat heb ik persoonlijk nog twee bodyguards ingehuurd om Michael en zijn familie de komende paar maanden te beschermen. Ik denk niet dat hij gevaar loopt, maar ik weet wat hij voor Yulia betekent. En eerlijk gezegd ben ik hem ook aardig gaan vinden. Yulia zou het vast niet leuk vinden om te horen, maar iets aan Michael doet me aan mezelf op die leeftijd denken.

Vasiliy Obenko had gelijk hem bij zijn organisatie te willen hebben; eenmaal volwassen en goed opgeleid zou de jongen een heel goede agent zijn geworden.

Tijdens de rit vanaf het vliegveld zijn Yulia en Michael allebei stil. Ik weet dat ze aan hun komende scheiding denken. Theoretisch gezien had ik meer mensen kunnen inhuren en Michael eerder naar huis kunnen sturen, maar ik wilde Yulia meer tijd met haar broertje geven en ik ben blij dat ik dat gedaan heb. De jongen is enorm veranderd ten opzichte van de opstandige, mokkende tiener die voorgelogen was over zijn zus. De twee zijn nu hecht als broers en zussen zouden moeten zijn en ik weet dat dat Yulia heel gelukkig maakt – en daardoor maakt het mij ook gelukkig.

Als ik de tijd kon terugdraaien en de pijn uit haar verleden kon wissen, zou ik het zo doen. Maar aangezien ik dat niet kan, moet ik er maar voor zorgen dat ze nooit meer zal hoeven lijden.

Ze is van mij en ik zal de rest van ons leven voor haar zorgen.

MICHAELS OUDERS WONEN OP DE VIERDE VERDIEPING VAN EEN FLAT IN EEN BUITENWIJK VAN KIEV. De twee bodyguards die ik heb ingehuurd begroeten ons en laten me weten dat alles rustig is. Ik bedank hen en geef ze de rest van de dag vrij. Dan geef ik Thomas en de anderen instructies beneden te wachten. Er is geen lift, dus nemen Yulia, Michael en ik de trap.

Yulia loopt een stukje voor me. Ze draagt laarzen zonder hak en een stijlvolle skinny spijkerbroek – allebei recent online gekocht – en ik kan mijn ogen niet van haar goedgevormde achterste houden, dat zich bij elke stap spant.

'Gast, hou hem in elk geval een paar minuten in toom,' mompelt Michael naast me. Ik grijns naar hem, niet in het minst beschaamd dat hij mijn wellustige blikken jegens zijn zus heeft opgemerkt.

'Waarom?' fluister ik. 'Je zus is bloedmooi. Dat weet je toch?'

'Bah.' Hij grimast vol afschuw en Yulia kijkt achterdochtig over haar schouder.

'Waar hebben jullie het over?' vraagt ze op de overloop van de tweede verdieping.

'Niets,' zegt Misha snel. Hij bloost. 'Mannendingen.'

'Hm-hm.' Ze werpt ons een geërgerde blik toe, maar dringt niet verder aan. De overige twee trappen beklimmen we in stilte. Ik ben blij dat we geen buren tegenkomen, want ik heb mijn M16 bij me.

Na wat er in Chicago gebeurd is, neem ik overal een wapen mee naartoe.

Op de vierde verdieping blijft Yulia voor appartement 5A staan en drukt op de bel.

Meteen als ik het bleke gezicht zie van de slanke brunette die de deur opendoet, krijg ik het vermoeden dat er iets mis is. Dit is Natalia Rudenko, Michaels adoptiemoeder. Ik herken haar bruine ogen van de foto's. Maar in plaats van zich lachend op haar zoon te storten, zwaait ze de deur verder open. Haar lippen beven.

En dan zie ik het.

Om haar buik, deels verborgen door haar schort, bevindt zich een zwarte doos met een stel draden en een knipperend lichtje.

'Mama?' zegt Michael onzeker. Hij stapt naar voren, maar ik pak hem instinctief bij zijn arm en ruk hem naar achteren, tegelijkertijd zelf voor Yulia stappend om haar tegen de bom te beschermen. Mijn polsslag schiet omhoog in een combinatie van adrenaline, angst en woede.

Yulia, Misha en een bom.

Godskolere.

'Laat die jongen maar binnen, hoor,' klinkt een lijzige stem in Engels met een accent. 'Buiten is het niet veiliger voor hem. Er is genoeg om het hele gebouw op te blazen.'

Hoewel alles in mij schreeuwt dat ik moet aanvallen, dat ik Yulia en haar broertje moet beschermen, doe ik niets. Alleen de wetenschap dat iedereen eraan gaat als ik wél iets doe houdt me op mijn plek.

Ik roep al mijn gevechtservaring aan, zet mijn angst opzij en neem de situatie zorgvuldig in me op.

Achter de vrouw staan twee mannen. Een van hen, een gezette man van middelbare leeftijd, draagt een vergelijkbaar ding als Michaels moeder. Zijn doodsbange gezicht herken ik ook. Viktor Rudenko, Michaels adoptievader. Maar hij is niet degene die mijn aandacht opeist.

Dat is de grote, zwaargebouwde man achter hem, wiens dunne lippen vertrokken zijn tot een grauw.

Kirill Ivanovich Luchenko, de man die we zoeken.

Hij heeft ons gevonden.

 *ulia*

Ik heb nog nooit zo'n allesverterende, intense angst gevoeld. Lucas vormt een levende muur voor me, maar ik kan wel om hem heen kijken. Wat ik zie, is zowel verbijsterend als onwerkelijk.

Kirill staat in de helder verlichte hal. Voor hem staan Misha's ouders, allebei met een bom aan zich gebonden. Kirill heeft een wapen in zijn rechterhand; in zijn linker heeft hij iets klein en zwarts vast.

Een ontsteker, besef ik in een vlaag van misselijkmakende paniek.

Hij heeft zijn duim op de ontsteking.

'Kom maar,' zegt hij in het Engels. Zijn blik gaat eerst naar Lucas en Misha, voor hij bij mij blijft hangen. Een afschuwelijke grijns vormt zich om zijn mond als hij mij ziet. 'Maak het je gemakkelijk. Is dit geen gelukkig gezinnetje zo?'

Lucas verroert zich niet, zelfs niet als Misha hem opzij probeert te duwen, zijn jonge gezicht verwrongen van dezelfde angst als die mij in zijn greep heeft. Ik weet waar mijn broertje nu aan denkt; net als ik heeft hij een dergelijke ontsteking tijdens zijn training gezien.

Het is UUR's versie van een bommenvest, bedoeld om alleen tijdens uitzichtloze situaties te gebruiken. Kirill hoeft niet op de knop te drukken om de bommen af te laten gaan; hij moet zijn duim van de knop halen.

Als de druk op de knop verdwijnt – bijvoorbeeld als hij wordt neergeschoten – gaan de bommen af.

Dat moet Lucas zich ook gerealiseerd hebben, want de M16 hangt nog altijd op zijn rug.

'Laat me erdoor,' sist mijn broertje als Lucas onverzettelijk blijft staan. 'Dit zijn mijn ouders. Laat me er verdomme door!'

Ditmaal ben ik degene die Misha vastpakt. 'Niet doen,' zeg ik zacht. Hij blijft staan. Ik weet niet of mijn broertje denkt dat ik een plan heb of dat het de voorgewende kalmte in mijn stem is, maar hij houdt op met proberen zich langs Lucas te worstelen en blijft staan.

'Komen jullie niet binnen?' vraagt Kirill. 'Prima, dan doen we dit op de vervelende manier.'

In een razendsnelle beweging heft hij zijn rechterhand en schiet. Het schot klinkt gedempt –

Kirill moet een demper op zijn wapen hebben – maar het geschreeuw dat volgt, is onmiskenbaar. Mijn handen vliegen krampachtig naar voren omdat ik bang ben dat Lucas geraakt is, maar hij staat daar nog steeds en weerstaat de hernieuwde pogingen van mijn broertje om het appartement binnen te komen.

De kogel heeft Misha's vader in het been geraakt, besef ik als ik langs mijn worstelende broertje heen kijk. De oudere man ligt op de grond en schreeuwt het uit van de pijn, zijn handen tegen de bloedende wond gedrukt. Misha's moeder knielt naast hem en zit hysterisch te huilen.

'De volgende kogel gaat zijn hoofd in,' zegt Kirill en Misha verstijft opnieuw. 'En de volgende in het hare.' Hij gebaart met het wapen in de richting van de huilende vrouw. 'En als iemand probeert te vluchten, schiet ik ze allebei meteen dood en gaan de bommen af voor jullie zelfs maar de volgende verdieping hebben kunnen bereiken.' Zijn glimlach verdiept zich als hij onze uitdrukkingen ziet. 'Zoals ik zei: kom binnen en maak het je gemakkelijk.'

'Alsjeblieft, Lucas,' fluister ik als hij nog altijd blijft staan. Ik proef gal in mijn keel. 'Alsjeblieft, we moeten wel. We kunnen hem niet voor Misha's neus zijn ouders laten doden.' Ik heb geen idee of Kirill gek genoeg is om zichzelf op te offeren en de bommen af te laten gaan, maar ik twijfel er niet aan dat hij Misha's ouders zonder enige aarzeling zal doden.

'Jij daar. Laat je wapen vallen voor je binnenkomt.' Kirill gebaart met het wapen naar Lucas. 'Je wilt niet dat deze per ongeluk afgaat.' Hij tilt zijn linkerhand op – die met de ontsteking – om zijn woorden kracht bij te zetten.

Zonder iets te zeggen pakt Lucas zijn M16 en legt het wapen op de grond. Zwijgend stapt hij daarna de hal in.

Misha en ik volgen hem. Mijn broertjes gezicht is lijkbleek en zijn ogen staan wild van angst. Ik vermoed dat ik er hetzelfde uitzie. De angst lijkt zich met ijzige klauwen in mijn buik vast te hebben gezet. Toen Kirill me eerder gevangen had, was ik alleen en kon ik me in mezelf terugtrekken. Maar nu kan ik niet op die manier ontsnappen, niet nu de enige twee mensen van wie ik houd in gevaar zijn – vanwege mij.

Ik weet waarom Kirill dit doet, roekeloos en gestoord als het is. Het gaat hem om mij. Hij wil me straffen voor wat ik hem heb aangedaan en het interesseert hem niet wie daar ook bij omkomt. Lucas bevindt zich nog altijd voor me, zijn lichaam een schild tussen mijn voormalige trainer en mijzelf, maar hij zal me niet kunnen redden.

Weliswaar zijn wij met meer en hebben we nog mannen buiten, maar Kirill heeft die ontsteking.

'Kom hier, teef,' zegt mijn voormalige trainer, met zijn blik op mij gericht. Zijn donkere ogen glinsteren van woede en iets dat sterk op waanzin lijkt. 'Jou wil ik.'

Ik negeer de misselijkmakende angst en loop om mijn broertje heen. Ik duw hem achter me, maar ik kom niet om Lucas heen.

'Zij gaat nergens heen.' Zijn stem klink dodelijk.

'O, nee?' Kirill zet zijn wapen tegen Viktor Rudenko's slapen. De man verstijft en stopt met schreeuwen. Natalia's gesnik neemt toe en Kirill richt zijn blik weer op mij. 'Laat me het niet nog een keer herhalen.'

'Lucas, laat me erlangs.' Ik probeer me langs hem te wurmen, maar de smalle gang staat vol en ik struikel bijna over een kruk, die voor een grote spiegel staat. Een rilling van angst trekt door me heen als Kirills kaak zich spant. Ik grijp Lucas bij zijn arm en probeer hem opzij te duwen. 'Lucas, laat me er alsjeblieft langs.'

Hij negeert me. Iedere spier in zijn lichaam is gespannen en als ik hem aankijk, stuwt de kille woede in zijn ogen mijn angst nog verder op.

Hij zal niet luisteren naar rede.

Om mij te beschermen, zal hij Misha's ouders laten sterven – en zelf ook omkomen.

'Wat wil je van haar?' vraagt hij op absurd kalme toon aan Kirill. 'Je weet dat je hier vandaag gaat sterven.'

'O?' Kirill lacht hoog en schril en voor het eerst vallen me de veranderingen in zijn uiterlijk op. Zijn haar is eerder grijs dan bruin, zijn gezicht is gezwollen. Het lichaam dat altijd zo gespierd is geweest, lijkt nu eerder gewoon dik. Het is net alsof hij in een paar maanden tien jaar ouder is geworden. 'En waarom denk je dat mij dat iets uitmaakt?'

Lucas' uitdrukking blijft gelijk. 'Ik weet dat je daar niets om geeft. Daarom ben je hier toch? Om in een glorieuze daad te sterven, in plaats van als de zielige, halve man die je nu bent?' Minachting klinkt nu in zijn stem door. 'Je had gewoon meteen naar ons toe moeten komen. Ik had het zoveel makkelijker kunnen maken voor je, je meteen uit je penisloze lijden kunnen verlossen.'

Waar is Lucas mee bezig? Mijn hart bonst angstig als ik Kirills gezicht zie vertrekken van woede. Hij heft zijn rechterhand en richt het wapen op Lucas' borst.

Het is alsof Lucas wil dat hij op hem schiet.

En dan besef ik dat dat precies is wat hij wil. Mijn cipier hoopt ons extra tijd geven door zichzelf op te offeren. Ik heb alleen geen idee wat hij dan wil dat we doen. We bevinden ons op de vierde verdieping van een flatgebouw. Zelfs als de bewakers beneden het schot hebben gehoord – wat me gezien de demper die Kirill gebruikt onwaarschijnlijk lijkt – komen ze nooit op tijd. En zelfs als dat wel zo zou zijn, dan zijn er nog altijd die explosieven.

Maar zelfs als Lucas een plan heeft, kan ik dit niet toestaan.

In een oogwenk bedenk ik de enige oplossing die mogelijk is.

'Ja, dat is ook zo,' zeg ik hardop. Achter me hoor ik Misha naar adem snakken, maar ik negeer hem. 'Ik was al bijna vergeten dat ik je lul en je ballen eraf had geschoten,' zeg ik zo neerbuigend mogelijk. 'Hoe bevalt dat? Het valt je vast zwaar om geen vijftienjarigen meer te kunnen verkrachten.'

De woede op Kirills gezicht geeft hem een haast

demonisch uiterlijk. Zijn opgezette gezicht wordt bijna paars en het wapen wordt op mij gericht. Lucas gaat weer voor me staan, maar ik spring naar de andere kant zodat Kirill me kan zien.

Ik ben degene die hij wil. Als ik hem zover kan krijgen dat hij mij doodt, komen de anderen misschien nog ongedeerd weg.

'Ga je gang,' daag ik hem uit, van links naar rechts springend om Lucas' pogingen me te beschermen te ontwijken. 'Schiet me maar neer als de lafaard die je bent, de weerzinwekkende slak die je geworden bent.' De woorden komen steeds sneller over mijn lippen. 'Kijk jou nou toch. De beroemde Kirill Luchenko, nooit eerder verslagen. En wat gebeurde er? Je lul werd eraf geknald. Dat deed vast pijn. Je kunt niet eens meer plassen zonder in tranen uit te barsten. Ik zou niet weten hoe dat voelt, maar...'

Het schot klinkt op, ondanks de demper oorverdovend. Iets raakt me en ik word weggeslagen.

Mijn laatste, wanhopige gedachte is dat ik hoop dat Lucas en Misha het overleven.

ucas

ALLES GEBEURT ZO SNEL DAT HET NAUWELIJKS TE
BEVATTEN IS. Zodra het schot klinkt, ben ik al bezig op
Kirill af te springen. Ik durf niet om te kijken. Als Yulia
dood of stervende is, draai ik door en dat mag niet
gebeuren.

Ik moet haar broertje redden.

We slaan tegen de muur en Kirill draait zich om het
wapen te beschermen, maar dat is niet wat ik wil
hebben. Met beide handen grijp ik zijn linkerpols en
knijp er hard in, zodat zijn duim op de ontsteking
blijft. Tegelijkertijd geef ik hem een beuk met mijn
schouder. Het wapen klettert op de grond, maar voor

ik me daarover kan verheugen, gooit hij zijn gewicht in de strijd en geeft me een vuistslag tegen mijn slapen.

Heel even wordt de wereld duister; mijn oren suizen, maar ik dwing mezelf bij bewustzijn te blijven en duw hem opnieuw tegen de muur. De woede en het verdriet in mij geven me een bovenmenselijke kracht. *Die klootzak heeft Yulia neergeschoten.* Met een brul knijp ik harder, tot ik botten hoor breken. Hij schreeuwt het uit en probeert nogmaals te slaan, maar ditmaal duik ik weg en houdt zijn linkerhand vast. Ik merk dat Michaels ouders proberen te vluchten, maar ik negeer hun paniekerige geschreeuw. Het gevecht gaat heel snel; een halve seconde onoplettendheid kan me fataal worden.

Mijn oren suizen en ik proef bloed; Kirill heeft me nog een keer weten te raken, maar ik slaag er wel in een trap in mijn kruis af te weren. Tegelijkertijd ontwijk ik een derde vuistslag en geef hem een elleboogstoot in zijn ribben. Het is een harde, maar hij gromt niet eens. Die schoft is gebouwd als een tank. Hoewel mijn reflexen beter zijn, weet hij wel degelijk wat hij doet. Normaal gesproken zou het al geen gemakkelijk gevecht zijn, maar met beide handen om zijn linkerpols ben ik serieus in het nadeel. Toch kan ik die niet loslaten; ik weet gewoon dat hij bommen af laat gaan.

Het enige wat die gast wil, is wraak. Daar wil hij voor sterven.

Hij heeft Yulia verkracht toen ze vijftien was. Hij heeft haar neergeschoten.

Mijn woede vuurt al mijn spieren aan. Ik draai me om en geef hem een kopstoot, waarbij ik bot en kraakbeen hoor breken. Voor hij zich kan herstellen, gebruik ik mijn greep op zijn pols om hem om te draaien en tegen de andere muur te slaan.

Zijn ogen rollen weg als zijn hoofd hard tegen het cement slaat, maar hij slaagt er wel in om me in een nier te raken. Ik snak naar adem en heel even verslapt mijn greep op zijn pols; hij gooit zichzelf op de grond en trekt mij mee. Ik land met mijn volle gewicht op hem en we rollen om. Dan zie ik waar hij naar op weg is.

Het wapen dat hij eerder heeft laten vallen.

Hij heeft het met zijn rechterhand te pakken weten te krijgen en richt het nu op mijn hoofd.

Als ik hem zijn vinger om de trekker zie spannen, lijkt alles te vertragen. Alles komt helder door, alsof mijn brein zich zo graag aan het leven wil vastklampen dat het al mijn zintuigen op scherp zet. In die seconde voor mijn dood zie ik Kirills triomfantelijke grimas, ruik het zweet dat van zijn gezicht druipt en hoor Michaels ouders schreeuwen. Ik denk aan Yulia en hoe graag ik wil dat ze dit overleeft.

Ik zou duizendmaal sterven om haar te redden.

Met een oorverdovende knal klinkt het schot.

Maar ik ga niet dood.

In plaats daarvan schokt Kirill en zet hij op een schreeuwen als zijn rechterarm in een wolk van bloed en vlees explodeert. Verbijsterd kijk ik op. Michael heeft mijn M16 vast. De jongen hijgt; zijn bleke gezicht is zweterig en bebloed. Dan haalt hij de trekker opnieuw over, waardoor een reeks kogels in Kirills schouder terechtkomt.

Met een schreeuw probeert Kirill hem te trappen en ik richt me weer op mijn tegenstander.

Tijd om hier een einde aan te maken.

Ik houd mijn vingers om Kirills linkerpols en ram opnieuw mijn voorhoofd tegen zijn neus, nog eens en nogmaals. Het geluid van stukjes bot die zijn hersens in geramd worden, klinkt me als muziek in de oren. Dit is niet hoe ik de schoft wilde laten sterven, maar het moet maar.

Als hij slap ineen zakt, zijn gezicht een bloederige massa, kijk ik met bonzend hoofd op, naar Michael. 'Schiet zijn linkerarm eraf,' beveel ik hem hees en hij doet het meteen.

Zonder aarzeling schiet hij op de bovenarm van de dode man. De kogels dringen netjes door het bot heen. Ik ruk aan de pols en de arm komt los.

Ik negeer het bloed dat uit de stomp gutst en sta op. Het losgeschoten lichaamsdeel heb ik nog steeds bij de pols vast zodat er maar druk op die ontsteking blijft staan. Mijn hart bonst zwaar en in een onregelmatig ritme als ik richting de deur kijk. Achter mij zit Michaels moeder te huilen en kreunt zijn vader van pijn, maar hen negeer ik.

Ik geef alleen om Yulia.

Ze ligt onbeweeglijk tussen de stukken van de gebroken spiegel, slap als een lappenpop. Haar lange blonde haren zijn over haar gezicht gevallen, maar overal op haar slanke lichaam zie ik bloed.

Mijn maag trekt samen.

Verdomme, nee!

Ze mag niet dood zijn. Dat kan niet.

'Yulia,' fluister ik als ik op mijn knieën naast haar zak. Ik heb het gevoel dat ik geen lucht meer krijg. 'Yulia, lieverd…'

Ze beweegt niet.

Met een dof gevoel in mijn binnenste druk ik Kirills duim op de ontsteking aan; mijn rechterhand strek ik naar haar uit. Mijn vingers zijn bedekt met Kirills bloed en als ik haar haren uit haar gezicht strijk, bekruipt me het gevoel dat mijn aanraking haar bezoedelt, dat ik iets moois en puurs kapotmaak… een engel die niet in mijn lelijke wereld thuishoort.

Haar wimpers vormen bruine halvemaantjes op haar bleke wangen; haar lippen wijken licht vaneen. Het lijkt alsof ze slaapt, maar er is bloed.

Zoveel bloed.

'Yulia…' Mijn hand trilt als ik haar gezicht aanraak en bloederige vingerafdrukken op haar lichte huid achterlaat. Mijn botten lijken te bezwijken onder de leegte die me nu helemaal op lijkt te slokken. Ik kan me geen leven zonder haar voorstellen. Ik kan me nog geen week zonder haar voorstellen, verdomme. In een paar maanden tijd is ze mijn hele wereld geworden. Als zij dood is… Mijn vingers strelen haar hals, op zoek naar haar polsslag en ik verstijf.

Ik voel een hartslag. Zwak, maar onmiskenbaar.

'Yulia!' Met mijn rechterarm trek ik haar tegen me

aan. Ze voelt zacht en warm aan – ze leeft nog. Ik voel haar adem tegen mijn hals en mijn hart begint te bonzen van vreugde.

Ze leeft nog.

Mijn Yulia leeft nog.

Heel even is die wetenschap voldoende, maar dan word ik gegrepen door een nieuwe angst.

Waarom is ze bewusteloos en waar komt al dat bloed vandaan?

Ik laat haar zakken en ga met mijn rechterhand op zoek naar de kogelwond. Ze heeft talloze sneetjes van het gebroken glas en een nare snee op haar hoofd, maar een kogelwond kan ik niet vinden.

'Komt het goed met haar?' Ik kijk op naar Michael. Hij staat te wankelen en zijn gezicht heeft een groenige tint aangenomen. Even denk ik dat de aanblik van de afschoten arm hem kotsmisselijk maakt, maar dan zakt hij naast me op zijn knieën; of beter gezegd, hij zakt in elkaar.

Ik steek mijn hand naar hem uit.

Bloed druipt onder zijn T-shirt vandaan.

'Misha...' kreunt Yulia. Ik kijk om; haar ogen zijn geopend. Haar blik is er een van afschuw en ik zie dat zij tot dezelfde conclusie is gekomen.

Haar broertje is neergeschoten.

ulia

IN DE TIEN MINUTEN DIE VOLGEN, GEBEUREN ER TALLOZE
dingen tegelijk. Overal is bloed: op Misha, die naast me
ligt, op Lucas, op Kirills verminkte lichaam en op de
afgeschoten arm die Lucas in zijn hand heeft. Een paar
meter verderop ligt Misha's vader te kreunen; zijn been
blijft maar bloeden. Misha's moeder is hysterisch en
snelt steeds van haar man naar haar zoon. Lucas'
mannen moeten de schoten van de M16 gehoord
hebben en komen gewapend en wel binnenhollen.
Meteen begint Lucas bevelen te geven. In een ogenblik
zijn twee mannen bezig met de explosieven en
proberen twee anderen het bloeden te stelpen, zowel
bij Misha als bij zijn vader. Steeds als ik probeer op te

staan om te helpen, word ik misselijk, dus moet ik blijven liggen. Mijn hoofd bonst waar ik de spiegel heb geraakt. Mijn vragen raken verloren in de chaos, maar tegen de tijd dat we in de SUV zitten en op weg zijn naar een ziekenhuis, begin ik te begrijpen wat er gebeurd is.

Het was geen kogel die me raakte. Het was mijn broertje. Misha duwde me opzij, waardoor ik met mijn hoofd tegen de spiegel klapte en die brak. Daarbij ving hij de kogel op die voor mij bedoeld was. Volgens Lucas is hij in het vlezige deel van zijn schouder geraakt en kwam hij boven op me terecht. Het bloed op me is dus voornamelijk van Misha, hoewel ik wel degelijk bloed: uit mijn hoofdwond en de sneden van het glas.

'Het komt wel goed met hem,' zegt Lucas voor de vijfde keer als ik Misha's slappe hand vastpak. Hij ligt bewusteloos naast me op de achterbank. 'Hij heeft flink wat bloed verloren, maar we hebben het bloeden kunnen stelpen en het komt wel goed. Hij heeft ons allemaal gered. Als hij mijn M16 niet had gepakt...' Zijn stem sterft weg. Een rilling gaat door me heen als de onuitgesproken woorden tot me doordringen.

We hadden allemaal kunnen sterven. Ik had tijdens één gevecht mijn broertje en de man die het middelpunt van mijn wereld is, kunnen verliezen.

Mijn hand trilt als ik in Misha's hand knijp en ik grijp ook Lucas vast, die aan de andere kant naast me zit.

Maar hij laat me zijn hand niet vastpakken. Zodra

ik hem aanraak, trek Lucas me op zijn schoot, houdt me stevig tegen zich aan en begraaft zijn gezicht in mijn haar. Als ik zijn grote lichaam voel schokken, kan ik mijn eigen emoties niet meer in bedwang houden.

Ik grijp hem uit alle macht vast en barst in tranen uit.

Ik houd me vast aan Lucas en laat mijn tranen de vrije loop.

Bɪᴊ ᴇᴇɴ ᴘʟᴀᴀᴛsᴇʟɪᴊᴋ ᴢɪᴇᴋᴇɴʜᴜɪs ᴡᴏʀᴅᴇɴ Mɪsʜᴀ's ᴇɴ Vɪᴋᴛᴏʀs sᴄʜᴏᴛᴡᴏɴᴅᴇɴ ᴠᴇʀᴢᴏʀɢᴅ, evenals de snee in mijn hoofd. Daarna vliegen we gezamenlijk naar een privékliniek waar Lucas eerder is geweest. Misha's ouders willen ondanks hun angst voor Lucas en mij niet van hun zoon gescheiden worden.

Ik doe mijn uiterste best hen ervan te overtuigen dat ze veilig zijn, maar ik weet dat zij ons zien als enge vreemdelingen uit een gewelddadige wereld – een wereld die hun leven op brute wijze is binnengedrongen. Kirills acties hebben littekens achterlaten die nooit volledig zullen verdwijnen.

Voor die afschuwelijke dag wisten ze wel wat Natalia's broer deed, maar ze begrepen het niet echt.

'Toen we die ochtend wakker werden, werden we onder schot gehouden,' snikt Natalia als ze ons vertelt wat er gebeurd is. 'Hij bond Viktor vast en bevestigde die bom om mijn middel, waarna hij ook bij Viktor een bom bevestigde. We dachten dat hij een terrorist was.

We dachten dat we zouden sterven, maar toen begon hij over jou te praten en dat hij op je wachtte en toen beseften we wat hij echt wilde...' Ze barst opnieuw in hysterische snikken uit en Lucas moet een zuster bellen om haar een kalmerend middel toe te dienen.

Viktor, Misha's adoptievader, is er niet veel beter aan toe, al probeert hij zich tegenover zijn vrouw groot te houden. Steeds als Natalia moet huilen troost hij haar en zegt hij dat het prima met hem gaat, maar de zusters hebben me laten weten dat hij 's nachts nachtmerries heeft.

De kogel in zijn been heeft zijn knieschijf verbrijzeld; het is onwaarschijnlijk dat hij ooit nog goed zal kunnen lopen met dat been.

Het enige goede nieuws is dat Misha's schouderwond inderdaad geen schade heeft aangericht, zoals Lucas al voorspelde. Mijn broertje heeft veel bloed verloren, maar de artsen beloven me dat hij met een week weer op de been is, al moet hij nog wel een tijdje een mitella dragen.

Terwijl wij in Zwitserland zijn, halen Lucas' mannen het hele appartement van de Rudenko's overhoop om erachter te komen hoe Kirill ongezien binnen is gekomen. Hun ontdekking komt als een schok voor ons allemaal. Het blijkt dat het nieuwe appartement van Misha's ouders, waar ze zijn gaan wonen nadat Misha en ik naar Zuid-Amerika werden gebracht, vroeger een schuilplaats van UUR was. Er was daarom een geheim appartement achter de woonkamer, vol medicatie, munitie en eten voor meerdere maanden. Daar moet Kirill naartoe zijn gevlucht. Hoe hij erin geslaagd is die reis te overleven en zijn sporen te wissen zal altijd een raadsel blijven, maar gezien de staat van het appartement moet hij daar de hele tijd dat we hem zochten, verbleven hebben. Misha's ouders zweren dat ze geen idee van zijn aanwezigheid hadden en na uitgebreide ondervraging is Lucas ervan overtuigd dat ze de waarheid spreken.

Blijkbaar hebben ze af en toe wel iets gehoord, maar ze woonden er nog maar pas en schreven de geluiden dus toe aan het gebouw.

'Ik dacht dat het een geest was,' fluistert Natalia Rudenko met rode ogen en een bleek gezicht. 'Viktor zei dat ik overdreef en dus zei ik er niets meer over. Ik had naar mijn gevoel moeten luisteren. Ik zal mezelf dit nooit vergeven.'

Lucas wil haar nog een vraag stellen, maar ik leg een hand op zijn arm. Die arme vrouw is niet in staat nog verder ondervraagd te worden. 'Het is uw schuld niet,' stel ik haar vriendelijk gerust. 'Kirill was een doorgewinterde agent. Hij wilde verborgen blijven. U maakte geen schijn van kans.'

'Dat zei Viktor ook, maar ik vind toch dat ik het had moeten weten.' Ze doet haar ogen dicht en knijpt met trillende hand in haar neusbrug. 'Er waren minieme aanwijzingen, zoals die keer dat onze computer gehackt was of die paar keer dat iets verplaatst leek...'

Stiekem vind ik ook dat ze die dingen als verdacht had moeten beschouwen – dat had ik wel gedaan –

maar zij is ook maar gewoon een burger, en dat ben ik niet. Gewone mensen zijn niet getraind om zulke patronen te herkennen en hoewel Natalia wel iets wist van de schimmige spionagewereld, kon ze zich onmogelijk voorstellen dat zich in haar appartement een geheim agent verstopt had.

'Kirill moet de computer gehackt hebben om erachter te komen wanneer we zouden komen,' gromt Lucas en dat ben ik met hem eens. Ik weet niet of mijn voormalige trainer het appartement van de Rudenko's koos omdat het de beste plek was om zich te verstoppen of omdat hij verwachtte dat ik met Misha mee zou komen als hij naar huis ging, maar hij was hoe dan ook op de beste plek om toe slaan wanneer we dat het minst verwachtten.

De bodyguards hielden buiten de wacht, maar het gevaar kwam van binnenuit.

Tot mijn opluchting lijkt Misha een stuk minder getraumatiseerd dan zijn ouders. Ik weet niet of dat door zijn UUR-training komt of vanwege wat hij al meegemaakt heeft, maar mijn broertje herstelt zich op meerdere manieren snel. Hij is niet geschokt of bedroefd vanwege zijn aandeel in Kirills dood; integendeel, Misha lijkt er trots op dat hij heeft bijgedragen aan de ondergang van de man die mij heeft verkracht en zijn ouders bijna had vermoord.

'Ik ben blij dat ik die schoft heb kunnen neerschieten,' zegt hij fel als Lucas en ik bij hem langsgaan. 'Dat is wel het minste dat hij verdiende.'

'Goed gedaan, knul,' zegt Lucas met een klopje op

zijn goede schouder. 'Je handen trilden niet eens toen je zijn arm eraf schoot.'

Dat beeld doet me ineenkrimpen, maar Misha knikt en accepteert de lof voor wat die is. Hij en Lucas lijken zich op de een of andere manier op dezelfde golflengte te bevinden, alsof het gevecht tegen Kirill een band tussen hen heeft gecreëerd. Hoewel ik dat heel fijn vind, zint het me niet dat mijn veertienjarige broertje zo nonchalant doet over de gruwelijke dood van een medemens.

'Maar waarom zou hij dat erg moeten vinden?' zegt Lucas als ik later die avond op onze privékamer aan hem vertel wat me dwarszit. 'Hij is oud genoeg om te begrijpen dat je moet doen wat nodig is om te overleven en je geliefden te beschermen. Hij wordt volwassen en of je wilt of niet, hij is nu eenmaal geen teer bloemetje.'

'Hij is ook geen gevoelloze moordenaar – of in elk geval zou hij dat niet moeten zijn,' protesteer ik, maar Lucas komt alleen naast me zitten op het bed en pakt mijn hand. Zijn blik is hard maar zijn greep is mild. Al sinds we hier zijn, gedraagt hij zich bezorgd maar afstandelijk en hoe hard ik het ook probeer, meer dan knuffelen doet hij niet.

Ik heb eergisteren al toestemming gekregen om weer seks te hebben, maar Lucas raakt me verder niet aan.

'Lieverd,' prevelt hij, terwijl hij zacht in mijn hand knijpt, 'je broertje is niet als jij. Dat is hij nooit geweest en dat zal hij ook nooit worden. Het was zijn eigen keus om bij UUR te gaan en of je het nu wilt toegeven of niet, hij past daar beter dan jij ooit hebt gedaan.'

De overtuiging in Lucas' stem leidt me af van de vraag waarom hij zich gedraagt zoals hij doet. Met een frons antwoord ik: 'Dat vind ik niet. Misha dacht vast dat het heel glamoureus zou zijn, een spion worden. Ik ben ervan overtuigd dat hij bij UUR ging omdat hij James Bond wilde worden. Maar toen hij zag hoe het er echt aan toeging...'

'Toen wilde hij het nog steeds,' zegt Lucas vriendelijk. 'Of ik moet zeggen: hij wil het nog steeds.'

Ongelovig staar ik hem aan. 'Hoe bedoel je? Hij gaat terug naar school.'

'Dat klopt, maar alleen om zijn ouders en jou blij te maken.'

'Wat? Hoe weet je dat?'

Lucas zucht en streelt met zijn duim mijn handpalm. 'Dat vertelde hij me. Gisteren. Hij wil later voor me komen werken, maar eerst wil hij een gewone school afmaken omdat hij dan "beter op kan gaan tussen de gewone bevolking". Zijn woorden, niet de mijne,' voegt hij er even later aan toe.

'Juist.' Ik trek mijn hand los en sta op. Mijn hoofd bonst, maar dat heeft niets te maken met de wond in mijn schedel. Ik zou verrast moeten zijn, maar dat ben ik niet. In zekere zin wist ik dit al.

Net als Lucas voelt mijn broertje zich aangetrokken tot gevaar en uiteindelijk zal dat ook zijn leven worden.

Pijn welt in me op; hij begint vaag, maar elke

seconde wordt hij sterker tot hij me van binnenuit lijkt te verstikken. Mijn keel knijpt samen en ik begin te hyperventileren, wanhopig naar adem happend om maar genoeg lucht in mijn strakke longen te krijgen. Een hese snik welt op, en dan nog eentje en nog eentje. Lucas snelt naar me toe en trekt me op zijn schoot als ik rauwe, lelijke geluiden over mijn lippen rollen. Het voelt alsof ik vanbinnen breek, alsof ik uit elkaar val. Ik probeer het onder controle te krijgen, maar dat lukt niet.

'Yulia, lieverd, het komt wel goed... Het komt allemaal goed.' Lucas houdt me stevig vast en de wetenschap dat hij er voor me is en dat ik niet langer alleen ben, maakt het alleen nog maar erger. De tranen blijven maar komen, zowel brandend als helend, een giftige stroom die me zowel vernietigt als vernieuwt.

Ik huil om het verleden en de toekomst van mijn broertje, alle leugens en verliezen en al het verraad. Ik huil om wat had kunnen zijn en om wat er gebeurd is, om de wreedheid van het lot en zijn onlogische genade.

Ik huil omdat ik er simpelweg niet mee kan stoppen en dat ook niet hoeft.

Ik vertrouw erop dat Lucas me vasthoudt en me zijn kracht leent als ik die nodig heb.

Op de een of andere manier komen we weer op het bed terecht, ik in zijn armen. Hij houdt me vast alsof ik het meest kostbare ben dat hij heeft. En nog steeds huil ik. Ik huil tot mijn keel pijn doet en de pijn overgaat in uitputting. Ik ben me er maar half bewust van dat Lucas me in bed legt en mijn kleren uittrekt en

tegen de tijd dat hij naast me komt te liggen, slaap
ik al.

Al mijn angsten zijn weggespoeld.

~

ALS IK WAKKER WORD, ZIT LUCAS OP DE RAND VAN HET
bed me aan te staren. Meteen herinner ik me weer wat
er gisteravond gebeurd is. Mijn wangen beginnen te
gloeien als ik me mijn inzinking voor de geest haal.

'Het spijt me,' mompel ik, het dekbed optrekkend
als ik ga zitten. 'Ik weet niet wat me bezielde.'

Lucas beweegt niet. 'Daar hoef je je niet voor te
schamen, schatje.' Ondanks de vriendelijke woorden is
zijn blik afgeschermd en afstandelijk. 'Volgens mij had
je het nodig om een keer goed uit te huilen.'

'Nou, dat is me dan gelukt.' Lichtelijk beschaamd
laat ik me onder de dekens uit glijden en pak een
badjas. Dan loop ik naar de aangrenzende badkamer
om even te douchen en mijn tanden te poetsen voor de
verpleging zijn ochtendronde komt doen.

Als ik de badkamer uitloop, zie ik dat Lucas nog
altijd op het bed zit. De blauwe plekken op zijn gezicht
– herinneringen aan zijn gevecht met Kirill – beginnen
weg te trekken. In het zonlicht dat op zijn harde,
mannelijke trekken valt, lijkt hij eerder op een
standbeeld van een krijger dan een levend menselijk
wezen. Zijn ogen doen die indruk echter teniet: ze
staan helder en alert en volgen mijn bewegingen zoals
een groot roofdier zijn prooi zou volgen.

Mijn adem stokt en dan merk ik dat ik als vanzelf op hem af loop.

Als ik bij hem ben, laat hij een hand om mijn pols glijden en trekt me naast zich op het bed.

'Lucas...' Ik voel me op een vreemde manier nerveus als ik hem aankijk. 'Wat doe...'

'Stil.' Hij drukt twee vingers tegen mijn lippen, heel zacht en teder. Zijn blik brandt in de mijne en tot mijn schok zie ik daar een vleug van pijn. 'Ik ga dit slechts één keer zeggen, dus ik wil dat je goed luistert,' zegt hij. Hij laat zijn hand zakken. 'Ik heb geld op je bankrekening gestort. Twee miljoen, maar dit is maar gewoon een begin. Later zal ik nog meer overmaken, maar dat is voldoende voor een nieuwe start. Mocht je ooit meer nodig hebben, dan kunnen Michael en jij altijd naar me toe...'

'Wat?' Ik moet hem verkeerd begrepen hebben. 'Waar heb je het over?'

'Laat me uitpraten.' Zijn kaak staat strak. 'Daarnaast zal ik een stel bodyguards voor je inhuren.' Bij elk woord klinkt zijn stem gespannener. 'Zij zijn er om je te beschermen, maar ik verwacht ook van je dat je verstandig bent en jezelf niet in gevaar brengt. Als je ergens naartoe wilt vliegen, zal ik iemand sturen om dat te doen en ik zal persoonlijk de beveiliging rond je nieuwe huis regelen. Daarnaast...'

'Lucas, waar heb je het over?' Bevend kom ik overeind. 'Is dit een grap of zo?'

'Nee, natuurlijk niet.' Als hij ook opstaat, lijkt hij zowat te beven van de spanning. 'Denk je soms dat ik

437

dit makkelijk vind? Verdomme!' Hij draait zich om en begint met nauwelijks onderdrukte agressie door de kamer te ijsberen.

Verbijsterd kijk ik even toe, maar dan begint het me te dagen. Ik stap naar voren en pak hem bij zijn arm. De kracht die hij tot het uiterste onder controle probeert te houden dringt tot me door. 'Lucas, wil je...' Ik slik moeizaam. 'Betekent dit dat je me laat gaan?'

Hij knijpt zijn ogen samen. 'Wat zou het anders betekenen, verdomme?'

Mijn hart begint te bonzen en ik laat zijn hand los. 'Maar waarom? Komt het hierdoor?' Beschaamd raak ik de afgeschoren pluk haar op mijn hoofd aan. Ondanks al mijn pogingen ze te verbergen zijn de hechtingen in mijn hoofdwond nog altijd zichtbaar. Net als bij Lucas zijn mijn blauwe plekken wel grotendeels weggetrokken, maar de littekens van de glassplinters zitten er nog. Ze trekken wel weg, dat hebben de artsen me verzekerd, maar op dit moment zou ik mezelf niet mooi willen noemen en ik heb ineens het idee dat Lucas' afstandelijke houding daar alles mee te maken heeft.

Hij verlangt niet meer naar me.

'Wat?' Zijn blik volgt de beweging van mijn hand en ongeloof klinkt door in zijn stem. 'Meen je dat nou? Denk je dat ik je niet wil vanwege een wond?'

'Je hebt me gisteravond niet aangeraakt.' Ik weet dat ik klink als een onzekere tiener, maar ik kan er niets aan doen. Lucas houdt ontzettend van seks en als hij me niet wil neuken...

'Natuurlijk heb ik je niet aangeraakt,' sist hij door opeengeklemde kaken. 'Jij moet nog herstellen en ik... Verdomme.' Hij maakt een beweging alsof hij zich opnieuw wil omdraaien, maar doet het niet. In plaats daarvan pakt hij mijn arm. 'Yulia, als ik je aangeraakt of geneukt had, had ik dit niet kunnen doen. Begrijp je me?' Zijn stem wordt hees. 'Dan zou ik je bij me willen houden, egoïstisch als ik ben, en dan zou je nooit de kans krijgen om weg te gaan.'

Ik krijg geen adem meer. 'Nee, ik begrijp het niet. Waarom doe je dit, als het niet is omdat je me niet meer wilt?'

'Omdat je niet in deze wereld – mijn wereld – thuishoort. Ze hebben je dit leven opgelegd en je bent daardoor iemand geworden die je nooit hebt willen worden. Toen ik je daar zo zag liggen, gewond en bloedend...' Zijn stem stokt, daarna zegt hij hees: 'Jij had nooit in zulk gevaar moeten verkeren, nooit mannen zoals Kirill en Obenko moeten ontmoeten...' Hij haalt diep adem. 'Mannen zoals ik.'

Terwijl ik hem aankijk, voel ik een vreemde pijn in mijn borst opwellen. 'Lucas, jij bent niet...'

'Jawel.' Zijn harde mond vervormt zich tot een grimas. 'Laten we niet doen alsof het anders is. Ik ben net als zij, de mannen die je gebruikten, kwetsten en manipuleerden. Nooit hebben ze je een keuze gegeven – en dat heb ik ook niet gedaan. Ik zette je in mijn huis gevangen omdat ik je wilde en hield je daar vervolgens gevangen omdat ik me een leven zonder jou niet voor kon stellen. Toen je ontsnapt was, had ik overal naar je gezocht, schoonheid. Ik had alles gedaan om je terug te krijgen.'

Ik voel een rilling over mijn rug gaan. 'Waarom laat je me dan gaan?' Mijn hart bonst en mijn stem is niet meer dan een fluistering. Kan dit echt zijn? Is Lucas...

'Omdat ik de gedachte je te verliezen niet kan verdragen,' zegt hij botweg. 'Ik zag je daar liggen, bedekt met bloed, en ik dacht dat je dood was. Ik dacht dat hij je gedood had.' Er gaat zichtbaar een rilling door hem heen en hij komt dichterbij. Zijn handen verplaatsen zich naar mijn schouders. Hij leunt naar me toe en zegt met nauwelijks onderdrukte woede: 'Waar dacht je verdomme dat je mee bezig was, die schoft zo uitdagen? Je had je mond moeten houden en mij...'

'Dood laten schieten?' Het idee alleen al maakt me volkomen onpasselijk. 'Nooit. Hij wilde mij. Jij en Misha waren niet...'

'Dus wilde je jezelf voor ons opofferen, zoals je al die tijd al voor je broertje doet? Denk je echt dat ik dat zou toestaan?' Zijn vingers boren zich in mijn schouders, maar voor ik ineen kan krimpen, heeft hij me al losgelaten en verzacht de uitdrukking op zijn gezicht. 'Yulia,' fluistert hij hees, 'weet je dan niet dat ik duizend kogels voor je zou opvangen of honderdmaal zou sterven, als het maar zou voorkomen dat jou iets overkomt?'

Mijn polsslag schiet omhoog. 'Lucas...'

'Mijn hele wereld draait om jou.' Zijn ogen glinsteren fel. 'Jij bent mijn alles. Ja, ik wil je in mijn bed, maar bovenal wil ik je in mijn leven. Dat is al vanaf het begin zo. Zelfs toen ik je haatte, hield ik al van je. Zonder jou...'

'Houd je van me?' Die woorden geven me nieuwe lucht in mijn longen. Ik dacht het, ik hoopte het – ik zei zelfs tegen mezelf dat ik ervan overtuigd was – maar ik wist het niet echt zeker tot hij de woorden uitsprak. Dat Lucas het nu eindelijk uitspreekt...

'Natuurlijk houd ik van je.' Zijn handen glijden naar mijn gezicht; zijn huid voelt warm aan tegen de mijne. Hij kijkt me aan en zegt hees: 'Ik hield al van je toen ik Diego je dat vliegtuig uit zag dragen, mager en vuil en zo beeldschoon dat het pijn deed. Ik hield mezelf voor dat het alleen lust was, dat ik je na genoeg seks wel uit mijn systeem zou krijgen, maar ik ging alleen maar meer van je houden. Je loyaliteit, je dapperheid, je warmte... ik wist niet dat ik dat alles nodig had, maar dat is wel zo. Voor ik jou had, had ik niemand en gaf ik om niemand en daar was ik content mee. Maar toen ik jou ontmoette...' Hij haalt diep adem. 'Verdomme, het was alsof ik voor het eerst zonlicht ervaarde. Jij maakte mijn wereld zoveel lichter, zoveel mooier...'

Mijn keel zit zo dicht dat ik nauwelijks nog kan spreken. 'Maar waarom...'

'Omdat jij gemaakt bent voor liefde en familie, voor mooie dingen en lieve woordjes.' Ik hoor de pijn in zijn stem als hij zijn handen laat zakken. 'Je had aanbeden moeten worden door je ouders en je broertje, bemind door liefhebbende vriendjes en leuke vriendinnen, maar in plaats daarvan...'

'In plaats daarvan viel ik voor jou.' Ik pak hem bij een van zijn sterke handen. Tranen vertroebelen mijn blik als ik mijn meedogenloze cipier aankijk, de man die nu mijn alles is. 'Ik werd verliefd op de man die me van Kirill en de Russische gevangenis redde, die me verzorgde tot ik gezond was en me mijn broertje teruggaf. Lucas...' Ik laat mijn hand tegen zijn harde kaak rusten. 'Je bent misschien wel zoals zij, maar je hebt me altijd meer gegeven dan afgenomen. Altijd.'

Als hij me aankijkt, zie ik de frustratie op zijn gezicht. 'Yulia...' Zijn stem is laag en dreigend. 'Zeg het me nu meteen als je weg wilt gaan. Je krijgt maar één kans, begrepen?'

'Ja.' Een beverige glimlach vormt zich om mijn lippen. 'Ik begrijp het.'

Hij zet zich schrap alsof hij een klap verwacht. 'En?'

'En ik blijf bij je.'

Heel even staat Lucas stil alsof hij zijn oren niet kan geloven; dan stort hij zich op me. Zijn lippen veroveren de mijne met een honger die zowel wild als teder is. Zijn handen glijden over mijn lichaam, fanatiek maar ook beheerst vanwege mijn wonden. We tuimelen op het bed, onze lippen met elkaar verbonden en onze handen op zoek naar elkaars naakte huid. Ergens zijn verpleegsters en artsen, mijn broertje en zijn adoptieouders, de hele wereld... maar hier, in deze privékamer, is alleen een allesverterende passie.

'Ik houd van je,' hijg ik als Lucas in me stoot en hij fluistert de woorden, zijn stem hees als hij steeds weer in me stoot en me de zijne maakt. We komen tegelijk klaar, meegevoerd in perfecte harmonie, en als we daarna verstrengeld op het bed liggen, vangt Lucas mijn blik. Ik zie bezitterigheid en lust in zijn blik doorschemeren, met daaronder een warme, tedere liefde.

Over een paar minuten komt de verpleging en worden we uit deze bubbel gehaald. Dan gaan we verder met herstellen en ons nieuwe leven opbouwen. Maar nu hoeven we ons niet langer zorgen te maken om de toekomst.

Wat Lucas en ik hebben, mag misschien niet mooi zijn, maar het is perfect.

Onze versie van perfectie.

ONGEVEER DRIE JAAR LATER

*S*POILER ALERT: Als je de *Verwrongen*-trilogie niet gelezen hebt, stop dan hier en lees die eerst. Onderstaande is voor degenen die van Nora en Julians verhaal genoten hebben en graag een glimp van hun toekomst na de epiloog van *Verbonden* (*Verwrongen* boek 3) willen zien. Daarnaast krijg je ook iets te zien van Lucas en Yulia's toekomst.

∾

JULIAN

Nora schreeuwt het uit en het gekwelde geluid komt aan als een fysieke marteling. Ik sta tegen de deurpost geleund. Mijn handen trillen van de moeite die het me kost om te blijven staan en de in het wit geklede haviken die zich rond mijn vrouw verdringen niet aan te vallen. Mijn T-shirt is bezweet en mijn handen blijven maar onrustig. Mijn instinct om Nora te beschermen strijdt met de wetenschap dat ik de artsen alleen maar in de weg zou staan.

Ze was toch over twee weken pas uitgerekend? Ik heb me nog nooit zo nutteloos gevoeld.

'Kan ik iets voor je halen?' Ik besef dat Lucas naast me is komen staan. 'Water, koffie.... met wodka misschien?' Zijn uitdrukking is ongewoon meelevend.

'Het gaat prima met me.' Mijn stem klinkt hees en ik schraap mijn keel voor ik verder praat. 'Het duurt niet lang meer, zeiden ze. Daarom hebben ze de ruggenprik ook uitgezet.'

Lucas knikt. 'Ik snap het. Ik heb me ingelezen.'

'O?' Nu Nora even stil is, prikkelt die bijzonder ongewone opmerking mijn nieuwsgierigheid. 'Krijgen Yulia en jij...'

'Nog niet, maar Yulia heeft het er al over sinds de bruiloft.' Hij zucht. 'Ik dacht dat het niet zo erg zou zijn, maar nu...'

'Julian!'

Nora's gekwelde schreeuw doet de rest vervagen en meteen vlieg ik op haar af.

'Meneer Esguerra, wilt u alstublieft achteruit...'

'Ze heeft me nodig,' snauw ik tegen de arts die me de weg verspert. Als dit niet de beste gynaecoloog van de Zwitserse kliniek was, was hij al dood geweest. Ik duw hem opzij en grijp Nora's bevende hand vast. Haar handpalm is nat van het zweet, maar haar vingers sluiten zich met verbijsterende kracht om de mijne. Haar knokkels worden wit als haar buik opnieuw samentrekt in een wee. Haar gezicht is verwrongen van pijn en haar ogen zijn toegeknepen; het kost me opnieuw moeite om genoeg adem te krijgen als ze het opnieuw uitschreeuwt. Ik zou alles doen om haar plek in te nemen, om deze pijn voor haar te dragen, maar dat kan niet en die wetenschap is haast ondraaglijk.

'Ik ben er, schatje.' Mijn stem klinkt hees en mijn losse hand trilt als ik het haar van haar bezwete voorhoofd veeg. 'Ik ben bij je.'

Nora opent haar ogen en mijn hart trekt samen als ze me een geruststellende glimlach schenkt. 'Niets aan de hand,' hijgt ze. 'Het komt wel goed. Ik moet alleen...' Maar voor ze uitgesproken is, vertrekt haar gezicht weer. De artsen roepen dat ze moet persen. Nora's hand verstrakt met onvoorstelbare kracht om de mijne. Haar slanke vingers breken zowat de botjes in mijn hand en haar hele lichaam lijkt te verstrakken. Haar hoofd valt naar achteren als ze het hard en hoog uitgilt. Haar pijn raakt me zo diep dat al mijn voorgewende kalmte verdwijnt. Ik begin een rode waas voor ogen te krijgen en mijn hoofd bonst. Ik kan dit niet veel langer verdragen.

Ik wend me tot de artsen en brul: 'Help haar dan, verdomme! Nu!'

Maar niemand besteedt aandacht aan me. Alle drie de artsen staan aan het voeteneinde van het bed, waar een laken Nora's onderlichaam aan mijn zicht onttrekt. Een van hen buigt zich naar voren en...

'Daar is ze dan!' De arts die me eerder de weg blokkeerde, komt overeind, iets kleins, bewegends en bloederigs in zijn handen. Hij draait zich om en gaat snel aan de slag. Een seconde later klinkt het gehuil van een pasgeboren baby. Eerst zwak en onzeker, maar al snel stijgt het volume. De schok dat hoge, eisende geluid te horen komt aan als een mokerslag en verstijft me volkomen. Als ik er uiteindelijk in slaag naar Nora te kijken, is haar hand slap geworden in de mijne en is haar gezicht niet langer vertrokken van pijn. In plaats daarvan lacht en huilt ze tegelijk. Dan trekt ze haar hand los en steekt beide armen uit naar de baby die de arts haar aanreikt, een klein, wriemelend wezentje dat steeds harder begint te huilen.

'O, Julian,' snikt ze als de dokter het wezentje in haar armen legt en het bed tot een halfzittende houding omhoog zet. 'O, kijk haar nou...' Ze drukt de baby tegen haar borst. Haar pyjama valt open en onthult een volle borst. Terwijl ik vol verbijstering toekijk, begint het kleine ding te happen naar haar borst, voor het zich aan Nora's tepel hecht.

Nee, niet het. Zij. Onze dochter.

Nora en ik hebben een dochter. En ze drinkt alsof ze nooit iets anders heeft gedaan.

Mijn blik vernauwt zich en de geluiden van het ziekenhuis verdwijnen naar de achtergrond. Er had een atoombom kunnen ontploffen en dan had ik het nog niet gemerkt. Ik zie alleen nog mijn mooie, dierbare poesje, haar slordige haren een donkere bende als ze over de drinkende baby heen buigt. Ik loop naar haar toe en probeer alles in me op te nemen. Mijn polsslag klinkt me vreemd luid in de oren. Het is net of ik naar andermans hartslag luister via een stethoscoop. *Boem-boem.* Een klein vuistje kneedt Nora's volle borst. *Boem-boem.* Het kleine mondje beweegt en haar keeltje slikt elke slok netjes door. *Boem-boem.* Het haar op dat kleine hoofdje is donker en donzig, zo zacht als haar licht gebruinde huid.

'Wat voor kleur hebben haar ogen?' fluister ik als ik weer kan spreken. Nora lacht beverig en kijkt me aan.

'Wat denk je?' Haar gezicht straalt een ongekende tederheid uit. 'Blauw, net als de jouwe.'

Net als de mijne. De woorden raken me diep. De kleur van haar ogen boeit me niet echt – de kleur verandert nog als ze ouder wordt – maar de wetenschap dat dit kleine wezentje van mij is, míjn dochter, is adembenemend. Mijn hand trilt als ik voorzichtig een van haar voetjes aanraak. Mijn vingers lijken enorm naast de kleine teentjes van de baby. Het lijkt onmogelijk dat zoiets kleins kan bestaan; ze is net een pop... een levende, ademende, menselijke pop.

Mijn Nora, maar dan ongelofelijk veel kleiner en kwetsbaarder.

Mijn borst trekt samen en met een ruk trek ik mijn hand terug. Is het wel normaal dat ze zo klein is? Nora was pas over twee weken uitgerekend. Wat nou als ik dat voetje pijn doe door het aan te raken? Ik kijk op en richt mijn dodelijkste blik op de arts. 'Is ze...'

'Ze is gezond,' stelt de arts me met een glimlach gerust. 'Aan de kleine kant met 2700 gram, maar alles zit eraan en is in orde.'

'Ze is perfect,' prevelt Nora. De blik die ze op de

baby werpt bevat een liefde die zo allesverterend is dat ik opnieuw geen adem meer krijg.

Mijn echtgenote. Mijn kind. Mijn gezin.

Mijn ogen beginnen te branden en mijn blik vertroebelt. Snel knipper ik. Ik heb niet meer gehuild sinds ik een kind was, maar als ik me het goed herinner, geeft dat brandende gevoel aan dat ik toch echt op het punt sta dat nu wel te doen.

'Kom hier,' fluistert Nora als ze me weer aankijkt, en ik stap dichterbij. Langzaam laat ik een vinger over het hoofd van de baby glijden. Alles in me bevriest als de baby Nora's tepel loslaat en me aankijkt. Nora had gelijk, besef ik in die ene seconde voor haar gezichtje vertrekt.

Haar ogen zijn inderdaad blauw.

Mijn dochter opent haar mond en begint te huilen. Met een lachje helpt Nora haar om haar tepel weer te vinden. Meteen is het weer stil en ik laat mijn handen zakken. Wat een wonder.

'Hoe wil je haar noemen?' vraag ik zachtjes terwijl de baby verder drinkt. Vanwege Nora's miskraam van drie jaar geleden hadden we afgesproken de baby pas een naam te geven als ze er eenmaal was, maar ik vermoed dat mijn poesje er wel degelijk over na heeft gedacht.

En inderdaad, Nora kijkt me glimlachend aan. 'Wat vind je van Elizabeth?'

Ik voel een bitterzoete pijn in mijn borst. 'Naar Beth?'

'Naar Beth,' bevestigt Nora. 'Maar we kunnen het

afkorten tot Liz of Lizzy. Vind je niet dat ze eruitziet als een Lizzy?'

'Jawel.' Ik laat mijn vingers opnieuw over haar donzige haartjes glijden. 'Zeker wel.'

~

ALS NORA EN DE BABY IN SLAAP GEVALLEN ZIJN, LOOP IK de suite uit om een flesje water te halen en even mijn benen te strekken. Tot mijn verrassing zie ik twee blonde mensen in de wachtkamer aan het einde van de hal zitten.

Lucas' vrouw – de Oekraïense die betrokken was bij het vliegtuigongeluk – heeft zich bij hem gevoegd.

Als ik aan kom lopen, kijkt Yulia net mijn kant op. Meteen springt ze op, haar lichte huid nog witter dan normaal. Lucas staat ook op en gaat beschermend voor haar staan.

Ik zucht. Ik heb Lucas beloofd haar niets te doen, maar hij vertrouwt me niet in haar buurt, ook al zijn Nora en ik vorig jaar op hun bruiloft op Cyprus geweest. Ik neem hem zijn beschermende houding niet kwalijk – normaal gesproken zorgt alleen de aanblik van de voormalige spionne al voor een stijging in mijn bloeddruk – maar vandaag ben ik niet in de stemming voor ruzie.

Ik ben te gelukkig om me om iets anders dan Nora en onze dochter te bekommeren.

Lizzy, breng ik mezelf in herinnering.

Nora en Lizzy.

Mijn hart slaat over. *Ik heb een dochter en ze heet Lizzy.*

'Gefeliciteerd,' zegt Yulia zacht, een hand op Lucas' arm. Het dringt tot me door dat ze iets tegen me heeft gezegd. 'Lucas en ik zijn erg blij voor jullie.'

Tot mijn verrassing voel ik een vermoeide glimlach op mijn mond verschijnen. 'Bedankt,' zeg ik. Ik meen het. Ik zal het haar nooit vergeven dat ze mij bijna heeft gedood en Nora daardoor in gevaar heeft gebracht, maar mettertijd is mijn woede afgezwakt tot een milde afkeer. Ze maakt Lucas gelukkig en zijn nieuwe ondernemingen lopen heel erg goed, dus heb ik mijn fantasieën over Yulia vermoorden opzij gezet.

'Hoe is het met Nora?' vraagt Lucas terwijl hij een arm om Yulia's slanke middel laat glijden en haar tegen zich aan trekt. 'Ze moet uitgeput zijn.'

'Dat is ze ook. Ze viel in slaap na wat videobellen met haar ouders, Rosa en Ana. Ze vonden het allemaal heel jammer dat ze hier niet op tijd konden zijn, maar ze begrepen ook dat baby's hun eigen moment kiezen.' Met een zucht laat ik een hand door mijn haren glijden. 'Nora slaapt en Lizzy ook.'

'Lizzy?' Yulia's knappe gezicht verzacht zich. 'Wat een mooie naam.'

'Bedankt. Wij vinden hem ook leuk.' Ik vind hem zelfs prachtig, maar ik ben niet van plan om vriendjes te worden met Lucas' vrouw. Ik tolereer haar in de zin van dat ik haar niet zal doden, maar dat was het dan ook wel.

Daarom wend ik me tot Lucas en zeg: 'Bedankt dat

je zo snel kon komen en dat je de mannen teruggetrokken hebt uit dat project in Syrië. Het is rustig, maar extra beveiliging kan geen kwaad.' Vooral niet waar het mijn vrouw en dochter aangaat. Bij de gedachte dat Lizzy in gevaar is, word ik helemaal koud vanbinnen.

Zodra de artsen er toestemming voor geven, laat ik bij haar ook zenders plaatsen. Daarnaast ga ik tien extra bodyguards inhuren die haar moeten bewaken. Ze zullen het weten als ze zelf haar kleine teen maar stoot.

'Geen probleem,' zegt Lucas. 'We waren toch al onderweg naar Londen voor de opening van Yulia's nieuwe restaurant. Michael verwacht ons daar.'

Daarom is Yulia hier. Ik vroeg me al af waarom Lucas haar had meegebracht. Als ik het me goed herinner, is dit het vierde restaurant waar Lucas' vrouw haar merknaam en recepten aan verbindt. Een interessante carrière voor een voormalig spionne.

'Maar goed,' zegt Yulia met een voorzichtige blik op mij, 'we wilden je niet ophouden. Je wilt vast terug naar Nora en de baby.'

'Dat klopt,' zeg ik. Maar ik ben nog steeds in een goed humeur, dus voeg ik eraan toe: 'Als ik je niet meer zie: succes met de opening.'

Zonder op antwoord te wachten draai ik me om en loop weg.

~

Ik ben bezig Nora een voetmassage te geven – het enige fysieke contact dat momenteel toegestaan is – als de verpleging de baby komt brengen voor een voeding. Lizzy krijst als een bezetene, maar zodra ze in Nora's armen ligt, is ze stil en begint ze haar tepel te zoeken. Ik kijk gebiologeerd toe hoe haar kleine mondje haar doel vindt en begint te drinken. Nora prevelt iets tegen haar en streelt haar zacht. Ik kan niet anders dan naar hen blijven kijken. Mijn mooie poesje is een moeder, de moeder van mijn baby. Ik dacht niet dat ik me wat Nora betreft nog bezitteriger zou kunnen voelen, maar dat is dus wel zo. Ze behoort nu op een heel ander niveau bij me en nu ik haar zo zie, ervaar ik emoties waar ik mezelf nooit toe in staat had geacht. Het is alsof mijn hele leven naar dit punt heeft geleid: mijn vrouw en mijn kind, deze onbeschrijfelijke vreugde.

'Wil jij haar vasthouden?' prevelt Nora als de baby haar tepel loslaat. Ik verstijf. Ik heb gestreden tegen terroristen en drugsdealers, met generaals en staatshoofden onderhandeld, en nog nooit ben ik zo diep van iemand onder de indruk geweest.

'Weet je het zeker?' Mijn stem klinkt gespannen. 'Denk je niet dat ik haar pijn zal doen?'

'Nee.' Nora's zachte lippen vormen zich tot een glimlach. 'Alsjeblieft.' Voorzichtig geeft ze me de baby aan en ik doe mijn best om haar op dezelfde manier vast te houden als Nora deed: in de kromming van mijn arm, mijn hand onder haar hoofdje. Lizzy is ongelofelijk licht, een klein, warm bundeltje van zoet geurende baby en terwijl ik toekijk, knippert ze en sluit dan haar ogen.

'Ze slaapt,' fluister ik verbijsterd. 'Nora, ze is in mijn armen in slaap gevallen.'

'Dat weet ik,' fluistert Nora. Als ik opkijk, zie ik dat ze glimlacht, ook al rollen er tranen over haar wangen. 'Jullie samen... God, dit had ik me nooit kunnen voorstellen.'

'Ik ook niet.' Terwijl ik probeer Lizzy niet wakker te maken, pak ik met mijn vrije hand Nora's slanke vingers en breng ze naar mijn lippen. Ik kus haar knokkels en prevel: 'Ik houd zoveel van je, schatje.'

Nora glimlacht beverig. 'Ik ook van jou, Julian.'

Samen kijken we naar onze slapende dochter en ik weet dat dit pas het begin is.

Ons echte verhaal is nu pas net begonnen.

HET EINDE

VOORPROEFJES

Bedankt voor het lezen! Als je een recensie wilt achterlaten, wordt dat enorm gewaardeerd.

Als je hebt genoten van Gevangen, zijn deze boeken van Anna Zaires ook een aanrader:

- *Verwrongen* - het duistere verhaal over Lucas' baas, Julian, en Nora, het meisje dat hij ontvoerde en tot zijn vrouw maakte
- *Aanraking* - het futuristische verhaal over Korum, een machtige alien, en Mia, de verlegen studente die hij de zijne wil maken

Sla nu de pagina om voor een voorproefje van *Verwrongen* en *Aanraking*.

FRAGMENT UIT VERWRONGEN

Ontvoerd. Meegenomen naar een privé-eiland.

Ik had nooit gedacht dat mij dit zou overkomen. Ik had me nooit kunnen voorstellen dat een toevallige ontmoeting aan de vooravond van mijn achttiende verjaardag mijn leven zo volkomen zou veranderen.

Nu behoor ik hem toe. Julian. Een man die even meedogenloos als knap is — een man wiens aanraking me in vuur en vlam zet. Een man wiens tederheid verwoestender is dan zijn wreedheid.

Mijn ontvoerder is een raadsel. Ik weet niet wie hij is of waarom hij me heeft ontvoerd. In hem bevindt zich duisternis—duisternis die me evenzeer aantrekt als beangstigt.

Ik ben Nora Leston. Dit is mijn verhaal.

Het is avond. Ik word elke minuut nerveuzer omdat ik weet dat ik straks mijn ontvoerder weer zie. Niet langer houdt het boek mijn aandacht vast. Daarom leg ik het maar weg en begin te ijsberen.

Ik heb de kleren aan die Beth me gebracht heeft. Zelf zou ik ze niet uitgekozen hebben, maar ze zijn beter dan die badjas. Ik heb een sexy wit slipje aan en een bijpassende beha. Daaroverheen draag ik een leuk blauw zomerjurkje met knoopjes van voren. Het is verbazend hoe goed het past. Misschien houdt hij me al wel langer in de gaten. Misschien weet hij naast mijn kledingmaat nog veel meer van me.

Die gedachten zijn misselijkmakend.

Hoe hard ik ook probeer niet te denken aan wat komen gaat, het lukt me niet. Eigenlijk begrijp ik niet eens waarom ik er zo van overtuigd ben dat hij vanavond naar me toe komt. Misschien heeft hij wel een hele harem aan vrouwen op dit eiland zitten en neemt hij elke avond een ander, net als sultans dat vroeger deden.

Maar ik weet gewoon dat hij eraan komt. Gisteren was gewoon een voorproefje. Hij is nog niet klaar met me – nog lang niet.

Uiteindelijk gaat de deur open. Hij stapt binnen alsof hij de touwtjes in handen heeft, wat natuurlijk ook zo is.

Opnieuw ben ik onder de indruk van zijn

mannelijke schoonheid. Met zo'n gezicht zou hij een model of een filmster kunnen zijn. Als de wereld eerlijk was, was hij klein geweest, of had hij een andere imperfectie gehad om voor die trekken te compenseren.

Maar dat is niet het geval. Zijn lichaam is perfect geproportioneerd, groot en gespierd. Als ik denk aan hoe het was om hem in me te voelen, bespeur ik tot mijn ongenoegen een vlaag van opwinding.

Wederom draagt hij een spijkerbroek en een T-shirt, een grijze ditmaal. Hij heeft groot gelijk dat hij de voorkeur geeft aan eenvoudige kleding. Het is niet of zijn uiterlijk nog extra nadruk nodig heeft.

Hij glimlacht naar me, duister en verleidelijk als een gevallen engel. "Hallo, Nora."

Ik heb geen idee wat ik moet zeggen en daarom flap ik het eerste eruit wat in me opkomt: "Hoelang wil je me hier houden?"

Hij houdt zijn hoofd een tikje scheef. "Hier in deze kamer? Of op dit eiland?"

"Allebei."

"Beth zal je morgen rondleiden. Als je zin hebt, kunnen jullie gaan zwemmen," zegt hij terwijl hij op me af loopt. "Ik houd je niet opgesloten, tenzij je domme dingen gaat doen."

"Zoals?" Mijn hart begint als een gek te bonzen wanneer hij met een hand door mijn haren strijkt.

"Beth of jezelf pijn doen." Zijn zachte stem en indringende blik werken hypnotiserend. Die ritmische strelingen door mijn haar versterken dat effect alleen maar.

Ik probeer de betovering te verbreken door een paar keer met mijn ogen te knipperen. "En op het eiland? Hoe lang ben je van plan me hier te houden?" Nu strijkt zijn hand over de ronding van mijn wang. Even leun ik tegen zijn hand, als een kat die geaaid wordt. Dan besef ik wat ik aan het doen ben, en meteen ga ik weer stokstijf rechtop staan. Aan zijn glimlach zie ik dat hij precies weet welk effect hij op me heeft.

"Lang, hoop ik," is zijn antwoord.

Op de een of andere manier verrast dat me niet. Je neemt niet de moeite iemand helemaal naar een verlaten eiland te brengen als je alleen paar keer seks wilt. Ik ben doodsbang, dat wel, maar niet verrast. Ik verzamel mijn moed en stel de volgende logische vraag: "Waarom heb je me ontvoerd?"

Nu glimlacht hij niet meer. In plaats van te antwoorden, neemt hij me met die onpeilbare blauwe ogen op.

Over mijn hele lichaam begin ik te beven. "Ga je me vermoorden?"

"Nee, Nora, ik ga je niet vermoorden."

Ik weet dat hij zou kunnen liegen, maar toch stelt het antwoord me gerust. "Ga je me dan verkopen?" Ik forceer de woorden naar buiten. "Als een prostituee of zo?"

"Nee," zegt hij zacht. "Dat nooit. Je bent van mij. Alleen van mij."

Ook dat stelt me wat gerust, maar er is één ding dat ik nog moet weten. "Ga je me pijn doen?"

Wederom lijkt het of hij geen antwoord gaat geven. Heel even verschijnt er een flits van iets duisters in zijn ogen.

"Waarschijnlijk wel," zegt hij dan en hij buigt zich voorover om me met zijn warme mond zachtjes op mijn lippen te kussen.

Een moment lang blijf ik als bevroren staan. Ik geloof hem. Ik weet dat hij de waarheid vertelt als hij zegt dat hij me pijn gaat doen. Al vanaf het begin is er iets aan hem dat me angst aanjaagt. Hij is zo anders dan de jongens met wie ik altijd uitging. Volgens mij is hij tot alles in staat. En ik ben volledig aan hem overgeleverd.

Heel even overweeg ik me weer te verzetten. Dat is wat men zou doen in mijn situatie, nietwaar? Dat zou dapper zijn.

Maar ik doe het niet. Ik bespeur een duisternis in hem, een afwijking. Die schoonheid verbergt iets monsterlijks en ik wil niet degene zijn die het wekt. Ik heb geen idee wat er dan zal gebeuren.

Daarom blijf ik doodstil staan en laat ik hem me kussen. Ook wanneer hij me oppakt en naar het bed draagt, verzet ik me niet. In plaats daarvan sluit ik mijn ogen en geef ik me over aan de gevoelens die hij in me oproept.

∿

Verwrongen is nu verkrijgbaar. Ga naar mijn website www.annazaires.com/book-series/nederlands/ voor meer informatie en om je in te schrijven voor mijn releasemailing.

FRAGMENT UIT AANRAKING (DE KRINAR-KRONIEKEN: DEEL 1)

In de nabije toekomst hebben de Krinar het voor het zeggen op aarde. De Krinar komen uit een ander universum, zijn veel verder ontwikkeld dan wij en zijn een mysterie voor ons – en wij zijn aan hen overgeleverd.

De verlegen, onschuldige Mia Stalis leidt een serieus studentenleven in New York City. Net als de meeste mensen heeft zij nooit contact gehad met de Krinar. Maar op een dag in het park komt daar verandering in. Korum laat zijn oog op haar vallen en vanaf dat moment heeft ze te maken met een krachtige, gevaarlijk verleidelijke Krinar die haar wil bezitten en zich daar door niets of niemand van laat weerhouden.

Hoe ver zou jij gaan voor je vrijheid? Hoeveel zou jij opgeven om de mensheid te helpen? Welke keuze zou je maken als je begint te vallen voor je vijand?

~

Ademhalen, Mia, ademhalen. Ergens in haar achterhoofd bleef een rationeel stemmetje die woorden herhalen. In diezelfde vreemd opmerkzame hoek van haar brein viel haar op hoe symmetrisch zijn gezicht was en hoe strak zijn goudkleurige huid om zijn hoge jukbeenderen en hoekige kaaklijn zat. Ze had wel foto's en filmpjes gezien van K, maar die vielen in het niet bij wat ze nu zag. Op een kleine tien meter afstand was het wezen simpelweg adembenemend.

Ze bleef naar hem staren, nog steeds als versteend, en hij rechtte zijn rug en begon naar haar toe te lopen. Of eigenlijk was het meer sluipen, bedacht ze, want zijn bewegingen deden haar denken aan die van een katachtige die een gazelle wilde verslinden. Al die tijd hield hij met zijn blik de hare vast. Naarmate hij haar dichter naderde, zag ze de gele vlekjes in zijn lichtgouden ogen en zijn dikke, lange wimpers.

Ze keek geschokt en ongelovig toe terwijl hij naast haar ging zitten op het bankje, op nog geen halve meter afstand. Hij glimlachte zijn witte tanden bloot. Zijn hoektanden waren normaal, merkte ze op met een of ander nog functionerend deel van haar brein. Niet eens een klein beetje langer dan anders. Dat was een mythe die een tijdlang over hen de ronde deed, net als dat ze niet tegen zonlicht konden.

'Hoe heet je?' Hij stelde de vraag op een haast spinnende toon. Zijn stem klonk laag en prettig, zonder enig accent. Zijn neusvleugels gingen een klein stukje naar buiten alsof hij haar geur opsnoof.

'Eh…' Mia slikte nerveus. 'M-Mia.'

'Mia,' herhaalde hij langzaam, om haar naam te proeven. 'Mia hoe?'

'Mia Stalis.' O shit, waarom wilde hij haar naam weten? Waarom zat hij hier tegen haar te praten? Wat deed hij überhaupt in Central Park? Dit was niet bepaald om de hoek bij de K-Centers. *Ademhalen, Mia, ademhalen.*

'Relax, Mia Stalis.' Zijn glimlach werd breder en er verscheen een kuiltje in zijn linkerwang. Een kuiltje? K hadden kuiltjes? 'Heb je nooit eerder een van ons ontmoet?'

'Nee.' Mia besefte dat ze haar adem inhield en liet hem met een zucht los. Ze was trots dat haar stem niet zo bibberig klonk als ze zich voelde. Moest ze het vragen? Wilde ze het weten?

Ze raapte haar moed bij elkaar. 'Wat eh…' Nog een keer slikken. 'Wat wil je van me?'

'Praten, op dit moment.' De ooghoeken van zijn gouden ogen rimpelden een beetje, alsof hij op het punt stond naar haar te lachen.

Vreemd genoeg maakte dat haar zo boos dat ze geen angst meer voelde. Als er één ding was waar Mia een hekel aan had, dan was het uitgelachen worden. Gezien haar kleine, magere lijf en haar algemene gebrek aan sociale vaardigheden – het directe gevolg van een lastige puberteit waarin ze te maken had gekregen met een beugel die de nachtmerrie was van ieder meisje, pluizig haar én een bril – had ze meer dan genoeg ervaring als mikpunt van spot.

Ze hief haar kin omhoog. 'Goed dan, en hoe heet jij?'

'Korum.'

'Alleen Korum?'

'We doen niet echt aan achternamen zoals jullie. Mijn volledige naam is veel langer, maar als ik je die vertelde, zou je toch niet weten hoe je hem moest uitspreken.'

Hmm, interessant. Ze herinnerde zich dat ze iets dergelijks had gelezen in *The New York Times*. Tot nu toe leek zijn verhaal te kloppen. Haar benen waren bijna gestopt met trillen en haar ademhaling werd weer wat kalmer. Misschien, heel misschien, zou ze dit wel kunnen navertellen. Het praten met hem leek wel veilig, hoewel de manier waarop hij haar met die geelachtige ogen bleef aanstaren zonder te knipperen zenuwslopend was. Ze besloot hem aan de praat te houden.

'Wat doe je hier, Korum?'

'Zoals ik al zei: ik ben met jou aan het praten, Mia.' Hij klonk vermaakt.

Mia zuchtte gefrustreerd. 'Ik bedoel waarom je hier in Central Park bent; waarom je in New York City bent.'

Hij glimlachte weer en hield zijn hoofd een beetje schuin. 'Misschien wel in de hoop dat ik een mooi meisje met krullen zou ontmoeten.'

Oké, nu was het mooi geweest. Hij was haar

duidelijk aan het dollen. Nu ze weer een beetje helder kon nadenken, realiseerde ze zich dat ze midden in Central Park waren, waar ongeveer een triljoen mensen hen konden zien. Ze keek voorzichtig rond om te zien of haar vermoeden klopte. En inderdaad. Hoewel mensen logischerwijs afstand hielden van haar bankje en de buitenaardse man die erop had plaatsgenomen, waren er wat verderop een paar dapper genoeg om naar hen te kijken. Sommigen maakten zelfs voorzichtig opnames met hun smartwatchcamera. Als de K haar iets zou doen, zou het in no time op YouTube staan. Daar was hij zich ongetwijfeld ook van bewust. Restte nog de vraag of het hem iets kon schelen.

Maar goed, aangezien ze nooit een filmpje had gezien van een K die een studente aanvalt midden in Central Park, leek het haar dat ze relatief veilig was. Mia pakte voorzichtig haar laptop op en wilde hem terugstoppen in haar rugtas.

'Laat me je daarmee helpen, Mia...'

Voor ze met haar ogen kon knipperen, voelde ze hem de zware laptop overnemen uit haar plotseling krachteloze vingers. Hij raakte heel licht haar knokkels aan en een gevoel dat leek op een lichte elektrische schok schoot door Mia heen. Haar zenuwuiteinden tintelden ervan.

Hij pakte haar rugtas en stopte de laptop er behoedzaam in, in één soepele beweging. 'Zo, opgelost.'

O god, hij had haar aangeraakt. Misschien was haar theorie over de veiligheid van de openbare ruimte complete bullshit. Ze voelde haar ademhaling weer versnellen en haar hartslag was waarschijnlijk gevaarlijk hoog aan het worden.

'Ik moet nu gaan... Doei!'

Hoe ze het voor elkaar kreeg om die woorden eruit te persen zonder te hyperventileren, zou ze nooit begrijpen. Ze pakte het hengsel van de rugtas die hij zojuist had neergezet en sprong op – haar eerdere versteendheid was opgeheven.

'Doei, Mia. Tot later.' Zijn licht spottende stem klonk door de heldere lentelucht terwijl ze wegliep, zo haastig dat ze bijna rende.

Aanraking is nu verkrijgbaar. Ga naar mijn website www.annazaires.com/book-series/nederlands/ voor meer informatie en om je in te schrijven voor mijn releasemailing.

OVER DE AUTEUR

Anna Zaires is verslaafd aan boeken sinds ze op vijfjarige leeftijd van haar grootmoeder leerde lezen. Haar eerste korte verhaal schreef ze niet lang daarna. Sindsdien leeft ze gedeeltelijk in een fantasiewereld waarin alleen haar eigen verbeelding de grenzen bepaalt. Momenteel woont Anna in Florida. Ze is gelukkig getrouwd met Dima Zales (een auteur van science fiction- en fantasyboeken). Al hun boeken komen door nauwe samenwerking tot stand.

Voor meer informatie, zie www.annazaires.com/book-series/nederlands/.

www.ingramcontent.com/pod-product-compliance
Lightning Source LLC
Chambersburg PA
CBHW060610100726
47907CB00006B/1560